여울물 소리

황석영 장편소설

여울물 소리

창비

차례

이신통을 기다리며 7
고향에 남은 자취 79
세상 속으로 117
백성과 나라 171
여향(餘響) 251
사람이 하늘이다 313
옛날 옛적에 383

작가의 말 415

이신통을 기다리며

나는 추석이 지나자마자 길을 떠날 작정을 했다. 건어물과 소금 지게를 지고 열두 고개 넘어 산간 마을을 다녀온 장돌뱅이 안 서방이 그의 소식을 들었다고 했기 때문이다. 그의 소식이랬자 별로 시원한 내용은 아니었다. 안 서방이 전해준 소문은 그 웬수가 덕유산 자락 어딘가에 자리를 틀고 앉아 도를 닦고 있다는 얘기였다. 그런 위인이 한자리에 궁둥이를 붙이고 있다는 소리도 어딘가 걸맞지 않건마는 더구나 도를 닦는다니 말이 안되는 소리였다. 아니, 도라면 재작년 온 세상을 들었다 놓고 도처에서 피박살이 나버린 '천지도'란 요물을 아직도 버리지 못하고 있다는 겐가. 애고, 복도 없고 가련한 이내 팔자.

내 이름은 연옥이고 다리목 객주의 주인이다. 여기 온 지는 벌써 십년 가까이 되었다. 내가 여기 오기 몇해 전에 우리 엄마 구례댁이 먼저 주막을 벌여놓았다. 툇마루가 길게 달린 길목도 좋은 남도식 일자집을 내 혼사로 얻은 돈으로 장만했다고 한다. 내가 여기 온 뒤에 별채와 창고를 지었고 뒤에 텃밭도 샀다.

엄마는 원래가 월선이라 부르던 관기로 전주에서 살았고, 재예가 그리 뛰어나지는 않았지만 남자 후리는 솜씨가 남달라서 스물 근처까지도 신관이 오면 제일 먼저 수청기생으로 지목될 정도였다. 새로 갈린 관찰사의 먼 친척으로 오입쟁이는 아니었지만 어리숙하고 주변머리 없는 선전관이 와서 객사 손님이 되더니, 엄마와 눈이 맞았다. 그는 한양 올라가 활터에 드나들고, 세도가 집에 식객 노릇으로 어찌어찌 무과에 나가 선달 거치고 출사하여 선전관 하나 따내고는, 그만 낙향하는 신세였다. 고향에 전답과 선산이 있어 벼슬하겠다고 반나마 팔아잡쉈지만 그래도 시골 부자였다. 아마도 엄마는 퇴기로 물러나 전주 성내 그러루한 왈짜나 관아붙이를 기둥서방 삼아 한평생을 보내고 싶지는 않았던지, 지니던 패물 봇짐 하나 달랑 꾸려서 낙향하는 그 양반을 따라가 지리산 아랫녘에 자리를 잡았고 거기서 내가 태어났다.

조부가 큰사랑에서 정정하게 헛기침하고 있던 판에 한양 갔던 손자가 벼슬은커녕 허울만 좋은 무관이 되어 첩까지 달고 낙향했다면 가문에서 당장 축출될 터라, 아버지는 엄마에게 구례 너머 곡성에 집을 사주고 본가와 오락가락하며 살았다. 아무리

숨긴다 하여도 동네 뒷산에 나물 캐러 간다거나, 우물가나 빨래터에 한두번 나가도 그렇고, 방물장수만 드나들어도 집안일이 동네방네에 풍기게 되어 있어서, 드디어 큰댁 본마누라 귀에는 물론이요 할아버지까지 알게 되었다. 아들이 없다거나 상처한 것도 아닌 바에 위로 아버지 할아버지 고조할아버지에 이르기까지 집안에 축첩한 일이 없거늘 이게 될 말이냐고 당장 파하라고, 내게는 할머니가 되는 박 초시댁 부인이 엄마를 섬돌 아래 무릎 꿇려놓고 야단치는 모양을 내가 똑똑히 보았다. 아무튼 그 뒤로 집안 대소사가 있을 때면 엄마는 본댁으로 가서 노비들과 함께 일을 거들다 오곤 했고, 나도 어쩌다 엄마를 따라가면 안채나 큰사랑에는 얼씬도 못하고 행랑채 부근에서 혼자 공깃돌만 만지작거리다 돌아오곤 했다. 어느 가을에 아버지가 곡성 집에 들르자 엄마는 못 살겠다고 푸념하고는 전주로 나가겠다고 그랬다. 아버지가 몇번 달래다가 이별전을 마련해주어서 우리 모녀는 전주로 나왔고 엄마는 이내 생기가 돌아왔다.

엄마는 관기로 일찍이 속량되어 여염살이로 나간 처지였지만, 그렇다고 안해본 농사일이나, 삯바느질 침방이나, 떡집이나, 아무튼 양갓집 부녀의 일을 할 수는 없었을 것이다. 전주 성내에서 누가 보든지 퇴기이니 목로나 주막밖에는 생업을 찾을 길이 없었다. 전주 대처에 흔해빠진 것이 밥집, 주막, 여각이었는데 그냥 잔술이나 파는 주막을 열어서는 선술집을 면하기 어려워서, 엄마는 예전 알음알이로 기녀 두엇을 연줄로 대놓고 색주가를 차렸다.

양반 첩 월선이가 색주가를 차렸다니 성내 아전들이나 장사치들로 그야말로 문전성시였다. 나는 언문도 쓰고 읽을 줄 알았고 아버지에게서 『천자문』에 『소학』권도 떼었으며, 드나드는 광대패나 풍각쟁이들에게서 잡가에 음률도 익혔다. 관아에 비장질 다니는 이가 우리집 단골로 엄마와 친하게 지냈는데 하루는 술 한잔 먹고 내가 앞치마 두르고 술청을 왕래하는 걸 보더니 은근히 말을 꺼냈다.

연옥이가 이미 이팔이 코앞인데, 여기서 술청 심부름이나 시키고 사내들 희롱이나 받게 할 건가?

그러니 낸들 어쩌겠소? 저것이 내 속으로 낳은 천출이기는 하오만, 그래도 지 애비는 양반이라 이러지도 저러지도 못하고 있다오.

매파를 놓아 어디 부잣집 후취 자리나, 아니면 교방에 넣어 큰 기생으로 키워보는 건 또한 어떠한가?

엄마는 곰방대를 물고 곰곰이 생각해보다가 한숨을 내쉬며 말했다.

이제 곧 동짓달인데 어디 좋은 자리 있걸랑 소개나 해주소. 내 차마 지 애비 낯을 보아서라도 나처럼 기적에 올릴 수는 없지요.

그들이 무슨 꿍꿍이수작을 나눴는지 나는 알 턱이 없었다.

싸락눈이 쌀랑대던 어느날 오후에 손님이 들어섰다. 아직 퇴청시각도 아니고 술밥 때도 이른 시각이어서 손님 맞을 준비나

하던 참이었다. 더구나 우리네는 목로나 주막이 아니라서 예정 없이 들이닥치는 낯선 손님은 시큰둥하게 맞이하게 마련이었다. 세사람이 들어섰는데 둘은 두루마기 차림에다 각기 테 좁은 갓과 삿갓을 썼고, 하나는 행전 치고 덧저고리 걸치고 패랭이 쓴 보부상 따위의 행색이었다. 앞서 들어서던 패랭이 쓴 사내가 술청 마루에서 내다보는 내게 물었다.

방 있냐?

나는 속으로 느이들에게 내줄 방이 어디 있겠냐 싶어서 픽, 하고 웃음이 나오려 했으나 공손하게 말했다.

저희는 아직 장사 때가 아니오니 저 건너 주막으로 가보시지요.

패랭이가 얼른 눈치를 채고는 처마 아래 들어서서 어깨의 눈을 툭툭 털면서 뒷전의 일행에게 말했다.

우리더러 뜨뜻한 놈들이라구 이러는 겔세.

거 뭔 소리여?

시원찮은 놈들이다 그 소리지.

패랭이가 명랑하게 결말을 날리자 둘은 픽픽 웃어댔다. 그는 신을 벗고 마루로 올라서며 내게 말했다.

이 골 수리 어른이 여기서 만나자구 하더라.

나는 그제야 알아들었다. 전주 감영 이방이라면 전체 군현의 아전들 가운데서도 우두머리 격이라 우리집에도 몇번 들를까 말까 하는 사람이었다. 엄마와도 잘 알아서 이쪽은 늘 투정이요 그쪽은 점잖게 술값을 두둑이 주고 가는 편이었다. 나는 더이상 찍짹 소리 없이 그들을 상방으로 안내했다. 그 집에서 상방이란 겉으로는 대청마루에 붙은 건넌방이 되겠지만 으슥하고 잡인 피하기로는 그 뒷방이 맞춤했다. 뒷방은 마루에 오르지 않고 집 오른쪽을 돌아서 북향에 붙은 방으로 툇마루가 달렸고 방은 길게 상하 방으로 나뉘었다. 아랫방에 술상을 보고 윗방에서 춤추고 풍악을 울리기가 그럴듯했다. 방은 초저녁에 불을 넣어 이제 온기가 퍼져가는 중이었다. 패랭이가 먼저 앉으면서 궁둥이 밑에 손을 찔러보며 한마디했다.

어째 방바닥이 헐벗은 각설이 불알 같네.

수작으로 보아 방이 차다는 불평이겠으나 괜히 부끄럼 타면 누구 좋은 일 시키랴 싶어 나는 시치미 딱 떼고 얌전하게 대꾸했다.

불을 넣었으니 곧 따뜻해질 거예요.

갓 쓴 이가 대꾸했다.

아궁이를 쑤셨으니 이제 열이 나겠군.

이 사람, 아이 듣는 데서 무슨 패설이여?

삿갓 쓴 이가 짐짓 핀잔을 주는 척했고 나도 들은 말이 있어서 한마디했다.

오늘 술상은 좀 늦게 나오겠네요.

초벌 안주는 찬 것부터 나올 텐데 그게 무슨 소리냐?

팔삭둥이를 셋이나 낳았으니 에미두 한숨 쉬어얍죠.

세 사내의 실소를 뒤에 두고 마당을 돌아나오니 엄마가 부엌에서 찬모와 상을 차리다가 내게 말했다.

아까 내다보니 장사치나 관아치들은 아니겠고 뭣하는 사내들이래?

머 놀량패 왈짜가 아니랄까봐 곁말에 익살이 날아댕깁디다.

그런데 웬 상방을 내주었니?

고을 수리 어른과 약조가 있대나.

엄마가 내 말을 듣고 두리번거렸다.

아이들 둘은 불러야 되겠네. 바쁘면 너하구 나두 들어가구.

나는 뻔히 알면서도 뾰로통하며 말했다.

시집보낸다며? 막사발이지만 이렇게 마구 내돌리면 안 깨지구 배길까?

이년, 함부루 말 마라. 니가 청자 접시지 왜 막사발이여. 재간을 아끼면 오히려 팔자 사나워지느니.

엄마는 육포와 탕평채며 수육, 배춧속, 양념을 올린 쟁반을 내게 내밀더니 잘 거른 청주를 가득 채운 주전자와 술잔 등속을 쟁반에 받쳐들고 겨드랑이에 둘둘 말린 백지를 끼고 상방으로 갔다. 우선 엄마는 툇마루에 쟁반을 내려놓고 방문을 열고는 안으로 들어서서 반절을 하며 말했다.

주모 월선이 문안드리오.

평안하신가.

예, 미리 약조를 받지 못하여 모든 준비가 미흡하더라도 용서 하십시오.

부랴부랴 교자상을 펴고 상 위에 끼끗한 백지 덮고 안주와 술을 늘어놓은 뒤에 세 사내의 술잔에 술을 치면서 엄마가 말했다.

처음 오신 손님이라 쇤네, 장유유서의 분별이 없으니 허물치 마소서.

하고는 주전자를 들어 오른쪽으로 삿갓 벗은 맨상투부터 갓과 패랭이의 차례로 술을 따랐다. 셋은 술을 일제히 들이켜고 빈 잔을 내려놓았다.

연배순으로 맞게 잔을 돌렸으니 주모의 눈썰미가 대단하오.

패랭이가 방문 가에 앉아 있던 나를 한번 돌아보고 씩 웃으며 말했다.

헌데 저 처자는 누구요?

예, 제 딸내미입니다. 듣자 하니 손님들 익살이 장하다구 합디다?

패랭이가 껄껄 웃으며 말했다.

날씨가 하도 을씨년스러워 허튼소리 몇마디 했다가 처자에게 되우 당했소이다. 이분은 충청도 사는 내 아저씨뻘인데 산 보러 다니시는 분이고, 이 사람은 소리꾼인데 나이는 나보다 위요만 초라니 방정이라 동무 삼아 데리고 다니는 처지고……

말이 떨어지자마자 누가 초라니 아니랄까봐 소리꾼의 자진모리가 나온다.

허 고얀 놈 봐라! 채마밭에 물똥 싸고, 우는 놈 발가락 빨리고,

똥 누는 놈 주저앉히고, 곱사등이 뒤집어놓고.

그만해 그만해, 신명은 이따 내고.

패랭이가 그리 말했건만 소리꾼은 기왕에 내지른 김이라 계속한다.

애 밴 부인 배를 차고, 길가에 허방 놓고, 옹기전에 말 달리기, 비단전에다 물총 놓고, 이놈 니가 삼강을 아느냐 오륜을 아느냐. 이런 모진 놈이 세상에 어디 있더란 말이냐.

엄마가 깔깔 웃으며 말했다.

놀부는커녕 해사하니 글방도령 같은데 그 손님은 뭣하는 분이셔?

글방도령 같다는 말엔 나도 웃고 좌중이 다 웃는데 패랭이는 얌전하게 대꾸했다.

침도 놓고, 약도 짓고, 재담도 하고, 책도 읽어드리고, 책 베끼는 서사 노릇도 하우.

소리를 배우슈. 책 읽기야 요즘은 촌 노인네들이나 아낙들이 좋아하지. 자아, 기녀 아이들 몇 불러들이리까?

엄마도 덩달아 신을 냈고 산 보러 다닌다는 풍수쟁이가 말했다.

우리는 전주나 하고 기다릴 테니, 이따가 후래자가 오면 진안주 내오고 나서 부르시게. 술 한 주전자 더 내오고.

악사는 어찌하오리까?

초라니 방정 소리꾼이 대꾸했다.

이런 자리에 삼현육각을 바라겠수? 젓대 하나, 해금 하나면 되겠구먼. 북 장구야 우리가 거들면 되고.

우리 딸이 가야금을 제법 뜯는다우. 그럼 천천히 전주나 들고 계셔요.

퇴청시각인 초경 무렵에 이방이 왔고 엄마는 예정대로 진안주를 들일 준비를 했다. 우리집에서 중노미 살고 있는 코찔찔이 장쇠가 악사와 기녀를 부르러 나갔다. 진안주로 방금 부쳐낸 육전, 간천엽전, 생선전, 버섯전, 연근전 등의 전유어 등속과 떡갈비에 너비아니가 따랐고, 새로 거르고 알맞게 데운 약주 두 주전자가 들어갔다. 나와 엄마가 주안을 손님방으로 날랐는데 오면 가면 듣자 하니 그들은 수인사를 끝내고 돌아본 음택 산세에 대하여 의견을 나누고 있었다. 이방의 선산에서 그 동네 토반과 산송이 일어나 이장을 하려는 눈치였다. 패랭이는 이 서방이고 삿갓 쓴 서 지사는 고을 이방과 전부터 아는 사이인 것 같았다. 소리꾼 박돌은 이 서방의 길동무인데 한 다리 낀 처지였다. 나도 엄마 시중드느라고 점잖은 술자리에는 가끔씩 참례하던 터수라 미리 좌중 손님들의 분위기며 그 자리가 어떠한 자리인지를 눈치채고 있어야 한다는 걸 색주가의 예법으로 터득하고 있었다. 눈치를 보아하니 술값은 마땅히 이방이 치를 모양이었다. 악사와 기녀가 도착했고 그들은 좌중에 인사 올린 뒤에 윗방에 자리잡고 먼저 연희를 시작했다. 이런 때에는 나와 엄마도 당연히 들어가 앉게 마련이었는데, 젓대와 해금이 앉은 맞은편에 엄마는 장구를 나는 가야금을 무릎에 얹고 자리를 잡았다. 먼저 잡가로 목풀이 겸하여 장단 맞춰보기를 한다.

간밤에 꿈 좋더니만 임에게서 편지가 왔소
편지는 왔다마는 임은 어이 못 오시나
너는 죽어 꽃이 되고 나는 죽어 나비 되어
양춘가절 호시절에 꽃핀 너를 찾아 반기리라

이번에는 남도 계면조로 육자배기가 나간다. 장구를 선두로 해금이 간드러지게 젓대가 구슬프게 나가면서 높은 노랑목이 먼저 치고 올라간다.

창해 월명 두우성의 월색도 유정헌디
나의 갈 길은 천리만리 구름이 가건마는
나는 어이 손발이 있다 해도 임 계신 곳 못 가는고

연이어 성화에 못 이겨 엄마 구례댁 월선이 왕년의 솜씨를 뽐내어 '고고천변'을 부르니 이 서방이 술상을 떠나와 북을 잡았다. 깊은 바닷속 용궁 살던 자라 별주부가 지상 세계로 올라와 산천경개를 둘러보는 장면으로, 단가로 따로 떼어 부르는 대목이다.

수정문 밖 썩 나서, 고고천변 일륜홍 부상에 둥실 높이 떠, 양곡의 잦은 안개 월봉으로 돌고 돌아, 예장촌 개 짖고, 회안봉 구름이 떴다. 노화는 눈 되고 부평은 물에 둥실, 어룡은 잠자고, 잘새 펄펄 날아든다. 동정여천의 파시추, 금성추파가 여기라. 앞발로 벽파를 찍어 당겨 뒷발로 창랑을 탕탕. 요리조리 조리요리 앙금 둥실 높이 떠, 사면을 바라보니 지광은 칠백리요 파광은 천일색인데, 천외무산 십이봉은 구름 밖에가 멀고, 해외 소상은 일천리 눈앞에 경이로다. 오초는 어이하야 동남으로 벌였고, 건곤은 어이하야 일야에 둥실 떠, 남훈전 달 밝은듸 오현금도 끊어지고, 낙포로 둥둥 가는 저 배, 조각달 무관수는 초희왕의 원혼이오. 모래 속에가 잠신하야 천봉만학을 바래봐. 만경대 구름 속 학선이 울어 있고, 칠보산 비로봉은 허공에 솟아, 계산파무울차아, 산은 층층 높고, 경수무풍야자파, 물은 풍풍 짚고, 만산은 우루루루루, 국화는 점점, 낙화는 동동, 장송은 낙락, 늘어진 잡목, 펑퍼진 떡갈, 다래몽둥, 칡넌출, 머루, 다래, 으름넌출, 능수버들, 벚남긔, 오미자, 치자, 감자, 대초, 갖은 과목, 얼크러지고 뒤틀어져서 구부 칭칭 감겼다. 어선은 돌아들고, 백구는 분비, 갈마구, 해오리, 목파리, 원앙새, 강상 두루미, 수많은 떼 고니, 소천자 기관허든 만수문전의 풍년새, 양양창파 점점동 사랑하다 원앙새, 칠월칠석 은하수 다리 놓던 오작이, 목파리, 해오리, 노수 진경새, 따옥따옥 요리조리 날아들 제, 또 한 경개를 바래봐. 치어다보니 만학천봉이요 내리 굽어보니 백사지로다. 허리 구부러진

늙은 장송, 광풍을 못 이겨 우줄우줄 춤을 출 제, 원산은 암암, 근산은 중중, 기암은 촉촉, 뫼산이 울어. 천리 시내는 청산으로 들고, 이 골 물이 쭈루루, 저 골 물이 콸콸, 여기 열두 골 물이 한테로 합수쳤다. 천방자 지방자 월턱져 구벼 방울이 버끔, 저 건너 병풍석에다 마주 꽝꽝 마주 쌔려 산이 울렁거려 떠나간다. 어디메로 가잔 말, 아마도 네로구나, 요런 경치가 또 있나. 아마도 네로구나, 요런 경치가 또 있나.

다음은 초라니 박돌이 흥을 못 이겨 얼른 뛰어나가 동무에게 물었다.

신통아, 뭘 하라니?

북채를 쥔 이 서방이 말했다.

우선 목풀이부터 허고.

쑥대머리 귀신 형용 적막 옥방의 찬 자리에 생각난 것이 임뿐이라, 보고 지고 보고 지고 한양 낭군 보고 지고, 오리정 정별 후로 일장서를 내가 못 봤으니, 부모 봉양 글공부에 겨를이 없어서 이러난가.

박돌이 '쑥대머리'를 구성지게 부르고는 기녀가 갖다준 술 한잔으로 목을 축이고 다시 이 서방을 내려다보며 오만상을 찌그려 보였다.

이거 이러다가는 아예 파흥이 되고 말겠구나. 점잖은 자리에 선 못하는 대목이나 여기 되다 만 양반짜리는 없는 듯하니 한바탕 놀아보세.

얼쑤!

한참 동안의 흥이 잦아진 뒤에 내가 가야금 병창으로 '새타령'과 '박타령'을 불렀다.

내가 마치 이신통이 이야기책 쓰듯 이렇게 길게 늘어놓은 것은, 언제 생각해봐도 그를 만나던 첫날의 그 술자리가 잊히지 않기 때문이다.

*

얼마 후에 전주 관아의 비장이 찾아와서 선보러 올 이의 내방 날짜를 알려주었고, 나는 여느 때처럼 그저 약조 손님이라도 받아둔 것처럼 심드렁하게 지냈다. 엄마는 날짜를 받고서 새 옷을 지어온다, 방물을 구입한다, 분주했지만 어쩐지 속이 시큰둥했다. 바로 그날이 와서 점심 먹고는 가마솥에 더운물 끓여 머리 감고 목욕재계하고, 머리에는 동백유 바르고, 향수 뿌리고, 얼굴에 미안수 바르고, 밀유 바르고, 백분 바른 후에 눈썹 가늘게 그리고, 입술에 연지를 도톰 찍어 발랐다. 엄마는 경대 앞에 나를 앉혀놓고 화장을 시켜주다가 눈물이 글썽해졌다.

나도 너 같은 시절이 있었건만…… 헌데 우리 딸 아까워서 어쩐다냐?

흥, 나두 못 살겠으면 보따리 싸가지구 나올 거야.

조년 방정맞은 소리 봐라. 오 동지라는 이가 상처를 했다니까, 니가 안방마님이 되는 거여.

그날은 술손님을 받지 않고 건넌방에 선보는 자리를 마련해 두었다. 나는 다홍치마에 연두색 저고리를 입고 얌전하게 안방에 앉아 있었다. 비장이 먼저 헛기침을 하며 들어섰고 엄마가 찬방에서 얼른 섬돌로 내려서며 반겼다.

어서 오셔요. 헌데 어찌 혼자 오셨습니까?

허어, 서둘기는…… 동지 어른 들어오시지요.

비장의 목소리가 들리고 그들이 마루에 올라 건넌방에 들어가는 기척이 났다. 셋이 인사를 나누는지 두런대는 소리가 들려왔다. 비장과 엄마의 활기찬 목소리 때문에 기다리던 손님이 분명히 오기는 했는지 알 수가 없었다. 찬모와 엄마가 치마를 끌며 마루와 건넌방을 왕래하는 소리가 들려서 이제 다담상이 차려지는가보다 했다. 이윽고 안방 문이 열리며 엄마가 나직하게 말했다.

가서 인사 올려야지.

나는 엄마의 뒤를 따라 건넌방으로 들어가 문가에서 잠깐 섰다가 살짝 상대를 보았다. 두루마기에 갓 쓴 차림새며 수염까지 기르고 있어서 술청에 오는 다른 손님들과 똑같아 보였다.

문안 올립니다.

나는 술상머리에서 하던 반절이 아니라 방바닥에 두 손과 머리를 조아리는 큰절을 했다. 오 동지도 앉은 채로 두 팔을 짚고 허리를 숙여 내 절을 맞았고 그와 마주 앉았던 비장이 말했다.

술 한잔 따라드려야지.

내가 주전자를 드는데 동지가 잔을 들어 내밀었다. 술을 따르며 그를 보다가 눈이 마주쳐서 얼른 고개를 숙였지만 이제야 생김새가 눈에 들어왔다. 얼굴이 둥글고 살찐 모습이었으며 수염은 성글었다. 그는 내 얼굴에 시선을 고정하고 빤히 쳐다보고 있었다. 나는 여염 처녀가 아닌지라 능숙하게 상 위쪽으로 고개를 들고 그의 얼굴을 똑바로 마주 보았다. 그의 입은 헤벌어져 있었고 거의 웃는 얼굴이었다.

한잔 쭈욱 드시고 애한테도 주셔얍죠.

엄마가 호들갑을 떨며 빈 잔을 내게 쥐여주었다. 동지는 주전자를 들어 술을 따르면서도 계속 내 얼굴만 바라보는 통에 술잔이 넘쳐흘렀다. 엄마가 얼른 수건을 들어 내 손을 닦아주고 교자상 위를 훔치면서 말했다.

애고, 술을 따르려면 잔을 보셔야지 딴 데를 보시면 어쩌나요?

이 사람아, 우리 동지 어른이 시방 잔을 보실 겨를이 있으시겠나.

엄마와 비장이 그렇게 주고받았다. 나는 자꾸 웃음이 터질 것 같아서 아예 고개를 처박고 있었다. 저래가지고 동지 자리는 어찌 받았나 몰라. 아무리 공명첩을 돈 주고 받았다 한들 한눈에 보기에도 물려받은 가산을 돌보기는커녕, 한량으로 놀 줄도 모르는 촌놈이 분명했다. 이번에는 내가 비운 잔을 엄마가 들더니 동지에게 내밀었다.

제 잔도 받으셔얍죠.

아닐세. 그래도 장모인데 사윗감께서 먼저 한잔 쳐드려야지.

비장이 말했고 동지가 연신 고개를 끄덕이며 다시 엄마에게 술을 따랐다. 그가 처음으로 내게 말을 걸었다.

자네 이름이 뭔고?

아리따울 연(娟)에 구슬 옥(玉), 연옥이라 합니다.

길게 끌 것이 뭐가 있겠나. 당장 내일이라도 나는 좋네만……

동지가 비장에게로 얼굴을 들이대며 말하자 엄마와 비장은 웃음을 터뜨렸다.

성미두 급하십니다요. 이제 세밑인데 설 쇠구 적어도 대보름은 지나야 혼사를 치를 수 있지요.

암 그렇지. 정월 스무날은 넘겨서 장가드셔야지.

엄마가 내게 곁눈질로 물러가라는 시늉을 했다. 나는 인사를 올리고 얼른 안방으로 건너와버렸다. 그제야 참았던 웃음이 터져나와서 두 무릎 사이에 얼굴을 박고 혼자서 키들키들 웃었다. 혼사라고 할 것도 없는 것이, 그가 우리집에 와서 첫날밤을 지내고 내 머리를 얹어준 다음에 내가 동지댁으로 가면 되는 것이었다. 내가 어린애처럼 그 사람이 싫다거나 시집가지 않겠다고 울고불고하지 않은 것은, 어려서부터 엄마와 내 처지를 잘 알고 있었기 때문이다.

며칠 지나서 동지댁에서 사람을 보냈는데 비장이 미리 귀띔을 해주었던 모양인지, 혼수품을 말 짐에 실어서 보냈다. 홍단청단은 물론이요, 여러필의 비단 옷감과 초피 배자며, 여우 목도리에, 가락지 노리개 등속의 방물에다 은편자에 개금패까지 들어 있는 함이었다. 엄마는 입이 딱 벌어졌다. 엄마는 누런 담비털을 댄 배자를 입고 어깨를 움츠려 보였다.

아이구, 따뜻해라. 우리 연옥이 덕 볼 날두 있구나.

엄마 좋아?

내가 시무룩해서 물었더니 엄마는 멈칫했다가 내 앞에 주저앉았다.

그럼 너는 안 좋냐?

나 시집가면 부탁이 있어.

엄마가 나를 가만히 들여다보았다.

색주가 인제 그만둬요.

글쎄 누군 이 장살 하구 싶겠냐? 딱히 벌어먹구 살 길이 없어서 그랬지. 가만있어라…… 성내에 큰 집 사서 여각이나 객점을 하면 어떨까?

고을 수리의 선산 일로 이 서방이 다시 술집을 찾은 것은 섣달 그믐 바로 전날이었다. 그날은 어쩐 일인지 초라니 박돌과 서 지사는 없고 이 서방 혼자 나타났다. 엄마와 나는 그와 구면인데다 어쩐지 서먹서먹한 느낌이 없어서 저녁 밥상을 건넌방으로 들여가서 함께 둘러앉았다. 엄마가 그의 앞에 놓인 밥사발 뚜껑을 열어주며 말했다.

식구끼리 먹는 상이라 반찬이 보잘것없수. 어째 오늘은 끈 떨어진 가오리연 신세유. 혼자 객지에서 뭘 하슈?

모두들 설 지나구 움직인다는데, 수리 어른이 오늘까지 음택 자리를 확정 짓는다구 해서요.

통성을 하여 이 서방인 줄은 알겠는데, 고향이 어딘지 이름이 뭔지두 모르네요.

난 데는 충청도 보은이고 이름은 신통이라 하우.

나는 얼른 엄마에게 핀잔을 주었다.

그러다 얹히겠네. 밥상머리서 통성명할라우?

왜 어때서 그러냐? 봉놋방에 가봐라. 길 가다 만난 사람들두 밥상머리에서 인사 튼다구. 나는 구례댁이구 얘는 연옥이라오.

이날 이후로 그는 마치 친척붙이처럼 되어버렸다. 나중에 알았지만 본이름은 신(晨)이었는데 사람들이 그의 재담과 익살 부리는 재간을 보고 별명을 붙여 신통이라고도 하고 방통이라고도 부르게 되었다 한다.

고을 이방이 다녀간 뒤에 이신통이 그날밤을 우리집에서 묵어가게 되었는데, 남은 술상을 마주하고 우리 모녀와 그가 얘기를 나누던 중에 엄마가 색주가를 접는다는 말이 나왔다.

객점이나 여각이 어떤가 모르겠네. 이 서방은 사방 천지를 돌아다녔으니 본 것도 많고 들은 것도 많겠수.

여각은 집도 커야 하고 밑천도 많이 들 테구요, 객점두 여기가 감영이라 이름난 장하고는 비할 바가 못됩니다. 차라리 전주를 떠나지 그러시우?

내 여기 말고는 아는 이도 없고 살아본 적두 없으니……

다른 일을 하자 해도 구례댁 아주머니가 관기를 하였으니, 늘 풍악 잡혀 놀자구만 할 거 아니우. 예서 가까운 강경장이 어떠시우? 거기서 보행객주를 하면 장사도 하고 장꾼도 손님으로 받으면 되겠지요.

강경이 좋단 말은 풍편에만 들었는데.

거기야말로 동네 삽사리도 쇠푼을 물고 다닌다는 고장이우. 일 원산, 이 강경, 삼 포주, 사 법성이 조선팔도에서 유명짜한 장시인데, 그중에서도 물산이 많고 사람 많이 모여들기로는 강경이 제일이라오.

엄마가 갑자기 옷고름을 들어 눈시울을 닦았고 신통은 나와 엄마를 번갈아 멀뚱하니 쳐다보다가 물었다.

아주머니, 무슨 좋지 않은 일이라두 있으시오?

엄마가 곰방대에 담배를 찬찬히 담아 퍽퍽 연기를 내뿜고는 말했다.

이참에 애를 여의게 되었는데, 그 생각을 할수록 폭폭해서 그러우. 나두 첩살이 갔다가 중도에 파하고 돌아왔으니……

언제는 곳간 열쇠 차지하구 산다며 좋다더니, 왜 눈물바람이우?

나는 불쑥 내뱉고는 덩달아 심란해져서 슬그머니 그들을 남겨두고 건넌방을 나왔다.

문득, 돌아눕다가 잠이 깼다. 가까운 곳에서 부엉이 우는 소리가 들렸는데 아마 그것 때문에 잠이 깼는지도 모른다. 밥해줄게 부헝, 떡 해줄게 부헝, 울지 마라 부헝, 가지 마라 부헝. 옆자리에서 엄마는 가끔 입맛을 다시며 깊은 잠에 빠져 있었다. 다시 돌아눕는데 어느 결에 눈가를 흘러내린 눈물이 베개를 적셨다. 저놈의 부엉이 멀리 쫓아버려야 해. 나는 살그머니 방문을 열고 마루로 나섰다. 그믐이라 마당도 안 보일 만큼 캄캄했고 바로 옆에서 나직하게 코 고는 소리가 들려왔다. 고쟁이에 속곳 차림에다 맨발인 나는 으쓱해서 얼른 들어간다는 게 건넌방 미닫이문을 살짝 열고 들어섰다. 아차 싶어 주춤 섰는데 코 골던 소리가 갑자기 그쳤고 내 숨도 멎었다. 잠시 후 어둠속에서 손이 쑥 솟아올라 내 발목을 잡더니 두 팔로 나를 주저앉혀서는 이불 안으로 끌어들였다. 나는 어느 결에 그의 품 안에 들어가 있었다.

*

이제 시집갈 날짜가 열흘도 채 남지 않았다. 나는 저녁을 먹고 엄마와 같이 남천 가로 나가 아이들이 쥐불놀이하는 걸 지켜보왔다. 어디선가 걸궁패가 농악을 신명나게 울리는 소리가 들려왔다. 가락을 잡는 날라리 소리가 간드러지게 앞서 나간다. 이신통은 충청도 지방으로 간다며 길을 떠났는데, 언제 돌아올지도 몰랐고 그가 돌아올 때쯤이면 나는 오 동지네 안방에 들어앉아 있을 터였다. 그가 떠나면서 함께 가자고 했더라면 나는 능히 따라나섰을 것이다.

이신통이네 가족은 보은에 산다는데 부친은 의원이라고 했다. 아무리 경서를 읽었어도 서얼은 과거에 나갈 수 없는 시절이어서 그의 부친도 공부하고 남은 재간으로 약방을 하고 살았다고 한다. 그에게는 청주에서 아전을 지내는 형과 누이동생이 있었다. 이신통은 형과 함께 서당에 다니며 글을 읽었고, 중인이 할 수 있는 무반이라도 되려 했던 적이 있었다. 아버지의 의원일을 돕다가 스물한살에 고향을 떠나 한양으로 갔다. 거기서 연희패들과 어울리기도 하고 혼자 전기수(傳奇叟)로 돌아다니기도 했는데, 간간이 방각본 책들을 받아다 각 대처에서 책전을 벌이기도 하고, 책을 필사해주는 사서 노릇도 하며 떠돌아다녔다고 했다. 그는 아직도 해사한 책방도령 같은 얼굴이었는데도 나보다 열살이나 많았다.

해는 이미 저물었는데 먼 하늘에 노을의 자취만 남았고 오리들이 가늘게 울면서 높은 하늘 속을 날아갔다. 아이들의 웃음소리와 불놀이의 불꽃이 들판에 점점이 흩어져 있었다.

엄마, 정말 강경 가서 살려구?

에그, 술장사라면 이제 지긋지긋허다. 저 누구냐, 이신통이 말이 그럴듯하더라. 임 비장하구두 논의를 해볼 참이여. 너 보내놓고 장쇠 데리구 강경 바람 좀 쐬구 올란다.

나는 엄마가 남에게 좀처럼 속거나 엎어치기를 당하지는 않을 맵짠 아낙임을 알고 있어서 별로 걱정은 되지 않았다. 그렇지만 이신통 그 사람을 시집가기 전에 꼭 한번만 더 만나보고 싶었다. 엄마는 털배자에 누비덧저고리까지 걸치고 나왔는데도 춥다고 발을 동동 굴렀다.

불구경 잘했다. 어서 집에 가서 구들장에 좀 지져야겠다. 너 가서 정 못 견디겠으면 삼년만 눈 꾹 감고 살다 와라. 까짓것 아들 하나 쑥 낳아주구, 이별전 받구 파하면 그담엔 니 맘대루야.

흥, 나처럼 딸 낳으면 무슨 괄시를 받으라구.

그럼 그냥 미투리 거꾸로 신구 돌아오너라.

나 아버지한테 기별 않구 가두 될까?

박씨 댁 얘기는 아예 입에 담지두 마라. 우리 모녀를 저희 뒤란의 개나 돼지보다두 못허게 보던 것들이여. 나는 그 집 종년들이 이바지하러 갈 때마다 눈알을 부라리던 게 지금두 잊히지 않는다.

양갓집에서 들으면 관기 첩이 서얼 딸을 낳아 부잣집에 팔아먹었다고 수군거릴 노릇이지만 나는 엄마를 원망하지 않았다. 착한 농사꾼 만나 길쌈하고 빨래하고 우물가에서 수다 떨고 쑥개떡 쪄 먹고 살 기질은 내 핏속에도 아예 흐르지 않을 것이다.

이신통 같은 뜨내기를 못 잊게 되었으니 나는 엄마보다 더하면 더했지 부황한 근본이 어디로 가겠는가.

혼삿날에 임 비장과 고을 아전 몇사람이 먼저 손님으로 왔고, 오 동지는 견마 잡힌 세마를 타고 하인을 앞세워 왔으며, 빈 사인교를 가마꾼과 함께 세내어 왔다. 내일 신행 갈 제 나를 데려갈 채비였다. 그를 따라서 삼례에서도 오 동지의 술친구 두엇이 따라왔다. 동지라고 해봤자 벼슬 직임도 아니고, 나라 형편이 어려울 제 공명첩을 사면 전국 각지의 밥술깨나 먹는 토호들에게 나눠준 체면치레라, 향교의 지방 양반 행세하는 이들과는 격이 달랐다. 그러니 아전이며 장사치들도 트고 지내던 것이다. 낮에는 동지 어른이요, 밤에는 상것이라고 모두 우스갯소리를 하는 판이었다. 전안지례(奠雁之禮) 따위는 없으니 청사초롱 홍사초롱 기럭아비도 기러기도 없었다. 대청에다 자리 깔고 상 위에 술잔과 술 주전자 올려놓고 쌍촛대를 밝혔을 뿐이었다. 손님들은 모두 건넌방에 교자상 둘을 붙인 술상 앞에 모여앉아 있었다. 오 동지는 신랑의 사모관대 대신 갓에 두루마기 평복 차림이고, 나도 활옷이니 원삼이니 족두리 모두 폐하고 노랑 저고리에 붉은 치마를 입었다. 고을 아전 중의 하나가 집사를 맡아서 마루 위편에 서서 이르는 대로 나는 찬모와 동네 아낙의 부축을 받아 두번 절하고 동지가 한번 절하여 응대했다. 합환주를 주고받고 다시 절을 나눈 뒤에 집사가 백년해로를 축수하고 모두 끝났다. 그야말로 순식간이어서 나는 신방으로 정해둔 상방에 들어가 앉았다. 벌써 이부자리는 펴놓았고 건과육포며 약주며 자리끼 등속을 차린 소반을 옆에 두고 앉아 있는데, 엄마가 방문을 살그머니 열더니 얼른 들어와 이불 밑에 손을 넣어보았다.

에그 따스해라. 불이 잘 들었나부다. 어디 몸은 괜찮고?

이러구 언제까지 앉아 있어야 해? 나 먼저 자버릴까?

큰일 날 소리. 신랑이 올 때까지 고대로 방을 지켜야 되는 법이다. 뒷간에두 가면 안된다. 조기 샛별 요강 있으니 거기다 볼일 보고.

내가 술을 한잔 따라서 쭉 마시고 생률 한쪽을 먹었더니 엄마가 다시 호들갑을 떨었다.

술 먹지 말구 기다려. 니가 취하면 첫날밤을 망치는 거여.

엄마가 방 안을 한바퀴 빙 둘러보고 나가려다가 문가에서 멈춰 서더니, 고개를 갸웃하고는 내게 물었다.

너 혹시…… 무슨 일 있었냐?

나는 엄마의 그런 눈초리를 평소에 잘 알던 터라 새침하게 받았다.

달거리두 피했구, 목욕재계 다했구, 일은 무슨 일?

너 맘에 두고 있던 녀석 따루 있는 건 아니겠지? 그런 거 다 소용없더라. 애 낳고 살아보면 모두 그놈이 그놈여. 처음 치르는 일도, 내가 일러준 대로만 하면 염려할 것 없다. 그저 잠깐 참으면 되느니라.

나는 참지 못하고 엄마에게 물었다.

이 서방 언제 다시 온다구 합디까?

뜬금없이 웬 이 서방?

나가려던 엄마가 내게 달려들듯이 날렵하게 마주 앉더니 내 손을 잡아 흔들었다.

이신통이하구 무슨 일이 있었지? 그놈 다녀간 뒤부터 한숨만 푹푹 쉬고, 니 꼴이 수상하다구 생각했다만……

나는 실실 웃으며 말했다.

엄마는 뭐 정인이 없었나?

이것아, 오 서방이 보내온 니 머리 얹는 값이 얼만 줄이나 아냐? 자그마치 이백냥이야. 기와집 두채 값이라구.

누가 기생 어미 아니랄까봐 엄마의 그런 말이 내 속을 뒤집어 놓았다.

그래서 이렇게 팔려서 시집가는 거 아닌감? 그 돈 받아 잘 먹구 잘살어.

엄마는 한숨만 푹푹 쉬고 앉았다가 끙하며 일어났다.

안되겠다. 오 서방에게 소주를 나우 먹일밖에……

자정이 넘어서야 손님들의 술자리가 끝났던지 오 동지가 술 취한 트림을 연방 터뜨리며 툇마루에 오르는 소리가 들렸고 나는 그동안 술을 반 주전자쯤 꼴깍대며 마신 끝이라 술이 제법 알딸딸하게 취해 있었다. 그가 들어서더니 갓이며 겉옷을 훌렁훌렁 벗고는 내게로 달려들어 저고리 고름을 움켜잡았다.

아이, 왜 이리 서두르셔요. 먼저 누우세요.

오 동지가 웃통을 벗고 바지 대님은커녕 버선도 벗지 않고 요 위에 벌러덩 자빠지더니, 내가 저고리 벗고 치마끈 푸는 동안에 벌써 코를 높이 골며 술잠에 빠져버렸다. 애고, 잘코사니야! 나는 적삼에 고쟁이 바람으로 소반을 끌어당겨 남은 술을 다 먹고는 신랑 대신 촛불을 불어 껐다.

예전 법식대로라면 신랑이 처가에서 석달은 살다 가야 하고, 요즈음 식으로도 사흘은 묵어가야 하지만, 아침 먹고는 전주서 삼십여리 떨어진 삼례로 인차 출발할 예정이었다. 거기서 가족들은 물론이요, 인근 사람들과 잔치를 벌일 모양이었다.

아침에 일어난 오 동지가 부스스한 눈으로 윗목에 앉아 있던 나를 올려다보았다.

어어, 간밤에 어떻게 되었나?

나는 눈을 동그랗게 뜨고 아무렇지도 않게 되물었다.

뭐가요?

내가 저 머시기…… 했던가?

나는 앙큼하게 대꾸했다.

흥, 성미가 급하여 옷이 다 찢어지는 줄 알았소.

그는 입을 헤벌리며 멋쩍은 듯이 웃었다. 밖에서 인기척이 들리더니 엄마의 헛기침 소리가 들렸다.

일어들 났나?

예, 어머니.

세숫물 떠다 주랴?

무슨 세숫물, 어서 일어나서 마당에 나가 훌훌 시언하게 세수해요.

내가 사정없이 이불을 걷어버리자 오 동지는 벗은 웃통을 움츠리며 엄살을 떨었다.

어허 고뿔 들겄네. 거 성미두 급하긴……

오 동지네 집은 거북산이라는 야트막한 야산을 등지고 남향받이에 자리잡은 감나무골이란 데에 있었다. 견마 잡힌 말을 타고 앞서 가는 오 동지를 따라 나도 사인교를 타고 뒤를 따랐다. 가마꾼의 걸음걸이에 따라서 가마가 좌우로 흔들려 멀미가 날 지경이었다. 오 동지네 식구는 부모님은 안 계시고 시할머니가 살아 있었고, 전처소생의 딸 하나와 행랑에 중년의 노비 부부와 총각 마당쇠와 하녀 둘이 있었다. 시할머니는 고랑고랑하는 팔십이 다 된 노파였는데 해소 기침을 콜록대면서도 할 말은 다 했다.

대를 이어주기만 한다면…… 너는 우리 집안의 은인이지. 그저 어쨌거나…… 제발 덕분에 아들 하나만 낳아다우.

그런데 내 탓인지 동지가 원래 씨 모자란 위인이었는지 아들은커녕 애를 배지도 못했다. 철철이 십전대보탕이다 사물탕이다 보음보양환이다 마시고 먹고 했어도 백약이 무효했다. 애를 태우던 시할머니가 두해를 넘기지 못하고 돌아가시자 집안은 온통 내 차지였다. 오 동지는 심심한 것을 못 참는 사람이라 가끔씩 전장이라도 둘러보고 농번기가 되면 주위 소작인들에게 술추렴이라도 해준달지 관리를 해야 될 텐데 노상 전주로 익산으로 싸돌아다녔다. 눈치로 보아 오 동지가 평소에 고을 아전붙이들과 안면이 넓은 것은 투전판을 드나든 때문이었다. 그는 익산으로 전주로 하인 하나 데리고 나다니며 사나흘씩 밤을 패고 들어와 열흘을 못 참고 다시 나가곤 했다. 내가 어쩌나 보려고 성미에 없는 앙탈을 부렸더니, 그는 눈자위가 너구리처럼 게슴츠레한 몰골을 하고는 느릿느릿 대꾸했다.

고추 하나 낳아봐라. 낮이나 밤이나 까꿍 소리 하며 붙어 있을 테니.

이제 그러구 돌아댕기다 패가망신할 거야.

내 무슨 낙으루 살까. 까짓 노름 좀 해봤자 땅을 떠가냐 산을 옮겨가냐. 농사지으면 나락이 자라고, 가을 되면 다시 수천석인데 아무 걱정 마라.

나는 아이를 낳지 못한다고 별로 애를 태울 일도 없었으니, 처음부터 삼년만 채우고 이 집을 떠나리라 작정을 하고 왔기 때문이었다. 들리는 소문으로는 고을마다 걸핏하면 민란이 일어나고, 화적떼도 사방에서 출몰하며, 한양에서도 왜놈이며 되놈이며 서양 코쟁이들까지 간섭하여 여러차례의 변이 일어나고, 궁성이 조용한 날이 없다고들 했다.

엄마는 내가 시집오던 그해 봄에 전주의 살림을 모두 정리하고 예정대로 강경으로 이사를 갔다. 삼례에서 전주처럼 가깝지는 않아도 강경이라면 장꾼들 하룻길도 안되는 육십리 길이어서 세마를 내면 점심 먹고 출발해도 저녁은 친정집에 가서 먹을 만한 노정이었다. 그러나 가장이 집엘 들어와야 나들이 가겠다며 알리고 집을 떠나지. 그가 폭 빠진 것은 투전이나 가보잡기 같은 예전 것이 아니라 골패 노름이었고, 차츰 사나흘 외박이 아니라 대엿새까지 집에 들어오지 않는 날이 늘어갔다. 그러던 어느날 드디어 큰 탈이 닥치고야 말았다. 오 동지 그 잡것이 겨우 추수 마치고, 소작인들 명년의 도지 약계를 매듭지을 틈도 없이 정신이 딴 데 팔려 있더니, 뒷일은 마름에게 맡겨두고 고쟁이에 헛방귀 새듯 슬그머니 사라져버린 뒤의 일이다.

감나무골 한동네에 사는 마름과 행랑아범이 도지를 권세로 작인들에게서 인정전을 먹기도 하고 배, 곶감, 단밤, 갱엿, 이강주에다 인삼, 약초에 이르기까지 온갖 특산물을 가로챈다는 걸 나는 눈치채고 있었다. 평소에 행랑어멈이 물건이 들어오면 내게 선을 뵈고 곳간과 찬광에 쟁여두는데 나는 늘 열쇠를 내주었다가 거두기만 하던 터였다. 한번은 의붓딸이지만 기른 정이 있다고 울안에 보이질 않기에 이리저리 집 안을 찾아 둘러보다 행랑채에 이르렀다. 이제 열살이 되었으니 함부로 바깥으로 싸돌아다니게 해서는 안되겠다 생각하며 행랑채의 방문을 열었더니 벽장에 미처 넣지 못하고 쌓아둔 보퉁이며 대광주리가 보였다. 호기심이 일어나 슬며시 들어가 헤쳐보니 모두 진귀한 진상품들이었고, 벽장 속에는 꿀 항아리며 곶감이며 건어포가 축으로 쌓여 있었다. 이때 밖에서 신 끄는 소리가 들려왔다. 내가 얼른 벽장문을 닫고 마루로 나서는데, 행랑어멈이 앞치마에 뭔가 싸들고 들어오다 멈칫 섰다. 내가 당황하여 먼저 얼버무렸다.

명길이가 안 보이길래……

아가씨는 별채에 기실 텐데요.

하루걸러 오는 독선생이 명길이에게 『명심보감』을 가르치는 시간임을 깜박 잊고 있었던 것이다.

그런 걸, 난 또 동네방네 싸돌아다니는 줄 알았네.

아유 그럴 리가요. 헌데 이거 좀 잡숴보시지요.

행랑어멈은 멋쩍은 얼굴로 앞치마에 가렸던 것을 내밀고는, 앙증맞은 약 항아리의 뚜껑을 열어 보였다. 잘 삭은 냄새 때문에 저절로 침이 고였다.

고추장에 담근 고들빼기장아찌랍니다.

내 비록 나이도 어리고 살림 솜씨란 쌀 퍼다 개피떡 바꿔 먹을 년이지만, 그래도 어려서부터 주위에서 궁량은 아흔아홉칸을 들었다 놓을 만하다는 소리를 들었다.

모처럼 얻은 것이니 아범 입맛이나 돋워드리게. 가내 잡사로 노심초사가 이만저만이 아닐 터인데.

나는 대수롭지 않다는 듯 봄바람같이 부드러운 웃음을 보여주고 안채로 돌아왔다. 내가 저희 방에 들어갔다가 나왔으니, 쟁여둔 진상품을 낱낱이 보았음을 저도 알 터였다. 그러니 아무 말 않고 있어도 이년 두고 보자는 형국이 되어버린 셈이다.

그날 저녁상을 물리고 모처럼 가야금을 무릎에 얹고 '방아타령'을 뜯고 있는데, 밖에서 좀 뵙겠다는 나직한 목소리가 들려왔다. 문을 열고 내다보니 섬돌 아래 행랑채 부부가 다가서 있었다. 어멈이 속삭이듯이 제 남편이 긴히 드릴 말씀이 있다고 말하여 망설이다가 그들을 안방으로 들어오게 했다. 내가 좌정하자 아범이 머리를 조아리며 아뢴다.

제가 듣기로 안방마님께서 친정 나들이를 가신다기에, 제가 모시고 다녀올까 하여 여쭙습니다.

웬 뜬금없는 소리인가 하면서도 나는 내색을 않고 대꾸했다.

어멈이 평소에 내가 하던 말을 유념하고 있던 모양이구려. 동지 어른이 출타하고 안 계시니 어찌 함부로 집을 비울 수가 있나?

옆에서 어멈이 안절부절못하는 눈치더니 얼른 끼어든다.

그저 한 사날 다녀오시지요. 낼이나 모레나……

나는 어쩐지 그들이 조바심치는 속내가 궁금하여 떠보기로 했다.

왜, 그러지 않으면 무슨 큰 난리가 난대나?

행랑아범은 말을 못하고 꾸물대는데, 어멈이 대놓고 눈을 흘기더니 무릎을 내밀어 다가앉으며 말했다.

들은 대로 말씀드리라니까…… 읍내 장에 소문이 파다하답니다. 가을걷이를 하고 나서 인근 동네에도 화적이 출몰했다지요.

장에 나갔던 아범이 장꾼들에게서 들었다면서, 그놈들은 대둔산에 산채를 두고 있는 패거리로 적으면 십여명이요, 많을 땐 수백명이 출몰한다 했다. 나는 속으로 놀랐지만 그런 내색을 보이지 않고 대꾸했다.

화적 얘기야 어제오늘 일도 아니고, 그렇다고 가장도 출타한 터에 내가 어디를 간단 말인가? 사정이 위급하다면 내일이라도 당장 작인들을 모아 집을 지키고, 관아에도 알리고, 전주 나가서 동지 어른을 모셔오게.

글쎄, 전주에 가셨는지 익산에 가셨는지 행처를 딱히 모르니 낭패올시다. 우리 읍내 관아라 해봤자 역의 찰방 아래 역졸 몇명이 고작입니다. 감영에서도 함부로 발병을 할 리가 없지요.

어쨌든 내일 아침에 마름에게 소작인들을 모아서 수십명이 집을 지키도록 하자고 의논이 되었는데, 나는 가슴이 벌렁거려서 한숨도 잠을 이룰 수가 없었다. 요즈음 세월에 군현의 백성들이 관장 알기를 철천지원수로 보고 군노 사령배를 지푸라기 제웅처럼 하찮게 본다는데, 상단이나 심지어 도부꾼 장사치들도 작은 고개를 넘다가 봇짐 털리기는 길 가다 소도 보고 말도 보는 격이라고 했다. 가산 돌보기를 내쳐버린 주인의 아랫것들이 이미 집안을 좌지우지하고 있다는 낌새를 알아차렸고, 화적이야말로 마름과 행랑아범, 소작인들 모두가 한통속일 거라고 생각했다. 그러니 모이면 적당이요, 헤치면 양민이라는 소리도 있지 않은가. 나는 이리저리 돌아눕다가 벌떡 일어나 장롱을 열고 패물 등속을 간수하고, 사랑채에 건너가 문갑을 열고 층층이 쌓인

문서류는 그대로 두고, 돈궤미도 그대로 두고, 금거북과 은편자와 옥관자며 호박단추, 마노, 대모안경, 산호, 그리고 주인이 아끼는 연경 사행의 박래품 청강석 벼루에 녹용, 사향, 웅담, 우황 등속의 귀한 약재들을 꾸려가지고 나왔다. 그것들을 보퉁이에 싸서 뒤란의 장독대로 나갔고, 맨 뒤편의 비어 있던 대독 속에 처박아두고, 위에다 짚 한뭇을 절반으로 접어 쑤셔넣은 다음 뚜껑을 덮었다. 그러고 나니 두근대던 가슴도 가라앉고 저절로 콧방귀가 터졌다. 흥, 화적이든 홍도깨비든 수백명이 들이닥쳐도 눈썹 하나 까딱 않을 자신이 생겼다.

이튿날 지시대로 마름이 와서 뵙더니 농한기여서 다행이라고 작인 수십명을 인솔하여 왔고, 한편 행랑아범과 사랑채의 마당쇠는 각기 전주, 익산으로 오 동지를 찾으러 나갔다. 갑자기 바깥마당에 멍석 깔고 사람이 들끓으니 무슨 잔치라도 벌어진 양이었는데, 안채에서는 그들의 점심 준비를 하느라고 또한 법석이었다. 일일이 밥과 찬을 챙길 수가 없으니 장국밥을 끓여서 나물과 김치 얹어 말아내기로 했다. 아무리 호집 소작꾼들이라 하나 상전 집에 들었으니 반주가 없을 수 있나, 막걸리도 한동이 내갔다. 오후가 되어 따스한 늦가을 햇볕이 내리쬐고 바람도 잔잔한데, 모두들 식곤증에 취기로 멍석에 포개 눕거나 벽과 기둥에 기대어 달콤한 낮잠에 빠졌다. 갑자기 대문을 두드리는 소리가 요란하여 작인 두엇이 달려가 물었다.

누구시우?

보면 모르느냐, 어서 문을 열어라!

문틈으로 내다보니 앞에 선 이는 검은 더그레 군복에 전립 쓴 장교였고, 뒤에 창검을 번쩍이며 털벙거지 쓴 일대의 군졸들이 보였다. 그들이 황급히 대문을 열자 관군이 일시에 마당 안으로 쏟아져들어왔다. 마름이 앞으로 나서며 묻는다.

어디서 나오신 군사입니까?

하자마자 장교가 등채를 들어 그를 가리키며 외쳤다.

이놈부터 오라를 지워라.

뭐라고 발명할 틈도 주지 않고 군졸 두엇이 달려들어 우격다짐으로 그를 붉은 오라로 묶었다. 장교는 겨드랑이에 환도를 차고 있었지만 군졸들은 삼지창에 화승총을 멘 자도 있었다. 장교가 연이어 호령한다.

이놈들 모두 화적과 내통한 놈들이니 모조리 묶어라.

군졸들은 우르르 달려들어 저항하는 자는 가차없이 창대로 후려치고, 업어치기나 딴죽으로 걸어 넘어뜨린 다음 두셋씩 묶어놓으니 모두 굴비 두름 엮듯이 되었다. 그러곤 열쇠고 뭐고 없이 광문에 걸린 자물통을 철퇴로 단숨에 부수고, 사람들을 모두 꾸역꾸역 밀어넣고는 빗장 대신 창대를 엇질러 넣었다.

장교라는 자는 키가 장신에 수염도 그럴듯하고 얘기책에 나오는 대로 희번득 고리눈이어서 모두들 첫 대면에 기가 죽어 있었다. 나는 대문을 두드릴 때부터 놀라서 사랑채 문 앞에까지 맨발로 뛰쳐나와 있던 터라, 그들의 행적을 문틈으로 똑똑히 지켜보고는 아래윗니가 마주치는 소리를 내며 얼른 안채로 달려가 방문을 꼭꼭 닫고 앉아 있었다. 한동안 그러고 있다가 제아무리 호랑이 앞의 개 처지라 하여도 발발 떨고만 있을 수는 없다는 생각이 들었다. 귀신은 경문에 막히고, 사람은 인정에 막힌다니, 사리에 맞게 대하면 설마 죽이기야 할까. 나는 숨을 깊게 들이마셨다가 다시 길게 내뿜기를 두어차례 하고 나서 안방 문을 열고 대청으로 나가 앉았다. 쿠당탕하는 요란한 소리와 함께 사랑채와 안채 사이의 샛문이 열리면서 장교 복색과 군졸들이 쏟아져 들어왔다.

왜 이리 소란이오?

내가 혼신의 힘을 다해 그들을 꾸짖자, 앞장선 장교가 섬돌 아래 우뚝 서더니 껄껄 웃고는 말했다.

이 집은 그나마 여자가 담이 좀 세군. 우리는 녹림에 있는 사람들로 이 집 가산을 좀 취하려 하오. 부인은 놀라지 말고 방 안에 들어가 있으시오. 가솔들을 모두 몰아넣어라!

명길이와 행랑어멈이 먼저 버선발로 마루에 올라 안방으로 달려들어왔고, 부엌에서 치마를 둘러쓰고 엎드려 있던 하녀들도 안방으로 쫓겨와 그야말로 아녀자들만 모여 있게 되었다. 누군가 따라들어와 우리 머리 위에 이불을 둘러씌웠다. 나는 차츰 무섬증이 사라지고 깨가 고소한 생각까지 들었다. 쌀섬을 지고 갈 일박에는 남은 재물이 없을 터라 군졸들은 한참이나 사랑채와 별채와 안채를 훑고 나서 안방에 들어와 장롱과 벽장을 뒤지더니 간신히 비단 몇필 찾아내어 들고 나갔다. 우왕좌왕하는 발소리가 들리더니 밖에서 우두머리의 목소리가 들려왔다.

부인 좀 나오시오.

내가 대청으로 나가자 두목은 빙긋 웃더니 고개를 끄덕였다.

대비가 있었던 듯한데…… 내가 총명한 부인을 겁박하면 숨긴 재물을 찾아낼 수 있을 게요. 허나 사내대장부가 어찌 그런 좀스런 짓을 하겠소.

그는 함을 마루 위에 쾅 내려놓고, 안에서 각종 문서를 꺼내어 보여주고는 특히 치부책을 집어서 허공에 흔들어 보였다.

여기에 각종 토지대장과 문서가 있고, 특히 이 장부는 장리 환곡의 명세는 물론이고, 이 댁에서 들고 난 채권 채무 제반 사항이 모두 적혀 있소이다. 뒤에 사람을 보내어 때와 장소를 알려줄 터이니 돈 삼천냥을 준비해두시오. 응하지 않으면 모두 불쏘시개나 할밖에.

그들은 그래도 재물이라 할 만한 물건들을 챙기고 함을 달랑 메고는 올 때와는 달리 백사지에 물 부은 듯 일시에 사라졌다. 행랑어멈이 광으로 달려가 빗장 지른 창대를 뽑아 던지자 갇혔던 사람들이 우르르 쏟아져나왔다. 개도 텃세를 한다는데 제 동네에서 멀거니 눈 뜨고 백주에 당한 꼴이라, 국밥값이라도 한다고 제각기 울끈불끈 뒷말이 무성했다. 쫓아가서 뒤를 보자는 둥, 대둔산 것들이 틀림없으니 사람들을 모으고 관아에 알려 길목을 지키자는 둥, 그럴듯한 의논이 나왔으나 선뜻 대문 밖으로 뛰쳐나가는 자는 한명도 없었다. 나는 넋을 잃고 대청에 앉았다가 마름에게 물었다.

어쨌든 적경은 알려야겠지요?

얼굴이 새파랗던 마름도 이제는 혈색이 돌아와 채수염을 쳐들고 말했다.

예, 염려 놓으십시오. 삼례역이 지척이니 당장 찰방에게 알리고, 감영으로 급파발을 놓으라 이르겠습니다.

저녁도 못 먹고 온 식구가 돌림병이라도 옮은 듯 모조리 구들장 지고 이불 둘러쓰고 늘어져 있었다. 두런두런하는 소리가 들리고 전주에 나갔던 행랑아범이 오 동지와 함께 돌아온 모양이었다. 집 안에 화적이 들었단 소식은 들었는지 그는 조심스럽게 안방 문을 열어보았다.

어, 왜 이렇게 컴컴한가?

나는 일부러 골을 싸매고 누워서 꼼짝도 하지 않았다. 불 켜라는 소리에 하녀가 관솔에 불을 댕겨와 쌍촛불을 켰고 그는 한참이나 내 머리맡에 앉아 있었다. 나는 비녀가 헐렁해져 부스스한 머리를 개의치 않고 비칠비칠 일어나 앉았다.

이제 더이상 이 집에서 못 살겠소. 이런 꼴을 당하고 가장에게 괄시를 받으며 살아갈 수는 없지요. 아들도 낳지 못하였으니 스스로 소박을 맞겠어요.

하고는 도적이 문서와 치부책을 가져가며 이르던 말을 찬찬히 전해주었다. 이어서 뒤란 장독대에 귀중품을 숨겨놓았다는 말을 하자마자, 못난 것이 벌떡 일어나더니 재물을 찾으러 가는 모양이었다. 얼마 후 그는 옷자락에 지푸라기를 잔뜩 묻혀가지고 보퉁이를 찾아 돌아왔고, 보따리를 풀어헤치고는 일일이 확인을 했다. 골똘해 있는 얼굴을 보며 앉아 있노라니 만정이 떨어져서 나는 방에서 나와 명길이가 있는 별채로 가버렸다.

이튿날 미리 싸두었던 간단한 옷 보따리를 들고 길을 떠나기 전에 오 동지와 대면하여 말했다.

이길로 나는 친정으로 갑니다. 아낙이 우환 중에 집을 떠나는 것이 도리상 안되는 일이지만, 환난은 모두 당신이 자초한 일입니다. 행랑아범과 마름이 당신의 수족이 아니라는 것만 잘 알아두어요. 누구를 원망하리오, 주인이 집을 메로 삼았으니 남들이 차지하고 사는 게지요.

그때까지만 하여도 빈부귀천은 하늘이 내리는 것인 줄만 알았더니, 민란과 화적이 들끓는 세태야말로 하늘의 뜻이었음을 나중에야 깨닫게 되었다.

*

말이 씨 된다고 나는 재취살이로 삼년을 채우고 집으로 돌아왔다.

강경나루 옥녀봉 아래 다리목 객주를 읍내에서 한두번 묻고는 그냥 전부터 알던 길인 듯이 쉽게 찾았다. 엄마는 마당에 들어서던 나와 마주치자 얼어붙은 듯이 그 자리에 섰는데, 놀란 눈에 눈물이 그렁그렁해졌다. 첫마디가 이랬다.

밥 먹었냐?

아직도 위쪽 가지에 따지 못한 감이 잔뜩 달린 감나무 두그루가 마당에 서 있고, 담은 그전 집처럼 싸리 울타리가 아니라 번듯한 돌담이었다. 남도식 일자집에 마당 왼편에는 우물도 있었고 버드나무가 낭창한 가지를 드리우고 있었다. 앞채처럼 기와 올린 별채가 아니라, 어디서 꾸어다놓은 듯 초가집 한채가 뒷마당에 있었는데 살림집으로 쓰고 있었다. 대문간에도 창고와 마방이 들어서기 전이어서 초가이엉을 얹은 헛간과 측간이 붙어 있었다. 이른 저녁이었지만 엄마가 들여온 겸상에 마주 앉았다. 나는 민물새우 넣고 끓인 아욱국을 한숟가락 뜨다가 눈물을 똑 떨구었다. 이맘때의 아욱국은 시어미가 문 걸어 잠그고 며느리 년 몰래 먹는다는데. 시집 밥은 명치에 걸리고 친정 밥은 속살이 찐다던가. 엄마는 내가 친정 나들이를 왔다고 여길 만큼 맹꽁이는 아니어서, 잘 마른 보리굴비를 쭉쭉 찢어서는 말없이 내 밥숟갈 위에 얹어주었다. 나는 엄마에게 콩이네 팥이네 여러 말 하지 않고 간단히 말했다.

오 서방이랑 갈라섰어요.

엄마는 석화에 버무린 무생채를 밥숟갈에 얹어주고는 아무렇지도 않게 대꾸했다.

자알했다.

밥 다 먹고 나서 엄마가 곰방대에 불을 붙이더니 내게 물었다.

무소식이 희소식이려니 하구 지냈다만, 애는 놨냐?

고자는 아닌데 애가 안 섭디다.

거참 깨고소하다. 외손주 낳았더면 내 속이 얼마나 아팠을꼬. 이별전 한푼을 안 주데?

나는 엄마에게 오 동지가 가산 경영을 돌보지 않던 것이며, 노름 버릇 든 것이며, 화적이 들었던 일을 애기책 읽어주듯 해주었다. 엄마는 놋쇠 재떨이에 곰방대를 탕탕 두드려 불티를 떨고는 키드득 웃으며 말했다.

두고 봐라, 제깟 놈이 며칠 내루 찾아올 테니……

객점으로 쓰는 본채는 삼례 집보다 방의 크기가 좀더 컸을 뿐 안방, 건넌방, 마루, 찬방, 부엌, 그리고 뒷방으로 거의 같은 구조였다. 안방과 건넌방을 술청 겸 봉놋방으로 쓰고, 뒷방은 내외하는 부녀자나 처자와 동행인 손님을 받았다. 보행객주라 강경장을 드나드는 보부상과 도부꾼을 받았지만 아직은 직접 물건을 받아 타지에 넘기는 일은 벌이지 못하고 있었다. 저녁밥 때가 지나서야 두런거리던 앞채의 인기척이 잦아들고 찬모와 장쇠가 와서 나를 반겨주었다. 이튿날부터 나도 부엌이나 찬방에서 일을 돕고 장쇠와 더불어 술밥을 나르고 하노라니 삼례 감나무골에 시집갔던 일은 전생의 일인 듯이 까맣게 잊어버렸다.

엄마는 역시 옥황상제의 따님인지 앉아서 남의 속내를 다 아는 모양이었다. 십일월 초순의 어느날, 방울이 쩔렁대는 소리가 들리더니 세마를 탄 오 동지가 문 앞에서 내려 마당 안으로 들어서는 게 보였다. 나는 찬방에서 내다보고는 얼른 부엌을 지나 뒤채로 건너가, 툇마루에서 호박고지를 손질하고 있던 엄마에게 일렀다.

오 서방이 왔어요. 나 없다구 그래.

내 뭐라던?

엄마는 신을 제대로 꿰지도 못하고 치맛귀를 싹 감아쥐고는 재빨리 앞마당으로 돌아나갔다. 나중에 들으니 이러루한 말이 오갔다.

장모, 평안하신가.

사위가 꼴에 반상 구별이라고 하게를 하자 엄마는 일부러 딴청을 부린다.

거 무슨 입에 발린 장모인지 노루 털인지…… 누구시던가?

삼례 사는 오 동지를 잊었는가?

아무리 사위가 반자식이라 하나, 내 딸 채간 뒤로 삼년이 지나도록 콧구멍도 안 보이더니, 이제 무슨 일로 왔나?

오 동지는 견마잡이로 따라온 하인에게 눈짓을 했고, 녀석이 엄마에게 보자기로 싼 고리함을 두 손으로 바치듯 한다.

이게 뭐야, 소박 놓고 뒤늦게 이별전 가져왔나?

어허, 장모. 노여움을 푸시게. 그게 연옥이 쓰던 방물들이라 내가 수습하여 가져왔구먼. 처갓집을 찾느라고 곁꾼을 풀어 강경나루를 이 잡듯 하였다네.

엄마는 우선 함을 받아 내다보던 중노미 장쇠에게 넘겨주고는, 대청 앞을 가로막고 팔짱을 끼고 서서 을러대듯 말했다.

내 그러잖아도 독수공방에 화적떼에 온갖 고초를 겪은 우리 딸이 소박을 맞아 맨손으로 돌아왔으니, 전주 감영에 소장이라도 올릴까 하던 중이여. 연옥이는 이미 남남이라, 다시는 찾을 생각 마소.

본인의 말을 듣고 싶으니 상면이나 하게 해주오.

풀이 꺾인 오 동지가 그렇게 중얼거려보건만, 엄마는 냅다 소리를 지른다.

애 장쇠야, 소금 갖구 와라.

누구 영이라고 거역하랴. 장쇠가 부엌에서 꽃소금을 단지째로 갖다 바치고, 엄마는 소금단지를 옆에 끼고 일사천리로 내지른다.

내가 누구여, 기생 어미 아닌가베. 집에 두기 남세스러워서 그 년을 저어 부여로 개가시켜 보냈다네. 부귀빈천이 물레방아라, 이제 팔자를 고쳤으니 망신당하지 말구 돌아가소.

말을 마치자 엄마는 미운털 박힌 사위짜리에게 소금을 마구 뿌린다.

허 쉬이, 썩 물러가라, 물러가!

오 동지는 얼굴과 옷자락에 사정없이 날아드는 소금을 막느라고 두 팔을 휘저으며 뒷걸음질치다가 달아나버렸다.

그해 겨울부터 대목을 부르고 미장이를 사서 뒷마당의 초가를 헐고 앞채와 같은 규모의 별채를 올렸고, 대문 옆에 문간방과 마방과 창고를 연이어 지었으며, 측간도 내외 구분하여 서쪽 담 모퉁이에 달아내고, 뒷담에 문을 내고 텃밭을 사들여서 대나무 울타리를 둘렀다. 공사는 봄이 되어서야 끝났는데, 이제야 내로라하는 객점의 규모가 갖추어진 셈이다.

정월 대보름날 마음이 뒤숭숭하여 옥녀봉에 올라 쌍폭 돛대를 세운 조운선이 떠가는 금강을 내려다보았다. 엄마가 이신통의 소식을 말해주었던 것이다. 그는 우리집이 강경으로 이사 온 뒤에 해마다 정월 대보름이면 호서의 가장 큰 장터인 이 고장에 연희패들과 함께 찾아와서 다리목 객점에 묵었다고 했다. 작년에는 대보름 때에도 왔지만 단오에도 왔다고 했다. 엄마는 내 얘기는 모른 척하고 꺼내지도 않았다는데, 언젠가 신통이 술을 좀 마신 뒤에 시집간 연옥이는 잘 사느냐고 묻더란다. 잘 살다 뿐인가, 곡간에 든 생쥐 팔자인데, 했더니 술만 벌컥벌컥 마셨대나 어쨌대나.

*

세월은 강물처럼 흘러갔고 나는 스물한살이 되었다. 기생으로 치면 환갑이 스무살이요, 퇴기 서른이면 손자를 본다는데, 자식도 없이 소박맞고 친정에 돌아와 객점이나 거들고 있는 신세였다. 한번 내친 살림, 두번 세번 거듭된다더니, 인근 저자의 객주 상고들 가운데는 돈푼이나 모은 사내가 많아 은근히 엄마에게 조르고 떠보는 이가 여럿이었다.

그럴 때마다 엄마는 내게 묻지도 않고 당신 마음대로 대답하곤 했다.

우리 딸이 소박맞은 것이 아니라, 정 끊는 칼이 없어 먼저 마음 준 사내를 못 잊는 것이라오.

저자의 객점주들은 경쟁자일지언정 우리집에서 잠자거나 밥 사먹을 일도 없고 술 먹을 일이란 더욱 없었기 때문이다.

은근히 넘보려던 사내들은 그런 못된 놈이 어디 사는 누구냐고 차마 묻지는 못했지만, 고슴도치 건드린 범처럼 일시에 사그라졌다. 우리가 색주가를 하고 있었더라면 엄마는 아마 단골손님을 모으려고, 바로 지금 서방을 고르는 중이라고 딴소리를 했을 거였다.

나는 이신통을 기다려보았지만 대보름에도 그는 역시 나타나지 않았다. 어디서 호열자나 장질부사에 걸려 노중 객사를 했나, 그도 아니면 떠돌아다니다 마음잡고 고향이라던 보은에 말뚝을 박아버렸나, 저도 아니면 어느 도방 대처에서 나 같은 속없는 년 만나 살림 차리고 들어앉았나. 스스로 소박맞고 강경 온 지 두해가 돼가건만 마치 나를 피하려는지 약을 올리려는지 그 잡것은 그림자도 비치지 않았다. 나도 이제는 기약 없는 세월에 자식도 없이 시들어가는 나이가 되었다. 강변에 버들강아지 움트고 생강나무 꽃이 피어날 무렵에 고기잡이 어선들이 백여척이나 몰려들었고, 이제부터 단오 철까지 연달아 파시가 설 모양이었다.

엄마는 예전부터 함께 살던 찬모 외에 안 서방 부부를 식구로 받아들였다. 안 서방네는 강 건너 부여에서 소작 짓고 살다가 흉년에 볍씨까지 먹어버리고 보릿고개를 넘기지 못하여 솥단지와 이불만 걷어가지고 밤도망을 해온 처지였다. 집 근처에 그들 세 식구가 쓰러져 있는 것을 내가 텃밭 보러 나갔다가 데려와 살려냈던 것이다. 안 서방은 장쇠와 더불어 곁꾼으로, 그의 아내는 찬모를 돕는 부엌댁으로 한식구가 되었고, 열한살짜리 딸 막음이는 잔심부름을 맡았다.

파시철이 오면 우리집에 뱃사람이 올 리는 없었지만 어쨌든 강경장이 대목이라 손님이 몰려들게 마련이었다. 앞채에 큰 봉놋방이 넷이나 되고, 뒤채에도 작은방 큰방 합쳐서 다섯이나 되고, 문간방이 둘이었다. 인근에서는 다리목 객점이 가장 번듯하다고 알려져 있었다. 손님이 몇패 들어와 앞채가 거의 찼는데, 누군가 대문 안으로 들어서며 주인을 찾았다. 마방에서 말 사료를 주고 있던 장쇠가 돌아보고는 그를 알아보았다.

박돌 아저씨 오셨어요?

잘 있었냐, 구례댁두 별 무고하지?

그는 갓에 두루마기에 행전 친 모습이 무슨 관아치 같아 보였다. 엄마가 손님맞이방으로 쓰는 찬방에서 내다보다가 반기며 마당으로 내려섰다.

누님 평안하우. 마흔 과부는 금과부라더니 중신 들어오겄네.

에이 망측헌…… 근데 어째서 혼자 오나?

엄마가 툇마루에 앉았던 나를 슬쩍 돌아보고는 말했고, 그제야 나는 그 사내를 어디서 본 듯한 느낌이 들었다.

패거리를 잔뜩 끌고 왔지, 이 박돌이가 혼자 댕기는 거 봤소?

나는 무심하게 앉았다가 그가 누구라는 걸 확실히 알아보고는 숨이 막힐 지경이었다. 내가 어찌 이신통 일행이 찾아왔던 그날을 잊을 수 있으랴. 그는 이 서방의 노중 짝패였던 초라니 광대였다. 가슴이 두근거려서 도무지 견딜 수가 없었다.

큼직한 봉놋방 둘하구 작은방 하나만 내주시우.

밥식구가 모두 몇명이여?

스물다섯인데, 닷새만 묵어갈라우.

내가 마음이 급하여 대문간으로 획 나가보는데 벙거지며 패랭이며 더그레를 걸친 패거리들이 울레줄레 서 있었다. 이미 날이 어두워 누가 누군지 알아볼 수가 없었다. 엄마가 따라나오더니 내 소매를 잡아끌며 낮은 소리로 말했다.

이 서방은 안 왔다는구나.

듣자마자 나는 힘이 쪽 빠져서 주저앉을 것만 같았다. 마당으로 들어서려니 박돌이 말을 걸었다.

이게 누구여, 시집간 딸내미 아녀?

어디 자네 딸내민가? 아무리 객점이지만 내외두 없이.

엄마가 박돌에게 핀잔을 주었지만 나는 공손하게 인사했다.

평안하세요?

그러고는 뒤채로 향하는데 연희패들이 악기며 보따리 등속을 지고 몰려들어왔다. 광대 연희패는 대처의 대보름, 한식, 단오, 추석 등의 사대명절 놀이와 바닷가의 파시, 내륙 교통 요지의 향시, 각 감영의 대목장 등을 돌아다녔는데, 각 지역에 터를 잡고 상인들의 지원을 받아 공연하는 풍물패, 탈놀이패 등이 있는가 하면 사당패나 잡색놀이패들처럼 전국으로 떠돌아다니는 전문적인 광대들이 있었다. 대개는 지방의 아전층이 서로 연락하여 놀이패를 부르거나 장터의 상인들과 엮어주기도 했지만, 이들과 상단을 직접 연결하는 광대물주는 수십년씩 각 지방을 유랑하며 연희를 해온 광대들 중에 수완 있는 자로서, 재간 있는 연희자를 조직하여 흥행지를 물색하고 상인들과 공연 일자며 비용 등을 약계했다. 박돌은 소리광대로서 몇해 사이에 광대물주가 되었던 모양이다. 그들은 파시의 개시와 더불어 닷새 동안 저녁마다 공연을 해주고 떠날 모양이었다. 보통 점심참에서 오후 무렵까지는 한가한 때였고 악사와 놀이패들도 간단한 가락 장단이나 재담을 주고받으며 연습을 하는 시간이었다. 점심참에 나는 박돌에게 낮것상을 대접하면서 이신통의 소식을 물었다.

신통이 녀석 언젠가부터 우리네와 좀처럼 안 어울린다네.

하는 것이 그의 첫마디였다. 박돌은 이신통을 십년 전에 처음 만났다고 했다. 천안 장터에서 사람들을 모아놓고 이야기를 하고 있었는데 울고 웃고 성나고 기쁘게 하기를 하늘이 여름날의 바람과 구름을 희롱하는 듯했다. 옛말에 이야깃주머니라고 하더니 바로 신통이 그러했다. 그는 이야기를 하다가 가장 간절한 대목에 이르러 갑자기 그치니 사람들은 뒷얘기가 너무 궁금하여 다투어 돈을 그의 발아래 내던졌다. 이신통은 당시에 한양 패거리와 헤어진 직후여서 단출한 패거리를 이끌고 다니던 박돌이 막걸리잔이나 사면서 동무가 되었다. 신통은 다시 때와 장소를 구분하여 이를테면 장터 어귀의 버드나무 아래라든가 다리 앞에서 다른 이야기로 판을 벌였다. 새 손님이 많았지만 앞서 그의 이야기를 들었던 사람들도 지나가다 다시 모여들게 마련이었다.

박돌이 자기네 패와 동행하기를 권하여 함께 다니다가 이신통과 헤어졌는데 그들은 다시 도방 대처에서 만나기를 거듭했고 나중에는 신통이가 광대물주를 하게 되었다. 그들이 전주에서 엄마의 색주가에 들렀을 때는 이신통이 광대물주를 하고 있던 무렵이었다. 그런데 몇해 전부터 그는 다른 길로 접어들었다고 했다. 내가 글쎄 그 일이 뭐냐고 물었더니 박돌은 목소리를 낮추고 조심스럽게 말했다.

천지도라구 들어봤나? 신통이가 그 패거리에 들게 되었거든.

천지도가 뭐예요? 무슨 일을 하는 패거리요?

저 머신가, 나라에서 사문난적(斯文亂賊)이라고 하는 미신인데 그것이……

그러면 예전 천주학 같은 거 말예요?

이전에는 모두 죽였지만 시방 천주학은 양귀들 때문에 묵인이 된 셈이고, 천지도는 처음 시작했다는 교주를 국법으로 처단을 했다 그 말여.

박돌이 이신통에 대한 불길한 소식을 남기고 떠난 뒤에, 나는 뜸을 들였다가 어느날 영업이 끝나고 엄마와 나란히 잠자리에 누워서 슬며시 물었다.

엄마, 천지도가 뭔지 알우?

자다가 봉창 두들긴다더니, 뜬금없이 천지도는 왜…… 한번 믿어볼라구?

관에서 금한다며?

양반 것들이 저희 자리 내노랄까봐 노심초사하는 게지. 천지도에서 사람은 누구나 하늘이다 그런다는구나. 그 말본새 하난 마음에 들더만. 나두 주문 외우는 소린 여러번 들었다. 우리집에 묵어가는 길손들 중에 겉으로 말은 안해두 내가 대강 눈치를 채는데 하나둘이 아녀. 천지도인들 점잖은 사람들이더라. 소문에 듣자 허니 촌에는 동네마다 모여서 기도하구 그런다대.

하면 엄마는 왜 안 믿었어?

봄꽃도 먼저 피면 반갑고 이쁘기는 하더라만 그것이 천기를 보는 거여. 꽃샘바람 불고 눈보라 치면 속절없이 지는 법이니라. 세상이 만화방창할 제 더불어 피어나야 절기를 누리는 거란다.

그러면 어여쁜 본색을 어찌 드러낼 수 있남?

글쎄, 남이 한다고 성급히 따라 할 것이 아니다. 작은 복을 제 복이려니 하고 살아야지, 언제 하늘 복까지 바라겠냐.

나는 어쩐지 엄마의 말이 마음에 들었다. 그렇지만 한편으로는 그것이 산전수전 다 겪어온 우리 모녀의 지혜이기도 하고, 열없는 쓸쓸함이기도 하리라.

그해 세밑이 가까웠는데 어쩐지 아침에 일어났을 때부터 공연히 불안했고, 부엌으로 가다가 우물로 가고, 뒷간에 간다며 대문 밖에 나가보기도 했다. 공연히 봉노에 나가는 교자상을 맞들어주다가 삐끗하여 국사발을 모조리 깻박치기도 했다.

오후부터 첫눈이 흩날리기 시작했다. 날씨는 별로 춥지 않아서 내리자마자 녹아버리곤 하여 들어오는 손님마다 미투리에 진흙이 떡처럼 엉겨붙었다. 안 서방이 신발을 털도록 섬돌 아래 가마니 몇장을 깔아두었을 정도였다. 엄마는 이런 날 길손이 줄어든다는 걸 알고 있어서 몇번이나 대문 쪽을 내다보며 중얼거렸다.

에이 날씨두 지랄맞네!

어느 손님이 대문간으로 들어서며 그 소리를 들었던지 맞받았다.

날씨두 제 욕 하면 더 사나워진다오.

그는 두루마기 차림에 행전 친 모습이었는데 삿갓을 쓰고 있어서 얼굴은 보이지 않았다. 엄마는 찬방 앞 툇마루에 앉았고 나는 찬방에서 누가 오려나, 하고 미닫이창을 열고 내다보던 중이었다. 그가 삿갓을 벗고 다가오면서 말을 건넸다.

구례댁 평안하시우?

애고머니, 이게 얼마 만인가?

나는 한눈에 이신통의 얼굴을 알아보고 창가에서 얼른 주저앉아 다시는 고개를 들지 못했다. 엄마와 그가 주고받는 목소리만 들려왔다.

어째 혼자 다니는가?

예, 이 집에서 만나자고 한 사람들이 있으니 내일이나 모레나 여럿이 올 겁니다.

그럼 이 서방은 뒤채로 가소. 거기가 오붓하고 조용하니까.

하고는 엄마가 짐짓 아무렇지도 않게 찬방을 넘겨다보며 말했다.

연옥아, 손님 안내해드려라.

나는 고갯짓과 찌푸린 얼굴로 항의했지만 엄마는 아랑곳하지 않고 재촉했다.

얘가 망부석이 될 모양이더니 이제 한시름 놓았네. 어서 일어서라니까!

나는 뻗댈 수가 없어서 방을 나와 그에게 인사했다.

어서 오십시오.

그는 당황했는지 마주 꾸벅하고는 비켜섰고 나는 앞서서 뒤채로 걸어갔다. 뒤채의 윗방으로 그를 안내했는데 그곳이 점잖은 내외가 함께 드는 조용한 방이었기 때문이다. 먼저 따뜻한 물을 항아리에 담아다 놋대야와 함께 툇마루에 놓으며 늘 하던 것처럼 말했다.

버선은 젖었을 터이니 벗어서 내주시지요.

그는 겨우 알아들을 만큼 작은 목소리로 고맙소,라고 어쩐지 수줍게 중얼거리면서 버선을 벗어서 내주었다.

엄마가 소반에 차린 간단한 술상을 들고 와서 내게 내밀었다.

식전주나 올려라. 밥상은 내가 들여갈 테니.

나도 이제는 자못 침착해져서 술상을 들고 방에 들어가 앉았다. 말없이 술을 따라주었고 그는 마셨다.

삼례로 시집을 갔다더니……

거울이 깨졌답니다. 애초에 인연이 아니었던지라.

언젠가 꼭 만나고 싶었소.

하는 이신통의 말이 야속하고 고마워서 눈물이 방바닥에 똑똑 떨어졌다. 나는 그 밤을 오롯이 이 서방과 함께 보냈다. 엄마는 새 이부자리를 들인다, 방의 군불을 지핀다 하며 내놓고 편을 들어주었다. 그는 사흘 동안 묵었는데 칠팔명의 동행이 와서 앞채에 들었다. 그들은 그믐께에 강경을 떠나 삼례로 출발했다.

우리네야 소문으로나 알지 직접 본 것이 아니라서 내막은 잘 몰랐다. 그들이 삼례에서 천여명이나 모였던 것은 전라 감영에 신원을 하기 위함이라고 했으며, 교주를 혹세무민으로 처형한 것은 잘못이며 더이상 천지도인들을 침탈 억압하지 말라는 것이었다고 한다. 돌아갈 때 그가 다시 들를까 기다렸지만 열흘 뒤에 집회가 해산되었다는 소문만 들었을 뿐 이신통은 오지 않았다.

*

두해가 못 가서 온통 전국을 뒤흔드는 난리가 일어났다. 강경장에도 천지도인들이 군대를 이루어 몰려들었고 그들은 강경, 은진을 거쳐서 끊임없이 북으로 올라갔다. 봄부터 조선의 난리를 평정한다고 일본군과 청군이 앞을 다투어 들어왔다는 소문이 파다했다. 그리고 그들 외국군대는 조선 땅에서 저희끼리 전쟁을 벌여 일본이 이겼다고도 했다. 그해 가을 이신통은 잠깐 우리 객점에 들러 하룻밤을 묵었고, 우리집에서 아내와 함께 곁꾼 살던 안 서방이 그를 따라가겠으니 허락해달라고 말하여 나는 엄마 몰래 인절미를 찧어 바랑 속에 담아주며 당부했다.

우리 이 서방과 꼭 붙어다니세요. 그 은공은 나중에라도 꼭 갚겠습니다.

작은마님은 저희 식구들의 목숨을 살리셨습니다. 제가 어찌 그 일을 잊겠습니까?

그들은 새벽에 길을 떠났고, 이제나저제나 좋은 소식이 오려나 기다려보았지만 공주까지 나아갔던 민군 중에 이탈하여 오는 이들이 별의별 좋지 않은 소식을 전해주었다.

세월이 하 수상하여 엄마와 나는 해시 무렵만 되면 대문을 걸어 잠그고 늦은 손님은 되도록 받지 않았다. 달포쯤 지난 어느날 어둑새벽 인시 즈음하여 뒤채에서 우리 모녀가 깊이 잠들어 있었는데, 문고리를 딸각이며 숨죽여 부르는 목소리가 들렸다. 엄마가 먼저 잠이 깨어 헛기침을 하고는 태연한 듯이 물었다.

밖에 누가 왔소?

예에, 저 막음이 애비입니다.

내가 먼저 미닫이를 젖히고 마루로 뛰어나갔고 반가운 김에 서슴없이 안 서방의 두 손을 잡아쥐었다.

이 서방은 어디 있어요?

지금 저 뒤편 텃밭에 와 있습니다. 쪽문을 열어주셔야겠습니다.

안 서방과 같이 뒷마당의 담장에 달린 쪽문을 열고 배추밭으로 나서니 뭔가 희끄무레한 것이 보였다. 배추를 등에 깔고 널브러져 있는 이신통을 안 서방과 내가 양쪽에서 부축하여 일으켰다. 안 서방이 그를 등에 업어 뒤채까지 옮겨갔다. 엄마가 기다리고 있다가 우리가 쓰던 안방 문을 열고 말했다.

이리 들이게.

불을 켠 방에 들어와보니 그의 바지 아랫도리가 피로 칠갑을 하고 있었다. 이 서방은 아직 인사불성이었는데 맨발로 수십리 길을 걸어왔는지 발에도 돌에 차인 상처가 여러군데 보였다. 피투성이가 된 바지 위에 옷을 찢어 칭칭 동여매놓아서 별수 없이 가위로 옷가지를 잘라내야 했다. 엄마는 차마 볼 수 없는지 고개를 돌렸다. 내가 그의 상처를 살펴보니 구멍이 벌어져 있고 주위는 퉁퉁 부어올라와 있었다. 안 서방이 곁에서 말했다.

총에 맞았지요. 저만하기가 다행입니다.

하더니 소매를 들어 얼굴을 가리고 웃는 것 같은 소리로 울기 시작했다.

아니, 다행이라면서 사내가 울기는 새벽부터……

엄마가 핀잔을 주었지만 나는 안 서방의 평소 사람됨을 아는지라 그의 손을 잡아주며 말했다.

오죽하면 그러시겠수. 이제 집에 왔으니 염려 놓으세요.

장쇠를 깨워 의원을 불러오게 하고는, 신통의 상처 부위를 더운물로 씻어주고 새 무명을 잘게 찢어서 감아주는데, 그가 실눈을 뜨고 나를 올려다보았다. 나는 속삭여 말했다.

많이 아파요? 의원을 불렀으니 곧 올 거예요.

물, 물 좀 주구려……

엄마를 돌아보니 내가 일어서기 전에 먼저 방문을 열고 나가면서 뒷전에 대고 물었다.

따뜻한 꿀물 타올까?

기진한 신통이 다시 고개를 돌리며 눈을 감았다. 엄마가 타온 꿀물을 숟가락으로 떠서 그의 입에 넣어주니 몇모금 받아먹는데 눈물이 볼을 타고 주르륵 흘러내린다. 사내들이 이렇듯 우는 걸 보니 뭔가 엄청난 일을 겪었겠구나 하는 생각이 들었다. 의원이 와서 그의 허벅지 상처를 살피고 진맥을 한다, 침을 놓는다, 고약을 붙인다 하고는 일렀다.

허벅다리에 총상을 입었는데 다행히 탄환은 관통되었소. 속으로 독창이 번지지만 않으면 새살이 나오고 아물겠지만, 곪을까 염려되니 내가 약을 지어 보내리다.

나는 가끔씩 앓는 소리를 하며 잠든 신통의 옆에 쪼그리고 졸다 깨다가를 반복하며 날 새기를 기다렸다. 그날 점심 무렵에야 나는 안 서방에게서 그들이 겪은 난리의 얘기를 들었다.

제가 처음부터 천지도에 입도한 사람이 아니라서, 삼남지방은 물론이요 위로는 강원도, 경기도와 황해도에 이르기까지 수십만의 민병이 들고일어났다는 것을 말로만 들었지 그 경위며 세세한 것은 알 수가 없었지요. 그렇지만 지난봄에 호남에서 일어난 천지도의 민병이 전주 감영을 점령하고 도내 모든 군현의 향소를 맡아 관원들과 더불어 백성을 다스렸다는 소문은 여기 묵어가는 손님들이 다 말하지 않던가요? 큰마님께서는 저더러 전주에 가서 형편을 직접 보고 오라고까지 하셨고요. 네? 제가 노비가 아니니 마님이란 말은 쓰지 말라고요? 아닙니다. 제가 비록 양출(良出)이라 하나 작은마님의 구완으로 온 식구가 목숨을 건졌으니 그냥 주인아주머니로 부를 수는 없습니다.

이 서방은 제가 따라나서니까 입도하겠느냐 그래서 저는 아직은 도가 무엇인지 잘 모른다고, 하지만 탐학한 양반과 관리를 혼내주고 나라를 바로잡는 것은 좋은 일이라고만 말했죠. 이 서방이 말하기를, 천지도의 난리를 진압한다며 청군과 일본군이 들어와서 저희끼리 싸우다가, 일본군이 청군을 제압한 뒤에 경복궁으로 쳐들어가 임금을 협박하여 조정을 저희 사람들로 모두 바꾸었다고 그럽디다. 그래서 이번에 거병한 것은 왜적을 몰아내려는 것이 첫째요, 일본군과 관군이 함부로 도인들을 학살하는 것에 맞서 싸우려는 것이 그 둘째라고 합디다. 네, 그 사람 보통때에는 그냥 저희하구 우스갯소리나 하구 그러는데, 듣자허니 동서고금이며 요새 세상 돌아가는 이치와 판세를 뜨르르 꿰고 있더군요.

총대장은 김봉집이라구 저어기 정읍인가 고부인가에서 훈장질하던 사람이라는데 먼발치로만 봤습니다. 각 지방에서 올라온 행수(行首)들이 있고 그 아래 각기 이삼백명을 거느린 대두(隊頭)들이 있었고요, 저희는 그 아래 병졸들이었습니다. 이 서방은 다른 행수들과도 친한 동무인 모양입디다. 저와 같이 있다가도 몇사람 데리고 길을 떠났다가 한 사날 지내고 다시 돌아오곤 했습니다. 복색도 제각각, 병장기도 천차만별이었지요. 패랭이에 덧저고리나 쾌자 전복 걸친 놈에, 털벙거지 쓰고 사령배 복색을 한 놈, 맨상투에다 두건 쓴 놈 각양각색이었죠. 들고 있는 병장기도 환도에 괭이, 쇠스랑, 장창, 죽창, 그리고 활과 화승총에다 행수들은 천보총도 가지고 있습디다. 저에게도 장창을 가지려느냐 하기에 아무거나 주는 대루 받아 가졌습니다.

강경서 우리가 하루 늦게 떠났는데 논산에서부터 공주로 가는 길에는 농민군이 하얗게 깔렸더라고요. 오가는 말을 들으니 저어 경기도 어름에서부터 본진의 한양 입성을 위하여 요소마다 천지도의 농민군이 일어났는데 삼남의 군세까지 합치면 이

십여만이 넘는다구 합디다. 충청도에서 보은, 옥천 거쳐서 온 손 아무개라는 대장의 군사와 전라도에서 전주와 삼례 거쳐서 논산에 이른 군사를 합치니 그 수가 사만에 이르렀다고 합니다. 아무튼 호호탕탕 짓쳐 나가는데 각 지방의 두레패에서 뽑았다는 길군악패가 태평소를 불고 사물을 두드리며 행군하니 천지가 진동하여 암것도 모르는 저도 가슴이 터질 듯했습니다. 그때까지만 해도 공주 감영을 점령하는 것은 손바닥 뒤집기라고 모두들 껄껄 웃으며 얘기했지요. 이 서방의 말을 들으니 충청 감사에게 항복하거나 동족을 치려 하지 말고 힘을 합쳐 왜병을 몰아내자는 편지를 보냈지만 응답이 없었다고 합니다. 노성에서 진을 나누기로 하여 일대는 서쪽으로 나아가 이인역으로 진격하고 남쪽에서는 경천을 지나 널고개를 향하여 나아갔지요. 이 서방이 북쪽을 염탐하고 돌아와 홍성과 유구 방면에서도 농민군이 공주를 공격하고 있으니 감영은 포위되어 보자기 속에 든 거와 같다고 하더군요.

널고개로 오르기 전에 이 서방이 제게 이르기를 노성의 후진에 남아 있으라 하여 내 비록 촌부라 할지라도 온 가족이 의탁한 주인과의 약속을 저버릴 수 없으니 당신 옆을 따라다니겠노라 했지요. 이 서방은 제가 들고 있던 창을 내놓으라면서 그런 사사로운 의리로 목숨을 걸도록 할 수는 없다고 그럽디다. 그래서 얼른 저도 깃발에 써 있는 대로 제폭구민(除暴救民)과 척양척왜(斥洋斥倭)한다는 천지도의 뜻에 따르겠노라 했더니, 그제야 행군에 끼워주었습니다. 십일월 여드렛날인가 그랬는데, 사방에서 일시에 폭풍처럼 몰아치며 올라가니 관군들은 우금치의 좌우 등성이로 물러나 진을 쳤지요. 우금치 고갯마루를 차지하면 한눈에 공주 성내가 내려다보이는 고로 그곳만 빼앗으면 금강 이남은 모두 무너지는 판이랍디다. 듣자 허니 한양에서 내려온 군사가 삼천명에 일본군은 이백여명이라 했는데, 그들은 모두 양총을 가지고 있었습니다.

관군 출신의 민병에게서 들으니 양총은 장약과 연환과 화승이 탄환으로 일체화되어 방아쇠만 당기면 폭발하여 총알이 나간다는데, 저들이 열발을 쏠 동안 우리네 화승총으로는 한발을 쏘기도 어렵다고 합디다. 화약 넣고, 총구에 연환 재고, 불 댕긴 노끈 물린 공이로 쳐야만 터지면서 총알이 나가거든요. 양총은 가히 천보 가까이 나가는데 화승총은 겨우 백보쯤 나가고 백오십보에 이르면 맞지도 않는다구 하데요. 행수 몇사람이 가지고 있던 천보총도 지방 관아를 칠 때 빼앗은 것들인데 비록 양총만큼은 나가도 별수 없이 화승총의 일종이랍디다. 우리 총은 날 궂은 날은 물론이요, 습한 이른 새벽과 밤에는 화약이 잘 터지질 않는답니다. 우리가 처음에는 징에 꽹과리에 북을 장하게 짓치면서 고개를 향하여 돌격을 했지요. 따다닥 따다닥 하는 폭죽 터지는 듯한 소리가 나면서 탄환이 날아오는 게 무슨 벌레소리 같습디다. 사람들이 픽픽 쓰러졌지요. 맨 앞에 화승총 가진 대열이 나아가면서 일제히 총을 놓았지만 거리가 미치지 못했습니다.

그래도 앞으로 뛰어나갔는데 가을 추수에 볏단 넘어가듯 대열이 일제히 쓰러지곤 했습니다. 행수가 명하여 자세를 낮추고 맨땅을 기어오르며 보니, 관군과 일본군은 열을 지어 앞 열이 쏘고 뒤로 빠지면 뒤에 있던 열이 앞으로 나와 쏘고, 다시 그 뒤 열이 자리를 바꾸는 모양새였지요.

저는 고개 중간쯤 얼어붙은 땅 위에 엎드려 있었는데 이 서방은 어디로 갔는지 보이지 않았습니다. 마른풀 사이로 올려다보니 피투성이가 된 사람들이 고갯마루에 하얗게 쓰러져 있습디다. 그중에는 저처럼 총알을 피하여 시체들 사이에 엎드려 있는 사람들도 있었고요, 부상을 당하여 아프다고 비명을 지르는 사람도 있고 주저앉아 우는 사람도 보입디다. 다시 아래에서 영이 내렸는지 수천의 농민군이 함성과 북을 울리며 돌격해 올라왔고 엎드려 있는 저를 지나 위로 전진했지요. 저도 이 서방을 찾겠다고 일어나 대열에 섞여서 위로 올라갔습니다.

갑자기 작대기로 마루를 두드리는 듯한 소리가 들리면서 앞서 나간 사람들이 쓰러지는 게 보였습니다. 나중에 들으니 그것이 기관포라는데 우리도 남도의 어느 군영에서 빼앗아 가진 적이 있다더군요. 손잡이를 돌리면 여러개의 총구가 빙빙 돌면서 총알이 빗발치듯 쏟아져 나온다니 화승총에 비하면 거의 수천 사람의 몫을 해내는 거랍니다. 이전에 우리 편에서는 탄환이 없어서 쓰지도 못하고 그냥 버려두었답니다. 두번째 접전에서 만여명의 병력은 삼천명으로 줄어들었습니다. 그게 아마 정오 지나서 미시 무렵이었을 겁니다. 빗발치는 총탄을 피하여 고개 아래로 쫓겨내려오니 살아남은 사람들도 성한 사람이 거의 없었습니다. 나는 사격이 멈춘 틈을 타서 다시 비탈을 올라가 시체들 사이를 뒤지고 다니다가 용케 이 서방을 찾아냈습니다. 그를 일으켜서 옆구리에 끼고 내려왔지요.

마지막 싸움은 아마 신시 어름이었을 텐데 짧은 저녁 해가 넘어갈 무렵이었거든요. 도인들은 행수나 대두나 병졸이나 모두 제정신이 아니었습니다. 어떻게든 죽은 사람들의 목숨값을 위해서라도 우금치 고개를 점령해야 되겠다는 결심이었겠지요. 눈에 핏발이 곤두서서 누구 하나 그만두자는 이가 없었습니다. 일단 고개 중턱에까지 달려가서 저들의 진지 가까이까지 기어오르기로 했던 모양입디다. 저는 이 서방과 함께 다른 부상자들과 본진에 남아 있었습니다. 벼락 치는 것 같은 화승총의 엄청나게 큰 총성과 함께 와아, 하는 함성이 들리면서 농민군이 일제히 적진을 덮치는 게 보였는데, 다시 그 기관포 소리가 양쪽에서 들려왔습니다. 탄환의 불똥이 보여서 좌우에 포가 두대라는 걸 알게 되었죠. 따다다 따다다 하는 소리가 끝없이 들려왔는데 올려다보니 모두 죽었는지 엎드렸는지 일어선 이가 하나도 보이지 않았습니다. 비탈 곳곳에서 일어난 사람들이 몸을 돌려 아래로 달려내려오기 시작하자 고갯마루에 엎드려 사격하던 관군과 일본군들이 총을 쏘면서 뒤를 쫓았지요. 그들은 거의 다 넘어지거나 구르거나 하면서 쓰러지더군요.

남은 사람들은 사방에 어둠이 깔린 골짜기를 뒤도 돌아보지 않고 내뺐는데 널고개를 넘고 경천역 거쳐서 노성에 이르렀을 때에는 한밤중이 되었습니다. 중군을 이루었던 호남 농민군은 모두 무너져서 만여명 중에 겨우 오백여명이 살아남았다고 합디다. 이인 방면에서 공주 감영의 서쪽을 쳤던 호서 농민군도 크게 패하여 노성에서 우리와 합대하고 논산 거쳐서 금산 방향으로 빠졌으니 아마도 지금쯤은 우리처럼 해산이 되었을 겁니다. 저는 마침 노성 인근 마을에서 지게를 얻어 이 서방을 짊어지고 밤새 걸어왔습니다. 이제 관군의 대토벌이 시작될 터인즉 그것이 가장 두렵고 아마도 각처에서 떼주검이 나올 것입니다.

나는 집안 식구들에게 단단히 입단속을 시키고 특히 장쇠와 안 서방에게는 틈틈이 장터에 나가 소문을 들어보라고 일렀다. 아무래도 의원의 입이 염려되어 장쇠가 약 받으러 갈 일이지만 내가 나섰다. 장터는 아직 어중간한 무싯날이라 한산했고 약방에도 사람이 별로 없었다. 의원은 아이와 더불어 마른 약초를 작두질하고 앉았다가 나를 맞았다.

좀 어떻소, 아직도 인사불성인가?

처음보다는 나은 것 같습니다. 온종일 자고 있어요.

푹 쉬어야 해. 한 열흘 누워 앓으면 상처가 아물 거요.

나는 그에게 은근히 당부했다.

제 친척 오라비인데, 호서 감영에 다니러 갔다가 난군의 총에 맞았답니다. 소문나서 좋을 것 없으니 부탁드립니다.

어허 무슨 소리, 그저 난세에는 입조심을 해야지.

상처 때문인지 처음 며칠 동안 신통은 밤마다 고열과 통증으로 잠을 못 이루더니, 닷새쯤 지나면서부터 일어나 앉아 밥상도 받고 잘 걷지는 못해도 벽을 짚고 이동을 할 정도가 되었다. 나는 옆에 붙어 앉아 고약을 갈아 붙이고 약도 달여 먹였으며, 의원의 말대로 한달쯤이면 전처럼 건강하게 나다닐 수 있겠다고 안심을 했다.

일본군은 팔천여명이 조선에 들어왔다는데 평양에서 청군과 싸워 이긴 뒤에 경복궁에 들어가 왕을 강박하여 저희 마음대로 새로운 대신들로 친일내각을 세운 뒤에, 조선 관군과 지방 영병들을 동원하여 민란의 잔병 토벌에 나섰다는 소문이 온 장터에 자자했다. 아마 전국에서 우리가 사는 갱갱이(江景)만큼 나라 소식이 빠르게 전해지는 고장은 없을 거였다. 사방팔방으로 닿은 길을 오가는 장사치며 상단이 조선팔도 안 가는 데 없이 다닐뿐더러, 뱃길로는 금강을 타고 공주, 회덕에까지 닿으며, 바다로는 부안 거쳐 영광, 법성에 이르고, 위로 당진, 아산 돌아서 인천, 경강(京江)에 이르니 앉아서 한양 궁궐의 사정과 팔도 백성의 형편을 얻어들을 수 있던 것이다.

위로는 황해도와 강원도 그리고 충청도의 첫 길목인 천안 목천에서부터, 공주 아래로는 토벌군이 삼로로 나누어 일부 경상도로 가고, 많은 군사가 충청도 각 지방 군현과 전라도를 휩쓸고 있다는 소식으로 민심이 흉흉했다. 지방에 따라 작게는 백여 명에서 많게는 천여명에 이르기까지 학살되었다는데, 천지도의 민병뿐만 아니라 전투가 일어난 인근 지방의 백성들까지 함부로 죽이고, 빼앗고, 부녀자를 강간한다는 거였다. 그뿐만 아니라 도에 들거나 동조했던 아전이나 관원들은 물론이요, 무슨 대수라도 난 것처럼 휩쓸려다녔던 농군들 중에도 도인들이며 난리에 참가했던 동료들을 발고하여 상금도 타고 벼슬도 얻고 한다는 소문이었다. 그해 내내 전국 팔도에서 몰리던 천지도의 패잔병들과 토벌군 사이의 싸움이 계속되었으니, 일본군과 더불어 관군의 병력이 자기 백성에 대한 골육상쟁에 나선 것이었다. 이러니 나라가 망하지 않고 배겨낼 수가 있었겠는가.

이신통이 우리집에 온 지 이레쯤 지나서 안 서방이 뒷방으로 달려왔다. 장꾼들 말에 의하면 어제 논산 남쪽에서 큰 전투가 벌어졌는데 민병은 거의 반나마 죽고 일부가 대둔산 방향으로 달아났다는 것이다. 그리고 감영에서 나온 기찰포교들이 동정을 살핀다며 주막거리나 나루터에 목을 지킨다고도 했다. 이신통과 안 서방은 말했다.

노성 사람들과 여산 두레패 농군들일 거요.

북대와 남대가 모두 흩어져간 뒤에 남은 사람들이라대. 즈이들이 막판 싸움을 하겠다구 그랬다네.

신통이 소매를 들어 젖은 눈을 닦았다.

그이들 몇년 전에 세곡을 떼어먹은 현감을 쫓아낸 사람들이

오. 주동했던 이들이 대둔산에 숨어 살다가 천지도에 연줄이 닿았다오. 달리 어디로 갈 곳도 없는 사람들이었지.

나는 그들 사이에 끼어들기 싫어서 말은 안했지만, 관군 복색을 하고 오 동지네를 털었던 그 눈이 부리부리한 두령이 생각났다. 연말까지 남도의 끝이라는 해남과 장흥으로 몰린 민병들이 토벌되었고, 그 이듬해 정월에 관군과 일본군이 귀순한 자를 앞세워 대둔산을 급습하여 모두 소탕하는 것으로 난리가 끝났다.

이신통은 한달 만에 상처가 아물고 새살이 돋아나와 뒷마당에서 장작도 패고 집안일도 거들었다. 나는 그이와 함께 뒷방에서 살림 살며 이제는 더이상 나쁜 일이 오지 않으리라 여기게 되었다. 하루는 저녁을 먹고 나서 그이는 책을 보고 나는 옆에서 그이의 버선볼을 받고 있는데, 신통이 문득 말했다.

나는 이번에 민란이 패망할 줄 알았지.

그럼 망할 줄 알고서 따라갔단 말이우?

나뿐만 아니라 스승님과 행수들까지도 그랬다네.

왜 첨부터 말리지 않구선 싸움에 나서기까지 한단 말요?

토호와 관리들에게 핍박을 당하던 백성들이 분을 참지 못해 일어섰는데, 아무리 말려도 들어야지. 사실 때가 아니었다네. 과실이 다 익어서 꼭지가 떨어질 만한 때가 있는 법인데. 그러나 다들 싸우겠다는데 망해두 함께해야 되잖은가.

전국에서 적어도 이십만은 죽었네, 아니 삼십만이 넘는다네, 하는 소문이 끊이지 않는 가운데 천지도의 민란 지도자인 김봉집을 비롯한 이름난 행수들이 차례로 잡혀서 한양으로 끌려갔다는 얘기도 들려왔다. 난리 때문에 여러 고장이 두절되어 우리네 보행객주는 한산했다. 엄마와 내가 논의하여 파시철에 어염을 눅은 값으로 사서 쟁여두었다가 내륙의 산간지방 장터에 내다 파는 작은 상단을 꾸려보기로 했고, 무시로 객주를 겸하기로 했다. 안 서방이 곁꾼으로 장돌뱅이를 두고 갱갱이 나루에서 뱃길로 부여, 공주, 회덕까지 지류를 따라오르고, 거기서부터 주인을 정하여 각 장터로 나돌며 어염을 넘기고, 돌아오는 길에는 무시로 잡물들을 모아다가 강경에서 도매한다는 생각이었다. 갯가의 고을은 물론이고 도방 대처에서 아쉬운 것이 자잘한 살림 도구들이라 그런 물건들은 시도 때도 없이 두고두고 팔릴 만한 상품이었다. 용수, 조리, 빨랫방망이, 다듬잇돌과 방망이, 홍두깨, 시룻밑, 바가지, 빨랫줄, 방비, 수수비, 싸리비, 삼태기, 고무래, 이남박, 나무주걱, 국수틀, 절구, 석쇠, 쓰레받기, 나막신, 맷방석, 짚 항아리 뚜껑, 똬리, 채반, 광주리, 채독 등등 산간 내륙 지방의 수공품들을 대어놓고 거둘 작정이었다. 나는 한편으로는 신통이 진득하게 마음을 잡고 살림에 재미를 붙이게 되기를 바라고 있었다.

단오 명절 가까운 초여름 어느 새벽에 윗목에서 부스럭거리는 소리에 나는 잠이 깼다. 창문이 훤히 밝았지만 방 안은 아직 어두컴컴했는데 그이가 옷 입고 흑립 쓰고 보퉁이를 꾸리고 있었다.

뭐하는 거예요?

좀 일어나보구려.

영문을 모른 채 아직도 잠이 덜 깨어 부스스 일어나 앉으니 그가 내 앞에 단정한 자세로 섰다가 큰절을 올렸다. 나는 그제야 가슴이 덜컥 내려앉았고 그이가 어딘가 먼 길을 떠나려 한다는 눈치를 챘다. 그는 무릎을 꿇은 채로 내게 말했다.

당신의 하늘 같은 보살핌으로 내가 살아남았소. 그러나 곰곰 생각해보니, 대장부가 처음 시작한 일을 마무리하지 못하고 구차하게 살아남기만 하면 뭐하겠소. 이제 길을 떠났다가 내 꼭 다시 돌아오리다.

내 눈에서는 저절로 눈물이 솟아나와 뺨을 타고 흘러내렸다.

그게 무슨 일인지는 몰라도 집에서 저와 같이 살면서는 안되나요? 그 일이 천지도 일이라면 이제 조선팔도에서 다 망해먹은 일을 당신이 나선다고 될 일도 아니요, 나더러도 입도하라면 같이 하십시다. 기도하고 주문 외우고 뭐든지 할 수 있다오. 당신 말하던 스승이 누구이며, 어디에 사는 사람인지 모르오나 내가 그를 찾아갈 테요. 찾아가서 집사람을 내치고 도를 닦은들 그게 무슨 소용이 있느냐고 따질 테요.

그는 무릎걸음으로 다가와 소매를 들어 젖은 내 얼굴을 닦아주며 말했다.

스승님께서 그렇게 가르친 적이 없소마는 형편이 딱하여 발명할 말이 없구려.

신통은 다시 물러나 단정하게 두 손을 모으고 서서 말했다.

내 마음 정한 곳은 당신뿐이니, 세상 끝에 가더라도 돌아올 거요.

그는 다시 내게 절하고 괴나리봇짐을 들었다. 내가 따라나서려니 신통이 봇짐에서 뭔가 꺼내어 내게 내밀었다. 동그란 나무구슬 같은 것들을 꿴 팔찌 모양이었는데, 나는 그것을 받아들고는 변변히 살필 틈도 없이 그의 소매를 잡았다.

떠난다면서 채비도 못하게 한단 말이어요? 길양식도 없을 테고 노자도 없을 텐데…… 아침이라도 자시고 가면 안돼요?

어머님이 깨면 번거로워 그러오. 내가 올 세밑에는 꼭 돌아오리다.

신통은 잡은 소매를 뿌리치고 방문을 열고 툇마루로 나섰고, 나는 급한 마음에 농을 뒤져 패물 몇가지를 닥치는 대로 집어 주머니에 넣고는 뒤따라나갔다. 휘적이며 앞마당으로 돌아나가는 그를 따라잡아 괴나리봇짐에 쑤셔넣어주고는 대문간으로 나서는데 그가 돌아서서 혀를 차며 걸음을 멈추었다. 내 꼴이 무슨 주인을 쫓는 삽살개 같아져서 나는 문고리를 잡고 섰고, 이신통은 다시 휘적휘적 다리를 건너갔다. 그가 아직 물안개가 퍼져 있는 장터 모퉁이를 돌면서 자취를 감출 때까지 나는 대문 앞에 서 있었다. 어찌 그와 함께 살았던 날을 하루씩 쪼개어 낱낱이 이야기할 수 있으랴. 나중에 그가 곁에 없게 되었을 때, 가뭄의 고로쇠나무가 제 몸에 담았던 물기를 한방울씩 내어 저 먼 가지 끝의 작은 잎새까지 적시는 것처럼, 기억을 아끼면서 오래도록 돌이키게 될 줄을 그때는 알지 못했다.

고향에 남은 자취

신통은 언약하고 갔건만 그해 세밑에 돌아오지 않았다.

그가 집 떠난 지 꼭 한달 만이던가 뒤채 안방에서 엄마와 아침 밥상을 받았을 때였다. 너푼너푼 잘 자란 상추와 갈치속젓이랑, 양념하여 잘게 다진 황석어젓과 들기름에 갠 된장을 곁들였고, 미역오이냉국에 애호박나물 등속으로 차려졌는데 이것들은 모두 평소에 우리 모녀가 좋아하는 여름 밥상이었다. 나는 갈치속젓 맛을 본다고 젓가락 끝으로 집어 혀끝에 대어보다가 울컥, 토악질이 솟아 돌아앉았다. 밥상머리에서 험한 꼴이 될까봐 마루 아래로 내려와 쭈그려 앉았지만 아무것도 나오지 않고 헛구역질을 계속했다.

너 혹시……?

엄마가 수저를 던지고 뛰어내려와 내 등을 두드려주면서 말했다.

애 선 거 아니냐?

나는 멍하니 엄마를 바라보았다. 엄마는 눈에 그렁그렁 물기가 비치더니 나를 와락 끌어안았다.

이것아, 왜 말을 안했어?

내가 식욕을 잃고 툇마루에 앉아 있으니 엄마도 몇순갈 뜨다 말고 밥상을 물렸다.

그나저나 이 빌어먹을 녀석은 어디 가서 싸돌아다니는 거여. 안되겠다, 안 서방 장사 나다닐 제 사람을 풀어서라두 수소문을 해야지.

차츰 배가 불러왔고 점점 더 그이가 보고 싶었다. 신통이 돌아온다던 동지섣달이 다가왔을 때, 나는 만삭이었다. 서방 없는 년이 애부터 낳았다고 장터 사람들 사이에 말이 날까봐 나는 나다니지도 못했고, 엄마는 아는 상인들에게 개가를 시켰더니 송방 차인을 만난 덕에 연말에야 돌아온다고 풍을 치고 다녔다. 대개 송도 상인들이 전국을 돌며 장삿길에 나섰다가 설을 앞두고 귀가한다 하여 생과부를 송도댁이라고 부르는 말도 있었다. 그이는 돌아오지 않았고 찹쌀 경단 빚어 정성스레 끓인 동지 팥죽을 먹일 일도 없게 되었다. 이튿날 새벽에 잠이 깨어 찬방에 쪼그리고 앉아 식어버린 팥죽의 빙판처럼 매끄럽고 곱게 앉은 앙금을 숟가락 끝으로 걷어먹다가 눈물을 한방울 똑 떨어뜨렸다. 그러고는 엄마가 바느질하며 시름겨워 부르던 정요(情謠)를 나직하게 불러보았다.

나비 없는 동산에 꽃 피면 무얼하나
임 없는 방 안에 단장하면 무얼하나
나는 간다 나는 간다
못된 임 따라 나는 간다
마당 가운데 모드락불은
날과 같아 속만 타네

정월이 산달이라 아기 옷도 짓고, 누비요, 누비이불에 기저귓감도 장만했다. 내가 산통을 시작하자 엄마는 겁이 나서 받아낼 생각도 못하고 안 서방 처 부여댁을 부르고, 찬모에게 미역국을 끓이도록, 막음이에게 해산방 드나들며 심부름하도록, 장쇠와 안 서방은 앞채의 손님들이 뒷마당에 얼씬 못하게 지키도록 이르고는 서성대고 앉았다 일어섰다, 애고 우리 딸 죽네, 애고 그 잡놈, 중얼거리며 팔짱을 끼었다가 다시 풀고는 냅다 소리쳤다.

힘줘라, 숨 참고 냅다 힘을 줘!

온통 아랫도리가 뜯겨나가는 듯한 아픔을 견디다 못해 혼절한 것이 언제였던가. 눈을 떠보니 등잔불이 희미하게 팔랑대는데 주위는 고즈넉했다. 생각만 연기처럼 가벼워져 허공에 떠 있는 것 같은데 육신은 도마 위에 말라붙은 생선 부레처럼 쪼그라

들어 있었다. 눈을 깜박이니 눈꺼풀이 움직이고, 손가락을 가만히 쥐어보니 손바닥에 닿는다. 아기, 우리 아기…… 하면서 옆을 돌아보는데 빈방 안이었다.

거기 아무도 없어요?

내가 힘없이 부르니 막음이가 문을 열고 들어왔다.

모두 어디 갔니?

아기 데리고 의원에 갔어요.

그 말을 듣고 나는 다시 혼절했다.

이튿날 날이 밝은 뒤 돌아보니 엄마가 옷 입은 채로 내 자리 옆에 새우처럼 쪼그리고 잠들어 있는 게 보였다. 나는 어디서 그런 힘이 솟았는지 벌떡 일어나 앉아서 엄마의 등을 흔들었다.

엄마, 내 아기 어디루 갔어?

엄마는 놀라서 일어나자마자 나를 와락 껴안고는 목을 놓아 울기 시작했다.

가시나무에 가시 난다더니, 우리 팔자가 왜 이러냐.

내가 엄마를 뿌리치고는 다시 묻자 엄마는 고개를 저으며 내 무릎에 엎어졌다.

세상 문을 열자마자 가버렸단다.

아기는 나올 때부터 숨을 쉬지 못했는데 오죽했으면 안 서방댁이 코를 빨기도 하고 거꾸로 들어 궁둥이를 때렸는데도 그냥 늘어져 있었다고 한다. 의원에게 달려가 보였더니 이미 숨이 멎어서 그 작은 몸이 차갑게 굳어 있더란다. 엄마는 처음엔 입을 다물었지만 몇달이 지나서야 안 서방과 함께 우리 객점 지척에 있는 채운산 기슭에다 아기를 묻었다고 말했다. 나중에 그곳을 찾은 나는 애장묘에 비석이나 봉분을 쓰는 법이 아니라서, 강변에 내려가 예쁜 자갈돌을 한바구니 주워다 흙이 보이지 않게 촘촘히 덮어주었다. 여름 한철을 넋 나간 듯이 뒤채 윗방에 틀어박혀서 보냈다. 날이 갈수록 신통에 대한 그리움 때문에 견딜 수가 없었다. 아기라도 곁에 있었다면 까짓 웬수는 잊고 살아갔을지도 모르겠다.

안 서방은 추석 대목을 바라고 무시로 잡물을 건어올 겸 김장이며 장 담글 철이 오기 전에 산간에 어염을 낸다고, 곁꾼 세사람과 더불어 금산, 무주, 영동, 옥천을 한바퀴 돌아왔다. 말 짐에 그득 실어온 잡물을 창고에 모두 넣고 나서 안 서방은 윗방의 나를 찾았다.

이번에 이 서방 소식을 듣고 왔습니다.

그래, 거기가 어디요?

무주장에서 도가를 정하고 있었는데 어떤 사람이 참빗이며 소쿠리 채반 등속을 넘기러 왔습디다. 첨엔 서로 모르고 있다가 거래가 끝난 뒤에 장터 목롯집에서 술 한잔 나누다보니, 갑오년 난리 얘기가 나왔구요, 그 사람이 호서 민병을 따라 공주 이인역 싸움터까지 갔다더군요. 나도 공주 갔던 얘기가 나오고 그에 그 사람 집까지 따라가서 하룻밤 자구 나왔습니다.

이 서방이 지금 어디 있답디까?

내가 참지 못하여 재촉하자 안 서방은 기다리라는 듯이 손을 펴서 위아래로 흔드는 것이었다.

서두르지 마십시오. 그 사람은 이신통이라는 이름도 알고 이신이라는 본이름도 알고 있습디다.

아주 잘 아는 사람이구려.

그렇습죠. 말은 않지마는 오랜 도인이 분명합디다. 그 사람 말이 바로 두어달 전에 자기네 집에서 묵고 갔답니다. 그러고는 덕유산 거칠봉에 올라간다 하고는 다시 들르지 않았다니 십중팔구 아직 산속에 있을 겁니다.

안 서방이 말하자마자 명치에서부터 아랫배로 초조한 안달이 일어나 나는 부녀자답게 얌전히 앉아 있지를 못하고 벌떡 일어나 기다란 방의 아랫목 윗목을 서성거렸다. 안 서방이 자기도 엉거주춤 일어서며 내게 물었다.

왜 그러세요, 어디 가시렵니까?

이제 곧 추석인데 또 어디론가 달아나기 전에 쫓아가야죠.

안 서방은 껄껄 웃고는 다시 손짓으로 누르는 시늉을 하며 말했다.

제발 좀 앉으시지요. 그 사람 말로는 무주를 떠날 때에 자기 집을 꼭 들른다고 하였으니 우리와 어긋난다 하여도 행방을 알아놓거나, 강경 집에서 찾고 있다는 말을 전할 것입니다. 이제 한가위 대목장을 치르고 길 떠나셔도 됩니다.

그로부터 날짜가 어찌 흘러가는지도 모르고 추석도 엄벙덤벙 지나가버렸다. 팔월 말이 되어 안 서방과 나는 길 떠날 채비를 했고, 엄마는 벌써부터 말리지도 못하고 걱정이 태산처럼 밀려오는 모양이었다.

떡에나 별 떡이 있지 사람엔 별사람 없다던데, 그 자식은 전생에 우리 모녀와 무슨 척을 지었다구 이렇게 가슴에 말뚝을 박는다니? 신통이란 놈 덜미를 잡아끌구 오든지, 그리 못하겠으면 토굴이든 절간이든 주질러앉아 살아버려라.

이 서방이 아무리 못된 놈이라 하나 이제 둘도 없는 낭군인데 엄마의 흉한 말이 듣기 싫었지만, 대꾸할 말도 없고 염치도 없어서 그저 입 다물고 길봇짐을 싸는 수밖에 없었다. 처음에는 세상이 어지러우니 남장을 할까 했으나, 그게 더욱 수상쩍게 보여서 관아치들이 공연히 잡아두고 문초나 하지 않을까 걱정되었다.

그저 친정 가는 아낙네 모양으로 무명 저고리 입고 감물 들인 치마에 허리끈 두르고 때가 덜 타는 회색 장옷을 쓰기로 했다. 안 서방이 세마를 끌고 왔는데 하나는 내가 타고 갈 것이요, 다른 하나는 우리 짐과 부담을 싣고 갈 작정이었다. 새벽에 길을 떠나 연산 지나고 전라도 경계의 진산까지 하룻길이지만, 저녁녘에 대둔산 북녘인 방고개를 넘는 것이 불리하다 하여 연산 어름에서 첫날을 묵기로 했다. 안 서방이 수년간 장삿길로 나다닌 행로여서 무주까지 가는 길이 그이 손바닥 안에 들어 있는 것 같았다. 아무튼 세마를 탔것다, 안 서방이 견마를 잡고 부담마는 고삐를 앞 말에 매어 뒤따르게 했으니, 누가 보더라도 부부 상고나 친정 나들이 가는 살 만한 집 아낙으로 보였을 것이다. 진산 거쳐서 금산에 당도하니 산천경개 유람 다니는 격으로 천천히 사흘 길이 되었다. 금산에서 무주가 지척이라 점심참에 행선지였던 도인의 집에 당도했는데, 나지막한 돌각담에 제법 포실해 뵈는 두칸 통겹집 초가로 마당 한편에 엇갈려서 길게 까대기 헛간이 보였다. 말방울 소리가 들리자 아이가 먼저 마당으로 쪼르르 뛰어나왔고 안 서방이 외쳤다.

주인장 계시오?

헛간에 온 가족이 들어앉아 있었는지 주인과 아낙과 딸이 흙벽 위로 나란히 머리를 내밀었다. 식구들은 모두 안 서방을 알아보았다. 양주가 우리를 맞아 마루 위에 오르기를 청했고 서로간에 인사를 나누었다. 안 서방이 나를 계수씨라 부르면서 이신통의 아내라고 소개했고 주인은 앉은 채로 반절을 하고 말했다.

배 서방이라 하오. 누추한 곳까지 오셨구먼요.

바쁘신 중에 신세를 지게 되어 송구합니다.

내가 그렇게 말하자 배 서방은 고개를 흔들었다.

아니요, 이제 나락도 털었으니 농사일도 다 끝났고 지금은 온 식구가 잡물 공방 일로 소일하고 있지요.

모녀는 대나무를 깎아 참빗 면빗 등속을 만들고 배 서방은 덩굴로 맷방석이니 채반이니 멱서리를 만들어 겨우내 모자란 가용을 보태는 중이었다. 내가 참지 못하고 먼저 말을 꺼냈다.

제가 여기 찾아온 것은……

배 서방이 내 말을 중동무이했다.

한 굴에 든 여우도 들고 나는 구멍이 따로 있다고, 어찌 그리 엇갈립니까. 이 서방이 닷새 전에 우리집서 묵고 갔지요.

나는 전처럼 마음을 태우거나 심하게 낙망하지 않았다. 먼발치서 이 집을 바라보면서 어쩐지 그를 만나지 못할 것 같은 생각이 들었던 터였다. 나직하게 내려앉은 초가지붕 위로 가을 햇살이 환하게 비치고 있었건만 내가 못 견디게 기쁠 제 눈시울이 번쩍할 정도의 광채는 보이질 않았던 것이다. 민망했던지 안 서방이 나를 연신 돌아보며 말했다.

어디로 간다고 말은 합디까?

고향으로 간다고 하던가…… 여보, 이 서방이 어디루 간다구 그랬소?

머 보은이라나, 그랬던 거 같은데요.

배 서방 부부가 서로 말을 주고받았다. 나와 안 서방은 시선을 마주치며 고개를 끄덕였으니, 그래도 보은이라면 옥천 지나 잠깐이었고 무엇보다도 행방이 뚜렷해서 다행이었다.

마루 안쪽에 큰방이 있고 다른 지방에서는 왼편에 안방이 있을 자리건만 바로 부엌이고 마루 오른편에 작은방이 있었다. 온 식구가 둘러앉아 저녁을 먹는데 쌀 섞인 서속밥에 산나물 서너 가지와 우리가 내놓은 굴비와 새우젓도 있었다. 아이들은 눈을 빛내며 비린 것에 달려들었지만 우리는 더덕과 고사리와 장맛에 밥 한그릇을 뚝딱 해치웠다. 시름겨운 행로에 밥은 잘도 들어갔고 약속하다는 생각도 잊어버렸다. 안 서방과 주인장은 저녁을 먹고는 각자 곰방대를 태우며 얘기를 나누었다. 안 서방이 이신통을 언제 만났는가 물으니 배 서방이 대답했다.

그러니까 내가 충청도에서 스승님을 뵙던 해였지 아마. 내가 천지도에 입도한 것은 그보다 한 여섯해 전이었을 거요. 내가 이 서방을 만날 때에 서른일곱이었고, 그와 농하기를 객지 벗 십년이라고 그랬으니까, 이 서방이 나보다 열살인가 아래라오. 나는 이신통이라는 별호를 전부터 익히 듣고 있었소.

그이가 전주 색주가에 나타나던 다음해가 아닌가. 내가 오 동지에게 시집을 가지 않았더라면 그는 입도하지 않고 나와 살림을 차렸을까. 그 도깨비 기왓장 뒤지듯 하는 속을 누가 알랴. 내가 참지 못하고 중간에 끼어들었다.

우리 그이도 늘 스승님 얘기를 하던데 도대체 그분이 누구고 어떤 분이셔요?
하니까, 배 서방은 빙긋 웃더니 안 서방을 향하여 남 말 하듯이 대꾸했다.

워낙 물과 구름 같은 분이라 나도 먼발치서만 봤지 자세히는 알지 못하지요. 풍수 지관을 한다는 대행수는 잘 아오만.

나는 문득 짚이는 바가 있어서 그에게 물었다.

혹시 그분 성씨가 서씨 아닙니까?

이 서방이 무슨 얘기를 합디까?

아뇨, 우리 그이와 아는 분인 듯해서요.

그러면 맞을 것입니다. 저도 대행수님 소개로 이 서방을 알게 되었거든요. 어, 벌써 날이 어두웠네.

배 서방이 잠깐 말을 끊고 나가더니 관솔불을 붙여가지고 돌아와 벽걸이의 종지에 얹었다. 가끔씩 송진이 타면서 그을음이 올라왔지만 솔 향내가 번지며 방 안이 훤해졌다.

그해에는 전국적으로 어찌나 민란이 많았는지 곳곳마다 관아가 텅 비고 진압된 곳에서는 주모한 백성의 목을 효수하여 장터에 내걸었소. 내가 금산장에 잡물을 내고 영동현으로 넘어갔는데 대행수께서 초닷새 장에 그곳으로 모이라는 전갈이 있었지요. 홍시가 장에 나와 있었으니까, 아마 꼭 이맘때였을 게요. 우리는 일단 지정한 주막에 한두사람씩 모여들었는데 각지에서 온 도인들이 이십여명쯤 되었죠. 우리가 각기 두셋씩 멍석이나 평상과 마루에 서로 모르는 이들처럼 떨어져앉아 저녁 요기 겸하여 탁주잔을 들고 있는데, 갑자기 연희광대패가 한 떼거리 들이닥치더군요.

어어, 이 골은 장꾼보다 풍각쟁이가 더 많네. 오늘도 쐬전 한 푼 못 벌었으니 한뎃잠을 자야겠구나!

어쩌구저쩌구 너스레를 떨면서 모가비짜리가 먼저 들어서고 연이어 풍물을 짊어진 구슬상모 털벙거지 차림들이 왁자지껄 몰려드는데 나중에 알게 되었지만 그들 틈에 삿갓 쓴 대행수와 이 서방도 있었답니다. 이 서방이 주막 주인과 주모에게 가서 뭐라 쑤군거리더니 앞으로 나서며 마당씻이를 시작하는 거였소.

자아, 우리는 하늘을 지붕 삼고 땅을 집 삼아 조선팔도 길이란 길은 휘뚜루마뚜루 쓸고 다니는 초라니 광대패인데, 날이면 날마다 영동장에 오는 게 아니외다. 내일 이 자리서 우릴 찾아봐, 없어, 재 너머 옥천 가면 있지만. 예, 오늘 딱 하루만 놀다 갑네다. 펄쩍 뛰었다 제천장 신발이 없어서 못 보고, 바람이 불었다 청풍장 시원해서 못 보고, 청주장을 보잤더니 술이 취해서 못 보고, 황간장을 보잤더니 땡감이 많아 못 보고, 예산장을 보잤더니 예산이 없어 못 보고, 온양장을 보잤더니 전다리 많아 못 보고, 돈 안 내고 술 먹기는 공주장이 제일이요, 아산에도 둔포장은 큰애기 술장사 제일이요, 청산 보은 대추장은 처녀 장꾼이 제일이요, 엄벙중천에 충주장은 황색 연초가 제일이요, 서산 태안 가을장은 어리굴젓이 제일이요, 한산 서천 여름장은 세포 모시가 제일이요, 천안 삼거리 옛 장터는 능수버들 척 늘어졌네. 자아, 쳐라!

풍물을 멘 광대들이 까불거리며 주막 마당 가운데로 함부로 짓쳐 나오니 멍석에 앉았던 손님들이 비켜나며 저절로 판이 마련됩니다.

아따 여봐라 어릿광대가 나오신다
뒤꼭지 지르면서 핀잔 악담하는 것을
술로 알고 안주로 알아 가가호호 돌아치며
산에 가면 산신 덕에 물에 가면 용신 덕에
길로 나면 길 덕에 고개고개 서낭 덕에
입은 덕은 많지마는 새로 새덕 입혀주세

뒷전에서 버나며 살판이 준비되는 동안 재담꾼 신통이가 나와 장구재비와 수작을 나누는데,

영동장엔 왜 왔나?
정성 발원 잘 받았나 보러 왔지. 그나저나 이녁은 굿을 한달에 몇자리 다니나?
스물일곱번 다닌다, 왜? 이녁은 얼마나 다니는데?
자리 판 다니지.
잘 노나보구나. 한자리 반을 다니는 걸 보니. 어디 한번 해보우.
해보라고? 자, 해볼 테니 잘들 보구려. 남녀노소 아들딸에 명 달라 복 달라 발원인 모진 광풍 들여 불구 비단바람 내려 불 때.
그렇게 하니까 자리 판밖에 못 다니지.
이빨이 빠져서 말이 헛나왔다. 그나저나 나 장개가는데.
뭘 해가지구 가는데?
말 없는 바지, 길 없는 저고리에, 등 터진 버선, 수숫잎 고름,

그렇게 해가지.

사당짜리는 뭘 해가나?

말똥 곳감에 쇠똥 부치기, 쇠오줌 정종에 모기 뒷다리 산적, 다 해가지구 가지.

장개는 어디로 가누?

처갓집 정문이 덜썩, 대문이 찌꺽, 문풍지가 푸르르, 농문이 덜컹하는 데. 바깥을 나니 오리 갈갈하는 데. 망아지 빽빽하는 데. 참깨 백석, 들깨 백석 하는 데. 왕백이 짚신짝 터덜털 끌고, 데릴사위 살러 간다네.

하나 바라구 살다 딸깍 죽으면 어쩌려구? 나는 칠공주 팔선녀 데리구 살란다.

아이구, 그걸 다 뭐할라구?

다 써먹을 데가 있다네. 몽당발이는 몰아들이구, 씰룩발이는 씰어들이구, 앉은뱅이는 집 봐주구, 이것저것 다 써먹을 데가 있다네. 들어오면 담 안으로 하나 가득, 나가면 담 밖으로 하나 가득, 칠공주, 팔선녀, 구미호에 삼천궁녀까지 채울란다. 간 데마다 하나씩 낳으니 애비 찾아달라구 지 에미를 조르는데 꽁알꽁알하며 울지 않겠나. 이것이 내 꽁알 내력이여. 동 금강, 서 구월, 남 지리, 북 묘향, 사대명산 치성 발원에 쎄빠지게 놀구 나서 애비를 찾아줘야지. 어허, 부귀야 덩덩하잡신다. 아들 나면 효자 낳고, 딸을 나면 열녀 낳아, 각성각문 남녀노소 아들딸에 명복 주세. 식구가 늘면 방이 차고, 재산이 늘면 곡간이 차지. 이만하면 너구리발 넉넉하구, 깻잎이 청청하구, 몸은 씻은 팥알 같구, 물 찬 제비 같구, 눈썹도 돋아오는 반달 같구, 입술은 앵두 같구, 만인이 우러러보겠구나. 어허, 쳐라! 부귀 덩덩.

연이어서 접시 돌리는 광대가 나와서 버나 한판을 노는데, 우리는 슬그머니 한두사람씩 마당을 떠나 주막의 봉노로 돌아가니 방 안은 텅 비었고 장목 목침만 줄줄이 놓여 있습디다. 그들 거의가 각 고을의 대두들이나 소대두들로서 대행수님과 일년에 한두번 만나는 자리였지요. 그때에 자기 순서를 마친 이신통이 넘치던 흥을 싹 감추고 딴사람처럼 들어와서 저도 제법 놀랐습니다.

대행수께서 이 서방을 소개했지요. 지금은 광대물주로 떠돌아다니지만 이제 입도하여 각 지역을 다니며 연락을 해주게 될 것이라, 모두들 인사도 하고 고을과 동리의 거주지며 인심에 대하여도 의견을 나누라 하였습니다. 대행수께서 돌아가신 교주의 행적을 말씀하시던 중에 밖에서 시끌법석하던 풍악이 그치더니 주인이 얼른 봉놋방을 넘겨다보며 외쳤지요.

관군 출동이오!

우리 중의 몇몇은 벌써 이런 일에 익숙했던지 대행수를 모시고 뒷담을 넘었고, 일부는 열어젖힌 방문 앞의 툇마루 쪽을 막고 서서 한 시각이라도 늦추고자 했습니다.

한놈도 달아나지 못하게 하라!

외치는 소리가 들려서 내다보니 구군복을 걸친 장교가 군졸 사령들을 거느리고 왔는데, 마당에 모였던 사람들은 모두 그 자리에 엎드리게 해놓고 우리들이 모였던 방으로 왔지요.

너희는 뭣하는 놈들이냐?

내가 이 고장에 대하여 좀 아는 편이라 앞으로 나섰지요.

보면 모르오? 우리는 장 보러 왔다가 하룻밤 이 골서 묵어가는 사람들이외다. 웬 소란이오?

허 이놈아, 니 상판대기만 보고 뭘 어떻게 알란 말이냐?

그때에 이신통이 앞으로 나섭디다.

여보쇼, 보아하니 이 고을 군교인 모양인데, 이분들 행색이 이러하나 다들 점잖으신 분들이오. 이렇게 소란을 피우는 이유가 무엇인지 연유를 말해야 우리도 여차저차 신분을 밝힐 수 있지 않겠소?

장교는 이신통의 앞뒤가 맞는 소리에 잠깐 움찔했다가 호통을 치더군요.

지금 민변이 일어나서 신분이 수상한 자는 싹 잡아들이라는 본관 사또의 명이시다. 뭣들 하느냐, 이놈들을 모두 마당에 꿇려라.

창대와 육모방망이로 윽박지르니 모두들 마당에 내려가 꿇어앉았습니다. 대개가 충청도 일대를 돌아다니는 장꾼들이요, 나머지는 연희패와 우리들인지라 주막에 모여 있는 사람들이 모두 타관 사람들인 것은 당연한 노릇이었지요. 모두 호패를 조사한 뒤에 그중 다섯사람이 불려나갔구요, 장교가 관아로 끌고 가라고 명하더군요. 둘은 호패를 잊고 지니지 않은 사람들이고, 셋은 호패를 차고 있었음에도 불려나갔지요. 저는 어찌 된 노릇인지 그날따라 호패 차기를 깜빡 잊었던 것입니다. 이신통이나 광대패는 여러 고을을 넘나들던 처지라 모두 호패만큼은 다들 지니고 있었습니다. 저야 꼼짝없이 관아에서 뭐라고 치죄한들 당해야 할 판이었지만 이 서방으로서는 억울하고 연유를 모르니 답답했을 겝니다.

나는 광대물주가 업이며, 절기마다 연희를 나오기 전에 미리 순회할 곳을 관가에 알린 바인데 무슨 이유로 잡아갑니까?

잔소리 마라, 특히 너 같은 놈과 저놈은 꼭 끌어가야겠다.

장교가 나와 이 서방을 지목하여 으르는 눈치로 보아 처음 검문할 때부터 우리를 건방지게 본 것입디다. 삼문 바깥 향청에 당도해서야 우리는 보통 사태가 아니라는 걸 알게 되었지요. 횃불이 사방에 밝혀 있고 촌민들이 오라를 지고 잡혀 들어오는 중이었던 겁니다. 둥글게 둘러친 토담 안에 길게 지은 옥이 꼭 한채뿐인데 영동현이 살기는 좋다지만 궁벽한 촌구석이니 무슨 죄인이 그렇게 많겠습니까. 옥방은 세칸이었는데 우리 타관 것들은 맨 끝 방으로 들어갔지요. 앞과 옆을 서로 볼 수 있도록 통나무로 칸살을 해놓은 헛간 같은 곳인데 바닥은 판자를 깔아놓은 대처와 달리 멍석이 깔렸고 반으로 자르고 구멍을 낸 긴 통나무 차꼬를 열어 우리 발을 넣게 하고는 자물쇠를 채웁디다. 아마도 뒷벽이 모두 수수깡에 흙 바른 토벽이라 별로 힘들이지 않고 발로 차면 허물어지겠기에 그리했던 게지요. 좁은 칸이 가득 차서 우리는 앞뒤 세줄로 앉았습니다. 옆 칸 사람들은 차꼬에 목에는 널판 칼까지 쓰고 있습디다. 또 그 옆 칸에는 부녀자에 아이들까지 있는 모양이었지요. 처음에는 서로 부르고 찾는 소리로 법석이더니 옥사장이란 자가 와서 심하게 꾸짖자, 옥리들은 죄수들 중 몇명을 끌어내어 옥 마당의 형틀에 올리고는 사정없이 곤장을 칩디다.

형리의 매 치는 소리와 애고대고 울음소리에 마당이 시왕전으로 변하더니, 곤장 열대씩에 혼절한 죄인들을 다시 각자의 방으로 입감시키자 기침소리는커녕 숨소리마저 잦아들어 그야말로 적막 천하가 되었습니다. 끼니때가 훨씬 지났는데도 밥은 고사하고 물도 주지 않았지요. 밤이 제법 이슥하여 두런두런 옆 사람과 말을 나누게 되었는데, 이 서방이 왼쪽의 맨 끝자리라 옆 칸 사람들과 장목 칸살 사이로 말을 건넸던 모양입디다.

영동 골에 무슨 변고가 있습니까?

댁들은 웬일로 잡혀왔소?

이신통이 물으니 그쪽에서 기다렸다는 듯이 되묻는 것이 우리가 잡혀 들어온 게 더 궁금했던 모양이지요.

우리는 장꾼들로 주막에서 술 먹고 놀다가 영문도 모르고 끌려왔지요.

허허, 그렇다면 뭘 걱정이오? 아마 내일이 지나면 모두들 나갈 거외다. 그 대신에 노잣돈 남은 게 있으면 이속들에게 모두 털어주어야 할 게요.

아니, 죄가 없는데 무엇 때문에 인정전을 줘야 하우?

신통이 물으니 그 사람은 다시 웃었지요. 심약한 자 같았으면 산발하고 발에 차꼬를 차고 목에는 칼을 쓰고 있으니 벌써 초주검이 되어 있을 터인데, 제집 사랑에서 손님 맞듯 음성이 침착하여 곁에서 듣고 있던 나도 좀 놀랐소이다.

우리 골 여러 동리에서 사람을 모아 관문을 범하였으나, 내가 소두(疏頭)를 자처하였으니 필경 대역죄로 죽게 될 거요. 내가 죽고 나면 형문이 모두 그칠 터이니 당신들이야 무슨 걱정이 있겠소. 이속들은 이런 일이 일어나면 무고한 사람들까지 무조건 잡아두었다가 돈이나 쌀말이라도 뜯어내자는 수작이지요.

곁에 있던 저는 그 사내의 기개에 마음이 동하여 물어보았지요.

대체 무슨 연유로 작당하여 관문을 범하였단 말이오?

지금 세상 어디서나 향청이 썩어서 민고(民庫)는 수령의 판공비를 대는 돈줄이지요. 감사의 순시에 따른 지출에다, 신구 수령이 갈릴 때의 노자며 수행비 잔치 비용에다, 아전들의 출장비, 심지어 수령 가족의 생신연이나 손님의 접대비도 모두 민고에서 댑니다. 민고는 향청에서 맡고 있지만 그 돈은 모두 백성들에게서 뜯어낼 수밖에 없지요. 거기에다 좌수니 별감이니 하는 향임(鄕任)을 사고파는데 그 자릿값이 육칠백냥씩 한답디다. 고을마다 어슷비슷하여 어느 고장에서는 다섯달 동안에 무려 열세번이나 향임이 갈렸고, 또 어디선가는 일년에 좌수가 열두번, 별감이 스무번이나 갈렸답디다. 우리 계에서는 향임이 여섯달 동안에 여덟 놈이나 바뀌었습니다. 그러니 수령들은 판공비에다 매향으로 돈을 뜯고, 향임들은 재임 동안에 들인 돈을 뽑으려고 온갖 수단을 부리게 마련이랍니다. 논밭이라도 있는 고장에서는 죽지 못해 참고 살지만 우리네 같은 산간 마을은 밤도망하는 양민이 하나둘이 아닙죠. 그러니 남은 사람의 고통은 날이 갈수록 심해집니다. 내가 동네마다 통문을 돌린즉 하루 만에 이백여명이 동참하여 향청을 때려부수고 현감을 잡아 징치하려던 것입니다. 우리는 주모자를 미리 정하는데 두셋이 민란을 일으키고 죽어나가면 감영에서도 조정의 고과(考課)가 두려워 몇년간은 가렴주구를 못하지요. 저 옆 칸에 내 식구들이 함께 잡혀와 있지만 내가 참형을 당하면 저들은 나갈 것이외다. 이제 산 사람들이 굶주림을 면하게 되었으니 내가 무슨 걱정이 있겠소?

이 서방과 나는 아무 말도 못하고 잠자코 듣기만 했습니다. 이튿날 날이 밝자 그들은 오라를 지고 동헌 앞으로 끌려갔고, 우리 다섯사람은 향청으로 가서 사령이 지켜 선 가운데 호장의 문초를 받았지요. 어처구니가 없었지만 내용은 간단했습니다. 민변이 일어난 곳에서 기찰에 항거했으니 벌금을 내든가 태형을 맞든가 택일하라는 것이었습니다. 벌금도 제각각이어서 어떤 장돌림은 지게에 얹은 물건 전부, 또 어떤 자는 열냥, 이신통과 저는 각각 이십냥씩 내라는 것이었습니다. 이 서방이 광대물주를 하는 자이니 그 정도는 뜯어낼 수 있겠다고 여긴 것이며, 저는 의관 행색이 다른 장사치들보다 깨끗했기 때문입니다. 제가 그 뒤로 두루마기에 갓 쓰기를 꺼리는 바이올시다.

옥 마당 한편에 가족들이 수감자의 밥을 넣어주는 곳과 죄수들 하루 두끼니 밥을 급식해주는 곳이 있었는데 소금물 적신 조밥 한덩이가 전부였지요. 마침 주막에 남은 일행들이 있어서 저나 이 서방은 이바지 칸으로 가서 그들이 넣어준 사식으로 허기를 달랬습니다. 광대들의 행하는 원래가 상단과 약조할 때에 받는 어음이라 감영의 주인 구실 하는 객주나 상단 임방에 가서 돈과 바꿔야 했지요. 아무튼 천지도 사람들이 십시일반 걷은 돈이 겨우 이십냥이라 저만 먼저 벌금을 내고 나왔구요, 이 서방은 저보다 사흘이나 늦게 나왔습니다. 이 서방은 공주 감영까지 연희패 모가비를 보내어 어음을 바꿔다가 벌금을 내고, 나머지로는 옆 칸의 죄수들과 그 가족들에게 며칠 동안의 사식비를 넣어주었습니다. 내가 차마 지척에 있는 집으로 돌아올 생각을 못하고 기다리다 이 서방이 석방되어 함께 영동 장터 길로 나오는데, 이미 민변을 일으켰던 소두 사내가 참형을 당하여 그 머리가 장대에 높이 걸려 있습디다. 상투에 새끼줄을 감아 장대 끝에 매달았는데 잘린 목의 피는 검게 말라붙었고, 얼굴은 처형할 적에 바른 횟가루가 지워지지 않아 새하얀색인데 두 눈을 부릅뜨고 있더군요. 관문에 작변한 자는 위에 상주하지 않고 부대시수(不待時囚) 처리하여 즉시 효수한다는 율에 의거했겠지요. 장꾼들은 얼른 지나가며 힐끗힐끗 돌아보았고 모여든 어린애들을 어른들이 쫓기도 했는데, 이 서방은 장대 아래 떨어져 고인 피 위에 발끝으로 그러모은 흙을 자꾸만 끼얹었습니다. 나는 그가 하는 짓을 말없이 지켜보며 기다렸지요. 이 서방이 돌아서는데 보니 두 눈이 붉게 충혈되어 있더군요. 이것이 그가 천지도에 입도한 무렵에 겪은 일이었습니다.

*

무주 배 서방네 집에서 하룻밤을 자고 일어나 이제 또다시 금산, 옥천 거쳐서 보은으로 길을 떠나게 되었다. 보은 읍내에 가서 이 의원 댁을 찾으면 이신통의 고향집을 찾을 수 있을 거라고 배 서방은 말했다.

옥천 가서 다시 하루 묵고 이튿날 느지막이 출발했는데도 정오 전에 보은현에 도착했다. 큰잿내를 건너 버드쟁이 주막거리에 이르니 바로 읍내의 시작이라 내가 안 서방에게 일렀다.

여기서 국밥 요기라도 하면서 이 서방네 집을 물으면 어떻겠어요?

예, 저도 그렇게 생각하고 있었습니다. 이 의원이 오래된 의생이라니 이 고장 토박이들은 다들 알겠지요.

우리는 마방은 없이 툭 터진 마당 앞에 장목을 울타리처럼 세워둔 주막 앞에서 멈추었다. 안 서방이 깍지 낀 두 손으로 노둣

돌 노릇을 하여 나는 말에서 내렸고 주막집 중노미가 얼른 나와서 말을 끌어다 고삐를 장목에 묶어주었다.

저것들 여물 좀 주어라.

안 서방이 이르고 마당에 들어서니 평상과 마루에 손님들이 제법 많았다. 우리는 두리번거리다가 마당에 토담처럼 올린 화덕과 가마솥 앞에 주모가 앉은 것을 보고는 가까이 깔린 멍석에 가서 털썩 앉았다. 주모가 의아한 표정으로 내게 물었다.

저기 평상에 빈자리가 많거늘 어찌 여기에 앉는 거유?

내 대신 안 서방이 말했다.

우리가 주모에게 말 좀 물으려고 여기에 앉는 거외다.

자아, 국밥 둘이시지? 근데 뭘 물으려 하우?

멍석 위에 두장 가웃의 긴 널판자를 잇댄 간이상이 놓였는데 주모는 직접 뚝배기에 밥을 담고 국을 퍼서 두그릇을 내었다. 내가 멍석에 앉으면서 장옷을 벗어서 무릎 위에 개켜놓았더니 주모가 짐짓 우리를 떠보는 것이었다.

내외간인 것 같지는 않고, 친정에 다니러 오셨는감?

나는 그저 배시시 웃기만 하고 안 서방이 말했다.

여기 친척 집 찾으러 왔소. 혹시 읍내에 이 의원 댁이 어딘지 아슈?

읍내에 이 의원이라면 제생약방일 터인데…… 그 양반 몇년 전에 작고했다던가 뭐 그런 소릴 들은 것 같은데.

그럼 그 댁엔 누가 삽니까?

내가 물었더니 주모가 또 고개를 갸웃거리며 자신 없게 말했다.

아마 사위가 의원을 하구 있을 거요.

나는 이신통에게서 들은 말이 있어서 하나 있다는 누이동생을 떠올렸다. 그의 형은 청주에서 아전을 산다던 말도 기억이 났다. 우리는 점심 요기를 하고는 읍내로 들어갔고 행인들에게 길을 물어 곧 제생약방을 찾을 수 있었다. 야트막한 토담 너머로 기역자의 물림퇴 기와집이 보였는데 대청마루에 손님들이 둘러앉고 가운데서 그들을 응대하고 있는 탕건 쓴 사람이 의생인 듯 보였다. 대문이 열려 있었지만 안 서방과 나는 문 앞에 서 있었다. 대청의 사람들이 모두 우리를 내다보았고 약방의 곁꾼인 듯한 젊은이가 다가왔다.

누구신지요?

여기 이신이란 사람이 있습니까?

안 서방이 묻자 그는 대답 없이 대청 쪽으로 뛰어가 주인에게 알렸고, 탕건 쓴 의생이 마당으로 내려와 공손하게 물었다.

그이는 제 처남입니다만, 손님들은 뉘십니까?

안 서방은 내가 미리 이른 대로 대답했다.

저는 이신의 의형 되는 사람입니다.

허어, 처남은 며칠 전에 떠났습니다. 어쨌든 좀 들어오시지요.

말을 끌어다 마당 한쪽에 수습해두고 우리는 집의 왼쪽으로 돌아 툇마루가 달린 겹집 뒷방으로 안내되었다. 우리가 들어가 앉으니 주인이 마주 앉으면서 말했다.

뵙겠습니다. 송 의원입니다.

강경 사는 안생입니다. 여기 이분은 이신 부인이십니다.

예? 무슨 말씀이신지……

나는 앉은 채로 머리 숙여 반절을 하고는 말했다.

이 서방과 인연을 맺은 지 이제 여덟해가 지났고, 지난 갑오년에는 제가 모시고 살았더니 홀연히 집을 나가 소식이 끊긴 지 두 해가 됩니다.

송 의원은 황망하다는 듯 방바닥에 두 손을 짚더니 고개를 깊이 숙였다.

처음 듣는 일이기도 하고, 워낙에 형님이 속내를 드러내지 않는 분이라서…… 아무래도 이런 얘기는 저의 집사람이…… 저는 보던 환자가 있어서 잠깐 실례하겠습니다.

의원이 안으로 향한 방문을 열고 사라진 뒤에 아낙이 들어섰다. 나보다 네댓살쯤 더 먹어 뵈는데, 무명 흰 저고리에 회색 먹물 들인 치마에다 같은 색의 앞치마를 두른 수수한 차림새였다. 참하게 빗어 넘긴 쪽 찐 머리에 민비녀를 꽂고 외까풀진 눈매가 부드러우며 눈꼬리가 긴 것이 제 오라비를 닮았다. 나는 첫눈에도 이신통과 누이의 인상이 닮았다는 걸 느낄 수 있었다.

방금 주인에게서 들었습니다만, 먼 길 오시느라 고생 많으셨습니다.

그렇게 입을 뗀 누이는 잠시 말을 그치고 나를 찬찬히 바라보았다. 안 서방은 내외를 하느라고 그랬는지 목례만 올리고는 뒷마당으로 슬그머니 나가버렸다.

느닷없이 찾아와 제가 오라버니의 내자라고 하니 얼마나 놀라셨습니까.

그렇게 말머리를 삼아 열여섯에 그이를 만나게 되었던 인연이며, 그와 엇갈린 뒤에 시집을 갔다가 스스로 뛰쳐나오게 된 사연이며, 갑오 난리에 그가 나타난 것과 부상당한 그를 구완하던 일이며, 그이와 함께 살았던 반년 동안의 살림과…… 그러나 우리의 죽은 아기에 대해서는 말할 수 없었다. 누이는 흘러내리는 눈물을 옷고름으로 닦고 한숨도 내쉬고 고개를 끄덕이기도 하면서 얘기를 들었다. 내 쪽을 물끄러미 바라보던 그녀가 다가앉으며 손을 내밀었다.

혹시 그것이……

누이가 만지려는 것이 내 왼쪽 손목에 늘 차고 다니던 향나무 염주인 줄을 뒤늦게 알아채고 얼른 뽑아서 내밀었다. 이신통이 세밑에 돌아오마고 집을 떠나며 내게 주었던 정표였다. 향나무를 머루알만 한 크기로 깎고 다듬어 아홉개의 구슬을 꿰고 인내천(人乃天) 세 글자를 거듭하여 삼세번 새겨넣은 염주였다. 나는 그이가 떠나간 뒤에 걱정과 슬픔이 있거나 불안하거나 외로울 적이면 '사람이 하늘이다, 사람이 하늘이다, 사람이 하늘이다' 중얼거리면서 염주를 헤아리곤 했다.

이건 어머님이 남기신 거예요.

누이가 다시 눈물을 비치면서 일어나 잠시 자리를 비우더니 곧 돌아왔다. 그녀는 똑같은 모양의 향나무 구슬 아홉개가 꿰인 염주를 갖고 돌아온 것이다. 나는 어쩐지 가슴이 터질 것처럼 두근거렸다. 신통의 어머니에 대하여 들은 바도 없고 같은 물건을 아들과 딸에게 남겼다는 얘기는 처음부터 몰랐으며, 더구나 그런 물건을 나에게 주었다는 사실이 놀라웠기 때문이었다. 같은 시기에 깎은 것으로 보이는 쌍둥이 같은 누이의 염주에는 다만 글자가 새겨져 있지 않았다.

이 글은 당신을 위하여 오라버니가 새겼군요.

그이가 천지도에 입도한 걸 알고 있었나요?

갑오년 난리 터지기 한해 전에 이 고장에서 먼저 큰 변이 일어났습니다. 보은 대집회라고들 하는데, 전국에서 도인들이 그야말로 구름같이 몰려와 수만여명이 들고 나며 한달 동안이나 머물렀거든요. 천지도는 억울하게 죽은 교주 이하 모든 도인들이 죄가 없으니 침학하지 말라고 한양의 광화문에서도 상소를 올리고 소란이 있었다지요. 그 무렵에 도인들의 집회가 파하고 나서 큰오라버니가 문득 나타나서는, 아우가 출세할 기회가 왔다면서 그가 천지도의 으뜸가는 행수들을 잘 안다니 관가에 발고하면 자신의 죄는 사면되고 벼슬까지 얻게 될 것이라 하였어요. 그리고 너희들도 입도했다면 가산은 물론이요 목숨조차 부지하지 못할 거라고, 그래서 남편과 저는 작은오라버니가 입도한 것은 맞지만 집을 떠난 지 오래라 행적을 알 수 없고 우리는 사실 천지도에 입도한 바 없다고 하였지요.

그이는 관에서 자기를 잡으려 하는 것을 알고 있던가요?

그전에 집에 들렀을 때 큰오라버니 얘기를 전했더니 '그자는 비인(非人)이다' 한마디만 하더군요. 실은 큰오라버니와 저희 남매는 어머니가 다르답니다. 아버님 생전에 큰오라버니는 집에 오지도 못하게 했지요. 저희 집안의 가슴 아픈 사연이긴 합니다만…… 저는 신이 오라버니 생각을 할 때마다 가슴이 미어집니다. 다른 고장에서야 그의 내력을 모르니 신분을 속이고 돌아다닐 수는 있겠지만, 보은 인근에서는 그가 누구인지 다들 아니까 고향에 돌아와 살 수도 없게 되었지요. 그러니 날이 아주 저문 뒤에야 찾아와 이 방에 들었다가 외출도 못하고, 자고 먹고를 되풀이하다가 떠나곤 하는 거랍니다. 이렇게 좋은 아낙이 있는데 눌러앉아 사시지 않고, 참으로 우리 오라버니는 청계 도깨비가 씌었나봐요.

나는 누이와 더불어 저녁이 되는 줄도 모르고 여러 이야기를 나누었다. 나중에 송 의원이 함께 앉아서 그가 장인어른으로부터 들었던 이야기와 신통의 젊은 시절에 대한 이야기를 해주었다. 사양하다가 못 이겨 그 댁에서 저녁을 먹었고, 주막이나 여각에 나가 묵겠노라 했으나 그럴 수 없다며 의원 내외가 붙잡아서 안 서방은 행랑으로 건너가고 나는 그 손님방에서 잤는데, 다시 누이의 권고로 이틀을 더 묵게 되었다.

첫째날 자고 일어나 세수를 마치고 가족들과의 아침밥을 기다리고 있던 중에 누이가 아이들 셋을 데리고 내 방에 들어왔다.

먼저 여섯살, 여덟살이라는 남매가 각각 까치두루마기에 색동치마저고리 곱게 입고 내게 큰절을 올렸고, 길게 땋은 머리에 다홍색 제비댕기를 드리운 처녀가 수줍은 듯이 섰다가 아이들의 절이 끝나자 내 앞에 혼자 서서 큰절을 올렸다. 누이가 아이 셋을 모두 내보내고는 내 곁에 다가앉았다.

모두 예쁘지요? 앞에 둘은 제가 낳았구요, 나중의 그 아이가 누구겠어요?

예? 그 처녀가 다 돼 보이던……

신이 오라버니의 딸이랍니다.

그럴 줄을 내 몰랐단 말인가. 삼례에서 우리가 만났을 적에 이 신통이 나이가 몇이었으며, 아무리 시골이라 하나 이렇게 포실한 고을의 중인 집안에서 그때까지 그이를 장가들이지 않았을 리가 없잖은가. 슬프지는 않았으나, 그가 내게 말하지 않은 일들이 아직 너무도 많다고 생각하니 함께 산 기간이 짧았던 것만 한스러웠다. 나는 자선(慈鮮)이라는 그 아이의 이름을 기억해두었다. 더이상 묻지 못했지만 나중에 누이의 이야기가 이리로 돌고 저리로 흘러서 시시콜콜해진 대목에 이르러 그의 조강지처에 대한 얘기도 듣게 되었다.

저희 아버지의 이름은 이지언(李之彦)으로 전 풍덕 군수의 서자였답니다. 할아버지가 상소에 이름을 올린 일로 죄를 얻어 함경도 북청으로 유배를 갔다가 외로움과 고생을 이기지 못하여 현지에서 여인의 바라지를 받게 되었답니다. 여인은 당시 아전 조 아무개의 둘째딸로 십구세의 과년한 나이였는데, 할아버지의 처소를 드나들며 편의를 도와주던 조 아전이 자기 딸을 거두어줄 것을 먼저 청하였다고 합니다. 할아버지가 귀양지에서 다섯해를 보냈고 아버지 이지언은 거기서 태어났다지요. 조정의 흐름이 바뀌어 귀양은 풀렸으나 복직은 되지 않았으므로 할아버지는 첩 조씨와 그 소생인 지언을 북청에 남겨둔 채 고향인 청주로 낙향했다지요. 할아버지가 낙향하여 때마침 부친이 돌아간 뒤 삼년상을 치러야 했으므로, 상중인 집안에다 축첩한 사실을 밝히지 못했던 것이라 합니다. 할아버지 이 군수는 이전에 이미 장가를 들어 딸만 둘을 보았으니, 비록 귀양지에서 첩을 들였다 하나 대를 이을 아들을 낳은 셈이어서, 모친과 일가에 알리고 북청으로 사람을 보내어 조씨와 아들 지언을 데려오게 하였답니다. 할아버지의 본부인 장씨는 청풍(淸風)의 오랜 세가인 향반댁 맏딸로 할아버지가 과거 공부를 하던 때에 처가의 도움을 많이 받았고, 그녀가 물려받은 가산도 적지 않았으므로 한집 안에서 첩과 살기를 거부했다지요. 할아버지는 하는 수 없이 두집 살림을 차려야 했답니다. 선산과 전답이 있는 교외에 본가가 있었고 둘째 집을 관가 부근의 성내에 마련했다지요. 지금은 큰오라버니가 그 집에서 살고 있습니다만.

아버지가 비록 양첩 소생이었으나 서자로서 어떤 마음고생을 하며 살았는지 제가 자세히 아는 바는 없습니다. 십여년 뒤에 장씨가 먼저 세상을 떠나고 저희 할머니 되시는 조씨가 본가에 들어가 살게 되면서 당시의 얘기를 기억하거나 입 밖에 낼 사람이 없어서였는지도 모르지요.

순조 임금 때에 경기 황해 충청 전라 경상 다섯 도의 유생들이 서류(庶類)를 임용하게 해주십사고 만인소를 올렸다는데요, 오죽 차별이 심했으면 그러했겠습니까? 양반의 혈육이라도 첩의 소생은 과거의 문과를 못 보게 하였고 신분이 다른 상대와는 마음대로 통혼도 못하게 하였지요. 양첩(良妾)과 천첩(賤妾)의 자식은 서(庶)와 얼(孼)로 구분되지 않습니까? 서자에 비하면 얼자는 또한 하늘과 땅의 차이겠지요. 아버지는 이십여세에 잡과(雜科)를 치르고 의원이 되어 한양의 혜민서에 직임을 얻어 있다가 이곳 보은현에 내려와 정착하였지요. 아버지가 태어나고 몇해 뒤에 서류의 문과 등용을 나라에서 허통했다지만, 아버지는 벼슬하려고 힘쓰지 않았고 누이들에게 모든 상속 재산을 고루 나누어주고 다투지 않았으며 고향인 청주에 살기를 꺼려했던 것 같습니다.

할아버지는 청주에서 사시다가 돌아가셨지만 저와 작은오라버니는 기억하지 못합니다. 저희 아버지는 스무살 남짓한 나이에 의원이 되어 한양에서 돌아와 할아버지의 권유로 뒤늦은 장가를 들게 되었답니다. 잡학이라지만 과거를 통하여 의원이 되었고 서자치고는 군수를 지낸 양반의 자식인지라, 아버지는 향시 출신의 전의에 사는 생원댁 따님과 통혼을 하게 되었습니다.

어머니 유(兪)씨는 시집을 오시면서 교전비(轎前婢) 동이(同伊)를 함께 데리고 왔습니다. 시집올 때 유씨가 열일곱이었고 세살 차이가 있다 하였으니 교전비는 열네살이었을 것입니다. 어머니는 딸 하나, 아들 하나를 낳았는데 딸은 세살 적에 홍역으로 죽었다고 합니다.

동이는 유씨의 몸종인 안잠자기로 늘 안채의 뒷방에서 손발처럼 모시고 같이 살았습니다. 준이 오라버니와 신이 오라버니는 세살 터울입니다. 큰오라버니와 작은오라버니는 진작부터 집 안에 독선생을 들여 공부를 시켰지요. 저는 유씨가 어머니인 줄로만 알고 자라다가 여섯살쯤에 가서야 어렴풋이 알게 되었습니다. 큰오라버니는 동이에게 언제나 반말을 했구요, 어머니가 야단을 치는 일이라도 생기면 덩달아 욕설도 늘어놓았지요. 뒤에 신이 오라버니에게 들었는데 자신은 진작부터 어머니가 우리 친어미가 아님을 알았답니다.

오라버니와 저는 교전비 동이의 소생이었던 것이지요. 언제 아버지가 그이와 그렇게 되었는지는 자세히 알지 못하지만, 교전비가 상전의 아이를 낳는 것은 양반가에서 흔한 일이었습니다. 독선생을 들여서 형제가 나란히 공부를 할 적에 작은오라버니가 월등하게 총명하여 배우는 책마다 먼저 떼어서 아버지가 칭찬하고 책거리로 떡을 해주곤 했답니다. 아버지가 집안을 엄하게 다스리셔서 저희 남매는 열살 넘어 지각이 든 뒤에도 겉으로는 집안 식구와 하인들에게서 차별을 받지는 않았습니다. 저도 신이 오라버니를 본받아 이제는 나이 들어 젖어멈이 된 동이 어멈에게 존댓말을 썼습니다. 큰어머니는 준이 오라버니가 스무살쯤 되었을 때에 돌아가셨습니다. 준이 오라버니는 지방 향시에서 떨어진 뒤에 약방에서 아버지 일을 돕다가 청주 향청에 일을 얻어 나가버렸지요. 신이 오라버니는 문과를 해보겠다고 과거를 준비하던 무렵이었지요. 그런데 저희 남매가 가본 적도 없는 외가에서 소송이 들어왔습니다. 보은 고을의 별감이 아버지에게 찾아와 문건을 전달하고 갔다고 합니다. 외가는 소송 관할을 청주에 지목하고 있었는데 아버지는 직접 출두하지는 않고 대리인을 세울 생각이었습니다.

소송의 내용은 이러합니다. 저희 외가에서는 사돈 간이던 생원 부부도 세상을 떠나고 유씨의 손아래 남동생이 가장이 되었는데 가산이 많이 기울었다고 합니다. 그는 누이 유씨가 죽은 뒤 교전비 동이와 그 자식들에 대하여 알게 되었습니다. 이를 알려준 것이 누구인지는 모르나 아버지가 술에 취하여 발설한 적이 있더니, 그것이 큰오라버니의 짓이라는 겁니다. 준이 오라버니가 약방에서 아버지를 돕고 있던 시절이었는데 언젠가 사랑에서 고함소리가 들려서 신이 오라버니가 우연히 들었다고 합니다.

저는 아버지를 원망합니다. 아무리 양반이면 뭘합니까? 서류에 지나지 않는데요. 제가 아버지 때문에 향시에도 미끄러졌지요.

이놈아, 그게 어찌 내 탓이더냐? 네가 공부를 게을리한 때문이지.

아버지가 서자이신데 제가 어찌 연좌를 피할 도리가 있겠어요? 게다가 신이나 덕이는 천첩의 자식이니 저와는 주종의 관계이지 동기간이 아닙니다. 제가 모를 줄 아십니까? 동이란 년도 원래 우리 어머니 재산입니다.

아버지가 준이 오라버니를 때리기 시작했으며 어찌나 분노하셨는지 그가 터진 머리를 감싸쥐고 맨버선발로 마당으로 쫓겨 나오자, 당신도 한 손에는 담뱃대를 쳐들고 휘두르며 맨발로 마당에 뛰쳐나왔을 정도였습니다. 그러한 일이 있어서 아버지는 준이 오라버니가 제 외가를 드나들며 외숙을 꼬드겼을 거라고 짐작했지요. 지난 갑오년에 모두 혁파되어 이제는 나라법으로도 노비는 없는 일이 되었지만, 풍속이란 하루아침에 바뀌는 일이 아니라서 지금도 도처에서 노비들이 종살이를 합니다. 그러니 수십년 전에는 어떠했겠습니까? 상전이 혼인할 때에 따라간 교전비는 주인이 살아 있는 동안은 시집의 소유였지만, 주인이 죽고 나면 법으로는 주인의 친정 소유로 돌아가게 된답니다. 그러할 제 종모법(從母法)에 따라 그 소생인 저희 남매도 노비로서 외가의 재산으로 되돌려져야 하는 것이랍니다. 대리인으로 지금의 제 남편이 청주 질청에 출두하게 되었는데, 제 남편은 이 고을 훈장이시던 송 초시의 아들로 어려서부터 오라버니들과 글공부를 함께하였고, 준이 오라버니가 집을 떠난 뒤에는 줄곧 아버지의 약방에서 일을 거들고 있었지요.

남편이 나아가서 관가의 기미를 살피니 노비 소송은 예나 지금이나 결국은 재물의 문제라 되도록 당사자들이 줄 것은 주고 받을 것을 받고는 합의가 되기를 바라는 눈치였답니다. 백여년 전부터 혈육끼리의 노비 쟁송은 골육상잔이라 하여 형이나 누이가 아우나 여동생을 종으로 부릴 수 없고 인륜에도 어긋나니, 그 아비가 뚜렷한 신분인 경우에는 되도록 면천하여 가족의 예를 지켜줄 것을 권고하여왔다 합니다. 어쨌든 법으로 상대방의 주장이 맞는 일이라 어머니 동이와 저희 남매의 몸값을 치르지 않으면 세사람은 갑자기 전의의 유씨 댁으로 끌려가게 된 것입니다. 심리를 세번 하게 되어 있었는데 저희 쪽은 꼼짝없이 졌습니다. 그들은 행패까지 부렸는데, 첫번 심리에서 지고 난 며칠 뒤에 유씨 댁에서 하인이며 일가붙이라고 주장하는 우락부락한 장정들이 나타나 종년을 끌어가겠다며 안채까지 쳐들어왔지요. 집안에 하인들도 있고 의원에 대기 중이던 손님도 있었는데 그런 패가망신할 일이 벌어졌던 겁니다. 저희들이야 울분을 참고 방구석에 처박혀 있었지만 어머니는 반말지거리와 욕설에 온갖 수모를 당했습니다. 아버지가 그때에 할아버지에게서 상속받은 청주의 선산과 논밭을 넘긴 것으로 알고 있습니다. 노비 일구의 값이 한사람이 십년 걸려서 짤 수 있는 무명베가 백여필이고 한 필에 두냥이라, 돈으로 따지면 육백여냥이 되지만 아버지는 당시에 천냥을 썼다고 합니다. 그리고 내외 혈육과 일가친척들로부터 스스로를 끊어버렸습니다.

관가를 통하여 다짐받은 결송 입안과 유씨 댁의 불망기에 의하여 우리 어머니 동이는 대명천지에 면천이 되었습니다. 그날 어머니와 저는 안채의 방문을 걸어 잠그고 소리 죽여 울었습니다. 제가 열네살 때의 일입니다. 이듬해 아버지가 서둘러서 신이 오라버니를 장가들였는데 그가 스무살 때였으니 양가에서 남정네의 성혼으로는 매우 늦은 나이였지요. 그러나 오라버니는 몇 달도 안되어 집을 나가버리고 말았습니다. 올케는 그해에 아이를 가졌고 이듬해 자선이를 낳았지요. 오라버니는 처음에 한양으로 올라간다는 얘기만 흘렸을 뿐입니다. 어머니는 면천하시고 세해쯤 사셨나요, 아마도 평생에 걸친 종의 신분을 벗어나자마자 기진해버린 듯했지요. 제 남편이 어머니 앓아누우셨을 적에 신이 오라버니를 찾아서 한양에까지 올라갔지만 혼자 돌아오고 말았습니다. 신이 오라버니가 집을 떠나고 세상에도 모든 낙을 잃게 된 연유가 어디 한두가지뿐이겠어요? 자라면서 손아래 누이인 제게 말하지 못한 사연이 강변의 모래알만큼 가슴속에 쌓여 있었겠지요.

자선이 어머니는 어떤 분이고, 지금 어디 사시나요?

누이가 길고 어두운 유년기의 이야기를 하면서 정작 내가 궁금했던 그이의 아내 이야기를 스치고 지나갔기 때문에 나는 지목하여 물었다.

올케는 이웃 고을인 금산 양가의 소생이랍니다. 말수 적고 아주 참한 분이지요. 그 댁이 약초 재배로 가세가 일어나서 저희 아버지와 오래 거래하였던 집안이지요. 그러나 오라버니가 집안에 정이 없는데 어찌 배겨나겠습니까? 세상 법도에 지아비가 삼년 이상 발길을 끊으면 소박이라 하지 않나요. 자선이를 여기 남겨두고 입산 출가했지요. 그것도 들리는 소문이고 간 곳을 모릅니다. 금산에서 자선이를 보러 온 외할머니가 해준 말이라 그러려니 할 뿐이지요.

못된 사람 같으니, 그래도 이곳에는 그의 혈육이라도 한점 남겨놓았구나 생각하니 섭섭한 중에도 마음이 놓였다. 아직 시집인지 아닌지 스스로 생각해도 어딘가 떳떳하지 못한 이신통의 집에 와서 우리가 부부라는 말도 내세우지 못한 채, 나는 어느결에 이씨 댁의 식구가 되어버렸다. 누이는 우리가 길을 떠날 때 아버님의 제삿날을 가르쳐주면서 꼭 오라고 당부했고, 오라버니가 집에 들르면 어떤 일이 있더라도 설득하여 자기가 모시고 강경에 가겠노라고까지 말했다. 길 떠난 지 열흘 만에 안 서방과 나는 집으로 돌아왔고, 나는 훗날을 위하여 이신통의 누이와 매제의 이야기를 기억나는 대로 적어놓기로 했다.

세상 속으로

그가 배다른 형과 다투게 되었던 날을 송우경은 기억하고 있었다. 송 초시가 독선생으로 이 의원 댁 형제가 어렸을 적에는 친히 집으로 가서 가르치다가, 그들이 열살을 넘기면서는 아침 일찍 책보를 끼고 와서 글을 배우고 돌아가곤 했다. 송우경이 기억하기로는 그가 여덟살 때에 이준이 열세살로 가장 위였고 이신이 열살이었다. 경서와 사서를 읽고 뜻을 새기고 다시 베껴 쓰면서 암기하는 공부였는데, 훈장께서 『중용』의 한대목에 이르러 '군자가 중용을 따름은 군자로서 그때에 맞게 구는 것이며, 소인이 중용을 어김은 소인으로서 기탄없이 구는 것이다'라는 뜻을 물었다. 준이는 지나치지 않게 타협적으로 행동해야 한다고 말했고, 신이는 일에 맞게 구는 것이라고 대답했다. 일에 있어서 지나치지도 않고, 모자라지도 않고, 가장 적합하게 대처해나간다는 뜻이라면서, 이 방 안에서 저 끝과 이 끝의 중간이 아니라 둥근 공과 같은 것의 중심을 꿰는 것이라 대답했다. 송 초시가 중심을 꿴다는 신이의 말에 무릎을 치면서 칭찬했고, 준이는 치우치지 않는 중간이란 자기 의견은 어째서 틀리느냐고 반발했다. 스승이 이르기를, 치우치지 않는 것은 타협과 평균이 아니라 그때마다 알맞은 일의 핵심이니, 이에 어긋난다면 타협을 하거나, 이것저것 취합하여 적당히 가려 쓰는 일이 오히려 치우친다는 뜻이라고 했다. 준이는 책을 덮으며 볼멘소리로 말했다.

저는 이러한 경서를 공부할 필요가 없다고 생각합니다.

그게 갑자기 무슨 소리냐?

송 초시가 얼굴에 노기를 띠고 물으니 준이는 입가에 비웃음을 잔뜩 떠올리며 말했다.

어차피 초시에 들지도 못할 텐데 이런 공부는 해서 무엇에 씁니까? 저희 집안은 서류인데요. 요즘은 잡과 따위 거치지 않아도 글 좀 알면 의원은 누구나 하지 않습니까?

네 이놈, 그게 무슨 말버릇이냐? 너희 부친께서 벼슬할 수 없어서 의원을 택한 것이 아니다. 그분은 이 풍덕 나리의 대를 이은 어엿한 장자이셨느니라. 그리고 설사 네가 문과를 치를 수 없다 할지라도, 사람이 태어나 살아갈 본분을 가르치는 것이 성인의 도요, 이를 거치지 않고는 어떠한 잡직도 행할 수 없느니라.

그러면 얘는요? 얘는 동생이긴 하지만 저희 어머니 자식이 아니라는데요.

허허, 몹쓸 놈이로다!

송 초시가 회초리를 찾느라 두리번거리는데, 준이는 책보를 집어들고 마당으로 달아나며 말했다.

저놈하구 다시는 이런 공부 안할 테요.

그때에 신이는 별로 놀라지 않고 고개만 푹 숙이고 있었으니 평소에 그런 소리를 형으로부터 익숙하게 듣고 있었던 듯싶었다.

이지언은 하루 중에 아침 점심상을 사랑에서 받았으나 저녁만은 안채로 건너와서 아내의 시중을 받으며 두 아들을 데리고 교자상을 받아먹었다. 그러다가 어느 때부터인가 형제는 따로 밥을 먹게 되었는데, 이지언이 저녁상을 받고 앉으니 신이가 보이지 않았다.

신이는 어디 갔느냐?

아버지가 물으니 준이는 제 어머니 유씨를 힐끔 돌아보았다.

동이 어멈이 저희끼리 먹겠다구 합디다.

그게 무슨 소리요. 그러면 행랑에서 먹는단 말이오?

아내의 말에 이 의원은 화도 못 내고 떨떠름하게 물었고, 유씨도 조금 냉랭한 목소리로 대답했다.

저희끼리 편하게 지내는 것이 오히려 자연스럽지 않겠나요? 신이도 이제는 그럴 만한 나이도 되었고……

이 의원은 불편한 기색이었지만 아무 말이 없었고, 유씨는 가장의 밥상이 물릴 때쯤 되어 다짐 주듯이 한마디 더했다.

언제는 아랫것들이 모르고 있는 줄 아셨습니까? 공연히 가리고 숨기고 할 것이 없지요. 얼 자녀 있는 집이 어디 우리집뿐이랍디까. 저도 동이 어멈을 친동기간처럼 아는 바이오니 그저 팔자거니 여기고 사는 게라오.

신이는 겹집 뒷방의 작은사랑채에서 형과 아래윗방을 쓰며 지냈다. 아직도 동이 어멈을 유모로 알고 있는 누이동생 덕이는 행랑의 제일 큰 방을 같이 쓰고 있었는데, 언제부턴가 신이는 그들에게로 가서 함께 밥을 먹었고 동이 어멈에게 존댓말을 쓰기 시작했다.

집안 분위기가 그렇게 돌아갈 무렵에 서당에서 준이의 저러한 되바라진 말대꾸가 나왔던 것인데, 송 초시는 적당한 날을 잡아 약방에 마실을 나왔고 평소처럼 이 의원과 둘이서 약주를 나누었다. 술이 몇잔 오간 뒤에 초시가 며칠 전에 있었던 일을 의원에게 조심스럽게 귀띔해주었다. 그날 이지언은 격노하여 훈장이 돌아가자마자 준이를 사랑에 불러다가 손수 매를 들었다. 그는 장죽을 거꾸로 잡아 매를 삼았는데 아들을 목침 위에 세워놓고 담뱃대가 부러지도록 때렸다.

지금 나라에서도 공노비를 속량하고 서얼허통을 공론 삼는 것은, 뒤늦게나마 양반부터 하천에 이르기까지 모두가 같은 백성이라는 천하의 도리를 깨달았기 때문이다. 네 이 고얀 놈, 내가 너에게 글을 배우고 읽으라는 것은 사람의 도리를 배우라는 것이었거늘, 누가 벼슬하는 글을 배우라더냐? 이 못된 놈, 하물며 피를 나눈 아우를 남들 앞에서 능멸했다지?

그리고 이튿날 유씨 부인은 아들 준이를 데리고 친정으로 가서 몇달 만에 돌아왔다. 이 의원은 그뒤부터 맏아들 준이에게 별로 눈길을 주지 않으려 했고, 그와는 달리 둘째 신이는 약방 사랑으로 불러다 책을 읽게 하거나 사서의 독후감을 묻기도 했다. 송 초시의 말에 의하면, 이 의원이 신이의 재주가 아까우니 무과라도 치르게 하면 어떤가를 자신에게 물은 적이 있는데, 그는 그냥 초야의 선비로 공부하고 글 읽게 하면 나중에 자신이 알아서 살아갈 길을 찾게 될 것이라 우리가 따로 염려할 바가 없다고 답했다고 한다.

하루는 신이와 송생이 장날에 나갔다가 책전이 벌어진 것을 보게 되었다. 고리함에 천 멜빵을 걸어 짊어지고 온 장사꾼이 자리를 펴고는 함에서 책을 꺼내어 늘어놓고 있었다. 방각본이었는데 만세력, 당사주, 오륜행실도, 그리고 이야기책들이 있었다. 춘향전, 심청전, 흥부전, 배비장전, 옹고집전, 장끼전, 토끼전, 변강쇠전, 두껍전, 이춘풍전, 장화홍련전, 콩쥐팥쥐전 등은 가끔씩 지나가던 소리꾼들의 아니리와 소리에서 듣던 것들도 있었고, 나중에 도방 대처로 나가서 박씨전, 임경업전, 유충렬전, 홍길동전, 전우치전, 그리고 창선감의록, 숙향전, 숙영낭자전, 옥단춘전 등도 읽게 되었는데, 그날은 떡 본 김에 제 지낸다고 주머니를 털어내어 춘향전, 심청전, 콩쥐팥쥐전, 장화홍련전을 샀다. 신이는 얼른 몇장을 들춰보더니 동이 어멈이 좋아할 것 같다고 송생에게 말했다.

그날부터 행랑채 동이 어멈 방에서 신이가 이야기책을 읽기 시작했고 하인들도 하나둘 모여들어 함께 들었다. 약방 곁꾼은 아예 약초와 작두를 가지고 와서 방문 앞에 주저앉아 일하면서 들었고, 동이 어멈 또래의 부엌댁과 하녀와 사랑채의 마당쇠까지 모여앉게 되었다. 신이는 책을 펴들고 낭랑한 목소리로 읽어 나갔다.

서문 밖 삼십리쯤 되는 곳에 한 퇴리가 있었으니 성명은 최만춘이라 하며, 아내 조씨와 더불어 이십여년을 같이 살아왔건만 슬하에는 일점혈육이 없더니 최만춘 내외는 이로 말미암아 근심을 마지아니하여 명산대찰에 기도와 불공도 하고, 곤궁한 사람을 살려주는 적선도 하여, 한편으로는 의약을 써 몸을 보하기도 하여 그러구러 하는 사이에 신명이 감응하였던지, 그러하지 아니하면 정성이 지극하였던지, 부부가 한가지로 신기한 꿈을 얻더니 이내 부인에게 태기가 있더라.

열달이 차매 하루는 조씨 부인이 신기가 불편하므로 자리에 누워 있었더니, 갑자기 그윽한 향내가 방 안에 감돌며 문득 한 옥녀를 낳더라. 만춘의 기뻐 날뛰는 양은 이루 말할 수도 없었거니와, 다못 딸아이를 낳게 됨을 섭섭히 생각하고 내외가 서로 위로하며 재미롭게 키워내더라. 딸아이의 이름을 콩쥐라고 지어 손바닥의 보옥같이 애지중지 사랑하여 남의 귀공자를 부러워하지 아니하며, 불면 날까 쥐면 꺼질까 하고, 어서 바삐 자라기를 주야로 바라더라.

그러나 어찌 알았으리오. 그 모친의 천명이 그만이던지 조물이 시기함인지 콩쥐가 태어난 지 겨우 백일 만에 조씨 부인이 세상을 영영 하직한 바 되니, 최만춘은 뜻하지 않게 중년에 홀아비 신세가 되어버리더라. 만춘은 몸이 외롭고 쓸쓸할 적이면 죽은 아내를 생각하며 눈물을 흘리며 어린 콩쥐를 안고 다니면서 동리 아낙네들의 젖을 얻어먹이니, 하루이틀도 아니요 일년 이년을 그리하였으니, 그 고생이 어떠하였으리오. 철모르는 콩쥐가 젖 찾는 소리는 죽은 어미의 혼이 가령 있을진대 눈물이 변하여 비라도 되었으리라.

최씨가 과부 배씨와 재혼하고, 데리고 온 딸 팥쥐와 함께 모녀가 콩쥐를 부려먹고 구박하는 대목에는 모두들 한숨을 쉬거나, 저런 몹쓸 년! 어허 저런 불여우 같은 것들이 있나? 하다가도 나무 호미를 부러뜨리고 밭두렁에 앉아 우는 콩쥐 앞에 검은 소 한 마리가 나타나 대신 밭 갈아주는 대목에는, 에그 불쌍한 것, 하늘이 도와주는구나! 하면서 제 일인 듯 손뼉을 치고 기뻐했다. 신이는 이러한 좌중의 기쁨과 슬픔과 분노와 감동의 느낌이 책을 읽고 있는 자신에게 그대로 전달되어 마치 술이라도 마신 것처럼 온몸이 달아올랐다.

약방 사랑에서 이 의원이 가만히 듣자 하니 어디선가 웃음소리가 들리고 제각기 두런거리는 소리도 들려와서 처음에는 행랑것들이 모여앉아 도토리 윷이라도 노는가 했다. 그런데 대개는 모두 조용한 가운데 누군가 두런두런하며 혼자서 얘기를 하는 것 같은 소리가 들려와 귀를 기울이니 신이의 목소리가 틀림없었다. 궁금증을 참지 못한 이 의원이 일어나 설렁줄을 당기자 방울이 떨렁거렸고 행랑에서 넋을 잃고 앉았던 마당쇠가 벌떡 일어나 득달같이 달려왔다.

찾아 계시옵니까?

너희들 게서 뭣들 하고 있느냐?

의원이 물으니 마당쇠는 신이 나서 자랑처럼 말했다.

지금 작은도련님이 얘기책을 읽어주고 있습니다.

그 얘기책 가지고 내게 오라 일러라.

마당쇠가 행랑으로 돌아와 좌중에 알리자 모두 찔끔하여 자라목이 되어 흩어졌고, 신이는 책을 들고 약방으로 가는데, 동이 어멈은 걱정이 되어 툇마루까지 쫓아나와 눈바래기를 했다.

역정 내시면 다시는 않겠다고 그러세요.

신이가 약방 사랑에 들자 의원은 이야기책을 받아 몇장 들춰보았다.

이게 웬 거냐?

장터에 책전이 섰기로 몇권 샀습니다.

의원이 보아하니 언문 방각본이거늘 알은체하기도 쑥스러운 바라 얼른 책장을 덮으며 말했다.

이런 것은 부녀자들이나 읽는 것인데, 요새 글공부는 제대로 하고 있는 게냐?

예, 시부(詩賦)를 익히는 중입니다.

너도 몇년 뒤에는 향시를 볼 자격이 있다. 공부를 게을리하면 안된다.

신이는 잠시 기다렸다가 조심스럽게 물었다.

저도 문과 향시를 볼 수가 있습니까?

의원은 맏아들 준이와의 일이 떠올랐지만 스스로 고개를 끄덕이고는 말했다.

내가 서자이기는 하되, 홍패를 받고 관직에 나아가신 선친의 유일 장자로서 본가에 적자로 올라 있으니 하자가 있을 리 없다. 준이는 물론이려니와 너도 나와 준이 어미의 차자로 올라 있으니 무슨 흠이 있겠느냐. 내가 네게 향시를 보라는 것은 벼슬을 해보라는 얘기가 아니라, 네 실력을 한번 가늠해보라는 말이니라. 네가 의원이 싫다면 요즈음 시속에 무슨 일인들 못하겠느냐. 제일 좋기로는 한식구 갈아먹을 만큼의 땅마지기를 장만하여 힘써 일하고 독서하며 사는 청복(淸福)의 삶도 있다.

명심하겠습니다.

의원이 고개를 끄덕이더니 이야기책을 아들에게 돌려주며 덧붙였다.

사람들이 좋아한다면 이 또한 나쁠 게 있겠느냐. 다만 학문을 게을리해서는 안된다.

신이의 이야기책 읽기는 아버지의 허락을 받은 것이나 다름이 없었다. 처음에는 자기 집 행랑채에서만 읽더니 밖으로 소문이 나면서 일테면 농군 두레패들의 사랑에도 불려갔는데, 모두가 상민들이라 남녀노소가 어울려 한쪽에서 새끼 꼬고 짚신 삼고, 자리 짜면서, 또는 물레 잣고 바느질하면서 신이의 낭독을 들었다.

노비 쟁송이 일어난 뒤에 이신은 마음이 떴는지 집에 붙어 있지 않고 속리산 법주사의 사자암에 틀어박혀 있었다. 혼자 글을 읽겠다고 했지만 이지언은 아들의 마음을 헤아리고 혼인을 시키기로 결정하고는 송생을 산으로 올려보냈다. 그는 신이를 막무가내로 끌고 내려올 수도 없어서 사실대로 얘기해주었다.

언니의 혼처를 정한 모양이우. 금산 처자라구 하는데 나두 먼발치서 본 적이 있소.

신이는 픽 웃더니 말했다.

내가 장가를 든다고 달라질 일이 무에 있겠니? 인연이란 모두 맺고 끊어지고 부질없는 짓인데.

마치 출가한 중처럼 말하는구려.

꼭 중이 되어야 그런 소리를 하는 것두 아니다. 머리 깎고 승복 입고 그것두 행색에 지나지 않으니. 아무튼 어느 가엾은 처자가 이 그물에 걸렸는지 봐두어야겠네.

금산에 초행을 갈 적에는 송생이 함잡이를 섰고 상객으로는 그의 아버지 송 초시가 나섰다. 가마꾼은 집안 하인들이었지만 짐꾼이며 후행은 안면 있는 동네 젊은이들이 따라갔다. 이신은 대례를 치르고 첫날밤을 맞기 전에 좌중이 권하는 술 이외에도 스스로 줄기차게 술을 마셨고 나중에는 항아리를 옆구리에 끌어다 놓고 조롱박으로 떠서 벌컥대며 마셨다. 신부는 먼저 신방에 가서 옷도 갈아입지 못하고 족두리 쓴 채로 벌을 서고 앉았는데, 신랑이 대취하여 몸을 가눌 수도 없는 지경이 되자 송생이나 동네 젊은이들은 함께 술 마신 것이 면구스러울 정도였다. 술상머리의 멍석에 널브러진 신이를 동무들이 떠메어 억지로 신방에 밀어넣었더니 곧이어 그의 드높게 코 고는 소리가 들려왔다.

이때 이미 그 혼인의 불안한 결말이 눈에 보이는 듯했다고 송우경은 아내에게 말하곤 했다. 덕이는 올케가 참으로 무던한 이였다고 회고했다. 이신에게 시집온 후로 금산댁은 아침에 일어나면 사랑채의 이지언에게 먼저 문안인사를 올리고, 행랑채에서 이제는 곁집의 뒷방으로 옮겨온 동이 어멈에게 가서 인사를 올렸다. 처음에는 아무것도 모르고 시키는 대로 시어머니 없는 집안의 안방에 들어앉았다가 남편에게 방을 바꾸자고 말을 꺼내보았지만 그는 천장을 올려다보며 아무 말이 없었다. 금산댁은 남편의 밥상을 들여보내고 동이 어멈과 시누이 덕이와 자신의 밥을 차려 뒷방에 가서 꼭 함께 아침을 먹었다. 이신이 산사로 올라간 뒤에도 금산댁의 행동은 늘 똑같았다. 동이 어멈을 위하여 누비옷도 해드리고 친정에서 가져온 산토끼털을 댄 배자도 해 올렸다.

어느 봄날, 불쑥 산에서 내려온 이신은 부친 이지언에게 한양에 올라가겠다는 말을 꺼냈다. 뭣하러 가느냐니까 전에 아버님이 실력을 가늠하기 위해서라도 과거 공부를 해보라지 않으셨느냐, 그냥 치러보고 벼슬길에만 나가지 않는다면 별로 실망할 것도 없지 않겠느냐고 말했다. 이 의원은 아무 말도 없었다고 한다.

이신이 길 떠날 채비를 하자 아내 금산댁은 말없이 버선을 여러켤레 만들고 새 옷 한벌과 두루마기를 장만했으며 길양식으로 미숫가루와 인절미를 준비했다. 떠나기 전날밤에 이신은 아내에게 불쑥 한마디를 했다. 뜬금없이 처갓집 마당의 석류나무가 참 좋더라는 것이었다. 그가 혼인차 초행을 갔던 것이 가을이었으니 석류가 벌어져 있을 즈음이었고, 그 얘기를 들으니 금산댁은 갑자기 입안에 침이 고이고 느닷없이 친정 생각이 나서 눈물이 났다.

이신은 동이 어멈의 방에 찾아가서 이야기책 읽어드릴까를 물었고, 그녀도 아들이 이튿날 한양에 올라간다는 말은 들은 터라 이렇게 말했다.

도련님 내일 길 떠난다는데 일찍 쉬시지요.

어머니, 이젠 그 도련님 소리 하지 않으셔도 됩니다. 큰어머니도 안 계신데 누가 뭐랄 사람도 없습니다.

아닙니다. 그래도 세상 법도가……

어머니는 부모님이 누구신지 아시나요?

동이 어멈은 희미하게 고개를 흔들었다.

유 생원댁에 제가 여섯살쯤에 들어갔어요. 듣기로는 흉년에 인근을 지나던 유랑민이 돈 열냥을 받고 저를 남기고 갔다고 합니다.

그럼 그때부터 큰어머니 몸종을 하셨어요?

그 댁 막내 도련님이 갓난애여서 아기를 돌보는 업저지를 했습니다.

동이 어멈은 거기까지만 이야기하고 말머리를 돌렸다.

아버님께는 집 떠날 말씀을 올렸습니까?

예, 과거를 보겠다고 말씀드렸지만 제가 소과도 치르지 않은 터에 어찌 대과를 치르겠으며, 소과에 붙는다 할지라도 곧 관향이며 집안에 대한 조회가 따를 터인데 다 부질없는 짓이지요.

동이 어멈은 어려운 이야기임에도 주인의 사정을 젊어서부터 잘 알고 있어서 무슨 말인지 이내 알아들었다.

도련님은 그냥 집을 떠나실 작정이구려. 모두 이 어미의 죄입니다. 주인어른께도 평생 짐만 되었지요. 이제 금산댁이 아이를 낳을 텐데 굳이 나가야 되겠습니까?

이신은 동이 어멈과 오래 이야기할수록 그녀를 괴롭히는 것만 같아서 한마디만 하고 일어날 참이었다.

곧 돌아오게 될지도 모르니 너무 노심초사하지 마세요.

동이 어멈은 장롱을 열더니 무엇인가 수건에 꽁꽁 싸맨 것을 풀어헤쳤다.

도련님이 언제 돌아올지 모르니 나는 아마 다시는 못 보고 죽을 것 같소. 이걸 저라고 생각하고 꼭 간직해주어요.

동이 어멈이 내민 손수건 안에는 똑같은 모양의 향목 염주가 두개 놓여 있었다.

제가 도련님을 낳고 다시 덕이 아가씨를 낳았을 때 아씨마님 상심이 크셔서 매를 때리고 저를 내쫓았던 적이 있습니다. 주인 어른께서 하인에게 안내하도록 하여 속리산 경업대 관음암에서 한철을 보냈지요. 아씨마님의 노여움이 가라앉기를 기다리고자 했던 것이랍니다. 어느날 암자 아래 골짜기에서 맞춤한 향목 등걸을 보았기에 나 스스로를 달랠 겸 하여 이것을 깎았습니다. 꼭 석달 열흘이 걸렸어요. 내가 아무것도 가진 것은 없으나 이것만은 내 자식들에게 꼭 주고 싶었지요.

그녀는 떨리는 손으로 신이의 손목에 염주를 채워주었다. 나중에 덕이도 동이 어멈이 세상을 떠나기 전에 같은 염주를 받았다. 이신은 일어나기 전에 동이 어멈에게 말했다.

어머니, 제 이름을 한번 불러주십시오.

어찌 제가 감히……

동이 어멈은 침묵했고 그는 기다리다가 일어나 큰절을 올렸다. 이신이 돌아서서 방문을 열고 나오는데 문지방에 팔을 얹은 채로 그녀가 흐느끼듯 조용하게 중얼거렸다.

신아, 내 새끼야!

이신은 날밤을 새우고 멀리서 산사의 범종소리가 들릴 무렵에 괴나리봇짐 하나 짊어지고 집을 나섰다. 금산댁은 식구들 누구도 깨우지 못하고 미투리를 끌며 오리정 부근까지 남편을 배웅했다. 이신도 그의 아내도 서로 작별의 말조차 없었다. 이신은 멈춰서서 어둠속에 서 있는 금산댁의 희부연한 자취만 잠깐 바라보고는 돌아섰다.

이신이 집을 떠난 몇해 뒤에 동이 어멈은 세상을 떠났고, 이지언은 천지도인들의 삼례 대집회가 있던 그해에 돌아갔다.

*

이신이 한양에 당도한 것은 삼월 초닷새 즈음이었다. 그는 숭례문으로 들어가 먼발치에서 왕궁의 정문인 광화문과 육조거리도 넌짓 살피고, 종루 시전을 돌아다니며 전의 갖가지 물건 구경도 하고, 아무래도 숙식비도 싸고 객점도 즐비한 숭례문 바깥 칠패의 주막거리로 나아가 주인을 정했다. 숭례문 안쪽 수표교 부근은 주로 채소며 청과를 파는 새벽장이 섰는데, 바깥쪽은 칠패에서 청파와 만리재, 애오개 등지의 저잣거리가 이어져 주막이며 객점이 많았고 지방에서 올라온 장사치나 여행객들이 봉놋방의 형편은 문안보다 낫다고 모여드는 곳이었다.

물론 지방 관아치들이나 양반들의 경주인을 하는 물상객주는 번듯한 기와집이 많은 종루 육의전 행랑의 뒷동네라든가 배오개 인근으로 숙소를 정했다. 숭례문 안쪽에 있는 선혜청에 쌀과 무명과 봉물을 납품하러 올라온 지방 관속들도 이곳을 찾았다. 한양의 사대문은 이경 무렵에 종이 울리면 모두 닫고 통행금지했다가 새벽 오경 무렵에 파루를 쳐서 문을 열었다. 권세가에 줄을 댄 양반들은 밤늦게까지 사대부가의 사랑이나 색주가 출입으로 통금을 불편해했으므로 사대문 밖에 사처를 정하지 않으니, 저녁녘의 남문 밖은 상민들의 세상이나 마찬가지였다.

이신이 구경을 마치고 숭례문 부근으로 되돌아오는데, 성문 앞에 늘어선 중노미 아이들이 제각기 자기 집으로 가자고 팔을 끌었고 그는 가격을 일일이 따져 묻고는 중간쯤 부르는 아이를 따라갔다. 남문 앞 대로 양쪽으로 초가집이 빽빽이 늘어섰고 남지(南池)를 돌아 이문골로 들어서니 골목 안쪽에 토담을 올린 초가지붕의 객점이 눈에 들어왔다. 벌써 마당에는 묵고 있는 길손들이 세수를 하거나 평상에 앉아 술을 나누고 있었다. 주인이 그를 맞으며 물었다.

얼마나 묵으시려오?

대개 한양에 올라온 이들은 수백리 길을 왕래하여 이삼일 묵었다 가는 이는 없어서 아무리 바빠도 닷새 이상 요량하고 오게 마련이었다.

글쎄요, 한번 지내보십시다.

그러슈. 봉놋방 쓰시겠지. 사흘치 미리 줘야 하우.

최소한 사흘 숙박비는 미리 받아두겠다는 소리였다. 이신으로서는 이 집 형편을 아직 모르니 며칠 지내보다가 불편한 점이 없고 식사도 괜찮으면 그때 가서 장기 숙박을 할 예정이었다.

아침 자시면 닷푼, 저녁도 드시려면 일곱푼 내야 되오.

이신이 괴나리봇짐에서 엽전을 내어주니 주인은 제법 의관을 차려입은 그의 아래위를 쓱 훑고는 물었다.

뭐, 식년시 보러 왔소?

예, 과장이 열리긴 열립니까?

이번 열사흗날이랍디다. 좀 이르게 오셨군. 한 사날 지나야 몰려들 텐데.

봉놋방에는 매끈하게 깎은 장침이 벽 쪽에 일렬로 놓였고 한쪽 벽에는 횃대를 매달아 옷이나 갓을 걸도록 했다. 제집이라면 베개나 목침이 놓여야 할 테지만, 봉놋방이란 여럿이 묵는 곳이라 술 먹고 싸움이 벌어지고 자다가 코를 곤다며 목침을 집어던지는 일이 다반사인지라 아예 그럴 일이 없도록 맞춤한 굵기의 통나무를 매끈하게 다듬고 머리를 댈 자리마다 움푹하게 깎은 장침을 늘어놓은 거였다. 방 안에는 서너사람이 먼저 와서 눕거나 돌아앉아 제 볼일을 보고 있었다. 맨 안쪽의 북쪽 미닫이창 옆에 누군가 먼저 와서 장침 한켠을 베고 누워 있었다. 이신은 두리번거리다가 안쪽이 그래도 나을 성싶어 먼저 온 사람 옆에 가서 의관을 벗어 걸고 봇짐은 머리맡에 놓았다. 우두커니 앉았으니 겸상이 차례로 들어오는데 밥과 국 한사발에 찬이 세가지 놓였다. 중노미가 이신의 자리 앞에다 밥상을 들여놓으며 말했다.

옆 손님과 같이 드시우. 다 자시건 툇마루에 내놓으슈.

밥상 앞에 앉고 보니 옆 사람은 잠이 들었는지 나직하게 코까지 골고 있었다. 하는 수 없이 이신은 그의 팔 한쪽을 잡아 흔들었다. 그는 먼저 이신에게 눈을 맞추었다가 옆의 밥상을 힐끗 보더니 벌떡 일어났다. 두사람은 수저를 들기 전에 잠깐 마주 보았다. 이신이 먼저 고개를 숙이면서 말했다.

보은 사는 이 서방이라구 합니다.

장수에서 온 서가요.

그들은 말없이 저녁밥을 먹었다. 반찬 그릇에 서로의 젓가락이 엉키는 순간을 피하여 멈추기도 하면서 눈을 아래로 깔고 먹다가 밥이 절반쯤 줄었을 때에 서가란 사람이 말을 걸었다.

좀전에 듣자 허니 식년시 보러 오셨다면서?

예? 아 뭐 그냥 구경 삼아 왔지요.

초시는 하셨나?

향시를 안 거쳤으나 한양에서는 복시에 응할 수 있다더군요.

서씨가 빙긋이 웃더니 말했다.

초시고 복시고 그냥 들어가 시지에 써서 내는 거요. 그걸 모입(冒入)이라구 하는데 누가 막을 사람도 없지요.

서씨는 밥그릇을 모두 비우고 대접에 내온 숭늉을 빈 그릇에 따라 쭈욱 마시고는 말했다.

요즈음 과거란 게 아예 난장판이오. 벼슬을 사고파는데 글이고 과거가 무슨 소용이 있겠소? 급제자는 저희끼리 뒤에서 다 정해놓고 형식으로만 치르니 철모르는 촌 선비들은 일생을 허

비하는 게지.

이신은 자신의 처지를 말할 수도 없었고 내심 부끄러운 생각이 들어서 공손히 말했다.

무슨 벼슬을 바라는 게 아니라, 글 읽는 사람으로 스스로의 기량을 가늠해보고자 하는 것이지요.

내가 틈나면 과장에 안내해줄 수도 있소.

한양에는 무슨 일로 오셨습니까?

이신이 물으니 그가 껄껄 웃고는 대답했다.

돈 벌러 왔지. 내가 장수에서 왔다고 하지 않습디까? 담배는 북으로는 성천초요, 남에선 장수초라구 하오. 내 담뱃짐을 잔뜩 해가지고 올라왔구려.

이신이 그의 사람됨을 살펴보니 벽의 횃대에 걸린 두루마기며 흑립으로 보아 의관이 점잖고 주름살이나 수염의 풍모로 보더라도 자기보다 연배도 훨씬 위인 것 같았다. 저녁은 먹었으나 아직 잘 시간이 멀었고 방 안의 다른 일행들과 섞여서 마음 놓고 웃고 떠들 수도 없어서 그들은 자연히 마당의 평상으로 나와 탁주 두어되를 나누어 마시게 되었다. 서로간에 정식으로 통성명을 하니 그의 이름은 서일수(徐一壽)라 했는데 나이는 서른다섯이었고, 이신이 그와 얘기를 나누어본즉 전국을 돌아다녀 견문이 넓고 박식했다.

그와 하룻밤을 나란히 자고 일어나니 어쩐지 더욱 가까운 사이로 여겨졌는데 아무리 타관 벗 십년 차이라 하나 동무를 삼을 수는 없는지라, 이신은 그를 자연스럽게 아저씨라고 부르게 되었다. 그들이 어제처럼 겸상하여 아침을 먹고는 느지막이 남문 안으로 들어가니 새벽장은 벌써 파장이 되어 한산했다. 명례방, 태평방 지나 청계천 광통교를 건너 종루에 들어서자, 육의전 행랑이 시작되는 거리에는 사람이 너무 많아서 시골 보은서 온 이신의 눈에는 온 세상 사람들이 모두 몰려나온 것 같았다. 일대의 가게가 삼천이 넘는다 했으니 모두 둘러보자면 하루에 절반도 못 본다고 그랬다. 앞서서 인파를 헤치고 성큼성큼 걷는 서일수를 놓치지 않으려다 뭐라고 외치며 오는 행상꾼들과 부딪쳐 작은 시비가 일어나기도 했다. 두사람은 사대문의 동문인 흥인지문(興仁之門) 못미처의 배오개에 이르렀고 건어물이며 약재와 버섯 등속의 전들 사이에 있는 한 연초전(煙草廛)에 들어섰다. 연초전의 앞 좌판에는 각종 썬담배와 잎담배며 곰방대, 장죽, 담배통, 재떨이, 장죽꽂이 등이 있고 은, 놋쇠, 물소뿔 등으로 담뱃대의 장식이 다양한데 돈피 쌈지, 수달피 쌈지, 비단 쌈지 등에다 단방 부시와 석유황, 일본 수입품인 갑성냥도 있었다. 천장에는 잘 마른 담뱃잎이 줄줄이 걸렸고 마치 약방처럼 너른 방 안에 손님들이 무슨 집회나 하듯이 빙 둘러앉았는데, 맨 안쪽 가운데서 주인은 작두로 담뱃잎을 썰고 있었다.

주인장 평안하시우?

서일수가 들어서며 한마디하자 그가 돋보기 너머로 낯선 이신을 빼꼼히 올려다보았다. 두사람이 목례를 하고는 손님들 사이에 끼어앉자 그들은 하던 얘기를 다시 계속했다.

역시 뭐니 뭐니 해도 서초가 부드럽고 향기가 납디다.

나는 서초 중에 성천초는 너무 순한 것 같아. 오히려 해서의 신계초가 너무 탁하거나 맑지 않고 구수하더만.

서일수가 나중에 들어왔음에도 질세라 끼어들었다.

허허, 담배맛을 모르시는 말씀이외다. 역시 담배란 남방초요, 남초라면 진안 장수 것을 으뜸으로 칩니다. 투박한 듯하나 깊은 향이 있고 목구멍을 넘어가며 탁 걸리는 맛이 남초의 제맛이지요.

주인이 웃으면서 좌중에 대고 고자질을 한다.

저 사람이 담배장수요. 장수초를 가져와 내게 주인을 댔는데 지금 자기 물건 안 팔릴까 하여 광을 치는 것이라오.

서초의 부드러움을 칭송하던 이가 서일수를 바라보며 말했다.

장수초는 그게 골초 용골대나 피우는 연초라오. 삼등 성천연초는 잎이 노랗고 얇아서 금비단이라 부르는데 연경 사행에도 가져가는 주요 물목이외다.

진안 장수초는 잎이 두껍고 쪄서 말리면 황토색이 나는 것이 담뱃대에 담아 불을 붙이면 그 연기의 향이 군밤 냄새처럼 풍기지요.

서일수가 그럴듯이 자기 물건 자랑을 했고 길 가던 손님들이 찾아와 자신이 원하는 연초를 저울에 달아서 사갔다. 누군가가 바깥을 기웃거리면서 말했다.

헌데 오늘은 장풍운이 좀 늦네그려.

글쎄 말여, 고뿔 들었나? 저어 첫다리에서 내려오다가 이맘때에는 종각 앞에 가 있을지도 모르지.

여러 말이 설왕설래하니 주인이 한마디로 잘랐다.

장풍운이 평양 갔다네. 벌써 열흘 넘었나. 서도 패거리들과 작당하여 놀러 갔으니 추워지기 전에는 안 올 게요.

이거 낭팰세. 나는 그 언패고담(諺稗古談) 듣는 재미로 왔건마는.

주인이 뒤편의 탁자장 아래 칸에 쌓아둔 대여섯권의 책을 들춰 보이며 말했다.

방각본 책은 우리집에도 몇권 있는데, 누가 읽을 사람이 있어야지요.

그러나 손님들은 시큰둥했고 장 아무개가 오지 않는다는 사실에 자못 실망한 기색이 역력했다.

언문이야 누군들 못 읽겠소? 알아주는 전기수란 목청도 좋아야 하고, 발성이 또렷하여 듣기 편해야 하며, 이야기의 희로애락을 거기 나오는 인물의 느낌과 감정대로 전해주어야 하며, 강약고저장단이 물 흐르듯 해야 하는 거라오.

아예 임자가 연희물주를 하여 어디서 하나 구해오시구려.

좌중에서 제각각 떠드는데 서일수 옆에 잠자코 앉았던 이신이 슬그머니 일어나 무릎걸음으로 주인의 뒤로 돌아가더니 탁자장 아래 칸을 살폈다.

네, 어떤 책들이 있나 좀 보겠습니다. 여기 임경업전이 있고……

그건 일전에 장풍운이가 이 대목 조 대목 다섯차례나 끊어서 다 읽어치웠다네.

한 손님이 일러주었고,

전우치전이라……

중얼거리자 또 한 손님이 재빨리 끼어든다.

오래전에 읽었으나 가물가물하니 다시 읽어도 좋겠네.

장끼전이 있는데요?

하니까 여럿이 고개를 끄덕였고 주인이 말했다.

며칠 전 책장수가 왔기에 두권을 샀으니 장끼전은 새 책이오.

그 뭣인가 별주부처럼 짐승 얘기가 재미있겠군.

주인이 서일수를 돌아보고는 마음이 안 놓였는지 이신에게 물었다.

헌데 더러 언패는 읽어보았소?

예, 시골에서 사람들이 좋아하기로 종종 읽어주었지요.

허 그러신가? 이거 초면에 예가 아니지만 나는 이 집 주인이고 윤가요. 손님 성명이 어찌 되우?

이신이라 합니다.

보은 산다네요.

곁에서 서일수가 거들었고, 주인이 고개를 끄덕이더니 빙긋 웃음을 머금고 말했다.

그 차라리 이신통이라구 허우. 전기수 이름은 듣자마자 마빡에 알밤 맞은드키 딱! 하고 기억나야 되는 법이여.

신통이, 이신통이라.

거참 이름 한번 야무지고 기묘하다!

좌중이 제각기 감탄하며 떠들었다. 이신은 졸지에 신통이가 되어 『장끼전』의 책장을 여는데, 어쩐지 자기도 모르게 들뜨고 신이 나서 절로 말이 나온다.

자아, 그럼 이신통이가 장끼전 한대목을 읽어보는데, 꿩의 화상을 볼작시면 의관은 오색이요 별호는 화충이라. 산짐승 들짐승의 천성으로 울울창창 숲속에서 낙락장송 정자 삼고, 상하 평전 들 가운데 퍼진 곡식 주워먹어 임자 없는 몸이로다!

수꿩 장끼와 암꿩 까투리 부부가 어느 맑은 날 나들이를 나왔다가 콩을 발견하고 먹는다거니 안된다거니 입씨름하는 것이 첫 장면이었다.

평생 숨은 자취 좋은 경치 보려 하고 백운상봉에 허위허위 올라가니, 몸 가벼운 보라매는 예서 떨렁, 제서 떨렁, 몽치 든 몰이꾼은 예서 위여, 제서 위여, 냄새 잘 맡는 사냥개는 이리 웡웡, 저리 웡웡, 억새 포기 떡갈잎을 뒤적뒤적 찾아드니 살아날 길 바이없네. 사잇길로 가자 하니 부지기여 포수들이 총을 메고 둘러섰네. 엄동설한 주린 몸이 어데로 가잔 말가. 종일 청산 더운 볕에 상하 평전 너른 들에 콩낱 혹시 있겠으니 주우러 가자세라.

이때에 장끼 치장 볼작시면, 당홍 대단에 곁마기에 초록 궁초 깃을 달아 백릉 동정 시쳐 입고 주먹벼슬 옥관자에 열두 장목 만신풍채 장부 기상 좋을시고.

까투리 치장 볼작시면, 잔누비, 속저고리 폭폭이 잘게 누벼 상하 의복 갖춰 입고, 아홉 아들 열두 딸년 앞세우고 어서 가자 바삐 가자, 평원광야 너른 들에 줄줄이 펴져가며 널랑 저 골 줍고, 우릴랑 이 골 줍자, 알알이 두태를 주울세면 사람의 공양은 부러워 무엇하리.

천생만물 제마다 녹이 있으니 일 포식도 재수라고 점점 주워 들어갈 제, 난데없는 붉은 콩 한낱 덩그렇게 놓였거늘 장끼란 놈 하는 말이, 어화 그 콩 소담하다. 하늘이 주신 복을 내 어이 마다하리. 내 복이니 먹어보자. 까투리 하는 말이, 아직 그 콩 먹지 마소. 설상에 인적은 수상한 자취로다. 다시금 살펴보니 입으로 훌훌 불고 비로 싹싹 쓴 자취 괴이하매, 제발 덕분 그 콩 먹지 마소. 장끼란 놈 하는 말, 네 말이 미련하다. 이때를 의논컨대 동지 섣달 설한이라, 첩첩이 쌓인 눈이 곳곳에 덮였으니, 천산에 나는 새 그쳐 있고, 만경에 발길이 막혔거늘, 사람 자취 있을쏘냐.

까투리와 장끼 부부의 간밤 꿈 얘기가 나오면서 다툼이 계속되다가 기어이 수꿩은 콩을 집어먹기로 작심을 끝내는데 다음과 같이 이신통의 낭독이 계속되었다.

장끼란 놈 거동 보소. 콩 먹으러 들어갈 제, 열두 장목 펼쳐 들고 꾸벅꾸벅 고개 조아 조촘조촘 들어가서 반달 같은 혀뿌리로 들입다 콱 찍으니, 두 고패 둥글어지며 머리 위에 치는 소리, 박랑사중(博浪沙中)에 저격시황(狙擊始皇)하다가 버금 수레 마치는 듯 와지끈 뚝딱 푸드득, 변통 없이 치었구나. 까투리 하는 말이, 저런 광경 당할 줄 몰랐던가. 남자라고 여자의 말 잘 들어도 패가하고, 기집의 말 안 들어도 망신하네. 까투리 거동 볼작시면, 상하 평전 자갈밭에 자락머리 풀어놓고 당굴당굴 궁글면서 가슴 치고 일어앉아 잔디풀을 쥐어뜯어 애통하며 두 발로 땅땅 구르면서 붕성지통 극진하니, 아홉 아들 열두 딸과 친구 벗님네들도 불쌍타 의논하며 조문 애곡하니 가련 공산 낙목천에 울음소리뿐이로다.

솔개, 갈가마귀, 부엉이, 외기러기, 물오리, 호반새 등등이 조문을 왔다가 차례로 과부 까투리를 후리려 하지만 드디어는 어디선가 날아온 장끼에게 개가하기로 결정이 난다. 잠시 숨 돌리는 참이 되어 담배 한죽씩 태우고는 주인이 내온 차를 한잔씩 마시는데 어느 틈에 가게 앞에는 지나던 사람들이 둘러서서 언패낭독을 듣고 있던 모양이었다.

주인이 시키지 않았어도 점원 아이가 바구니 하나를 좌중이 둘러앉은 방 가운데 놓았고, 손님들은 저마다 주머니를 열어 엽전 한두푼씩을 던져넣었다. 다시 아이가 문 앞으로 나아가 바구니를 내밀자 그들도 엽전을 던졌다.

조상 왔던 장끼란 놈, 썩 나서며 하는 말이, 이내 몸 한거한 지 삼년이나 되었으되 마땅한 혼처 없더니, 오늘 그대 과부 되자 내 조상 와서 천정배필을 천우신조하였으니 우리들이 짝을 지어 유자생녀하고 남혼여가시켜서 백년해로하리로다. 까투리 하는 말이, 죽은 낭군 생각하면 개가하기 박절하나, 내 나이를 꼽아보면 불로불소 중늙은이라, 숫맛 알고 살림할 나이로다. 오늘 그대 풍신 보아하니 수절할 맘 전혀 없고 음란지심 발동하네. 허한한 홀아비가 예서 제서 통혼하나, 옛말에 이르기를 유유상종이라 하였으니, 까투리가 장끼 신랑 따라감이 의당당한 상사로다. 아모커나 살아보세.

장끼란 놈, 껙껙 푸드덕하더니 벌써 이성지합 되었거늘, 통혼하던 까마귀, 부엉이, 오리, 무안에 취하여 훨훨 날아갈 제, 각색 소임 다 날아간다. 감정새 호로록, 호반새 주르륵, 방울새 딸랑, 앵무, 공작, 기러기, 왜가리, 황새, 뱁새, 다 돌아가니라.

낭독을 마치자 손님들이 일제히 박수를 치고는 감탄을 했다.

아니, 오늘 한양 장안에 전기수 하나 새로 났네!

장풍운이나 박업복이와 견주어도 앞뒤 다툼이 만만치 않을 듯하이.

연초전 주인 윤씨가 얼굴이 벌겋게 달아올라가지고 엽전이 가득한 바구니를 그에게 내밀며 말했다.

오늘부터 이 서방 이름은 이신통이여. 날마다 오는 건 무리겠으나 하루걸러 한번이라도 우리 가게에 들러주면 서로간에 좋은 일이 되겠구먼.

서일수도 이신통의 어깨를 두드려주며 호탕하게 웃었다.

장군 나면 용마 나고, 문장 나면 명필 난다고, 이제 신통이란 이름까지 얻었으니 한양 초행길의 조짐이 좋구먼.

신통이 바구니의 엽전을 거두어보니 열세푼이나 되었는데 관례에 따라 가게 점원 아이에게 서푼을 떼어주고도 열푼의 돈이 생겼다. 아침밥 겸한 하룻밤 숙식비가 닷푼이니 한양에서도 먹고 자고 할 방편이 생긴 셈이었다.

과거 날짜가 가까워지면서 도성 안팎은 가는 곳마다 서로의 어깨를 스칠 만큼 붐비기 시작했다. 이신통이 머물고 있는 봉놋방도 손님이 많이 들어야 칠팔명이면 족할 방에 열둘이나 묵고 있었다. 하루 숙박과 아침밥 값으로 닷푼이던 것이 어느새 열푼으로 올라버렸다. 일하는 중노미 아이가 저녁밥을 먹자마자 다른 말이 나올 수 없도록 일방적으로 통보하고 사라졌던 터였다. 과거 당일 닷새 전부터 시험이 끝난 뒤 닷새까지 그러니까 열흘 동안은 열푼으로 올려받겠다면서, 거시(擧市) 기간에는 어쩔 수 없다는 거였다. 신통이 마당으로 쫓아나가 중노미를 찾아 따지니 어느 틈에 나타난 주인이 공손하게 대꾸했다.

그러기에 오래 묵는 이들은 보통 열흘치 보름치를 미리 냅니다. 거시가 끝난 뒤에는 다시 예전 가격이 될 터이니 그때 다시 계산하시지요. 여기뿐만 아니라 한양 도성 인근의 모든 객점 주막이 같습니다.

이신통이 안색이 붉으락푸르락하며 돌아오자 서일수가 껄껄 웃으며 그를 달래주었다.

온 백성이 양반이 되자는 일이니 너무 성내지 말게나.

아저씨, 거자(擧子)가 한양 사람보다 더 많은 듯합니다.

봉놋방에 찾아든 촌 선비들은 그래도 우리와 견줄 만한 이들이고, 방귀깨나 뀌고 밥술이나 먹는 자들은 모두 문안의 그럴듯한 여각이나, 아니면 경주인 집이든가 저희 친척 집으로든 갔을 걸세.

그러니 과거를 보러 오는 사람들이 얼마나 될까요?

한양 사는 사람보다 많기야 하겠나마는 아마 절반은 될걸. 헌데 저 사람들 모두가 이를테면 들러리일세. 조선의 권문세가라 해봤자 십여 가문에서 스물이 채 못되는 터에 그들이 돌아가며 차지하도록 정해져 있지 않은가. 하찮은 무과라도 그들 집안에 줄이 닿지 않으면 뽑힐 수가 없다네.

서일수는 이제는 웃지 않고 날카로운 눈초리로 신통을 바라보았다.

자네가 글 읽은 선비로 실력을 가늠해보고 싶다고 하였것다?

이신통은 집에서 나올 적의 마음 그대로라 다른 생각 없이 순진하게 대꾸했다.

시부와 책문에 대한 예습은 소싯적부터 해오던 공부라 한번 시험해보고자 하였지요.

그저 고향사람들에게 과거를 보러 한양에 다녀왔노라 체면이나 세우자는 게 아니면 문과를 치를 신분이 못되거나 둘 중에 하나가 아니던가?

이신통은 그의 말에 정신이 번쩍 들었고 저절로 얼굴이 벌겋게 되었다. 그들은 한참 동안 묵묵히 앉았다가 신통이 먼저 입을 열었다.

아저씨, 칠패로 나가 탁주라도 한잔하십시다.

서일수는 신통의 제안이 처음에는 이해가 되지 않았는지 눈을 크게 뜨고 자기들 처소를 두리번거리다가 앞서 나가는 그를 따라나섰다. 신통이 칠패로 들어서는 초입에 이르러 아무 집이나 목로에 다가서니 저녁밥 참이라 한산했다. 좌판 앞에 서서 술 두사발 시켜놓고 신통은 단숨에 쭉 들이켰고 서일수는 한모금 마시고는 기다리듯이 그를 바라보았다.

저는 서얼입니다.

서일수는 놀라지 않고 말없이 술을 비울 뿐이었다. 신통이 한잔씩 더 시키고는 말했다.

달리 공명심은 없으나, 제가 그런 신분으로 태어난 줄 모르던 때부터 글공부를 하였으니 과장에라도 한번 참례하고 싶었을 뿐입니다.

서일수가 그를 물끄러미 바라보다가 고개를 돌리고는 잠시 마음을 가라앉히는 눈치더니 말을 꺼냈다.

나는 하천(下賤)인 불승이었네. 중 행색이었다면 도성에도 들어오지 못했을 걸세. 나중에 언제 내 얘기를 해주겠지만 선대에 사정이 있어서 구몰된 집안 사람일세. 나도 진작부터 벼슬을 하자고 글을 읽은 사람은 아니라서 그냥 세상사를 구경꾼처럼 스쳐가며 살아왔다네. 내가 옛 동무의 도움으로 노자 대신 담배 두 짐을 얻어 한양에 올라온 것은 장차 도모할 일이 있어서라네.

서일수가 안색을 바꾸더니 술잔을 쳐들어 보였다.

자아, 술이나 한잔 더 드세. 뜻있는 선비들은 아예 과거를 집어치운 지 오래되었네. 중인이나 서얼은 요행 합격하여 이름이 방목에 실리더라도 그 밑에 중인(中人) 또는 서(庶)라고 꼭 병기되니 오히려 제 신분을 드러내게 되는 셈이라, 동접도 외면하게 되고 위에서는 관직에서 제외시킨다네. 그뿐인가, 아무리 양반의 집안에 태어나 실력을 갖춘 선비라 하여도 세도가의 집안이 아니면 관직을 받기란 어려운 일이지. 한 세대가 삼십년이라면 아무리 미관말직이라도 오백군데가 채 못되는데 그 기간 동안에 나오는 합격자 모두를 합치면 이천여명 되겠지. 나머지 천오백여명은 평생 벼슬을 바라다가 말라 죽거나, 고향에 내려가 향교 서원을 드나들며 공연히 약한 백성이나 괴롭히며 일생을 마치겠지. 내가 과장을 직접 경험하도록 해줄 테니 이번에 조카는 깊이 생각하기 바라네.

이신통은 서일수와 속내를 털어놓고 서로 자신의 이야기를 나눈 뒤에 더욱 가까워졌다.

식년시 개시 하루 전날인 삼월 열이튿날에 이신통은 서일수가 이끄는 대로 오후 느지막이 배오개로 나갔다. 배오개에서 누렁다리 쪽으로 가는 방향에 지전(紙廛)이 줄지어 있는데 종루의 육조 부근을 빼고는 제일 많이 모인 곳이었다. 벌써 일대는 의관이 번듯한 사람들이 하얗게 모여 있었고 보통때에는 행상꾼이 종루 큰길에만 보였는데 입전처럼 호객하는 소리로 시끌벅적했다. 그들이 지전 앞길로 들어서니 떠꺼머리총각 녀석이 서성거리다가 먼저 나이 지긋한 서일수의 소매를 잡아끌었다.

시지(試紙) 보러 나오셨지요? 저희가 서수(書手)며 거벽(巨擘)을 다 붙여드리구요, 접도 꾸려드립니다.

신통은 그의 말을 알아듣지 못했지만 서일수는 고개를 끄덕이며 총각에게 말했다.

허, 우리가 바로 거벽이요 서수다. 누구 마땅한 거자를 소개해 주겠느냐?

그러세요? 저희 주인께 물으시면 잘 조처를 해드릴 겁니다.

그들이 지전 안으로 들어가니 각종 종이와 문방구가 진열되어 있고 주인은 점방 안쪽에서 손님들을 접대하는 중이었다.

시지 찾으시죠? 영남지와 완산지, 남원지가 다 있구요. 정지, 간지, 주지, 유둔지, 백로지, 죽청지, 특히 시지로 쓸 아주 좋은 장지로 경면지가 있습니다.

여기 서수와 대작(代作)을 쓴다구 해서 들여다보았소.

처음 뵙는데 누구 소개이온지……

주인장이 알아서 하시구려.

지전 주인은 서일수와 신통에게는 더이상 말을 붙이지 않고 상대하던 선비들에게 돌아앉았다.

자아 그러니까, 서수가 두사람 필요하구요, 접도 두접이 필요하시다니 구종배가 적어도 여섯은 있어야 되겠습죠. 잘 알았습니다. 내일 새벽 인시 초에 여기루 오시면 준비가 다 되어 있을 겁니다.

선비들 셋이 뒤도 안 보고 나간 다음에야 주인은 다시 두사람을 상대했다. 우선 두껍고 질이 낮은 종이 한장을 펼쳐내더니 먹을 갈았다. 벼루에 먹물이 고이자 필통을 집어다 옆에 놓고는 다소곳이 기다렸다. 서일수가 붓을 들고 잠시 생각하다가 일필휘지로 내려썼다.

好雨知時節 當春乃發生
隨風潛入夜 潤物細無聲
계절을 아는 좋은 비라
한 봄을 맞아 내리는구나!
바람 타고 남몰래 야밤에 오는 봄비
세상 만물 적셔도 소리는 전혀 없네

두보의 「춘야희우(春夜喜雨)」 첫 구절이었다. 서일수가 그만

붓을 내려놓고 신통을 돌아보니 그가 붓을 잡아 찬찬히 써내려 간다.

壬戌之秋 七月旣望 蘇子與客 泛舟遊於赤壁之下 淸風徐來
水波不興 擧酒屬客 誦明月之詩 歌窈窕之章

임술년 가을 칠월 열엿샛날에 소자는 손과 더불어 배를 띄우고 적벽 아래 노닐다. 맑은 바람 서서히 불어오고 물결 일지 않으니 술을 들어 손에게 권하며, 밝은 달의 시를 외우고 깊고 그윽한 문장을 노래한다.

소동파의 「적벽부(赤壁賦)」 시작 대목이다. 신통이 붓을 놓자 지전 주인은 고개를 끄덕이더니 서일수에게 말했다.

좋습니다. 얼마나 원하시는지?

요즈음 과장의 시세가 어떠하오?

그야 임자를 만나기 나름이지요. 한양에도 유명짜한 거벽 서수가 많습니다.

서일수는 픽 웃으며 말했다.

과시가 바로 코앞인데 지금쯤이면 명문가의 자제들에게 다들 팔렸을 테고 우리야 시골 부가옹을 만나게 되기를 원하오.

그렇잖아도 때맞추어 잘 찾아오셨소이다. 작년 증광시에 생원을 급제시킨 거벽 대작이 있으나 이미 다른 이에게 발탁되어 낭패를 보게 되었던 차입니다. 우선 앞돈은 백냥씩입니다. 물론 소과에 생원 진사만 급제시키면 그 위에 이백냥 더 드립니다. 저에게는 소개료 이십냥씩을 떼어주시구요. 소과 급제하고 나서 사십냥 더 주시면 되겠지요.

서일수는 주인의 솔직한 말이 마음에 들었는지 연신 큰 소리로 웃어댔다.

허허, 설마 우리 솜씨로 소과 급제를 시키겠소? 아무튼 그 과객은 언제 만나게 되우?

지금 요 근방 사처에 있으니 이따가 저녁참에나 나와보시우.

두사람은 지전을 나와 배오개 윤씨네 연초전에 들렀다. 딱히 갈 데도 없었고 서일수가 맡긴 담배의 대금을 혹시 오늘 중에는 받을 수 있을지 몰랐기 때문이었다. 모여든 손님의 얼굴은 항상 다르게 마련이었으니, 담배를 사러 왔다가 담화에 팔려서 장시간 죽치는 이도 있었고 서일수처럼 지방에서 담뱃짐을 메고 올라온 이도 있었으며 부근 전의 차인이나 주인으로 사나흘에 한 번씩 마실을 오는 이들도 있었다. 주인은 좌판이 내다뵈는 퇴청의 늘 같은 자리에 방석을 깔고 앉아서 들고 나는 손님들 응대를 했고, 점원 둘은 교대로 좌판 앞을 서성이며 여리꾼 노릇을 했다. 전방이 하도 많으니 물건을 사자는 손님이나 이쪽에서 원하는 물건을 넘기려는 손님을 놓치지 않기 위해 외치고 끌어들이고 하는 게 여리꾼의 몫이었다. 또다른 하나는 안에서 주인을 도와 잔심부름을 하거나, 뒤편의 창고에 짐을 들이고 내는 일을 하고, 담배를 찌고 말리고 썰고 각종 재료들과 엽연초를 섞어 고급

품으로 조제하는 일도 했다. 그들이 들어서자 주인이 반기는 얼굴로 외쳤다.

전기수 행차가 왜 이리 늦었는고?

둘 중에 누가 이신통이여?

젊은 사람이 신통이라네.

그들은 무료하게 앉았다가 이곳을 다녀간 사람들에게서 새로 나타난 전기수 이야기를 들은 모양이었다.

오늘은 언패 읽을 시간이 없쇠다.

서일수가 말했고 주인이 볼멘소리로 받았다.

아니, 당신이 저 사람 연희물주요? 본인은 암 말도 않는데 왜 나서구 그러우.

자, 오늘은 내 물건값이나 주슈.

다 팔리면 주려고 했더니 어찌? 어음으로, 아니면 돈으로 드릴까?

어음은 지방 도가에선 바꿔주는 데도 있고 바꿔주지 않는 고장이 더 많습디다.

한양 육의전 임방 어음을 어느 놈이 겁도 없이 안 바꿔줍디까?

하여튼 자모전(子母錢)을 너무 떼더군.

서일수와 수작을 나누다가 주인이 말했다.

이신통이 오늘 책을 읽고 나면 당장 결산해드리지.

이렇게 되어 하는 수 없이 이신통은 그날도 책을 읽었는데 이

전에 못 들은 이가 많다 하여 『전우치전』을 읽었다. 대개 신통의 경험에 의하면 여염에서 보더라도 안채에서는 규방일화나 염정담을 좋아하는 데 비하여 사랑채의 남정네들은 군담, 기담, 역사물을 좋아하던 것이다. 전우치의 휘황한 도술이 몇차례 거듭된 뒤에 낭독이 모두 끝나니 주위에 땅거미가 내리기 시작하여 어둑어둑해졌다. 저절로 자리가 파하는데 역시 점원 아이가 바구니를 돌려 엽전을 모아다 주었다. 연초전 주인은 서일수에게 물건값을 지불했는데 엽전 꿰미가 제법 구렁이 사린 듯했다. 서일수는 전대에 넣어 둘둘 말아서 허리에 차고는 기분이 양양하여 전방을 나섰다.

두사람은 이제 저녁참이라 출출하기도 하고 목이 컬컬하기도 하여 바로 뒷골목인 피맛골로 들어섰다. 첫다리에서 종루에 이르기까지 시전의 큰길 양쪽에 가마 한채 엇갈릴 만한 골목이 있으니 고관대작의 행차가 뜨면 하정배 드리기 귀찮은 백성들이 슬쩍 뒷길로 피하기 알맞은 길이라 그렇게 불렀다. 피맛골은 저자 상인들이며 왈짜 오입쟁이 술꾼들이 저녁만 되면 몰려나오는 지라 목롯집, 모줏집, 내외술집, 그리고 설렁탕, 추어탕, 고음탕, 개장, 황태탕, 선지탕 등속의 온갖 장국밥과 상밥을 파는 탕반집이 늘비했고 철물교에서 파자교에 이르는 골목은 색주가들이 몰려 있었다. 서일수가 피맛골로 들어서며 호기 있게 말했다.

얼른 요기나 하구 일어서지. 술이야 나중에 지전의 홍정이 잘되구 나면 모줏집에 가서 인정 칠 때까지 내가 냄세.

이신통과 서일수가 설렁탕 한그릇씩 얼른 먹고 지전으로 찾아가니 주인이 어느 손님과 함께 기다리고 있다가 반색을 했다. 손님은 머리와 수염이 희끗하니 오십은 넘어 뵈는 중늙은이로 의관이 멀끔하고 안색도 좋아 보였다. 그의 옆에 부담을 놓고 무릎 꿇어 앉은 자는 아마 가노(家奴)인 듯했다. 서로 인사를 나누고 나서 지전 주인이 먼저 얘기를 꺼냈다.

이제는 염려 놓으십시오. 이분들은 지난번 과거 때에도 복시 급제를 따낸 실력이 있어서 내가 특별히 청하여 왔습니다.

주인이 허풍을 떨어 이야기하는 것을 모르는 바는 아니지만 그들은 쑥스러워져서 슬며시 고개를 돌리고 모른 척했다.

서수 대작도 이제 구하셨고 접은 모두 네명이면 될 듯합니다. 지금 밖에서 대기하고 있습지요.

백냥씩이라고 했던가?

시골 선비가 물으니 주인이 너스레를 떨었다.

아이고, 염라국에서 미륵부처 만난 격이지요. 지금 몇백냥 소리도 우습고, 이름난 거벽 서수를 사려면 천냥 돈이 들어간다는 말을 못 들으셨습니까?

선비도 처소에서 얻어들은 얘기가 있었던지 옆자리를 돌아보는데 하인이 얼른 부담을 선비의 무릎 아래로 밀어준다.

선비가 부담을 열고 조심스럽게 백냥 꿰미 세줄을 꺼내어 지전 주인과 두사람에게 내밀었다. 주인이 먼저 돈꿰미를 거두자 서일수도 얼른 받아서 꿰미를 풀어서는 지전 주인의 거간료 두

사람 몫으로 사십냥을 헤아려 내주며 말했다.

이 집에 쓰시던 행담이라도 있으면 하나 파시구려.

주인이 두리번거리더니 안으로 들어갔다가 먼지를 하얗게 뒤집어쓴 행담을 가지고 나왔다.

한 닷냥 받아야겠지만 거저 쓰시우.

서일수는 전대에 말아서 차고 있던 것과 돈 두꿰미를 행담에 넣고 노끈으로 둘둘 감아 질끈 동이고는 그제야 한시름 놓은 표정이었다. 행담에 헝겊 멜빵도 달렸으니 맞춤하게 짊어질 수 있을 터였다. 시골 선비는 막상 돈을 내주고 나니 어쩐지 멋쩍었던지 슬며시 말을 꺼냈다.

내가 상주 사는 사람으로 본래 큰 벼슬을 한 집안은 아니지만 혈족 중에 군수 현감 지낸 어른도 계시고 생원 진사 한 이도 몇이 되신다오. 이제 내 나이 환갑을 바라보는 터에 평생 글을 읽었고 나이 사십에 이르도록 열차례 가까이 과거에 응시하였건만 끝내 실패하고 말았소그려. 다행히 물려받은 전장과 선산도 있고 처첩이 낳은 아들이 그득하건만 오로지 한이 되는 바는 생원은커녕 초시도 붙지 못하였다는 게요. 영남이 원래 조선 제일의 반향이라 도처에 거유 석학이 많으니 이번에 내가 빈손으로 돌아가면 위로는 조상님께 불효요, 아래로는 처자식과 인근 상민들에게도 면목이 없는 일이외다. 저로서는 이번이 마지막 과거인 셈입니다.

우리가 힘써 도와드릴 테니 샌님은 너무 심려치 마십시오.

서일수는 그렇게 말하고 지전 주인에게 물었다.

그런데 여기 참고할 만한 협서(挾書)는 준비되어 있겠지요?

있다마다요. 시부(詩賦)와 책(策)이 중점이니 족집게처럼 모아놓은 해제가 여러권입니다.

돌아보고 이르니 점원 총각이 손때가 반질한 붓, 먹, 벼루, 종이 등의 문방사우 일습과 책자가 들어 있는 싸리 행담을 내주었다. 이신통과 서일수는 행담을 열어 책을 차례로 들춰보고 내심 만족했다. 시골 선비가 여러가지로 마음이 놓였는지 감탄하여 말했다.

허어, 이런 과거가 다 있나.

자아, 그러면 샌님은 안에 들어가 좀 쉬십시오. 당신들은 전방에서 대충 눈 붙이며 기다렸다가 샌님 모시고 과장으로 들어가면 되오.

두사람은 갓과 웃옷을 벗어 걸고 전방에서 모로 쓰러져 새우잠이 들었는데 시각이 얼마나 되었을까, 갑자기 판자문을 요란하게 두드리는 소리에 깨어났다. 윗목에서 자고 있던 총각이 부스스 일어나 가게의 판자문을 밖으로 밀어내자 장정들이 쏟아져 들어섰다.

어서들 나오쇼. 거자는 어디 계시우?

그들은 갈건 쓰고 포졸처럼 검은색 무릎치기 걸치고 텁석부리 수염에 인상이 사나워 보여서 한눈에도 도성의 왈짜패거리인 줄 알아볼 만했다. 물론 왈짜도 있겠지만 접군으로 풀려나온 젊은것들이 수천명이라 많은 숫자가 각 군영의 군졸들이었다. 이를테면 번이 끝난 시각에 하루 품을 내어 돈을 벌어보자는 셈이었다. 물론 한양의 권문은 물론이요 지방의 세도가에서도 힘꼴깨나 쓰는 혈기방장한 가노들을 동원했던 것이다. 서일수가 하품을 하고는 말했다.

아니, 파루도 안 쳤는데 벌써 나간단 말이오? 그러다 순라에 걸리면 공연히 포청에 끌려가 매나 벌 텐데.

콧수염을 보기 좋게 기른 장정이 껄껄 웃으며 한마디했다.

이 양반이 도무지 물정을 모르는군. 우리가 순라의 아재비쯤 되는 사람들이우.

시끌벅적한 소리에 잠이 깬 지전 주인이 선비를 깨워 전방으로 나왔다.

좀 이르긴 하지만 남보다 먼저 입장하려면 앞줄에 서야 되오. 잠시만 기다려주오. 동접 사람들이 올 테니.

의관정제하고 소지품을 챙겨 기다리는데 함께 갈 다른 두 선비의 일행이 아직 당도하지 않았다.

이신통은 꾸벅이며 졸고 있었고 서일수는 곰방대를 내어 담배 한죽 피우고 있었다. 그가 보아하니 콧수염을 기른 자가 접의 우두머리인 듯 보였는데 두리번거리더니 일행의 망태기에 손을 넣어 호리병을 꺼내어 꿀꺽이며 몇모금 마셨다. 서일수가 놓치지 않고 보고 있다가 말을 걸었다.

여보, 어찌 그 좋은 걸 혼자만 자신단 말요?

일 끝나고 열잔 내신다면 드리리다.

그가 씩 웃으며 호리병을 내미는데 서일수가 받아 냄새를 맡아보니 이강주가 틀림없었다.

허어 이게 얼마 만인가, 입 부르트겠군!

그게 바로 이강주라오.

서일수도 호리병째로 들어 몇모금을 꿀꺽이며 마셨다. 삼월 중순이라 하나 새벽이라 제법 한기가 느껴지더니 독주가 넘어가자 아랫배에 뜨끈한 기운이 올라왔다. 권커니 잣거니 하면서 마시다가 통성명을 하는데 역시 그는 훈련도감의 포수 별장이었다. 장교는 못되어도 그를 보좌하여 병졸 수십명을 통솔하니 콧수염을 장하게 기를 만했던 것이다. 홍인지문 밖 왕십리에 산다는데 나이는 서른이고 이름이 김만복이라 했다. 서일수도 옆에서 지켜보던 신통도 그의 호탕함이 마음에 들었다.

뒤늦게 다른 선비 두사람이 자신들의 접군 여섯명과 당도하니 이제 접군만 열명에 서수 대작도 네사람이나 되었다. 일행은 지전을 나와 누렁다리를 건너 함춘원과 창경궁의 돌담 사이로 뚫린 길로 들어섰는데 접군을 거느린 거자들이 새벽의 어둠속에서 꾸역꾸역 몰려가고 있었다. 어둠 가운데 접군들이 밝힌 사초롱과 조족등 불빛이 사방에서 움직였다. 창경궁의 정문인 홍화문이 가까워질수록 행렬은 더욱 빽빽해져서 길 양쪽 창경궁과 함춘원의 담장에 어깨가 닿을 정도로 군중이 몰려 있었다. 앞장섰던 만복이 일행을 함춘원 담장 아래로 이끌더니 그의 수하에게 조용히 일렀다.

길을 열어라.

어깨가 떡 벌어진 두사람이 앞에 나서더니 다짜고짜 담장의 왼쪽으로 작대기를 휘두르면서 외쳤다.

나리 행차시다. 썩 물렀거라!

사람들이 별수 없이 길 가운데 쪽으로 밀려나면서 담 옆으로 길이 생겼고 우락부락한 그들의 서슬에 뭐라고 나서는 자들이 없었다. 홍화문 가까이에 이르자 대문 앞은 그래도 너른 공터여서 낫겠거니 했지만 밀고 당기고 하면서 줄지은 사람들이 앞뒤로 몸을 붙이고 있는 형편이었다. 그들이 헤치고 나가려는데 앞에서 누군가 험상궂은 자들이 오히려 가로막으며 나섰다.

나리란 봄철 지난 개나리냐?

이쪽도 저쪽도 모두 사초롱을 들고 있어 서로 비춰보며 고함을 지르는 판이더니 만복이 상대방의 얼굴을 살피고는 외쳤다.

나여 나. 이 사람들 장사 첨 해봤나? 곁문으로 가야지.

어, 자네여? 홍화문은 틀린 것 같으이. 그리로 감세.

하더니 이들은 평소에 안면이 있던지 다른 접군 패와 합대하여 인파를 헤치고 홍화문 앞을 지났다. 그쯤부터는 왼쪽이 여전히 창경궁 담이었지만 오른쪽은 경모궁이었는데 두 담장 사이의 거리가 다소 한산해졌다. 그래도 많은 사람이 몰려가는 중이었다. 홍화문 북쪽 방향으로 곁문이 셋이나 더 있었는데 맨 끝 문묘 앞의 곁문인 통화문은 담장이 휘돌아간 끝이라서 물정 모르는 이들은 거기에 문이 있는지조차 모를 곳이었다. 전수사 물건들을 궁에 들이거나 민가의 반빗아치들이 드나드는 문이었는데 이같은 날은 거기까지 거자의 통행을 허락하고 있었다. 기역자로 꺾인 모퉁이에 당도하니 그들 접이 합한 이십여명 외에 한 패거리가 더 있을 뿐이었다. 활짝 열린 문 옆에 수직 군사 한쌍이 물러서서 그들을 지켜보았다.

자아, 다들 좀 뛰십시다!

만복이 구보하면서 앞장서 나아갔고 선비들은 허우적거리며 그들을 따라갔다. 그들이 과장인 영화당 너른 마당에 당도하자, 이미 새끼줄 그물을 쳐둔 앞자리에는 많은 패가 들어와 담장 같은 장막을 치고 자기 패거리와 임의로 약속된 접의 이름을 크게 먹으로 쓴 사초롱을 세웠다.

먼저 시험문제가 내걸리는 현제판(懸題板) 가까운 곳에 자리를 잡으려 하는데 문제가 내걸리자마자 혼잡이 심하여 제목만 베끼려 하여도 자기 차례가 오도록 기다려야 하니 헛된 시간을 잡아먹기 때문이었다. 만복이 두둔해야 할 접의 물주들은 선비 세사람이었는데 접군이 모두 열명이었으니 세도가들을 제외한다면 시골 선비들로서는 체면이 서는 편이었다. 자리다툼이 벌어지는데 너무 좋은 자리에는 처지와 형편을 살펴가며 자리를 잡아야 했으니, 먼저 차지했다 할지라도 어느 댁 도련님이 행차하시면 위세당당한 가노들이 불문곡직 세워둔 장막을 찢고 말뚝을 뽑아던지며 위아래 할 것 없이 두들겨패서 쫓아버리는 것이다. 만복이 두리번거리며 뛰다가 마당 두번째 줄의 안쪽에 빈 공간이 있는 것을 보고 나아가서 사초롱 등을 장대에 달아 올렸다. 득달같이 달려온 접군 패거리들이 일제히 가져온 말뚝을 박고 베를 둘러 장막을 치니 앉으면 안 보이고 일어서면 배에 닿을 만한 높이였다. 또한 가져온 돗자리를 깔고 거자가 앉을 자리 앞에 지전에서 가져온 두툼한 종이 서판을 놓으니 준비가 모두 끝났다. 어둠속의 너른 마당이 등불과 장막으로 거의 들어차고 있는 것을 두리번거리며 서일수가 말했다.

어째 좀 구석진 것 같은데……

이쯤이 좋소이다. 공연히 가운데 자리를 차지했다가 해 뜨고 나서 세도가 행차라도 뜨면 사정없이 쫓겨나오. 그러면 그때쯤엔 저어기 담장 밖의 채마밭으로 가서 과장 안으로 다시는 못 들어오게 되지요.

어떻게 이리도 형편을 꿰고 계시우?

서일수가 묻자 김만복은 아직 얼이 빠진 채 숨을 고르고 앉아 있는 선비들 쪽을 힐끗 쳐다보고는 싱긋 웃으며 말했다.

과시야말로 우리 같은 사람들이 큰돈을 만져볼 대목 중의 대목입니다. 시골 양반들 한을 풀어주니 우리도 좋은 일 하는 셈이지요.

그리도 물정을 잘 아는 사람이 그래 무과라도 한번 해보지 그랬소?

서일수는 일부러 말을 시키듯 한번 까짜올려보는 것이었는데 만복이 그를 바라보며 역시 어르는 듯 되받았다.

배오개 지전에서 서수 거벽으로 내세웠다면 한번 응시해볼 만한 분은 왜 이러고 있나요?

그야…… 쓰러질 나무에 새 둥지 틀 일 있소?

날지 못할 새는 아니시구?

두사람은 서로를 희롱하다 껄껄 웃어버렸다. 유산을 펴고 앉은 선비들은 피곤에 겨워 앉은 채로 졸고 있고 접군들도 돗자리 귀퉁이에 앉아 있거나 다른 자리의 안면 있는 자들과 어울려 시끌벅적 떠들어대는데 장터와 다를 바 없었다. 해가 뜨고 새끼 그물로 막아놓은 안쪽에는 높다란 삼층단이 차려져 있고 그 위에 거대한 차일이 펼쳐졌는데 아래로는 시관들이 앉을 자리와 책상이 가지런히 놓였다. 먼저 수직 군사들이 들어와 열을 지어 벌려서는 품이 곧 시작하려는 것처럼 보였다. 졸고 있던 선비가 일어나 두리번거리며 접군들을 향하여 물었다.

오늘 임금님께서 친림하는가?

아니외다. 식년시라 삼정승 중의 한분이 나오십니다.

이신통이 모두 처음 겪는 일이라 장막 위로 고개를 빼고 사방을 둘러보고는 물었다.

곧 시작하는 거요?

아직 멀었소. 아침 요기라도 해야지요.

좌중의 사람들은 접군들의 말에 어쩐지 잊고 있다가 더욱 시장기가 돌면서 속으로, 그렇지 아침은 먹어야지 하고들 생각했다. 신통이 더욱 궁금하여 다시 묻는다.

헌데 예서 무슨 수로 아침을 먹는단 말요?

기다려보십시오. 다 수가 나게 되어 있습죠.

한참을 기다려서 해가 높직이 뜬 시각에 수십명의 남녀가 머리에 광주리 이고 등에 지게를 지고서 홍화문으로 들어왔다. 그들은 혼잡을 피하기 위해 서로 약속이나 한 듯이 장막과 장막 사이를 돌아다니며 음식을 팔기 시작했다. 접군들은 그들을 부르며 여기 먼저 오라고 외치고 그런 소란이 없었다. 대부분이 누렁다리며 배오개 인근에서 온 장사치들이었다.

김만복 일행의 접 근처에도 장사치가 들어서는데 아낙네가 내려놓은 광주리에는 인절미에 절편이며 시루떡이 그득하고 남정네의 지게에는 잘 익은 탁주가 찰랑찰랑 채워진 술동이가 놓여 있었다. 사내는 또한 지게 꼭대기 세장 목에 조롱박을 네댓개 매달아두었다. 접군이 열이요 대작 서수가 넷에 선비가 세사람이니 대식구를 만난 셈이고, 바로 한발짝 옆과 앞뒤에 어슷비슷한 장막들이 있으니 커다란 주막에 손님 가득한 형국이 되었다. 모두들 조롱박으로 탁주를 퍼마시고 떡으로 요기를 하는데, 그들 부부도 대목이라 술과 떡을 저자보다 훨씬 비싸게 팔아치웠다. 과장이 어디라고 감히 장사꾼이 들어올 수 있겠느냐마는 수문장 이하 수직 군사들도 인정전깨나 받아먹었고 모두 한통속인데다 세시풍속이 되어버렸으니 모른 척하는 것이었다.

수만명이 과장에 간신히 들어왔지만 수만명은 입장도 못하여 함춘원이나 경모궁 앞에서 떼를 지어 혹시 과장에 남는 자리나 없을까 요행수를 바라거나, 아직도 별다른 묘책을 찾지 못하고 도성 거리를 배회하고 있었다. 장중한 징소리가 울리자 그물망 너머 단 위에 사모관대 차림의 정승이 들어서고 역시 관복을 입은 시관들이 들어와 앞에 자리를 잡고 앉았다. 다시 한번 징이 울리고 시제(試題)가 현제판에 내걸리자 일시에 앞줄에서부터 소란이 일어났다. 만복이 다짜고짜 이신통의 어깨를 잡아 일으켰다.

자아, 얼른 따라오우.

신통이 얼결에 일어서니 만복의 선도에 따라 접군 둘이 뒤를 호위하고 따라나섰다. 둘째 줄이었으니 구석이라 해도 제법 빨리 나섰건만 현제판 부근이 벌써 모여든 사람들로 버글거렸다. 그들은 사람들 틈에 끼여 밀치고 헤집으며 앞으로 나아갔다.

신통이 시제를 읽는데 문장이 제법 길었다. 만복이 품에서 작은 병에 담아온 먹물을 세필로 찍어서 종이쪽지와 함께 신통에게 건넸다. 장정 셋이 팔을 쳐들어 신통을 옹위하는 동안 그는 몇줄의 시제를 초서로 휘갈겨 베꼈다. 시제를 옮겨적은 신통이 붓을 떼자 그들은 다시 그를 둘러싸고 인파를 빠져나왔다. 나오면서 보니 이미 드넓은 과장 전체가 솥단지의 끓는 물처럼 출렁대고 있었다. 이들 모두가 같은 순간에 시제를 적어오려는 것이었다.

자기네 접의 장막 안으로 돌아와 이신통은 선비들과 옆의 대작들이 지켜보는 가운데 적어온 시제를 간필로 다시 깨끗하게 정리했다. 이제부터 접군들은 장막 안에 잡인이 얼씬대지 못하도록 둘러싸고 지키는 한편, 서수와 대작들은 행담에 지녀온 참고서적들을 꺼내어 시와 부를 지어내고 책문(策問)을 써낸다. 서일수가 먼저 시를 읊고 시지에 적으니 신통은 부를 적어나갔다. 가장 중요하다는 책문이란 국가의 정책을 논설로 써내야 하는지라 시간이 제법 걸리게 되어 있었다. 서일수와 신통이 주제를 놓고 속삭이는 소리로 잠시 논의하니 허두, 중두, 축조를 어떻게 열어나갈지, 그리고 설폐와 구폐에서 비판을 하고는 편종으로 결론을 내어 마무리하기까지 큰 구성이 완료되었다. 이신통으로서는 공부하면서 골백번 써본 적이 있었으며, 옆에 고증과 참고할 책까지 구비되어 있어 줄줄 써나가다 막히거나 미흡하면 선인의 문장과 논점을 확인하니 그야말로 용이 날개를 단 격이었다. 한 식경이 지나서 그들이 맡았던 선비의 시지가 모두 완성이 되었고, 시골 선비는 시지를 들고 읽어보며 새삼 탄복했다.

어허, 글에 법도가 정연하고 문사도 화려하니, 실로 웅문거필이오!

옆자리의 이웃 접에서는 서수와 대작 한쌍이 두사람의 거자를 맡았으나 아직도 끙끙대며 반도 끝내지 못했는데, 이쪽이 벌써 끝나자 만복은 흔쾌하여 그들에게 재촉했다.

자, 얼른 조정(早呈)해야 하오. 우리가 앞자리를 차지한 것은 시제를 남보다 먼저 보는 것과 시지를 빨리 내기 위함이라오.

거자의 호패에 적힌 성명과 거주지를 적은 시지를 이신통이 손에 들고 아까처럼 접군들에 둘러싸여 그물망 앞으로 달려가 시지를 받는 관원에게 내밀었다. 관원은 시지가 백장이 될 때까지 모아서 뒷전에 기다리고 있는 시관 앞에 바쳤다. 질세라 늦을세라 구름같이 모여든 거자들이 그물망 앞에서 내미는 시지가 그야말로 눈처럼 날렸다.

즉일방방(卽日放榜)이라, 과거를 본 당일 퇴청시간 직전에 장원과 급제자의 이름을 궁문 앞에 방으로 내걸어 발표하게 되어 있어, 시관들이 삼사만장의 시지를 일일이 읽어보는 것은 사실상 불가능했다. 따라서 시지를 먼저 내야 유리하고 적어도 오백장 안에는 들어야 작대기 비점이라도 받아본다는 형편이었다. 시관들은 먼저 글씨를 보아 서투르면 읽어볼 필요도 없이 작대기를 주욱 그어버리거나 엇갈려서 가위를 긋고 비점을 주어 밀쳐버리는데, 그렇게 쌓인 것이 수백장이 되면 담당 관원이 짐 치우듯 내갔다. 몇문장 읽었는데 또한 오자가 보이고 격식에 어긋나면 다시 작대기나 가위요, 좀 잘된 것은 동그라미로 관주를 치고, 그중 잘된 것은 겹동그라미 두개로 알관주를 쳐주는 것이었다. 그러므로 시와 부와 책에 알관주 세개만 받으면 합격인 셈이었다. 장원급제는 이 알관주 세개를 골고루 받은 자 중에서 다시 시관 모두의 알관주 셋이 겹친 여섯을 받아야 했고 최종적으로 정승의 낙점을 얻어야 했다.

문과에서 서른세명을 뽑고, 생원 백명, 진사 백명을 뽑는 자리였다. 대개 이들 서른세명의 문과 합격자는 이미 정해져 있었고 그들 가운데서 장원이 나오게 마련이었다. 그러나 생원 진사도 양반의 반열에 오르는 확실한 직위라서 연줄이 좋으면 실직을 간혹 얻기도 하지만, 향리에 내려가면 지방 수령의 보좌역이나 자문 노릇을 할 수가 있었으며, 향소의 어른으로 또는 향교의 책임자로 행세할 수가 있었다. 소과의 초시만 해도 군역이 면제되고 양반 대접을 받는데 하물며 진사 생원이면 하늘의 별을 따는 것이나 한가지였다.

일행은 아직도 사람으로 가득한 홍화문 앞을 빠져나와 누령다리를 건너 지전이 늘어선 길로 내려왔다. 때는 바야흐로 중화참이었다. 지전으로 들어서니 전방에 앉았던 주인이 일행을 맞았다.

그래 샌님, 어떻습디까? 우리 접의 준비가 앞뒤 물샐틈없이 잘되었겠지요?

하이고, 나 혼자 갔더라면 과장에 입장도 못했을 거요. 소문은 들었지만 이런 난리굿일 줄이야.

김만복이 호탕하게 웃으며 말했다.

이제 진사는 따놓은 당상이외다. 이분들의 실력과 솜씨라면 장원급제인들 왜 못하겠소? 자아, 우리는 퇴청시각까지 기다렸다가 방 붙은 연후에 다시 오지요.

만복의 말인즉슨 합격된 뒤의 뒷돈 사례를 잊지 말라는 다짐이기도 했을 것이다. 서일수도 만복과 한잔 생각이 있었는지 일어났다.

우리도 그때쯤 오겠소이다.

신통은 어젯밤부터 겪은 일을 돌이켜볼수록 엄청난 일인데도 분노라든가 슬픈 감정은 느끼지 않았고, 오히려 무엇인가 마음을 지탱하고 있던 것들이 일시에 빠져나간 것 같았다. 그는 일행을 따라 배오개의 뒷골목 피맛골로 걸어가면서 자기도 모르게 허허하면서 실없는 웃음을 터뜨렸다.

백성과 나라

과시가 파장이 되자 한양은 다시 예전으로 돌아갔고 그렇게 들끓던 사람들도 모두 각자의 고장으로 흩어져갔다. 서일수와 신통은 제법 큰돈이 생겼는데, 상주서 왔다는 시골 선비가 진사에 합격되어 가문의 한을 풀었고 약속한 뒷돈도 주었던 터였다. 지전 주인에게 소개료로 각자 사십냥씩을 떼어주고도 백육십냥이 생겼다. 아마도 선비는 지전 소개료에 서수 대작과 접군들 동원 비용을 합하여 칠팔백냥은 썼을 거였다. 그러나 수천냥을 써도 운이 없으면 초시도 못한다는 사례에 비하면 그는 그래도 천운을 만난 격이었다. 이신통은 과거라든가 벼슬이라든가 하는 것에 대하여 원래부터 마음에 없다고 하면서도 한편으로는 포한과 원망의 뿌리가 남아 있었건만, 그 하루 동안에 한낱 웃음거리로 시원하게 날려보낼 수 있었다. 그는 서일수의 언제나 유쾌하고 한발 비켜서 있는 듯한 태도를 닮아가고 있었다. 서씨는 세태에 대하여 비분강개하거나 정면으로 맞서려 하지 않고, 오히려 시정 왈짜와 다름없이 아랫것들과 한통속이 되어 풍도 치고 능청스럽게 덜미도 잡으면서 휘돌아 나아갔다.

서일수와 신통은 함께 의논하여 처소를 바꾸기로 작정했다. 돈냥도 있것다, 낯선 사람들과 뒤섞여 잠자고 먹고 하는 것이 불편하기도 하여, 며칠이 아니고 오래 머물 바에는 도성 안에 방을 얻자는 것이었다.

이런 일은 김 별장에게 부탁하면 도깨비 기왓장 엎듯이 해치울 텐데.

서일수가 말했고 신통도 맞장구를 친다.

만복이 형님이라면 도성 안을 참빗 새새처럼 훤히 알 테죠.

두사람은 오후 느지막이 종루로 나와서 초교를 지나 이간수문 못미처에 있는 하도감으로 찾아갔다. 예전 훈련도감 이하 다섯 군영제를 폐지하고 무위영과 장어영의 두 군영으로 개편한 것이 한해 전의 일이었다. 무위영이 왕궁을 지키는 군대였다면 장어영은 도성을 지키는 군대였는데 무위영이 하도감에 있었다. 하도감의 삼문 앞에 이르니 대문 양쪽에 털벙거지 쓰고 검은 더그레를 입은 차림새는 옛날의 복색인데 긴 창날 꽂은 양총을 거총한 자세로 군졸 두사람이 지키고 서 있었다. 서일수가 접근하여 군졸에게 물었다.

사람 좀 만나러 왔소.

누구요?

김만복 별장이오.

안에 작청(作廳)으로 가보시오.

그들이 옆문으로 들어가 긴 행랑을 지나니 작청이 나오는데 군교 별장인 듯한 사람과 군졸 둘이 근무 중이었다. 김만복의 이름을 대자 근무 중이던 군교가 웃음을 지으며 말했다.

방금 우리와 교대하고 들어갔습니다. 곧 불러드리지요. 누구시라고 전할까요?

서일수라고 합니다.

그가 눈짓을 하자 군졸이 더그레 자락을 날리며 달려갔고 잠시 후에 군영의 문을 나와 빠른 걸음으로 다가오는 김만복이 보였다. 그래도 궁성의 수직 군사라 복장은 깨끗하여 바지에 행전 치고, 미투리가 아닌 검정 갓신 신고, 군졸의 더그레 대신 무릎치기 걸치고, 붉은 띠와 병부를 달았는데 붉은 상모 달린 전립을 썼다.

허어, 아우님이 군복을 입으니 이렇게 풍채가 나는구려.

놀리지 마시우.

세사람은 그길로 하도감 삼문 밖으로 나오는데 신통이 물었다.

형님, 이대루 퇴청하는 거요?

그럼 어째, 까짓 급료도 안 나오는 판에 퇴청시각 지킬까?

말은 그렇게 하면서도 만복은 연신 웃는 얼굴이었다. 서일수가 말했다.

어디 좋은 데 있으면 앞장서시게.

제미럴, 좋은 데야 형님이 알겠지. 우리 같은 미관말직이야 탁배기 한동이에 도야지 수육이면 평안감사 따로 없수.

거 좋지.

두사람이 걸음을 늦추니 저절로 김만복이 앞장을 서게 되고 그는 청계천을 따라서 마전교 쪽으로 향했다. 원래 다리 아래쪽에 말과 소나 돼지 같은 덩치 큰 가축들을 팔고 사는 장이 서는 지라, 인근에는 육것을 안주로 하여 술을 파는 모줏집이 줄지어 있었다. 그가 납죽 엎드린 것 같은 초가집의 삽짝을 밀고 들어가며 걸걸한 목소리로 외친다.

주모, 나 왔소.

부엌에서 몸집이 절집 배흘림기둥 같은 중늙은이 아낙이 상반신을 내밀더니 그를 보고는 픽 웃으며 대꾸했다.

아이구, 젖 강아지 뒤축 문다구 어린것이 주모가 뭐냐? 고모, 이모, 숙모 다 빼놓구. 그러구 성이 나씨여? 턱없이 나라구 들이대니, 뭣 모르는 사람은 재작년 그러께 바람나서 집 나갔던 서방인 줄 알겠다 이눔아.

아휴, 저 여편네, 죽지두 않구 입담이 펄펄 나네 날어.

서일수와 신통은 그들의 던지고 받는 수작을 재미있게 듣고 서 있었다.

뭘 그리 말뚝모냥 우두커니 서 있어? 오줌 눌라면 저어 뒷간

장군에다 깔겨야지, 여기서 쌌다간 단칼에 쳐서 안주로 상에 내갈 거여, 깔깔깔.

온 제미랄, 더이상 얼쩡거리면 송이고 탱자고 사정없이 떼이겠군. 어서어서 들어가우.

김만복은 질렸다는 듯이 그들의 등을 떠밀었다. 초가삼간 방 두칸인데 봉당 건넌방에 들어가 앉으니 그래도 정갈하고 뽀송뽀송 마른 삿자리가 깔려 있다. 아예 상 두개를 방 가운데 펴두었는데 틈이 보일 정도로 대충 널판자를 대어 맞춘 간이 술상이었다. 우선 허리춤에서 곰방대를 내어 한대씩 붙여무는데 만복이 한양 왈짜답게 성냥을 꺼내어 시척,하고 불을 붙여주었다. 이 신통도 연초전의 전기수로 드나드는 동안에 담배를 배워서 무료할 때마다 봉노에서 한죽씩 태우더니 그예 입에 붙고 말았다. 김만복이 한양의 알짜배기 경아리라 눈치 빠르게 그들의 느닷없는 하도감 방문을 짚었다.

헌데 과시도 끝났것다 무슨 접을 꾸리자는 일도 아니겠고…… 공연히 술 먹자고 무싯날에 찾아올 리도 없으니, 내게 부탁할 일이 대체 무엇이오?

아따 눈치하고는, 술이 몇순배 돌아간 뒤에 슬슬 꺼내려고 했더니 과연 한양 왈짜가 빠르군. 그냥 놀러 오기 멋쩍어서 일거리를 가져왔는데, 우리 방이나 좀 얻어주소.

서일수가 말하자 만복은 신통을 슬쩍 돌아보고 나서 농을 던진다.

둘이 신접살림 차리시게?

지금 여덟 놈이 살림 차리고 있수. 내가 기중 연하라서 왕십리를 어느 쪽으로 돌릴까 밤마다 걱정이라오.

신통이 봉놋방 신세를 빗대어 무덤덤하게 대꾸하니 두사람이 어이없다는 듯 천장을 바라보며 웃었다.

어렵쇼, 성균관 개구리는 면했네.

서일수가 신통의 곁말 대꾸를 은근히 칭찬했고 김만복도 한통속으로 거들었다.

파리 위에 날라리가 있고, 소리 없는 방귀가 훨씬 쎄다구 하던데. 이 사람을 형님이 잘 훈도하면 운종가에 거치적거릴 상대가 없을 듯하오만.

무엇인가 못된 장난을 함께 벌이고 나면 은연중에 짝패가 되는 법이라, 주고받는 곁말도 손발이 척척 맞아 돌아갔다. 만복은 우선 말발을 맞춰보고 나더니 그제야 본론으로 들어갔다.

좋기는 도성 안이 여러모로 편리하고, 얌전하고 조용하기로는 남산골이지만, 두 양반이 한양에서 무슨 놀음을 하려는지 내가 알 수 있소?

그 어디 서린방 가까운 쪽은 어떠우?

에그, 거긴 못쓰우. 서슬 퍼런 의금부며 전옥서가 있는 곳인데 괜히 목자 불량한 옥리 나장들과 시비 붙었다가 경치기 십상이우.

하더니 잠깐 대꾸가 없는 서일수를 찬찬히 살피며 만복이 던져

본다.

거 혹시 누군가 경치고 있는감?

서일수는 빙긋 웃더니 고개를 끄덕였고, 김만복보다도 신통이 더욱 놀랐다. 그가 한양에 와서 도모할 일이 있다더니 이제 속내가 나오는 모양이라 몹시 궁금했다.

내가 의리상 옥바라지할 사람이 있어서…… 혹시 서린 전옥서 옥사정 중에 아는 이라도 있소?

그야 옥리도 여러놈 되고 옥사정도 두어놈 알지요. 헌데 염라국 귀졸 야차도 돈에는 보살로 변한다는 소리 못 들었소? 인정전을 좀 쓰면 면회에 사식 바라지에 술과 고기며 별의별 것을 다 들이고 낼 수 있다오.

김만복이 자신 있게 돌아가는 물정을 말하더니 제안을 했다.

운종가나 종루 배오개나 모두 복잡한 저잣거리라 사람이 많으니 좋을 것 같지만, 보는 눈도 그만큼 많고 기찰도 심한 곳이지요. 사람이 먹고 잠자고 사는 데에는 세도가도 없고 가난한 선비가 많이 사는 남부 목멱산 아랫동네들이 좋으나, 그 또한 타지 사람은 눈에 띄기 쉽소이다. 내 보기엔 중부에 있지만 태평방 어름이 적당할 듯하오. 거기 구리개 약전거리도 있고, 혜민서가 있으니 도성 밖에서도 아픈 백성들이 몰려오는 곳이며, 악공들의 장악원도 있고 선혜청이 가까워 지방사람들도 볼일 보러 많이 오는 곳이라, 중인과 상민들에 하천들까지 잡색이 섞여 있는 동네라오. 내가 태평방에 아늑한 방 한칸을 마련해드리리다.

담배 한죽 태우는 사이에 서일수의 입 떼기가 순조롭게 진행되어 방 구하기와 지인의 옥바라지할 일 등도 자연스럽게 풀려서, 돌 하나로 새 두마리를 잡은 셈이 되었다.

아따, 너구리 피물 돈으루 술값 내려나? 연기 좀 고만 피워라 이놈들아.

주모는 삶은 돼지 뒷다리를 두툼한 나무도마 위에 얹어서 소금과 함께 들여놓았고, 칼과 술잔을 던져주고는 맨 나중에 잎사귀가 시퍼런 김치 한사발을 상 위에 쾅 내려놓으며 만복에게 말했다.

느이 애비 누이가 이렇게 늙마에 힘쓰는데, 젊은 놈이 퍼질러 앉아서 받아 처먹기만 하겠느냐? 술동이 좀 들구 와봐라.

고모 삼지 말구 장모 삼아야겠네. 그래야 술두 먹구 딸년두 먹지.

니가 제법 별장이랍시고 붉은 상모 전립 쓰고 으스대지만, 급료도 못 받는 터수에 누굴 먹겠다고? 이놈아, 밥심이 없으면 좆심도 가는 거여!

그래, 내 이 집구석에 외상 그은 적 있나?

계집질은 거저가 있어도 사내가 술로 빈대 잡으면 패가망신이지.

주모 아낙네가 엄지손가락으로 주욱 내리긋는 시늉을 하고는 돌아섰고, 김만복은 한강 물 거슬러 떠먹으며 자랐다지만 입심에 당하지 못하고 고분고분 술동이를 들고 왔다. 두툼한 비계와 살코기를 도마 위에 올려놓고 식칼로 듬성듬성 베어 소금에 찍어서는 시퍼런 김치 잎에 싸서 먹고 마시는데 그런 호협(豪俠)이 따로 없었다.

며칠 뒤에 김만복이 남대문 밖 주막거리로 나와 그들을 데리고 태평방으로 갔는데 약방이 몰려 있는 구리개 뒷골목이었다. 바로 지척에 숭례문 쪽으로 선혜청이 있었고 광통교를 건너면 서린 전옥서였다. 뒷골목은 약전의 살림집과 창고가 많은 곳으로 김만복이 안내한 집은 창고에 붙은 수직방이었다. 커다란 자물통이 달린 나무 문짝 옆에 툇마루 붙은 방 한칸이 딸렸는데 약전의 곁꾼이 와서 판자 덧문을 열고 띠살문을 열자 제법 널찍한 방이 보였다. 비록 초가였지만 전체를 창고로 쓰는 곳이라 살림집이 아니라서 주인이나 안방에 내외를 가릴 필요도 없었으니 두 홀아비가 기거하며 드나들기에 편해 보였다. 김만복이 어련히 잘 알아서 구했을까마는 위치도 적당했는데 다만 마땅히 취사를 할 데가 없는 것이 흠이었다. 그런 눈치를 알아챘는지 만복이 방을 살피고 돌아서다가 말했다.

사내들이 찬거리 사들여다 밥 짓고 물 긷고 빨래하느니, 기생서방이 되거나 주인을 정하는 것이 백번 옳지요.

늙수그레한 과수댁이 저녁에만 내외술집을 하는 곳이 명례방에 있었는데 김만복이 모셨던 선전관의 집이었다. 남편은 죽고 딸을 여읜 뒤에 과수댁은 자기 또래의 하녀와 함께 생계로 내외술집을 하는 한편 남별영의 군교들에게서 미포를 받고 밥을 부쳐주고 있었다. 조촐한 기와집에 문간방이 두칸 있어서 저녁에는 그야말로 팔뚝으로 통영반 술상을 들여주고 내가는 내외술집을 했고, 아침 점심으로 여염집 상밥을 팔았다. 서일수와 이신통은 한달치로 미리 밥값을 내고 그 집에서 하루 두끼를 대어 먹기로 하고 빨래도 맡기기로 정했다.

거처할 집을 정하고 며칠 후에 서일수와 이신통은 피맛골의 한 주점에서 김만복과 그가 데려온 전옥서의 옥사정을 만났다. 옥사정은 검은 더그레를 벗고 테 좁은 흑립에 덧저고리를 걸치고 있어서 관원이 아니라 시정의 장사꾼처럼 보였다. 수염에 희끗희끗 흰 털이 보이는 것으로 그가 김만복보다는 나이가 십년은 더 들어 보였다. 서로 인사를 나누고 술잔을 돌린 뒤에 서일수가 먼저 입을 열었다.

친척뻘 되는 아우가 지금 경치고 있어서 뵙자고 하였소만……

본향이 어디고 이름은 무엇이며 지은 죄는 뭐랍디까?

옥사정은 이런 자리가 한두번이 아닌지라 머리 꼬리 자르고 대뜸 물었고 서일수도 일단 마음이 편해져서 말했다.

이름은 박도희라 하고 본향은 충청도 덕산이며 사문난적죄에 연루되었다오.

옥사정이 잘 알겠다는 듯 고개를 끄덕였다.

그런 사람이 있지요. 동범으로 잡힌 자가 몇사람 더 되는 것 같소만. 한달 전에 의금부에서 넘어온 건인데 그 수괴는 곧 참형

효수될 거외다. 박 아무개란 사람은 우연히 모임에 갔다가 섞여서 체포되었을 뿐 자기는 죄가 없다고 지금도 주장하고 있지요. 다만, 십여명의 사람들 중에 글을 아는 자가 수괴 이외에 두어명인데 박씨는 경서를 두루 읽은 자라 금부에서도 의심하고 있다고 합니다.

옆에서 듣고 있던 김만복이 끼어들었다.

아니, 그러니까 박 아무개가 지금 어떤 형을 받았느냐 이거지, 무슨 콩이네 팥이네 하구 있나?

자네두 잘 알지 않나? 원래 그런 죄란 혹세무민한 수괴는 엄형에 처하고, 동조하여 부화뇌동한 자들은 태형 이후에 대개는 유배 보내는 걸로 끝난다네. 임술 난리 이후로 지난 이십여년 동안 전국 팔도에서 민란과 화적 출몰이 그치지 않는 터에 지난 오년간은 난민의 출몰이 더 극성해지구 있다네. 좌우 포도청 옥은 이미 죄수로 가득 찼고, 서린 전옥서에도 작년부터 지연된 송사로 옥내가 터져나갈 지경이지. 그래서 이미 지방 관아에다 역적죄라도 양반이 아니면 민란 부류는 압송하지 말고 현지에서 처결하도록 하명이 있었다네.

만복이 이번에는 서일수에게 물었다.

그 사람이 대체 무슨 일을 저지른 거요?

글쎄 나야 자세한 건 모르고, 정감록인가 뭔가 잘 안다는 사람이 있어서 쟁론하러 갔던 모양이던데. 아무튼 공것 바라면 탈이 나는 게지.

서일수의 말에 만복은 대수롭지 않다는 듯 콧방귀를 뀌었다.

흥, 정감록이 언제 적 얘긴가. 뒤집어진다구 백년을 떠들어도 세상이 그렇게 만만한 게 아닙디다. 형님 염려 놓으슈, 그런 정도의 죄라면 유언비어로 관가에서 곤장 맞고 나온 놈들이 쌔고 깔렸소.

만복의 말에 옥사정도 대수롭지 않게 말했다.

아마 변방 유배 정도로 처결될 걸세.

그 사람 고향에서 변방이라면 가까이는 남도 바닷가요 멀어 봤자 제주쯤 떨어지겠네. 그냥 두었다가 유배길에 나장에게 돈 좀 주고 빼내면 되겠군.

그 자리에서 당장 내일이라도 우선 전옥서에 면회를 가기로 하고 옥사정과 관문 앞에서 만나기로 약조가 되었다. 서일수가 만복의 충고대로 수십냥의 인정전을 옥사정에게 건넨 것은 물론이었다. 이튿날 서일수와 신통이 아침 먹고 서린방 전옥서로 찾아가니 관문 앞에 죄수들의 바라지를 하려는 가족들이 하얗게 늘어서 있었다. 두사람이 두리번거리는데 어느 틈에 그들 곁으로 다가온 옥사정이 가만히 말했다.

날 따라오슈.

관문 앞에 버티고 섰던 옥졸은 저희 상관과 함께 들어가는 두 사람을 곁눈질로 바라볼 뿐 말도 걸지 않는다. 정대문의 왼편에는 사령청(使令廳)이 여염의 행랑처럼 담에 잇대어 있고 오른쪽에 또한 담이 막아섰는데 옆으로 작은 쪽문이 있었다. 마당 건너 정면에 일직선으로 담이 가로막혔고 가운데 정문이 있고 왼편은 서리방(書吏房)과 그 옆의 중문 안으로는 주부방(主簿房)이 있었다. 담장의 오른쪽 끝에는 옥리들이 감옥 안으로 드나드는 쪽문이 있었다. 옥사정은 두사람을 데리고 대문 옆의 쪽문을 열고 들어갔는데 바깥담에 잇대어진 칸막이가 여러칸 있으니 죄수의 식구들이 사식을 넣어주는 곳이었다. 담의 끝에는 따로 양반들이나 벼슬 살던 죄인들이 가족과 만나는 제법 널찍한 방과 대청이 있었다. 옥사정은 서일수와 이신통을 대청에 올라앉게 하고는 은근하게 말했다.

내가 이미 위에 다 말해두었으니 염려 마시오. 내 얼른 가서 박 서방을 데리고 나오리다.

두사람이 앉은 대청 앞으로 마당 건너편에 하루 두끼의 밥을 지급하는 감옥의 주방이 보였다. 주방채 옆의 쪽문을 열자마자 바로 앞에 옥리들의 수직소가 있고 너른 안마당을 담장으로 나누어놓았는데 왼편이 남옥이요 오른편이 여옥이었다. 원옥(圓獄)이라 하여 옥사 주위에 다시 두길이 넘는 담을 둥글게 쳐놓았으니 관문에서부터 겹겹이 담으로 둘러쳐진 셈이었다. 옥사정이 남옥의 문에 이르자 지켜 섰던 옥리가 문을 열어주었고 둥근 담 안에 들어서니 길게 일자로 지어진 옥사 네채가 담을 등지고 두 팔을 벌린 듯 늘어서 있었다. 그 모두가 소수의 인원으로 많은 죄수를 한눈에 관찰할 수 있도록 지은 것이었다. 규모가 지방 관아의 옥이나 감영 옥과 비교도 안될 만큼 엄중하고 컸다. 옥사의 하반(下半)은 두꺼운 판벽이고 상반(上半)은 한줌 굵기의 통나무 칸살을 끼워 통기도 되고 안을 훤히 들여다볼 수 있게 되어 있었다. 죄수들 쪽에서는 겨울철에 좀 춥기는 하겠으나 누워서도 하늘의 해와 달이 뜨고 지는 것을 볼 수 있을 정도였다. 죄수들은 목에 칼을 쓰고 발에는 차꼬를 차고 느지막한 아침 겸 점심을 먹고는 정오경에는 순서에 따라 원옥의 마당에 나와 햇볕을 쬘 수 있었다. 죄목에 따라 옥사를 달리했는데 강절도나 살인 등 흉악범의 옥사가 가운데 있고, 좌측에는 뇌물 받고 포흠 진 관리나 빚쟁이, 좀도둑 등 각종 이재범(利財犯) 등이 있으며, 우측에는 역적 죄인이나 사학(邪學) 등 강상범(綱常犯)들의 옥사였고, 그 옆의 맨 끝 칸은 사형수와 교수(絞首) 칸이 나뉘어 있었고 징벌 칸도 있었다. 언제나 그렇듯 이재범 옥사는 돈이 돌고 가족들과의 면회도 잦아서 죄수들 행색도 깨끗하고 얼굴에 윤기가 돌았건만, 흉악범 옥사는 악형을 받고 들어와 팔다리가 부러지거나 상처가 썩는데다 굶주림까지 겹쳐서 살아 있는 시체들 같다고 했다. 눈을 번히 뜨고 있건만 기동을 못하게 되면 병사했다 보고하고 그대로 맨 끝 옥사의 징벌방이자 시체방 칸에 던져넣어버렸다. 방치해두었다가 죽으면 한밤중에 쓰레기장에서 소각시켜버린다. 다만 강상범 옥사는 차꼬만 채우지 않았을 뿐 흉악범의 옥사처럼 규율이 엄한 것은 마찬가지였다. 옥사정은 수직하던 옥졸과 함께 역적 강상범 옥사로 다가가서 갇힌 죄수들을 둘러보았다.

박도희가 누군가?

칼을 쓰고 앉았던 자들 중에 누군가가 제 얼굴 옆까지 간신히 손을 올려 보였다. 옥사정이 눈짓하니 옥리가 칸살 문을 열고 그의 칼을 풀어준 다음에 부축하여 데리고 나왔다. 상투는 이미 풀어져서 흐트러진 머리카락이 어깨를 덮었는데 세수도 못한 채 새카만 얼굴 가운데서 눈만 반짝였다. 그는 마당으로 나서자 잠시 하늘을 올려다보았다. 옥사정이 죄수를 데리고 원옥을 나와 다시 감옥 안담의 쪽문을 열고 면회소로 나오자 대청에 앉았던 서일수와 이신통은 얼결에 일어서서 그들을 맞았다. 서일수가 신발도 채 신지 못한 채 섬돌 아래로 뛰어내려가 죄수의 두 손을 잡았다.

박 서방, 이게 무슨 횡액인고.

형님이 여긴 어찌 오셨소?

죄수도 그의 손을 마주 잡더니 잠시 우는 모양이었다. 옥사정은 마루 끝에 묵묵히 앉아 있었다. 서일수는 박도희를 이끌고 대청에 올라가 그의 손을 잡은 채 잠시 말을 잊었고, 이신통은 그들이 하는 양을 지켜보고만 있었다. 서일수가 그에게 물었다.

처결은 어찌 나왔나?

삼복(三覆) 중에 두번 받았으니 이제 마지막 처결을 기다리고 있는 중입니다. 잘되겠지요.

이신통이 그를 바라보니 비록 피골이 상접했으나 눈빛이 살아 있는 것으로 보아 쉽게 아프거나 죽지는 않을 사람 같았다.

그는 자신을 바라보는 이신통을 향하여 슬쩍 고갯짓으로 인사를 건넸다.

여러 말 할 거 없이 우선 옷부터 좀 갈아입고 뭘 좀 먹어야지.

이신통은 서일수의 보퉁이를 풀어서 무명 저고리와 바지며 속곳을 내주었고, 박도희는 서슴지 않고 여러군데 찢어지고 옷고름이 떨어져나간 저고리와 가랑이에 검은 피딱지가 말라붙은 바지를 벗고, 알몸이 되었다가 속곳 걸치고 새 옷을 입었다.

서일수가 옥사정을 향하여 말했다.

여보게, 뭐 음식이라두 시켜야겠네.

지금은 낮이라 술은 안되우.

허어, 육것을 좀 먹여야 하겠는데 술 없이 넘어가겠나.

옥사정은 어이가 없다는 듯이 웃고는 그들에게 말했다.

방으루 들어가시우. 양반네들이 이용하는 면회처지만 뭐 어떡하겠수? 아무튼 옥사를 옮겨야 할 거요.

전옥서 앞의 밥집에서 닭백숙 한마리와 막걸리를 시켜다 박도희를 먹이는데 한달이 넘도록 전옥서의 소금 주먹밥으로 연명했던 그는 닭 한마리와 죽 두어그릇에 막걸리 한병을 순식간에 먹어치웠다. 서일수가 자모전가에서 바꿔온 백냥짜리 어음을 옥사정에게 내주며 말했다.

전옥 이하 다른 옥사정들과 나누어 쓰게나. 오늘 당장 옥사를 이재범 칸으로 옮기고 내가 밥집을 정하여 돈을 주고 갈 터이니 사식을 넣도록 해주소.

옥사정은 어음을 접어 얼른 소맷자락 안에 감추어 넣고는 연신 웃음을 지으며 말했다.

만복이 얼굴을 봐서라도 내가 이 돈을 받아서는 안되겠으나, 위아래로 보는 눈이 많아 입막음하려면 하는 수 없소이다. 오늘 당장에 옥사를 옮기고 칼도 차꼬도 채우지 않게 하겠으니 염려 놓으십시오.

그들이 원옥으로 돌아가기 전에 서일수는 박도희의 팔을 잡아당겨 귓속말로 일러주었다.

육신은 일단 편해지겠으니 건강이나 잘 챙기도록 하게. 이제 결심(結審)이 떨어지면 모두들 유배형이라 하는데 나중 일은 그때 가서 걱정하도록 하지.

형님이 밖에서 해주셨으면 하는 일이 한가지 있습니다.

그게 또 뭔가?

애오개 주막거리에 쌍버드나무집이라고 있는데 거기 제 앞으로 짐을 맡겨두었을 것입니다. 그 집 주인은 믿을 만한 사람이라고 합디다.

압송당해왔을 텐데 그건 누가 맡겨두었다던가?

나중 잡혀온 자들이 일러주어 그렇게 알 뿐이외다. 단양에서 도인을 보냈다고 합니다. 저와 만나려다 어긋난 것이겠지요.

서일수는 대답 없이 고개만 끄덕였고 박도희는 옥사정을 따라 감옥 안으로 되돌아갔다. 그를 입감시키고 되돌아온 옥사정과 함께 서일수와 이신통은 전옥서에서 나왔고 정문 앞에서 작별하기 전에 서일수가 옥사정에게 말했다.

내가 날마다 올 수는 없겠지만 사나흘에 한번씩은 와볼 작정일세. 어려운 살림에 큰돈을 들였으니 결심될 때까지 잘 부탁하네.

여부가 있겠소? 이제 탈옥이야 어렵겠지만 제집같이 지낼 수는 있을 겁니다.

그들은 전옥서 앞에 즐비한 주막이며 밥집을 둘러보고는 그중 한 집에 사식을 당부하니 이미 삼십여명의 죄수들이 밥을 부쳐 먹고 있어서 안심이 되었다. 옥의 규칙대로 하루 두끼니를 넣어주기로 하고 한달치를 미리 지불해주었다. 쇠뿔은 단김에 뽑으랬다고 서린방에서 돈의문 지나 애오개로 나아가 쌍버드나무집을 찾으니 행인이 가리키는 마포나루 방향의 비탈길 어귀에 수양버들 둘이 사립문 밖으로 늘어져 있는 주막이 보였다. 때마침 오후 나절이라 묵고 있던 행객들도 모두 나가고 중노미 아이만 기역자로 꺾인 초가의 대청을 차지하고 앉아 있었다. 그들이 들어서자 중노미 아이가 먼저 얼른 마루에서 내려서며 외쳤다.

어서 오십쇼. 술도 있고 방도 있습니다.

이 집 주인장 뵈러 왔다마는……

안방 격인 부엌 딸린 방에 앉았던 주인이 쪽문을 열고 내다보더니 미닫이를 열고 대청마루로 나왔다.

좀 올라오시지요.

서일수와 이신통은 대청에 올라앉았다.

박도희의 언니뻘 되는 사람인데 여기 뭔가 맡겨둔 게 있다고 하여 왔소이다.

서일수가 말하자 주인은 미심쩍은 눈빛으로 두사람의 행색을 살폈다.

방금 서린 전옥서에서 그를 만나고 오는 길이오. 그렇지 않다면 우리가 맡겨둔 물건을 어찌 알겠소? 결심이 가까웠으니 어떻게 빼낼 도리가 없나 궁리 중이라오.

서일수는 주인의 의심이 당연하리라 여기고는 자세히 덧붙였고 주인은 조심스럽게 주위를 돌아보고는 나직하게 물었다.

도인이십니까?

나는 아직 입도하지 않았소만.

대답하면서 서일수는 주막집 주인이 천지도인임을 눈치챌 수 있었다.

단양에서 온 물건이라고 알고 있소이다.

아, 그만…… 좀 들어오시지요.

주인이 황망한 얼굴로 두 손을 저어 서일수의 말을 막고는 먼저 안방으로 들어갔고 두사람도 뒤따라 방 안으로 자리를 옮겼다.

큰스승님께서 단양 제천 간에 계시답니다. 박 도인이 보낸 분이시라니 저야 믿을밖에요.

그가 안방 다락을 열고 고리로 짠 부담 하나를 꺼냈다. 안에는 종이에 싼 책이 두권 있었고 다시 그 아래 대나무로 엮은 합이

들어 있었다. 종이를 풀어헤치자 한권은 목판본으로 찍은 책이었고 다른 하나는 누군가 정성스럽게 필사한 것으로 아직 인쇄된 것은 아니었다. '천지도경(天地道經)'이라고 박힌 것이 인쇄된 책이고 '천지인가(天地人歌)'라고 장지에 쓴 것은 필사한 것이었다.

그 책갈피에 편지가 들어 있으니 살펴보시랍니다.

주인이 말했고 서일수가 그에게 되물었다.

주인장은 읽어보지 않으셨소?

예, 저는 아직 글을 배우지 못했습니다.

서일수가 다시 맨 아래 놓인 합을 꺼내어 뚜껑을 열었다. 다독여놓은 이끼 가운데 뭔가 들어 있었다.

허어, 이건 산삼이 아닌가?

그는 뿌리 위에 두껍게 덮인 이끼를 조심스럽게 걷어내다가 냄새를 맡아보고는 탄성을 내질렀다.

이것이 언제쯤 왔소?

박 도인이 압송되고 보름쯤 지나서였으니 한달은 못되는 것 같습니다.

봄철이라 날이 춥지도 덥지도 않아서 다행이로군. 그러나 하루를 다투는 때요. 약으로 쓴다고 하여도 그렇고 팔려면 지금을 넘기면 제값을 못 받을 거요.

주막집 주인이 드디어 실토를 했다.

박 도인의 언니뻘이 된다니 제가 감히 이런 말을 합니다. 사실 고향에 계신 형님 때문에 제가 도에 들었고, 우리 주막은 천지도의 경주인 노릇을 하고 있습니다. 근년에 서학은 서양 나라들의 압력으로 침학이 풀린 데 비하여, 저희 천지도는 교주 신원운동 이래 민란이 일어났다 하여 기찰도 심해지고, 지방 관아에서도 도인이라 알려지면 즉시 가산은 적몰되고 처형해버린다지요.

이것을 내가 가지고 가도 되겠소?

여부가 있겠습니까? 이것은 박 도인 앞으로 보내온 물건이고 그이가 당부했다니 저야 손님께 처분을 맡기면 되는 것입지요. 다만, 수결하신 각서를 언문으로 한장 남겨주십시오.

주인의 청대로 처리를 해주고는 며칠 뒤에 다시 오마고 약조한 두사람은 애오개 쌍버드나무집을 나섰다. 숙소로 돌아온 두 사람이 책과 필사본을 꺼내어 살펴보고 또한 속장에 들어 있는 편지를 보니, 일필휘지 초서로 급히 쓴 내용은 박도희의 체포를 안타까워한다는 점, 포교를 너무 서두른 것 같다는 질책과 함께 그러나 지혜롭게 모면할 것임을 믿으며, 소식에 의하면 조사를 잘 받으면 유언비어나 부화뇌동 죄로 가벼이 처리될 수도 있다는 것, 그리고 일단 애오개 주막에 맡겨놓으니 천종급 산삼 세 뿌리와 책을 수습하라는 것이었다. 그리고 끝에는 만약 시일이 오래 걸리거든 방도를 강구하여 대신할 자를 정하라는 것이며, 한양에서 방각본의 책점이 많으니 경(經)과 가사(歌詞)를 더불어 간행하되 각각 일천부를 찍을 수 있도록 하라는 내용이었다. 그들은 이것이 보통 일이 아님을 깨닫게 되었고 등잔불을 돋우어 밝히고 각자 돌아앉아 책을 읽기 시작했다. 『천지인가』는 언문으로 지은 가사로 몇장이 안되는 것이라 잠시 동안에 읽었지만, 『천지도경』은 한 대장부의 평생의 뜻을 밝힌 것이어서 곱씹어 읽어야만 했다.

서일수와 이신통은 깊은 감명을 받았다.

그날밤 서일수는 밤새 뒤척이며 잠을 이루지 못하더니 이른 아침에 약재를 내려 창고에 들른 곁꾼과 함께 그 댁 의원을 만나러 갔다. 조수와 더불어 약재를 협도로 썰고 약연으로 갈고 분주하게 일하던 의원에게 서일수가 인사를 하고는 뒷골목 창고의 수직방을 얻어 사는 촌사람이라고 자신을 소개했다. 그를 가만히 살피던 의원이 웃음을 지으며 먼저 말했다.

아니, 댁은 전기수 물주 하던 담배장수 아니오?

서일수가 눈치 빠른 사람이라 얼른 알아채고 대꾸한다.

허어, 한양 도성이 언내 복주머니 안이라더니 좁아터진 데가 맞구려. 저어 배오개 연초전에 마실 나오시던 분이군.

오늘 전기수 아우는 어디 떼놓고 혼자요?

녀석이 아침잠이 많아서요. 함께 지내고 있습니다.

거참 잘됐군. 원래 구리개 약전거리는 볼거리와 놀거리가 많은 곳이라오. 나야 어눌해서 그러하지만 이 동네 의원들은 입담자랑으로 한세월을 보낸다오. 그 신통방통이에게 우리 가게 출입을 시켜야 되겠구먼. 행하도 연초전보다 나으면 나았지 못하지는 않을 텐데.

의원이 심심하던 차에 잘되었다는 듯이 길게 늘어놓으니 서일수가 얼른 거두절미하여 말을 돌렸다.

실은 좋은 물건이 있기에 감정이나 받아볼까 하구 왔소이다.

서일수가 가져온 합을 열어 보이자 의원은 조심스럽게 이끼를 걷어내고는 두리번거리다가 대나무 젓가락을 찾아들고 산삼의 뇌두를 집어올렸다. 머리카락 같은 잔뿌리들이 사방으로 뻗쳐 있는 것을 의원은 세밀하게 살피고 있었다. 그는 차례로 나머지 두개의 산삼도 살피더니 조심스럽게 내려놓았다.

뇌두의 마디를 보아하니 하나는 너끈히 백년은 된 것 같소. 나머지 둘은 못돼도 칠팔십년 근이 되어 보이고, 각각 가락지와 대추 모양의 구슬이 몸체에 있으니 약이 제대로 찬 것이오. 다리도 두개 세개로 잘 뻗었고, 색깔도 진한 황토색이니 이만하면 상등품이외다.

팔면 값이 얼마나 되겠소?

허허, 서두르기는…… 이런 물건은 하늘이 내는 것이라 심마니들도 평생에 한번 얻어걸릴까 말까 하는 것이라오. 우리 같은 의원들끼리 사고팔아서는 제값을 받을 수 없지요. 결국 임자를 만나야 한다는 얘기인데…… 문제는 산삼이란 생삼이 가장 으뜸이나 지금 말라가고 있으니, 즉시 팔지 못하면 약효는 좀 떨어지지만 쪄서 말리는 수밖에 없소. 물론 가격은 절반 이하로 떨어집니다.

서일수는 잠잠히 앉았고 의원도 곰곰 생각하다가 연상을 끌어다 백지 한장을 서판 위에 올리고는 편지를 쓰기 시작했다. 그는 곁에서 협도로 약재를 썰고 있던 조수를 돌아보더니 편지를 접어 내밀었다.

가회방 판서 대감댁에 얼른 전하고 오너라.

조수가 의관정제하고 나간 뒤에 의원은 서일수에게 다시 말했다.

저것이 임자를 만나면 누천냥을 받겠지만 아무리 못 받아도 천냥까지는 헐값이오. 내게도 구전은 쳐줘야 되겠시다.

얼마나 드릴까? 나도 남의 심부름을 하는 것이라……

천냥이면 일할, 천오백냥이 넘으면 이할 쳐주면 되겠군.

각서 두장을 쓰고 의원과 서일수는 함께 수결을 했다. 서일수가 산삼이 담긴 합을 맡겨두고 각서는 품에 넣고 일어나려니 의원이 말했다.

뭘 그리 바삐 나가려 하시오. 오전에 손님도 없을 터인데, 낮것이나 함께 드십시다.

서일수는 안 그래도 편지 들고 나간 조수가 가져올 소식이 궁금하여 오후에 다시 들를 생각이었다. 의원은 놋재떨이를 가판 위에 놓고는 담배를 내어 권했다. 서일수는 자기 것을 가져오지 않아 망설이는데 의원이 담뱃대꽂이에서 한대를 뽑아 그에게 내밀었다. 서로 권하면서 성천초를 담고 성냥으로 불을 댕겨 몇 모금 빨아대니 대번 방 안에 구수한 연기가 피어올랐다.

우리집에 줄 대놓고 약을 갖다 쓰시는 대감이 몇몇 계시는데,

그 판서댁은 연로한 어머님이 기력이 떨어져서 늘 걱정이었소. 대보탕도 열심히 해드리고 하였으나, 뭐니 뭐니 하여도 산삼은 죽어가는 사람도 벌떡 일어나게 하는 명약이라 이같은 천종삼은 나라님이나 간간이 쓰시는 것이라오.
하고는 누구 없느냐 외치니 곁꾼이 달려왔고 의원이 일렀다.
자네, 그 창고방에 이신통이 오라 하고 칼국수 네그릇 시켜오게.
기다리는 동안 의원이 서일수에게 슬슬 말을 시켰다.
담배장수인가 했더니 산삼도 팔고, 그러다 한양 와서 대금 쥐고 가겠소.
아니, 나도 누구 부탁을 받고 하는 일이외다. 산삼이 그리 큰 돈이 되는 줄도 몰랐고. 하여튼 소리 소문 없이 처리해주오.
의원을 하려면 환자의 병환에 관하여는 물론이고 사고파는 약재에 관해서도 입을 다물어야 합네다. 우리가 약방에 모여 손님들과 휜소리나 지껄이는 것도 안할 소리를 속에 담아놓기 위함이니 그리 알아주면 좋겠소.
이신통이 약방에 들어와 합석하고 곧이어 칼국수가 도착했다. 국숫집 하녀가 모판에 대접 넷을 얹어 머리에 이고 와서 전방에 부려놓았다. 평소에 준비가 되어 있었던 듯, 개다리소반 둘을 놓고 낮것상을 차렸다. 기방의 냉면이나 골동면이 아니라 온면인데 고기 국물에 칼로 썬 메밀국수였다. 낮것을 먹고도 한참이나 지나서 조수가 돌아왔고 의관이 멀끔한 중년 사내가 따라왔다.

어이구, 모처럼 걸음하셨네.

의원이 알은체를 하는데 그는 대감댁의 집사인 듯했다. 서일수가 신통에게 눈짓하여 함께 일어서니 의원이 그들을 향하여 외쳤다.

이따가 저녁참에나 다시 들르소. 그리고 이 서방은 낼부터 우리 약방에 와서 책 좀 읽어주시고.

시일이 걸릴 것 같았는데 역시 한양 사대부 댁은 권세와 재력이 겸비되어 있는지 백년 삼은 천냥에, 나머지 두개의 산삼은 각각 오백냥씩 도합 이천냥에 낙착이 되었고, 사흘 만에 어음으로 지불이 되었다. 각서대로 이할의 소개비 사백냥을 의원에게 떼어주고 천육백냥이 서일수의 손에 들어왔다. 아무리 경복궁 공사로 나라 재정이 피폐해지고 당백전이 나돌고 했다지만 천냥은 아직도 큰돈이었다. 서일수는 이신통에게 허탈하게 말했다.

허허, 공연히 세상을 바꾼다고 나댈 것이 아니라, 돈 벌어 자기 팔자나 고치는 게 빠르겠군!

두사람은 도성 안에 책전이 모여 있는 곳을 두루 다녀보았다. 의금부와 안국방 주변과 종루의 남쪽 광통교에서 수표교 부근까지 책전과 서화전이 있었다. 의금부와 안국방 주변은 관과 궁의 활자본이나 중국 책이 많았고, 방각본은 광통교 일대와 태평방 일대에 많았으며, 그들 책전에 책을 대는 방각소도 있었다. 역시 여러모로 따져보니 태평방 일대는 혜민서와 구리개 약전거리가 있고 장악원도 있는 데라 의서에서부터 각종 양생술법서, 건강에 관한 비방서, 무예, 연희, 잡서와 소설책도 많았다. 방각본 소설책의 종류가 많기로는 광통교 부근이었는데 방각소도 여러 집이었지만 책의 내용이 이곳과는 어딘가 동떨어져 보였다. 역시 잡술서가 많이 나오는 태평방 쪽에서 방각소를 찾기로 했고 그들의 거처와도 한동네나 마찬가지라 여러모로 편리할 듯했다.

이신통이 태평방의 책전을 돌아다니다가 방각소 몇군데를 찾아내고 그중에 잡술서를 찍어낸 곳을 찾아갔다. 지붕 낮은 초가에 방 한칸과 널찍한 봉당이 있는 공방이었는데 방각수(坊刻手) 세사람이 일하고 있었다. 이신통이 공방으로 들어서며 말했다.

책을 좀 찍어낼까 하여 왔소이다.

맨상투에 탕건을 두른 사십대의 남자가 일손을 멈추었다. 그는 앞치마를 두르고 한 손에는 조각칼을 쥔 채로 일어섰다.

무슨 책이오?

하나는 수양 도서며 또 하나는 노래 가사집이라오.

원본을 가져오셨나요?

약계가 이루어지면 가져오리다.

몇부나 찍으렵니까?

각각 천부씩이오.

방각수가 고개를 끄덕이더니 다시 물었다.

종이는 그쪽에서 대시렵니까?

어떤 종이를 쓰는 게 좋겠소?

그야 보통은 백지, 창지를 쓰구요, 장지가 제일 좋지요. 족보나 가내 문집을 장지로 찍어 가는 경우가 많습니다.

서일수가 말했다.

그럼 종이는 우리 쪽에서 대리다. 헌데 이 집 주인이슈?

예, 제가 깁니다만. 헌데 원본을 가져오셔야 경비를 산정할 수가 있겠군요.

하더니 주인 방각수가 책 한권을 내밀어 보이는데 '고금소총(古今笑叢)'이라고 겉장에 찍혀 있었다.

이거 저희 집에서 찍었습죠. 이 정도의 책이라면 저희 품삯만 사십냥이 나오겠습니다. 두가지라니 도합 팔십냥입니다. 물론 오륜행실도처럼 그림이 들어간다면 공임도 더 올라가겠지요.

허어, 품삯이 만만치 않구려. 그림은 없겠으니 염려 마오.

활자판을 짜고 장마다 찍어내어 제책까지 하는 일이라 여간 번거롭지 않습니다.

그날로 두사람은 누렁다리 지전에 들러 종이를 사고 책의 원본과 함께 방각소에 갖다주고 약계를 했다. 서일수는 주인에게 약조금으로 사십냥을 내어주며 은근히 말했다.

이것은 우리 계원들끼리만 나누어 읽을 책이라 밖으로 돌아다니지 않게 단속을 좀 해주어야겠소. 이달 안으로 모두 끝내주면 팔십냥 외에 이십냥을 수고비로 더 쳐드리리다.

주인은 한양 사람이라 이내 알아들었다.

여부가 있겠습니까만……

몇장을 들춰본 그가 빙긋이 웃으면서 한마디 덧붙였다.

내용이 난삽하면 좀더 쓰셔야 할 겁니다.

그야 인쇄만 차질 없이 해준다면 어찌 인정전이 없겠소? 그리고 저와 이 사람이 번갈아 드나들 터인즉 괜찮겠지요?

그러문입쇼, 물주이신데 오셔서 좀 도와주시면 저희야 좋지요.

서일수는 전옥서에 박도희의 면회도 다니고 이신통은 전기수질도 했지만, 오전에는 명례방의 밥 부쳐 먹는 내외주점으로 가서 느지막이 아침을 얻어먹고는 곧장 방각소에서 책 찍는 일을 지켜보았다. 절이나 민간에서는 분량이 적은 책은 매 장을 일일이 나무판에 새로 새겨서 찍기도 하는데, 금속활자의 작업을 본받아 목각활자로 인판을 조립하여 찍는 것이 시간과 공력을 줄이는 일이 되었다. 목각의 높이와 같은 테두리를 친 사각형의 틀에 문장의 줄에 맞추어 칸막이 계선을 끼워놓고 수장인 주인이 책의 본문을 불러주면 수하 방각수가 활자를 찾아내어 벌여놓았다. 일수와 신통이 방문했을 때, 대개는 그들이 원문을 읽어주었다. 골라놓은 활자가 한장 분량이 되면 그것들을 틀에 맞추어 넣었다. 활자 배열이 끝나면 헐거운 곳은 대나무 조각을 끼워 움직이지 않게 하고는 나무망치로 가볍게 두드려서 수평이 되게 하고 다지개로 단단히 다졌다. 먹솔로 먹을 찍어 활자면에 골고루 칠하고, 말총에 밀랍을 묻혀 인쇄할 종이에 골고루 문질러준다. 초벌을 인쇄하고 본문과 대조하여 오자와 탈자를 바로잡고는 천장의 종이에 찍어내는 것이었다. 『천지도경』은 한문이었고 『천지인가』는 우리글 가사이고 길이도 짧아서 그냥 목판에 붓으로 써서 조각도로 양각을 새기도록 했다. 먼저 경을 찍어내는 동안에 가사의 목판을 새겨나갔다.

그 무렵에 이신통은 다시 구리개의 약방과 배오개의 연초전으로 번갈아 찾아가 이틀에 한번씩 소설책을 읽었고, 김만복의 충고에 따라 상순에는 종각 앞에서부터 홍인문 안 첫다리까지 오르내리다가 하순이 되면 장악원, 혜민서 등이 있는 태평방의 천변과 소설 책전이 많은 광통교 남측 등으로 옮겨다니며 읽었다. 그가 늘 같은 장소에 며칠마다 한번씩 나타나니 사람들이 짐작하여 전기수를 찾아 따라다니기도 했다. 청중들은 그가 뻔히 듣는 데서도 마음 놓고 신통이 방통이 하며 즐거워하는 거였다.

밤부터 비가 내리더니 날이 밝은 뒤에도 그치지 않고 줄기차게 내리던 어느날 서일수와 이신통은 내외주점에 아침을 먹으러 가지도 않고 방에서 빈둥거렸다. 출출하기도 하고 날이 궂으니 을씨년스러워서 이신통이 유삼(油衫)을 둘러쓰고 빗속을 뛰어 구리개 약전거리의 주막에 가서 술과 안줏거리를 시켜왔다. 그를 따라 중노미가 모판에 부침개와 자반구이에 술국을 얹어 가져왔고 이신통은 거위병 두개를 양손에 거머쥐고 돌아왔다. 서일수가 병을 받아 냄새를 맡아보고 소주임을 알고는 반가워했다. 첫 잔은 아랫사람이 먼저 따르고 권하면서 마시고, 둘째 잔은 윗사람이 응대하여 따라주고 마신 연후에, 서로 안주로 입과 속을 달래고 세번째의 잔을 나누면서 비로소 각자의 주량과 흥에 따라 연거푸 마시거나 몇차례에 나누어 마시거나 했다. 비는 계속해서 내렸고 가끔씩은 천둥과 번개도 지나갔다. 서일수는 그동안 꺼내지 않았던 자신의 이야기를 이신통에게 술술 풀어냈다.

내가 자네와 나이 차이도 많고 알게 된 지도 몇달에 불과하나, 이렇게 함께 자고 먹기를 혈육과 같이 하였으니 실로 인연이 기이하다 할 것이네. 이제는 서로의 성정도 알고 세상에 대한 생각도 충분히 알게 되었으니 내 더이상 무엇을 주저하겠는가. 내 선대가 원래 양반이었으나 조부 때에 괘서(掛書) 사건에 연루되어 집안이 적몰되고 나는 어찌 구사일생으로 살아남아 동승이 되어 덕산과 진천 일대의 산사에서 중으로 성장하였네. 내가 글을 배워 불경과 유학을 공부한 것은 속세로 치면 아버지나 다름없는 월명 큰스님의 가르침 덕분이었지.

내가 절에서도 온전히 숨어살 수 없었던 것은 임술 난리 이래로 봉기군이 되어 떠돌던 임효(林曉)라는 자 때문이었네. 그는 영남 사람으로 일찍이 현감의 토색에 반기를 들고 일어나 촌민들과 더불어 수령을 쳐죽이고 몇몇이 도망하여 화적처럼 떠돌았다네. 그리고 진주에서 민란이 일어나자 거기서도 대두가 되어 관아의 무기를 탈취하고 관군 여럿을 상해하고는 난이 진압된 뒤에 충청도로 흘러들어왔다네.

내가 진천 태령산의 보적사 암자에 있을 적이었는데 두 눈에 불꽃을 붙인 듯한 사십대의 사내가 불목하니를 자원하여 찾아왔다네. 암자의 지킴이에 지나지 않는 나와 수행승 두엇이 있는 작은 절에 양식도 없거늘 불목하니든 공양주든 무슨 필요가 있겠는가. 며칠을 드나들더니 야밤에 내 방으로 불문곡직하고 찾아와서는 자신의 쫓기는 처지를 발설하는 것이었네. 그러니 내 마음이 움직이지 않겠는가. 어찌 보면 나와도 신세가 비슷하여 그를 거두어주지 않을 수가 없었다네. 우리는 큰절에서 도움을 받기도 했지만 인근 고을로 나다니며 시주를 받아다 근근이 끼니를 잇곤 하였다네.

그가 천지도에 들었다는 것은 나중에 알았지만 거기서도 수년 전에 이미 위험한 짓을 자초하여, 그렇지 않아도 신도들은커녕 식구들조차 보살필 수 없던 신사(神師) 어른을 도피의 막바지까지 몰아넣고 말았다네. 그뒤로도 임효라는 자는 계속해서 자신과 뜻을 같이할 동지들을 모으러 하산하여 돌아다니다 오곤 했지. 그가 일년 반쯤 산사에 거처하는 동안에 아마 백여인쯤 모은 것 같았지. 박도희도 덕산 사는 유생으로 그때에 연이 닿았네. 사실 박인희 박도희 형제는 내가 잘 아는 사람들이었네. 내가 수덕사 큰스님 밑에서 수행하고 있을 적에 심부름으로 박씨댁에도 드나들었고 그 댁의 노모가 신실한 신도여서 철마다 재도 올리고 했거든.

임효라는 자는 자기 뒤에는 수십만의 도인이 있으며 일단 봉기하여 산간의 군현을 점령하고 나면 사방에서 백성들이 호응하여 올 것이고, 그러면 단번에 충청도 감영까지 떨어질 것이라며 큰소리를 쳤다네. 박씨 형제가 아직 젊었고 나라의 제도와 정치가 돌이킬 수 없을 정도로 부패하였음을 알아서 의기에 불타고 있던 무렵이라 그를 따라나섰던 모양일세. 박도희가 나를 만나러 진천의 보적사에 찾아왔다가 임씨를 만나고는 그만 넘어가고 말았던 게지.

임효는 덕산, 예산 일대에 나아가 사람을 모았고 충주, 보은에서도 사람을 모았다고 하는데 문경, 상주를 친다고 약조한 날짜와 시각에 새재의 집결지에 갔더니 백여인은커녕 겨우 오십여명이 모였다대. 그의 흰소리를 듣고 넌지시 관가에 발고한 자가 있었다네. 그런 엄청난 계획을 듣고 모두 입 다물고 결의를 굳게 지킬 거라고 믿은 게 우선 어리석은 노릇이지. 관군이 약속장소를 포위하고 있다가 일시에 병장기를 겨누며 이들을 덮쳤지. 그 아수라장에서 칠팔명이 빠져나왔다는데 박도희는 가파른 절벽을 굴러내려 개울에 처박혔다가 몇날 몇밤을 숨고 걷고 하면서 거의 초주검이 되어 진천 보적사로 나를 찾아왔지. 나는 직감으로 며칠 못 가서 임효의 행적을 더듬어 암자로 관군이 몰려들 것을 짐작하고 박 서방과 함께 봇짐을 꾸려 도망쳤네. 내가 아는 곳이라곤 절집밖에 없어서 공주 갑사로 가서 은신했고 박 서방은 형의 도움으로 예산 지척인 대흥현의 친척집에 가서 숨어 있었다지.

임가는 애초부터 내가 보기에도 성급하고 즉흥적이라 한번 마음먹은 제 생각에만 외곬으로 사로잡혀 있는 그런 사람이었네. 내가 천지도에 대하여 좋지 않은 견해를 갖게 된 것도 그가 내게 보여준 조급함 때문이었던 것 같어. 그러나 그 직심, 이놈의 세상 뒤엎고야 말리라! 하던 그 줄기찬 분노는 내가 지금도 가슴 서늘하게 잊지 못하고 있다네. 그는 참형을 받고 장대 끝에 그 모가지가 허공중 드높이 효수되었네. 나는 몇달 만에 절을 나와 강원도 산간을 떠돌다가 머리를 기르고 속세로 나와버렸지.

그게 벌써 십년이 넘었구먼. 그간에 어떻게 호구하였냐고? 허허, 이러한 난세에 밥술깨나 먹거나 양반붙이라도 되는 것들이 얼마나 허약한지 아는가. 제 할아비 애비의 묏자리를 명당에 잡겠다고 천금을 아끼지 않는단 말일세. 내가 겨울이 끝나고 아지랑이가 피기 시작하는 봄철이나 여름 폭염이 지나 선선한 바람 불고 단풍이 물들기 시작하는 환절기가 되면 죽장망혜에 삿갓 쓰고 산을 보아준다며 한바퀴 돈다네. 일년에 한 두어 자리씩 얻어걸리면 한해 농사가 되는 셈이었지. 겨울과 여름에는 한양이나 감영이 있는 도방 대처에서 보내고 마음이 동하면 떠돌기를 십여년 하면서 수많은 사람을 만나 사귀었다네.

이번에 한양에 올라온 것은 구사일생으로 죽음을 모면한 박도희 형제가 여전히 천지도를 숭신하고 있으며 계룡산의 정감록을 읽는 모임에 가서 도인을 끌어모으려던 것을 알게 되어서였지. 다행히 그가 자신을 드러내지는 않고 사나흘간을 참례만

했던 모양이더군. 그래서 그 형인 박인희가 전주에 내려가 있던 나를 수소문하여 왔기에 스스로 한양에 와서 기미를 살피고 어찌 되었든 그를 구명할 길을 찾으려 했던 것일세. 노자로 담뱃짐을 싣고 오긴 하였으나 내가 워낙에 재물을 티끌처럼 아는 터에 어찌 된 일인지 이리저리 돈 되는 일들이 잘 보이더군. 이번 과시가 열린 것도 앞뒤 아귀가 맞는 일이요, 자네를 만난 것도 참으로 기묘한 일일세. 내 이번에 천지도를 다시 보게 되었더니, 대신사(大神師)의 행적을 읽어본즉 이것이 그저 그러루한 술사의 생각이 아닌 걸세. 그리고 또 한가지는 그들 도인이 미미한 일로 잡혀 있는 와중에 이리저리 사람을 보내고, 경주인까지 정하여 산삼과 함께 책의 인쇄를 당부하는 것은 보통의 경륜이 아니고는 도모하지 못할 일이 아닌가.

그러나 직전까지만 해도 천지도에 대한 서일수의 생각은 이러했다.

그냥 세상을 뒤집어엎는다고 백성의 삶이 달라지지는 않을 것이다. 그리고 무엇보다도 중국을 보아라. 아편전쟁 이래로 서양 세력이 벼락 맞은 쇠고기가 땅에 떨어진 듯이 저희 마음대로 이리 찢어 먹고 저리 찢어 먹으며 노쇠한 청나라를 우롱하고 있잖은가. 조선으로서는 바로 얼굴 앞에까지 들이닥친 왜의 세력이 큰 우환이 될 것이다. 밑바닥 백성들뿐 아니라 조정의 권신 아래서 손발 노릇을 하는 하급 관리들과 뜻있는 양반들까지 합세하여 몇차례에 걸쳐서 변혁을 이루어야 할 것이다. 그러려면 세상의 열망이 차올라 터질 때까지 바닥부터 다지며 세월을 견디고 기다려야 한다.

어쨌거나 이신통과 서일수는 함께 차탄하기를, '천지개벽'이란 그야말로 얼마나 천지를 뒤흔드는 소리더냐! 했다.

책의 인쇄가 모두 완료된 것은 오월 하순경이었다. 서일수는 전옥서에 갇혀 있는 박도희를 면회하고 일의 경과를 알려주면서 책을 어찌할 것인지 논의했다. 우선 애오개의 경주인과 논의하되 『천지도경』과 『천지인가』 각각 이백부는 한양에 남겨두어 근기(近畿) 지방과 해서(海西) 지방에 전파하고, 나머지는 단양에 옮겨두었다가 각 지방의 도인 조직에 부쳐 퍼뜨리는 것이 가하다고 의논이 끝났다. 이신통과 서일수는 방각소에서 책들을 나를 적에 고리 부담에 나누어 몇차례를 왕복했다.

서일수는 이미 십여년을 겪은 세월이었건만, 이신통으로서는 이제 막 시골집을 떠나서 하늘이 놀라고 땅이 뒤흔들리는 세상을 만나게 되었으니 옛말에 갑자기 철든다는 소리가 실감이 나는 것 같았다.

유월 초닷새인가 무더운 날 저물녘에 서일수와 이신통은 여느 때처럼 내외주점에 저녁을 먹으러 갔다. 아침나절에 가면 수직 나갔던 군교와 별장 등이 문간방을 가득 채울 정도로 모여앉아 밥을 먹었지만, 저녁참에는 그들 두사람 외에는 손님이 별로 보이지 않거나 있다 해도 두셋이 조촐한 술상에 안주 한접시 놓고 앉아 있고는 했다. 그런데 그날따라 칠팔명의 군인이 작은 통영반 둘을 겹쳐놓고 둘러앉아 술을 마시고 있었다. 그들은 들어가 건성으로 평안들 하쇼? 인사를 건네면서 대문 좌우에 붙은 문간방의 왼편으로 올라섰다. 그러나 인사를 던졌는데도 아무런 대꾸가 없었다. 이신통이 뒤처져서 발이 늘어진 안마당 쪽을 기웃거리며 외쳤다.

이리 오너라.

곧 기척이 들리더니 늙수그레한 하녀가 고개를 내밀어 내다보고는 얼른 사라졌다. 그들이 잠시 앉아서 기다리는데 어느새 차린 밥상을 발 밖으로 내려놓고 다시 사라졌다. 신통이 밥상을 들여다 놓고 국을 한순갈 떠먹고 밥주발 뚜껑을 여는데, 서일수가 고개를 갸웃했다.

어째…… 저 사람들 초상이라두 났나? 찍짹 소리가 없네그려.

신통이 힐끗 건너다보니 정말 모두가 소리 없이 술만 벌컥대며 마시고 있는 꼴이 침통하기 짝이 없는 분위기였다. 밥을 다 먹고는 이신통이 다시 밥상을 들어다 안마당 한켠에 내려놓고는 이리 오너라, 한소리 해주고 건너편 문간방을 기웃하여 넘겨다보았다. 맨 안쪽 구석에 고개를 푹 숙이고 잔뜩 움츠린 채 벽에 기대어 자고 있는 듯한 군인은 다름 아닌 김만복이었다.

어라, 만복이 형님 오셨네.

이신통이 얼결에 큰 소리로 외치자 서일수도 다가와서 방 안을 넘겨다보았다. 김만복은 술에 곯아떨어졌는지 고개를 박은 채 꼼짝도 하지 않았다. 좌중의 군인들 중에 그들과 안면이 있던 자도 있어서 만복을 흔들어 깨우는 시늉을 했지만 그는 오히려 중심을 잃고 모로 쓰러져버렸다. 서일수가 걱정스럽게 말했다.

아니, 그 사람 참, 웬 술을 그리 많이 드셨는고?

군인들 중에 하나가 불쾌한 얼굴을 들어 두사람을 살피더니 한마디했다.

오늘 우리가 좋지 않은 일을 당하여 그러니 양해하시오.

아니, 예서 집도 먼데 아무래두 안되겠군. 우리가 데리구 가야겠소.

군인들이 서로 돌아보는데 별다른 의견은 없고 말을 건넨 자가 다시 대답을 한다.

평소에 잘 아는 분들 같으니 저희야 그래주시면 마음이 놓이지요.

두사람이 방 안으로 들어가 김만복을 좌우에서 부축하여 거의 떠메다시피 하여 나왔다. 두사람이 만복을 데리고 구리개 약전 뒷길까지 오는 동안 몇번이나 다리쉬임을 해가면서 숙소로 돌아왔다. 그를 방에 눕히니 사내자식이 오죽했으면 키득키득 하면서 울기 시작했다.

신통이 말이라도 걸어보려고 만복의 어깨에 손을 얹으려는데 서일수가 가만히 그의 소매를 잡으며 한마디했다.

그냥 놔두지.

에이 드런 놈들……

몇번이나 같은 말을 중얼거리며 뒤치락대던 만복이 잠시 후에 코를 골며 잠에 빠져들자 서일수는 그에게 다가앉아 목침을 머리 아래 괴어주고는 물러났다.

신통이 얼핏 눈을 뜨니 날이 샜는지 만복은 일어나 앉아서 밝아진 창문을 바라보고 있었다. 신통이 일어나 앉자 옆에 누웠던 서일수도 슬그머니 일어났다. 만복이 고개를 돌리며 서일수에게 말했다.

내가 간밤에 주접을 떤 모양이군.

무슨 술을 그리 험하게 마셨나?

조정이 기둥뿌리까지 썩었으니 아예 허물어버리든가 할 작정이우.

김만복은 어제 있었던 일을 찬찬히 꺼내놓기 시작했다.

하도감에 나갔더니 전라도 조운선이 들어와 미곡이 입고되었다면서 급료가 나온다구 하더라구. 잘 알다시피 오영(五營)이 폐지된 이후에 무위영 장어영은 지금까지 일년하고도 한달이 넘도록 쌀 한톨, 베 한장 받지 못하였소. 새 병조판서가 들어선 이래 양반 자제나 친인척들로 별기군을 창설하여 신식 군대를 만든다며 우리는 의붓자식 취급을 했지. 일본에서 무라다 소총을 이만정이나 구입하고 저들은 새 군복에 일본 교관이 사격과 제식 교련을 시키면서 우리에게는 급료도 안 주고 성벽 보수다 고관들의 행차 수행이다 성 안팎 초소의 야간 수직 같은 고된 임무만 주는 거요. 그에 비하면 별기군 놈들은 작년부터 저희끼리 몰려다니며 주막이나 시정에서 만나게 된다 치면 우리를 오합지졸이니, 대원위 대감의 발가락 때니, 드러내놓고 멸시하는 거요. 그래서 우리도 그놈들이 조선 군사가 아니라 왜별기(倭別技)라고 돌아서서 침 뱉는 시늉도 하다가 싸움박질이 벌어져 영창에 갇히기도 하는 형편이었지.

아무튼 그렇기로 지금은 모든 제도가 바뀌고 있는 중이니 우리 차례도 오고 대우도 나아지겠거니 하며 참고 있었소. 형님 아우님이 보았던 것처럼 우리가 오죽하면 시정에 나와 장사 농간도 부리고 과시에 나가 접군 일도 하며 왈짜배처럼 살아가겠수? 나야 시정에서 자라나 눈치도 있고 기력도 남아 있어서 이럭저럭 처자식 굶기지 않고 근근이 살아오는 바이지만, 다른 별장, 포수, 사수, 하사관들은 왕십리에서 별의별 짓을 다하며 살아간다오. 소, 닭, 개도 잡아다 내고, 미나리 배추 푸성귀 농사에, 인분도 퍼나르고, 원산 철원 거쳐 오는 다락원에 나아가 북어를 떼어다 행상질까지 하오. 그것도 재주가 남다른 자나 할 수 있는 것이지 일반 병졸들은 제 입에 겨우 풀칠하기도 어려워 다리 밑 빈민들이나 매한가지라오.

나도 병영에서 나와 동료 별장들과 병졸들 인솔하여 숭례문 쪽으로 나갔지. 벌써 하명이 떨어지기도 전에 기별을 알아차린 군교 병졸들이 무리를 지어 선혜청 앞마당에 모여 있었는데 배급이 시작되어 장교와 별장들이 나서서 장사진을 만들어 질서 있게 받도록 했지요. 헌데 앞줄에서 먼저 급료 배급을 받은 병사들이 몰려서서 떠드는 소리가 들리기 시작했소. 내가 몰려선 이들을 헤치고 들어가본즉 낯익은 별장 하나가 제 배낭의 급료미를 들추다가 한줌 쥐어서 날려보더란 말요. 그러고는 대번에 뒤집어서 땅바닥에 줄줄 쏟아 보이는 게요. 살펴보니 쌀은 절반이요 모래와 쌀겨가 푸실푸실 날리더란 말이지. 이것을 사람 먹으라고 주는 거냐? 일년이 넘도록 곡식 한톨 주지 않다가 식구들의 굶주림을 애걸하였더니 겨우 한달 급료를 이제 주면서 그것을 또한 도적질하였으니 이런 군대가 있느냐? 위로는 영장과 병조판서 선혜청 당상부터 모조리 쳐죽여야 될 놈들이다, 제각기 떠들기 시작했고 나도 참을 수 없는 분노가 터져올라옵디다. 여기저기서 자기의 급료미도 확인하여보고 쏟아버리기도 하면서 배급하는 도봉소(都捧所) 앞으로 몰려가 우선 선혜청 서리들을 두들겨패고 책임자로 나와 있던 선혜청 당상과 병조판서 겸직인 민겸호의 청지기와 그 수하 하인들을 거의 죽도록 때려주었소.

창고의 안쪽으로 들어가니 상등미가 산더미처럼 쌓여 있는 걸 보고 우리는 병사들에게 그것을 알아서 나누어갖도록 했소. 이때에 급보가 갔던지 포도청 아이들이 창칼에 총포를 겨누고 선혜청 도봉소를 포위합디다. 우리는 번이 끝나 퇴청한 처지라 무기는커녕 군복조차 벗어버린 이가 태반이라 무력하게 보고만 있는데, 포도종사관이 지휘하는 군사들이 군중 속으로 들어와서는 주동자가 누구냐고 외치니 피투성이의 민씨네 청지기와 하인들이 별장이며 포수 몇몇을 지목했소. 종사관이 모두들 흩어지지 않으면 모조리 포박하겠다고 을러대어서 비칠거리며 물러날밖에. 더구나 저녁이 되자 우리의 지휘관인 김춘영(金春永) 영장을 체포해갔다는 소식이 나돌았지요. 나도 지목을 받지는 않았지만 잡혀간 동무들과 똑같은 처지요 입장이고 보니, 그들이 오라에 묶여 잡혀가는 꼴을 지켜보고 나서 어찌나 창피하고 분했던지 집에 돌아가지도 못하고 그만 폭음을 하고 말았소이다.

서일수가 침통하게 만복의 이야기를 듣고 앉았다가 말을 꺼냈다.

나도 한양에 와서 들은 얘기가 많았고 새로운 사실도 알게 되었구먼. 이미 수년 전에 강화도조약으로 일본에 부산, 원산, 인천의 항구를 열어주고, 그들 돈을 마음대로 통용시켜주고, 배와 화물의 관세를 면제해주기로 하였다더군.

지금 임금 십삼년이었으니 이미 육년 전 얘기올시다. 대원위대감이 물러나고 민씨 집안의 외척 세도정치가 시작된 뒤부터였지요.

그러니 바깥 사정을 보아가며 대문도 열어놓아야 할 텐데 집안은 개판 쳐놓은 채로 열어놓았으니 온갖 깍쟁이 무뢰배가 기웃거릴 것은 당연한 노릇이지.

그게 모두 일본이 서양 것들에게 당했던 그대로를 우리에게 덤터기 씌운 게랍니다. 다섯 영을 부활시키고 별기군을 폐지할 것과 왜적은 물론 서양 제국과의 수호조약을 폐기할 것을 좌의정 등이 상소를 올렸지만, 척사척왜(斥邪斥倭)를 주장하던 선비들까지 하옥시켰지요. 지난봄부터 석달 동안에 조정은 미국, 영국, 독일과 차례로 수호조약을 체결하였답니다.

그래, 이제부터 어쩔 작정인가?

서일수가 물으니 김만복이 저고리 위에 군복 더그레를 걸치고 전립을 쓰면서 대답했다.

시정에 나가 새로운 소식을 들어보고 영의 군교들과도 의논할 작정이우.

같이 나가세. 요기라도 해야지.

세사람은 집을 나와 밥 대어 먹던 내외주점으로 가지 않고 청계천을 건너 종루 쪽으로 올라갔다. 배오개 뒤편 피맛골에 들어서니 언뜻 보기에도 대번에 알아볼 정도로 군복 무릎치기 상의나 흑립 쓰고 덧저고리 걸친 가뿐한 차림의 상민들이 많았는데 그들은 대개가 군인들로 보였다. 그들이 국밥집으로 들어가 앉으려는데 저쪽에서 장정 두엇이 만복을 알아보고 얼른 상머리로 다가왔다. 그들은 날카로운 시선으로 서일수와 이신통을 훑어보았고 김만복이 먼저 한마디 던졌다.

염려 놓게, 내 동무들이니……

하나는 만복처럼 군복 차림이고 다른 하나는 덧저고리에 패랭이 쓴 장사치 복색이었다. 그들은 상머리에 둘러앉더니 차례로 말했다.

좌포청이 지척이라 포교 아이들에게 알아보았더니 이제 국문이 시작되는 모양일세.

영장 어른이 체포되었다면서?

만복의 물음에 패랭이가 말했다.

병판 대감이 직접 영을 내렸다네. 군문에 작변한 자는 역적이니 모두 잡아 본보기로 사형시키라고 했다네. 영장 어른 말고도 우리 군영의 별장 포수가 셋에다 병졸이 둘일세. 병졸은 이미 초주검이 되었다는데……

배오개 피맛골에서 좌포청까지는 가운데 동별영을 끼고 그야말로 한 골목 사이라, 군교들이 각자의 안면을 통하여 포도청 군교들에게서 국문의 진행과정을 옆에서 듣는 것처럼 알 수가 있었던 것이다. 아주 높은 사람을 빼고 일반 군교들은 어제 선혜청의 소란에 대하여 자세히 알고 있어서 누가 나쁜 놈들인지 판단을 내린 뒤였다. 그래서 포도청 형리들도 태형의 영이 떨어지면 알아서 슬슬 때리고 급소를 피해준다는 소문이었다.

자아, 이제부터 각자 소임을 나누세. 왕십리와 이태원에 통문을 돌려 영군들을 모으는 한편, 위로 당상에 직소하고 안되면 무기를 들고 일어나 파옥을 할 수밖에 더 있겠나?

아침을 먹고 나서 서일수, 이신통과 김만복은 피맛골 골목으로 나왔다. 서일수가 만복에게 말했다.

자아, 아우님은 이제 집 동네로 가봐야겠군.

뭐 아직 도성 안에서 볼일이 좀 있소. 다들 동네로 모이려면 저녁이 되어야 할 테니까.

내일 오후에 우리는 배오개 연초전에 있을 걸세.

그날 김만복은 왕십리의 집으로 돌아갔다. 그의 아내가 두 아이와 함께 동네 어귀까지 나와 기다리고 있었다. 배추밭 고랑과 군데군데 농막이 서 있는 벌판에 바람막이 겸하여 수양버들과 큰 회나무가 있는 데서 동네가 시작되고 있었다. 집들은 거의가 낮은 초가지붕에 토담이나 싸리 울바자를 두른 두세칸짜리 작은 집이었고 골목이 구불거리며 사방으로 뻗어나가 외부 사람들은 이곳에 들어오면 동서남북을 모를 정도라고 했다. 푸성귀와 배추며 무를 농사지어 도성 안에 팔아서 생계를 잇는 군인 가족이 많이 살았다. 땅거미 질 무렵의 벌판 위로는 해 진 뒤의 컴컴한 하늘과 남은 노을이 비껴 있고 회나무 아래는 아낙네들이 아이를 업거나 손목 잡고 서서 문안에서 돌아올 남편들을 기다리고 있었다. 그들 중에는 아직도 도성 안에서 돌아오지 않은 병사도 많았고, 일년 만에 급료가 나온다고 기다렸건만 모래와 쭉정이 겨가 반나마 섞인 쌀을 배낭 자루에 지고 돌아온 남편은 풀이 죽어 출청도 않고 방구석에 처박혀 있기도 했다. 동네에는 상부의 영에 거역하는 자는 군율로 엄히 다스릴 것이며 체포된 자들은 사형에 처해질 거라는 소문이 파다했다.

여보, 얼마나 걱정했는지……

만복의 아내가 딸은 걸리고 아들은 업고 동구 앞까지 나와서 서성거리다 남편의 귀가를 반기며 소매를 부여잡는다. 그래도 별장들 중에 만복은 식구들 먹여 살리는 일에는 재간이 남다른 것으로 알려졌고 그와 한양 도성에 근무 나가서 요령을 배운 별장 군졸도 여럿이라 모두들 그를 따르는 터였다. 어느 아낙이 조심스럽게 만복에게 물었다.

우리집 주인 못 보셨나요?

아, 박 포수? 어제 저녁참에 술 한잔했던 거 같은데. 아직 운종가 곳곳에 많이 퍼져 있습디다.

어째 뒤숭숭한데 곧장 들어오잖구 그러구들 있대요?

분이 안 풀려 그런 모양이우.

만복은 집에 들어가 아내가 차려주는 저녁을 아이들과 함께 먹고는 얼른 집을 나섰다. 하급 군교나 별장, 포수 등 하사관들이 집에 돌아오자 누가 모으지 않았어도 자연스럽게 동계(洞契)의 사랑에 모여들었다. 우선 앞마당이 넓어서 김장배추 수확 철에는 문안에서 나온 장사치들이 떼로 몰려와서 거래하는 곳이었고, 동계의 사랑은 오십여명이 들어가 앉을 만한 큰방과 대청마루가 있었으며 부엌이 딸린 작은방도 두칸이나 있었다. 김만복이 들어서자 몇몇 군교 하사관들이 반색을 했다. 만복의 오랜 동료인 별장 김장석이 종이쪽지를 앞에 놓고 다른 별장, 포수 등이 둘러앉았다.

이게 좌포청에 갇혀 있는 사람들일세.

만복이 넘겨다보니 영장 김춘영과 별장 유춘길, 별장 정의준, 포수 강명진, 그리고 병졸 이일석, 장판술 등의 계급 성명이 적혀 있었다. 김만복이 그들의 이름을 소리 내어 읽고는 말했다.

이 사람들이 고초를 겪는 것은 물론 처형되도록 내버려둔다면 우리는 조선의 무관이 아닐세. 이번 사태는 민씨 측 친위대인 왜별기에게만 대우를 해주고 구식 군대라 하여 무위영, 장어영의 군병에게는 일년이 넘도록 급료조차 주지 않은 선혜청 당상 병조판서 민겸호에 그 책임이 있으며, 그와 함께 우리의 급료를 착복해온 전 호조판서 현 경기도 관찰사인 김보현에게도 책임을 물어야 하네. 이들 모두가 민비의 외척세력으로 국정을 농단하고 있다네.

마당에서 술렁이는 소리가 들리더니 누군가 방 안 가득 앉아 있는 군병들 사이로 성큼성큼 뛰어들어왔다.

모두들 돌아보니 그는 별장 유춘길의 아우인 사수 유영길이었다.

내일 당장 포도청을 들이치고 모두 구원해내야지 무슨 논의가 이리 구구하단 말요?

그는 어디서 홧술이라도 먹었는지 눈자위가 불콰했고 목소리도 보통때보다 훨씬 격앙되어 있었다. 모두들 면목이 없어 고개를 숙이고 잠잠히 앉았는데 김만복이 나섰다.

암, 들이쳐야지! 그러나 대를 나누어 일시에 여러곳을 쳐야 하네. 그리고 대의명분을 얻으려면 지휘계통을 밟아 직소도 올려야 하네. 문안에서 의논하기를 이태원과 왕십리에서 동시에 통문을 돌리기로 하였네.

논의하기를, 사건이 일어난 과정과 영장 이하 군인 다섯명이 체포되어 억울한 국문을 받고 있는 사정을 밝히고, 이번 일의 책임은 오히려 선혜청과 병조에 있다는 것을 알리면서, 명일 오전에 운종가의 좌포청 앞으로 모일 것과 무위영, 장어영의 군병들은 끝까지 행동을 함께할 것을 다짐한다는 내용의 통문을 쓰기로 했다. 별장 김만복이 장지에 위의 내용을 쓰고 김만복, 김장석, 유영길을 위시한 그 자리의 장병들이 모두 제 이름을 올렸고, 군사 두사람이 통문을 들고 집집마다 다니며 모든 이에게 알리고 이름을 받아적도록 했다.

이튿날 오전 사시 무렵에 파자교 근방의 동별영 앞과 좌포청이 있는 철물교 근방에는 쾌자나 무릎치기를 걸치고 전립 쓴 군인들이 인근 사방을 온통 메울 정도로 모여들었다. 당시에는 수백여명이었지만 정오가 되면서 파자교 철물교 일대는 물론 배오개 근방에 모여든 군인들까지 합치면 천오백여명이 되는 듯했다. 이들의 앞에 몇사람의 장교와 하사관들은 대표로 관문 앞에 무릎을 꿇고 있었지만 뒷전에서는 어깨가 벌어지고 힘깨나 쓸 것 같은 장정들이 두 주먹을 불끈 쥐고 줄지어 서 있었다. 포청 군사들도 서로 넘나들이로 직임이 갈리기도 하고 훈련이며 진법도 함께 받던 동료들이라 오히려 안의 동정을 알려주는 판이었다.

서일수와 이신통은 그 시각에 배오개의 연초전에 있다가 찾아온 김만복과 만나게 되었다. 세사람은 피맛골 선술집으로 자리를 옮겨 요기 겸하여 탁주를 들면서 이야기를 나누는데, 만복이 어제 돌렸던 통문을 보여주고 나서 분통을 터뜨렸다.

이런 처 죽일 놈들! 이최응이가 별파진을 동원하여 우리를 진압하라고 했다오.

이최응은 민비가 왕의 섭정이었던 시아버지 대원군 이하응을 견제하기 위하여 영의정까지 시켰던 무능한 사람이었다. 아우인 대원군은 원래부터 허우대만 멀끔한 자신의 형을 소신이 없는 나약한 이로 알고 있다가 근년에 민씨 외척세력의 앞잡이가 된 것에 분개하고 있었다. 서일수는 고개를 끄덕이더니 빙긋이 웃으며 한마디해주었다.

기왕 뒤집어엎을 바에는 아예 조정의 정국을 바꿔버려야지. 조정 안에 자네들 편을 들어줄 사람을 잡을 수는 없는가?

김만복이 눈을 빛내더니 고개를 끄덕였다.

대원위 대감은 운현궁에서 은인자중하고 있지만……

그렇지, 아마 지금쯤 사람을 풀어 수소문하면서 자네들을 기다리구 있지 않을까?

서일수의 확신에 찬 말을 듣고 김만복이 하급 군인답게 어딘가 불안한 얼굴로 되물었다.

설마 그이가 우릴 만나주겠소?

지금 불만 댕기면 화약통이 터질 판이고, 패는 일삼오 가보일

세. 덥석 손을 내밀 게야. 이따가 날이 저물고 어두워지면 그때에 가보게나. 통문 앞자리에 기명한 사람들이 주동인 셈이라 함께 가야 할 걸세.

저녁녘에 김만복은 군병의 중심이 될 만한 별장과 포수, 사수 등 하급 군교들을 만나 내일 다시 철물교 앞에 모이기로 하고는 약속대로 서일수와 구속된 유춘길의 아우 유영길을 데리고 운현궁으로 갔다. 궁궐처럼 높다란 대문 양쪽으로 줄행랑이 잇달았는데 날이 저물어서인지 수직하는 자도 없이 문은 굳게 닫혀 있었다. 서일수가 서슴지 않고 이리 오너라, 외치니 하인이 득달같이 달려와 문을 조금 열고 내다보았다.

무슨 일이오?

대원위 대감을 뵈러 온 사람들이오.

다른 정승의 집 같으면 약조도 없이 찾아간 이들에게 하인조차 냉소를 날릴 법도 하건만 다시 물었다.

무엇하는 분들이슈?

우리는 군영의 군교들인데 대원위 대감께 아뢸 말씀이 있어 왔소.

하인은 잠깐 기다려보라며 안으로 들어갔다가 그들을 허수청으로 안내했다. 청지기가 그들의 접견 목적을 자세히 따져물었고, 김만복은 작금의 선혜청 소란 사건에 대하여 말하고는 통문을 꺼내어 그에게 내보였다.

우리는 거사를 하기 전에 대원위 대감께 하소코자 합니다.

한번 아뢰어는 보겠소.

그가 한참 뒤에 나타나 안으로 들이라는 분부가 있어 세사람은 대원군의 사랑채인 노안당(老安堂)에 올라갔다. 청지기가 사랑방 문을 열면서 마루에 올라섰던 그들에게 속삭이는 목소리로 얼른 말했다.

안으로 들어가 알현하시오.

그들은 방문 안으로 들어섰고 아랫목 보료 위에 장침에 기대어 앉은 노인이 보였다. 세사람은 일제히 부복했고 대감이 말했다.

고개를 들고 편히들 앉게. 누가 구속된 자의 식구인가?

사수 영길이 허리를 폈다가 얼른 다시 상체를 숙이며 대답했다.

소인입니다, 대감.

허허, 급료를 달라고 항의하였다고 잡아 가두는 것은 인사불성(人事不省)의 짓이다. 시시비비는 군율에 맞게 가릴 것이지만 억울한 사람은 곧 풀어줘야 한다. 내가 저들에게 알아듣도록 타일러서 우선 밀린 급료를 지불토록 할 터인즉 부정을 저지른 관리가 있다면 국법으로 다스려야 할 것이다.

그러고는 대원군이 다시 묻는다.

통문의 책임을 진 사람은 누군가?

예, 저는 별장 김만복입니다.

날이 밝는 대로 선처를 내릴 것이니 자네들은 돌아가서 군사들에게 알리고 곧 해산하도록 하라.

대감은 그렇게 말하고는 두루마기에 갓을 쓴 민간복 차림의 서일수에게 시선이 머물더니 잠깐 바라보다가 물었다.

자네도 군교인가?

서일수는 미리 약속한 바가 있어 당황하지 않고 대답했다.

아니올시다. 저는 이 사람 김만복의 언니 되는 사람으로 저희가 겪은 사연이 너무도 안타까워서 대감께 알현하고 한 말씀 올리고자 감히 따라왔습니다.

대원군은 그의 말을 기다린다는 듯이 무표정한 얼굴로 서일수를 바라보았다.

지금 전 조선의 식자들이 척사척왜를 주장하며 나라의 장래를 걱정하고 있습니다. 어찌 이러한 정국을 그대로 보고만 계시렵니까?

대원군은 그의 말이 떨어지자마자 호통을 쳤다.

네 이놈, 위로 주상 전하께서 계시고 조정에 삼정승 육판서 이하 현량한 신하들이 나라를 위하여 노심초사하고 있거늘, 네깟 놈이 무슨 경륜으로 정국 운운하는가? 네가 지금 역적질을 하려느냐?

황공하옵니다.

서일수와 나머지 두사람도 부복하고 있더니 대감은 다시 잔잔하고 부드러운 목소리로 돌아갔다.

내 너희들의 충정을 모두 알았으니 돌아가 처결을 기다리라.

세사람이 약간의 진땀을 빼고 노안당을 나오는데 배석했던 청지기가 뒤따라오더니 그들에게 말했다.

잠깐, 대감마님께서 약주라도 대접해드리라 하셨으니 이리 오시오.

그는 세사람을 아랫사랑으로 안내했는데 방문을 여니 군복 차림의 무관 한사람이 앉아 있다가 그들을 맞았다. 서로 이름을 대며 수인사를 나누는데 무관이 말했다.

허민(許旻)이라 하오. 대전(大殿) 별감이었으나 지금은 운현궁의 호종무사로 지내고 있소.

다담상이 들어오고 서일수, 김만복, 유영길 등은 호종무사 허민과 더불어 한잔 마시면서 친숙해지고 다음날 어떻게 행동할 것인가에 대하여 의논했다. 허민 또한 훈련도감의 군교 출신이라 신분도 서로간에 얼추 비슷한데다 무엇보다도 그들의 거사에 의기투합하고 있었다. 그가 왕궁의 지리와 요소를 자세히 알고 있어 대원군이 어떤 생각으로 그를 난군의 주동자들과 만나게 했는지 짐작할 수 있었다.

유월 아흐레 아침이 밝았다. 별장 김장석과 사수 유영길은 구속 군병의 혈속임을 내세우고 여전히 파자교 앞에 모여든 군인들 중에 군교급으로 이십여명을 모아 무위영의 무위대장이던 이경하(李景夏)의 집으로 몰려갔다. 우선 지휘 계통을 밟아 직소하는 명분을 쌓기 위함이었다. 이경하는 대표자만 들어오라고 하여 김장석, 유영길이 들어가니 관아에서 죄인 다루듯 마당에 꿇려놓고 당상에 앉아 부장과 더불어 그들을 만났다.

너희들의 억울함을 모르는 바는 아니나, 원래 군료의 관할권은 선혜청에 있다. 내가 당상이신 병판 대감께 선처해주시라는 편지를 써줄 것이니 그쪽에 가서 직소해보아라.

그럴 줄을 모르던 바는 아니었으나 직속상관인 이경하의 비겁한 책임회피에 동행했던 군교들은 더욱 분노했다. 그들은 파자교 앞으로 돌아와 민겸호의 집으로 가자고 외쳤고 군병들 수백여명이 수진방의 민겸호네 집으로 몰려갔다. 하인들이 대문을 굳게 닫아걸고 행랑채며 사랑채의 지붕에 올라가 기와를 뜯어 부수어 그 조각들을 팔매질하니 몇몇 군병이 머리에 맞아 피를 흘렸다. 군병들은 선혜청에서 그들에게 부정한 쌀을 배급하던 자들의 얼굴을 알아보자, 대문을 부수고 들어가자고 외쳤다. 어느 집 기둥인지 뽑아온 통나무를 여럿이 옆구리에 끼고 대문을 몇차례 들이박으니 빗장이 우지끈 부러져나가며 활짝 열렸다. 이때 민겸호는 미리 소문을 듣고 집안 식구들을 친척집으로 피난시켜두었고 자신은 창덕궁에 입궐해 있었다고 한다. 지붕에 올랐던 자들 중에 동작이 잽싼 자들은 뒷담을 넘어 달아나고 일부는 잡혀서 군중에게 살해당했다. 군병들은 일단 일을 저지르자 더욱 분기가 하늘을 찌르는 듯했다.

굶어 죽든 처형당하든 매한가지다. 마땅히 죽일 놈들을 죽여서 우리의 원한을 풀어야겠다.

아직 그들의 손에 창칼이나 총포 같은 무기가 있을 리 없었다. 대부분 맨손이었고 근처 민가에서 아무렇게나 집어온 몽둥이나 낫, 식칼 등을 가진 자들이 몇몇 있었을 뿐이다. 군병들은 병조판서의 집 안 곳곳을 뒤져 그가 모은 재물을 마당에 쌓았다.

누구든 돈 한푼, 물건 하나 가져가는 자는 죽인다!

하고는 무더기로 쌓아올린 재물에 기름을 끼얹고 불을 질렀다. 목격한 자들에 의하면 비단, 주옥, 패물, 농 등 호화로운 가장집물이 타오르는 불꽃에서는 오색이 영롱했고 인삼, 녹용, 사향이 타면서 풍기는 향기는 수리 밖에서도 맡을 수 있었다고 한다.

한편 허민, 김만복 등은 군병의 한 무리가 민겸호의 집을 들이칠 때에 노리고 있던 동별영 안으로 쳐들어갔다. 이미 운종가 일대는 군병들뿐만 아니라 행상 여리꾼이며 평소에 불만이 많던 성 내외의 가난한 백성들도 합세하여 누구도 그들을 제압할 병력이 없었다. 운현궁의 호종무사 허민은 군복을 입었지만 대원군 이하응의 낙백 시절부터 잘 알던 시정 왈짜패들의 틈에 끼여 있었다. 군중은 동별영의 무기고에서 창과 환도와 쇠도리깨며 화승총과 양총까지 찾아내어 무장했다.

좌포청과 의금부 전옥서를 쳐라!

모든 죄수를 석방시켜라!

동별영에서 무기를 갖추어 바로 지척에 있는 철물교를 향하여 내달으니 포도청 관문을 지키고 섰던 포졸들은 달아나고 안에서 수직하고 있던 포교들은 순순히 무기를 내던지고 난군이 시키는 대로 옥문을 열었다. 영장 김춘영, 별장 유춘길, 정의준 등 다섯사람을 구출했고 옥문을 열어 모든 죄수를 풀어주었다. 난군 중에는 옥에 갇혔던 죄수들의 가족도 많이 끼여 있었다. 서일수, 이신통도 그들 민간인 사이에 끼여 있었고 만일을 위하여 환도 한자루씩 쥐고 있었다. 영장 김춘영은 옥에서 나오자 포도청 군관의 복장을 벗겨 전립과 전복을 걸치고 양총을 손에 쥐었다. 그는 김만복에게 명했다.

하도감을 치러 가자!

먼저 의금부와 전옥서를 깨야 합니다.

하도감은 별기군 병영이 있는 곳이었고 전옥서는 그들의 편이 되어줄 척사파를 비롯한 선비들이 갇힌 곳이었다. 그들은 길 건너 서린방으로 몰려가 의금부를 점령했고 연이어 전옥서를 활짝 열어젖혔다. 여기서도 모든 죄수가 풀려났다. 서일수와 이신통은 박도희를 옥에서 꺼내어 난군들 틈에 섞였다. 서일수가 두사람에게 말했다.

자네들은 우선 구리개 집으로 가 있게. 나는 만복이 옆에서 사태를 좀더 지켜볼 터이니.

어둡기 전에는 돌아오셔야 하우.

이신통이 걱정스럽게 말하고는 박도희를 데리고 인파 속으로 사라졌다. 영장 김춘영이 옥에서 나오자마자 하도감을 치러 가자고 했으니, 그곳은 원래부터 그들 자신의 부대가 있는 곳이었지만 눈엣가시 같았던 신식 군대 별기군의 막사가 있었다. 군병들 대부분은 자신들의 처우가 달라지고 오영이 통폐합된 원인이 왜별기에 있다고 여겼던 것이다. 운현궁 호종무사 허민은 일단의 시정배들과 함께 별장 김장석 등과 돈의문 밖의 경기 감영으로 향했는데 그곳에 일본 영사관이 있었기 때문이었다. 하도감과 경기 감영은 종루에서 보자면 양쪽 다 비슷한 거리여서 어느 쪽이든 깨뜨리고 나서 한곳으로 합세하기로 했다.

영장 김춘영과 별장 김만복이 이끄는 무장병력은 종루에서 배오개를 지나 청계천 마전교를 건너 하도감 쪽으로 육박했다. 하도감 관문이 보이는 곳에서 일단 행군을 멈춘 군병들은 대문이 굳게 닫혀 있고 인기척이 보이지 않자 긴장하게 되었다. 뭔가 낌새가 좋지 않았던 것이다. 오백여명의 군병들 중에 화승총과 양총을 가진 자는 이백여명쯤 되었고 나머지는 거의가 장창과 환도로 무장했다. 양총은 무라다 소총에 길고 뾰족한 총창을 꽂은 것들이었다. 김만복이 그중 장창과 환도로 무장한 자들 십여명을 이끌고 먼저 정찰하러 관문 쪽으로 달려가는데 누군가 개천 쪽에서 외치는 소리가 들렸다. 그는 군병들을 향하여 팔을 휘저었고 언뜻 살피니 일대의 다리 밑에 사는 깍정이들이었다.

담 뒤에 포수들이 숨어 있소!

아니나 다를까, 총성이 울리면서 탄환이 빗발치듯 날아왔고 두엇이 맞아 쓰러졌다. 그들은 개천 아래로 뛰어내려가 몸을 숨겼다. 김만복이 위로 다시 기어올라가 하도감 관문 쪽을 살피니 담 너머에서 흑립을 쓴 군사의 머리가 올라왔다 내려가는 것이 보였다. 영장이 거느린 본대의 군병들도 그들을 따라 개천 아래로 내려왔다. 오간수교에서 마전교에 이르는 일대의 깍정이 꼭지딴이 영장에게 고개 숙여 인사를 하고는 꾀를 알려준다.

저희가 인근에서 사다리를 가져오겠습니다. 담을 넘어 들어가기만 하면 일시에 무너질 거외다.

마침 날이 어두워지기 시작했고 밤이 되면 이쪽에 더욱 유리해질 것이었다. 사다리 두틀을 가져왔는데 모두가 지붕 잇는 데 쓰일 만한 팔구척의 맞춤한 것들이었다. 양총을 가진 병사들을 뽑아 대를 나누어 한편은 관문 오른쪽 담 모퉁이를 돌아 적당한 곳에 대어놓고 오르기로 하고, 다른 한쪽은 왼편 담이 꺾어진 곳으로 돌아나아가게 했다. 모두들 담 안의 어느 방향에 무엇이 있고 어느 쪽이 유리하겠는지 제 손바닥처럼 알던 군병들은 알아서 사다리를 들고 뛰어가 각각 유리한 지점에 걸치고 올랐다. 기와를 올린 관가의 담이라고 해봤자 한길이 좀 넘는 편이라 일단 오르면 가뿐하게 뛰어내릴 수 있었다. 오른쪽으로는 작청과 행랑이 시작되는 부근이었고 왼쪽은 바로 창고의 지붕 위였다. 그들이 보니 관문 양쪽의 담에 널판자와 통나무 등을 걸쳐놓고 포수들이 총을 바깥으로 겨누고 있었다. 오른쪽에서는 관문을 향하여 나아가면서 총을 놓았고, 왼편의 지붕 위에 엎드린 군병들도 일제히 사격하니 관문을 지키던 병력이 이리저리 맞고는 떨어져버린다. 나머지는 제각기 담에서 주르르 미끄러져 내려와 총을 던지고 땅바닥에 엎드리거나 두 손을 들었다. 관문이 열리자 수백명의 병력이 와아,하는 함성을 지르며 하도감 뜰로 돌입했고, 그들은 누가 지휘할 것도 없이 각개약진하여 작청을 지나 군영 안으로 쏟아져들어갔다.

이때 일본군 교관 호리모또는 통역 타께다와 교관 보조 순사 몇사람과 함께 별기군 막사 앞에서 달구지와 짚더미 등속으로 엄폐물을 만들어 기다렸고, 조선인 별기군들도 열을 지어 사격 자세로 기다렸다. 무위영 군병들은 일본인에 대한 적개심이 특히 강했는데, 원래 자기네 집이나 한가지이던 하도감을 갑자기 나타난 왜인이 접수하고 별기군을 조련한다며 툭하면 귀빈이 참관하러 오니 외곽 경비나 하라든가 부대의 대청소나 시키던 탓이었다. 민씨 혈족들이 병조와 별기군의 당상을 모두 맡았으니 별기군에 들지 못한 모든 군교는 이미 군대가 아니었다. 호리모또는 대신들 앞에서 제식훈련을 보여주기 전에 칼솜씨를 자랑하기도 했는데, 고양이 한마리를 단칼에 다섯토막으로 베어버리고는 고기를 훔쳐간 도둑을 처벌했노라고 우스갯소리까지 했다. 군율의 엄정함을 보이기보다는 조선 사람의 감정과는 차이가 있는 잔인성에 치를 떨던 군병들은 별기군 막사로 돌입하면서, 누가 호리모또를 잡아 죽이느냐가 모두의 관심사였다. 처음에 별기군 막사 쪽으로 몰려가던 군병들을 향해 사격이 시작되어 수인이 살상당했지만, 난군 측은 정면에서 양총 가진 군병들이 응사하며 전진하고, 창과 칼을 든 군병들은 좌우로 나뉘어 그들의 측면으로 돌아 총탄을 무릅쓰고 돌격하여 함부로 찌르고 베니 별기군 측 전열은 일시에 무너져버렸다. 호리모또와 일본인들은 난전 중에 찔리고 베여 참혹하게 살해당했고 팔십여명의 별기군 중에 몇명이 살상당했지만 그들 대부분은 저항을 포기하고 순순히 무기를 버렸다.

군병들은 무기고를 열어 탄약과 양총을 모조리 꺼내어 스스로 무장했고 영장 김춘영의 명령에 따라 항복한 별기군을 더이상 죽이지 않고 무장해제시킨 다음에 각자 귀가하도록 놓아주었다. 이미 초저녁이 되었건만 그들은 쉴 틈도 없이 열을 지어 서쪽 돈의문을 향하여 구보로 행군했다. 총창을 꽂은 양총을 앞에총 자세로 치켜든 수백명의 군병들은 질풍처럼 돈의문을 지나 모화관 방면의 기영(畿營) 사거리 쪽으로 나아갔다. 돈의문 밖을 나서자마자 경기 감영이 있었고 그 안의 청수관(淸水館)을 일본 영사관으로 쓰고 있었던 것이다. 감영에는 군영과 경기 관찰사의 선화당이 있었다.

허민을 비롯한 도성 안의 난민들과 별장 김장석이 이끄는 군병들이 먼저 쳐들어왔지만 기영의 당직병 오십여명과 청수관을 지키는 영사관 호위를 맡은 일본 순사 십여명이 양총을 쏘면서 버티고 있어 진입하지 못하고 주춤하고 있던 참이었다. 여섯해 전에 강화도조약으로 입국하게 된 일본 공사 하나부사는 원래 도성 안에 공관을 둘 셈이었지만 뒤늦게 속내를 눈치챈 조선 조정은 부득이 상주 공관을 허용하더라도 성안에 들여서는 안된다는 결론을 내린 터였다. 그래서 도성 안은 아니었지만 서대문인 돈의문 바로 앞에 있는 경기 감영 경내의 청수관은 일본이 임시 숙소로 쓰다가 주저앉은 곳이어서 우물쭈물 허락을 해주었던 것이다. 공관원은 조선 주재 대리공사 하나부사와 수행원, 호위순사, 하인 등 삼십여명이었다. 도성 안에서 군란이 일어나자 일본 공사는 먼저 수행원들과 함께 인천을 향하여 탈출한 뒤였다.

먼저 와서 각자 담장과 건물 벽 등에 몸을 숨기고 가끔씩 방포를 하고 있던 난군은 양총으로 무장한 오백여명의 원군이 도착하자 용기백배했다. 영장 김춘영은 부대를 둘로 나누어 한쪽은 중영 뒤로 돌아가 공격하게 하고 나머지는 정면을 맡게 하여 물샐틈없이 포위하고 구식 군대의 사수들 중에 활을 메고 온 자들로 하여금 화전(火箭)을 쏘게 했다. 불화살이 빗발치듯 어지럽게 날아가 목조건물의 창과 기둥, 문짝에 꽂혀 연기를 피우며 타오르기 시작했고, 연기가 자욱하게 일어나자 난군들은 중영의 전면과 후면 양쪽에서 앞에총 자세로 돌격했다. 감영의 당직병들은 이미 전투의 초기에 많이 달아났고 버티고 있던 장교들도 건물이 불붙기 시작하자 총을 버리고 뒷담을 넘어 달아났으며 청수장 안으로 난군이 뛰어들었다. 근병 접전이 시작되자마자 난군들은 일본인들을 총창으로 마구 찔러 죽였다. 군병들은 전 호조판서이자 경기도 관찰사인 김보현을 찾았으나 그는 민겸호처럼 입궁해 있어서 그날은 일단 모면했다. 군병들은 김보현 역시 일년 이상이나 급료를 주지 않은 책임이 있다고 여기고 민겸호와 함께 처단하기를 원했던 것이다. 일본 영사관과 기영은 밤새도록 연기와 불길에 휩싸여 타올랐다. 서일수는 난군에 섞여서 이 모든 것을 목격하고 새벽녘에야 구리개의 숙소로 돌아갔다.

변이 일어난 지 닷새째인 유월 열흘에 군사 천오백여명과 시정의 백성들도 천여명이 가담하여 모두 삼천명 가까운 병력이 되었다. 궁궐을 지키는 무위영의 군사들도 비번 군사들은 거의 모두 난군에 참가해 있었고 수직하고 있는 자들도 모두 한편이었다. 허민이 이끄는 수백명의 난군들이 새벽부터 흥인군 이최응의 집과 호군 민창식의 집을 급습하여 살해하고 창덕궁 돈화문으로 짓쳐 들어갔다. 수문장 이하 군졸들은 궁궐문을 활짝 열었고, 난군 병력은 거침없이 궁 안으로 몰려들어갔다. 그들은 중전 민씨를 찾아 대조전으로 몰려갔지만 왕비는 궁녀의 옷으로 바꿔입고 무예별감의 등에 업혀 궁궐을 빠져나간 뒤였다.

조정은 뒤늦게 책임도 지지 않고 진무에 실패한 무위대장 이경하 등 무관들을 파직하고 병조판서 민겸호도 파직했으나 행방을 알 수가 없었다. 왕은 사태의 수습을 위해 대원군의 입궐을 명했고, 그는 부인과 후임 무위대장으로 임명된 장자 이재면을 데리고 궁에 들어갔다. 허민은 무위영, 장어영의 구 훈련도감 군교 이백여명의 무위대를 조직하여 대원군을 호위했다. 대원군은 왕명으로 정권을 장악하게 되었고, 왕은 스스로의 잘못을 인정하는 교지를 내려 군변의 정당성을 인정할 수밖에 없었다.

민겸호는 동별영과 하도감이 난군에 점령되고 무기까지 탈취

되는 등 소란이 커지자 좌우 포도청 군사를 움직여보려 했으나 이미 때가 늦었다. 난군이 궁궐로 진입하여 대조전까지 범하게 되고 믿고 있던 중전이 달아나자, 민겸호는 호종하는 측근도 없이 궁을 빠져나왔다가 안국방 부근에서 그의 얼굴을 알아본 난군들에게 붙잡혔다. 결국 민겸호는 전임 호조판서 현임 경기 관찰사인 김보현과 함께 오라에 묶여 궁중에 끌려갔다. 중희당(重熙堂) 높은 계단 위 당상에 올라앉은 대원군에게 민겸호가 애걸하며 소리쳤다.

대감, 제발 날 좀 살려주시오.

대원군은 쓴웃음을 지으며 어이없다는 표정으로 간단히 대답했다.

내 어찌 대감을 살릴 수 있겠소?

대원군의 말이 떨어지자마자 군병들은 그를 계단 아래로 끌어내려 사정없이 총창으로 찌르고 환도로 베었다. 김보현 역시 대원군에게 살려달라고 하소했으나 그에게는 아무 대답도 없이 고개를 돌렸다. 김보현도 민겸호가 죽은 잠시 후에 같은 자리에서 살해당했다. 난군은 민겸호의 시체를 총칼로 난도질했고 김보현의 시체를 발로 짓밟고 입을 찢어 엽전을 처넣고 총의 개머리판으로 마구 쑤셔넣으니 돈이 가슴 밖으로 튀어나왔다. 그들의 시체는 삼청동에서 흐른 물이 청계천과 만나는 혜정교 부근 개천에 버려졌다. 그 무렵에 장맛비가 계속되어 개천에 물이 가득 찼고 날씨까지 흐리고 더웠다. 목격자들에 의하면 이러한 시기에 시신들이 누구 하나 거두어주는 자가 없이 개천에 오래 버려져 있던 탓에 부패한 살이 물에 불어서 흐느적거렸다고 한다. 사람들은 탐욕한 자의 말로라며 조롱했고 시정의 어린아이들까지 시신을 바라보며 비웃었다. 시신은 지나는 사람들이 그러려니 하고 잊을 만하던 한참 뒤에야 수습되었다. 대원군은 반대파에 의해 소외되었던 반외척세력을 기용하고 그동안 투옥되었거나 정배당했던 죄수들을 사면했다. 변을 일으킨 군병들이 왕비 민씨의 처단을 주장하며 해산을 거부하자 대원군은 그녀의 실종을 사망으로 단정하고 중전의 상(喪)을 공표했다. 그러나 장호원의 친척집에 피난 가서 숨어 있던 민비가 개화파인 김윤식 등을 청나라로 보내어 원조를 요청했다는 사실은 아무도 모르고 있었다.

서일수, 이신통은 파옥의 덕으로 풀려난 박도희와 함께 태평방 구리개 부근에서 며칠을 보냈으나, 아무래도 도성 안은 난리 뒤끝이라 뒤숭숭한데다 정국이 바뀌어 인정 이후에는 기찰까지 심해져서 처소를 옮기기로 했다. 세사람은 돈의문 밖 애오개의 쌍버드나무집으로 갔고, 책 짐은 애오개에서 결꾼 둘을 사서 지게에 지워 옮겼다.

박도희는 자신이 한양으로 압송된 뒤에 집안일도 걱정이고 인쇄한 책의 처리도 급하다 하여 일단 충청도 예산의 형님 집으로 내려갈 작정을 하게 되었다. 서로 결산을 하는데 산삼을 판 돈 천육백냥에서 책의 방각 인쇄와 옥바라지 비용 등으로 얼추

오백냥쯤 들었어도 천냥 남짓 남아 있었다. 주인 없는 거금이 들어온 것 같았지만 이는 애초부터 천지도를 위하여 쓸 돈이라 박도희는 돈을 수습하여 가면서 은공을 갚겠다며 서일수에게 이백냥을 노자로 떼어주었다. 박도희는 난이 끝나고 열흘쯤 지나서 경주인의 주선으로 마포나루로 나가 충청도로 내려가는 조운선을 타고 낙향했다. 그가 책을 배에 싣고 간 것은 물론이었다.

*

유월 말에 청의 마건충(馬建忠)이 이끄는 병력 사천오백명이 인천에 상륙하고 연이어 칠월 초에 김윤식, 정여창 등의 조선 사신을 대동한 청의 해군제독 오장경(吳長慶)이 남양만에 상륙했다. 일본군도 거의 동시에 군함 네척과 일개 대대 병력을 조선에 파견했다. 청은 종주국으로서 속방을 보호해야 한다는 명분이었으나 이 기회에 일본에 선수를 빼앗겼던 조선에 대한 기득권을 회복하려는 것이었다. 청군이 먼저 궁궐을 수비하며 도성 요소마다 군대를 배치했으나, 일본 측으로서는 조선과 좀더 이로운 협정을 맺는 것이 현실적이라고 보았으며 청과는 상륙 병력의 차이가 있어 감히 분쟁을 일으키려 하지는 않았다. 이제 조선 조정은 청과 일본 양국에 모두 빚을 지게 되었으며 나라의 자주권은 더욱 축소되고 말았다.

청의 오장경, 마건충은 대원군을 진중에서 협의하자고 불러서는 톈진에 가서 황제의 교유를 받아오자고 강압하여 청국에 데려다 억류시켰다. 조선 조정은 다시 청국의 보호 아래 민씨 척족이 재집권하게 되었다. 조선과 청은 조청상민수륙무역장정(朝淸商民水陸貿易章程)을 체결하여 청나라 상인의 통상 특권을 인정했고, 동시에 조선과 일본은 군란의 책임자 처벌과 피해 배상을 내용으로 한 제물포조약과 조일수호조규속약(朝日修好條規續約)을 체결함으로써 조선에서 일본의 이익을 더욱 확장시켜 주었다. 이것이 칠월 한달 사이에 그야말로 폭풍이 몰아치듯 일어난 급변이었다. 일본은 조선 조정을 통하여 남산 일대에 새로운 공사관을 받고는 일본인 보호를 명분으로 군대를 주둔시켰다. 청은 마건충의 병력이 동대문인 흥인문 밖에 있는 숭인방 동관묘 앞에 주둔했고 오장경의 병력은 임진왜란 이후 중국군의 전통적 주둔지였던 용산 이태원에 주둔했다. 이들은 칠월 십육일 밤부터 이튿날 새벽에 걸쳐서 왕십리와 이태원 일대의 조선 군인 거주지에서 난군의 색출 토벌작전을 개시했다.

이에 앞서 어느날 서일수와 이신통은 애오개 쌍버드나무 객점에 칩거해 있었는데 바깥이 떠들썩하여 길가로 나가보았다. 기영 사거리 방향으로 가는 대로변에 사람들이 하얗게 몰려서서 무슨 큰 구경이 난 듯했다. 앞에 붉은 원을 그린 깃발을 쳐든 자와 금줄에 검을 찬 장교가 말을 타고 앞장섰고 뒤로는 일단의 군대가 삼열 종대로 행군하고 있었다. 처음 보는 군대의 모습이었지만 사람들은 모두가 첫눈에 저들이 일본군이라는 것을 알아볼 수가 있었다. 검은색 군복에 군모를 쓰고 군화 위로 각반을 두르고 허리에 가죽 탄대를 찼으며 어깨에는 총검 꽂은 소총을 메고 있었다. 그들이 오와 열을 맞추어 똑같은 보조로 행진해 나아가는 모습을 사람들은 모두 말 한마디 없이 숨을 죽이고 바라보았다. 다시 한참 뒤에는 청군의 행군도 구경하게 되었는데, 짧은 웃옷에 칼을 차고 머리에는 붉은 수술을 드리운 테두리가 작은 삿갓 같은 관모를 쓴 장수가 말을 타고 지나갔고 뒤로 역시 같은 모양의 군모에 총창 꽂은 총을 멘 군대가 열을 지어 지나갔다. 맨 뒤에는 말이 끄는 야포 십여대가 따라갔고 청국군대는 끝도 없이 행군하여 지나갔다. 일본과 청의 군대행렬을 구경한 서일수는 숙소로 돌아오는 길에 한마디했다.

이제 나라가 다시는 예전 같지 않을 것이네.

그럼 망하게 되었다는 말씀이우?

이신통이 묻자 서일수는 고개를 끄덕였다.

조정은 저희끼리 권세를 다투다가 모두 망하게 될 걸세. 우리 백성들이라두 달리 살길을 찾아야 할 판이여.

칠월 열엿샛날에 이신통은 보통때처럼 연초전이나 구리개 약방에서 전기수질을 하고 있었다. 운종가에는 다시 아무 일도 없었던 것처럼 장꾼이 모여들어 전이 벌어져 있었으며 사람들은 지난 한달 동안의 벼락 치듯 하던 시국의 변화조차 까맣게 잊어버린 것 같았다. 이신통은 배오개 연초전에서 책을 읽고 나와서 간단히 낮것 요기를 하고는 홍인문 못미처 첫다리에서 『임경업전』을 읽고 있었다. 청중들도 시국의 영향을 받는지 청에 대적했다가 끌려가서는 세자를 구해내고 오히려 역적으로 몰렸던 임경업의 이야기가 마음에 들었던 모양이었다. 임 장군이 김자점의 모함으로 죽게 되자 흥분한 청중들은 간신을 죽여라! 외치며 장 보고 와서 들고 있던 빗자루, 호미, 마른 생선 등속을 내키는 대로 던져서 이신통은 이마에 멍이 들기도 했다. 한참 읽다가 임경업이 압송되어 처형되기 직전의 대목에서 끊고는 여리꾼 총각을 시켜 바구니에 엽전을 거두는데 누군가 다가와서 말을 걸었다.

김만복 별장을 아시우?

예, 알다 뿐이겠소.

그 사람이 오늘 저녁에 마전교 모줏집에 온답디다.

아, 그 고깃집 말이죠?

내야 어딘지 알우? 김 별장이 전하라구 해서 당신을 찾아다녔소.

이신통이 그날은 구리개 약방에 들르지 않고 늘 도성에 나왔다가 귀가할 때면 서일수와 만나곤 하던 연초전으로 다시 돌아갔더니 그가 먼저 와서 기다리고 있었다. 모두들 침울하게 종루를 행군하는 청군과 남산 아래 곳곳에 보이는 일본군에 대하여 볼멘소리로 불만을 터뜨리고 있었다. 이신통은 서일수의 소매를 잡아끌고 나가 김만복이 만나잔다는 얘기를 해주었고 그들은 즉시 종루거리를 벗어나 청계천변을 따라 마전교 쪽으로 올라갔다. 하도감이 난리를 겪은 이후에 아직도 수습이 안되어 군인 손님들이 드나들던 욕쟁이 주모네 모줏집은 어쩐지 휴업 중인 것처럼 한산했다. 두사람이 삽짝 안으로 들어서니 주모가 그날따라 얌전한 음성으로 그들을 맞았다.

어서 방에 들어가보우.

방문을 여니 김만복은 혼자 빈 상을 마주하고 쪼그려 앉아 있었다. 서일수가 말했다.

무사했구먼. 그동안 어디서 뭘 하구 있던 겐가?

아이구, 여태 기다리느라구 목말라 혼났소.

언젠가처럼 돼지 뒷다리 삶은 것과 술 한동이를 시키고는 몇순배 마시고 나서 김만복의 이야기를 들었다. 그는 허민이 조직했던 대원군의 무위대에 들었고 대궐과 운현궁을 오가며 호종했다. 그런데 며칠 전에 대원군이 청국으로 끌려가고 정국이 급변하면서 허민은 그들에게 소임이 끝났으니 무위대를 해산한다며 각자 도생하라고 했다. 바로 어제 김춘영 영장이 삼청동 자택에서 청군에 의해 체포되었으니 주동했던 자기네도 무사하지는 못할 거라는 소문이 돌았다는 것이다. 만복의 이야기를 듣고 서일수가 말했다.

어서 식구들 데리구 근기지방을 벗어나지 그러나? 까짓 청군이 도성에 있어봤자 제 나라 일도 아닌 터에 한두달 지나면 돌아가겠지. 소나기는 피하고 보는 게 상책일세.

안 그래두 처가가 강원도라 그리로 들어가볼까 생각 중이우.

자아, 오늘은 아무 걱정 말구 한잔하세나.

그들은 이러저러한 시국담을 나누며 전처럼 흥이 나지는 않았으나 오랜만에 밀린 회포를 나누었고 서일수는 김만복에게 내일이라도 왕십리에서 만나자고 했다. 만복이 식구가 떠나는 길에 노자라도 보탤 생각이었던 것이다. 그들은 초경 무렵에 술집을 나왔고 마전교 위에서 헤어졌다.

그날 해시 무렵, 흥인문도 이미 닫혔고 숭례문도 닫힌 시각에 동관묘의 청군 진영에서는 마건충이 이끄는 병력이 조용히 장막을 빠져나와 동쪽으로 행군을 시작했고, 용산에 있던 오장경 부대도 지척에 있는 이태원의 군인 마을을 둘러싸고 있었다.

이미 민씨 조정의 요청으로 군란에 가담했던 주동자를 모조리 체포하라는 군령이 떨어져 있었던 것이다. 청군은 먼저 정찰대를 앞세우고 동묘에서 출발하여 청계천의 영도교를 건너 왕십리 벌에 이르렀다. 정찰대는 한 식경 전쯤에 미리 도착했는데 조선 측 역관과 별감 서너명이 그들을 안내했다. 자시가 가까울 무렵이라 동네사람들이 이미 깊은 잠에 곯아떨어졌을 시각이었다. 정찰대의 군관이 마건충에게 보고하기를, 사방이 배추밭이라 마을을 포위하면 빠져나갈 곳은 너른 들판뿐이라고 했다. 마건충은 병력을 삼대로 나누어 마을의 좌우측과 배후를 둘러싸고 중군이 마을 안으로 진격한다는 영을 내렸다. 병력 배치가 끝나자 군대는 총검을 치켜들고 마을 안으로 쳐들어가서 우선 중앙의 동계 사랑이 있는 마당을 점령하고 십여명씩 패를 나누어

집집마다 수색을 벌였다. 그들은 사내가 보이면 무조건 우격다짐으로 끌어내어 동계 사랑 앞으로 몰아왔다. 마을의 조선 군인들은 곤히 자다가 난데없는 청군의 급습에 혼비백산하여 담을 넘어 달아나다가 미리 포위하고 있던 군사들에게 잡혀 죽거나 총탄에 맞아 쓰러졌다. 어느 집에서는 미리 낌새를 알아차린 조선 군병들이 서로 연락하여 저항하기도 했지만 그들은 모두 맨손이거나 농기구뿐이었다. 퇴청시에 누구도 무기를 지니고 관문을 나설 수 없었고 더구나 도성 밖으로 나올 수는 없었던 것이다. 저항하는 자는 즉시 총이나 칼로 진압되었다. 마당에는 곳곳에 횃불이 밝혀져 있었고, 마건충은 수하 장교들과 더불어 마당으로 끌려오는 마을 남자들을 내다보았다. 몇차례나 집집을 훑고 돌아온 군사들이 마당을 둘러싸고 늘어서자 마건충의 부장이 앞에 나와 연설을 했고 역관이 조선어로 통역했다.

우리는 조선 국왕의 요청으로 이번에 군란을 일으킨 주동자를 색출하려고 한다. 양민은 보호받을 것이며 죄 없는 자는 심사가 끝난 다음에 모두 집으로 돌아갈 수 있다. 만약 심사 도중에 소란을 일으키거나 반항하면 즉시 처결한다. 주동자 이외에도 군인인 자는 스스로 소속과 직책을 말하면 죄의 경중에 따라 너그럽게 조치할 것이다.

청군의 부장이 물러서자 이번에는 무예별감이 나와 조선말로 외쳤다.

이제부터 우리가 찾고 있는 자들의 이름을 부르겠다. 호명된 자는 이쪽으로 나와 대기하라. 스스로 숨기려 하거나 옆에서 숨겨주려 한다면 가족들까지 처벌받게 된다는 것을 명심하라.

그가 이름을 부르기 시작했는데 그것은 거사 전에 김만복 일당이 돌렸던 통문에 적힌 순서 그대로였다. 별장 김장석의 이름을 부르자 쭈그리고 앉았던 사내들 틈에서 그가 걸어나와 마당 한쪽에 섰고 군사들이 그의 어깨를 개머리판으로 쳐서 꿇어앉혔다. 김만복의 이름을 불렀는데 아무런 움직임이 없었다. 별감은 종이에서 얼굴을 들고 몇번 더 부르면서 둘러보다가 군사들에게 한 사람을 지목하며 말했다.

저놈을 끌고 가서 김만복이네 가족을 끌고 오라. 순순히 말을 듣지 않으면 군율에 따라 처치하여도 좋다.

군사들이 지목받은 자를 데리고 마당 밖으로 사라졌다. 별장 유춘길, 유영길 형제의 이름을 부르자 유춘길이 다리를 절며 걸어나왔다. 그는 이미 선혜청 소요 사건이 일어났을 때 포도청에 끌려가 국문을 받은 터였고 난군의 파옥으로 풀려났던 것이다. 유영길은 요행히 피했는지 잡히지 않았다. 연이어 통문에 적힌 사람들의 이름을 불렀고 그들은 순순히 걸어나와 한쪽에 무릎을 꿇고 앉았다. 오십여명의 이름 부르기가 끝나자 청군은 그들을 결박하여 마을 밖으로 압송했고 나머지 마을사람들에 대한 심사가 계속되었다. 그들은 나이와 신체로 어림짐작하여 군인으로 보이는 사내들을 가려냈고 군인으로서 요패(腰牌)를 차고 있던 자는 스스로 자복하지 않았다 하여 뭇매를 때리고는 포박했다. 마당의 바깥쪽에서는 감히 접근하지 못하고 동정만 살피던 가족들이 울음을 터뜨리기 시작했다. 군사들은 허공으로 몇 발 위협사격을 해 보였고 겁에 질린 가족들은 어둠속으로 흩어졌다.

김만복의 집에 갔던 군사들이 그의 아내와 두 아이를 데리고 오자 무예별감은 그들을 사정없이 묶어서 압송 대열에 합류시켰다. 부대가 철수하기 전에 무예별감이 마당에 남겨진 사람들에게 말했다.

김만복과 유영길은 명일 아침까지 자수해야 한다. 만약 영을 따르지 않는다면 김만복의 가족과 유영길의 형은 대신 처벌을 받을 것이다.

청군은 이날 왕십리 일대에서 백오십여명을 체포하고 이태원에서 이십여명을 체포했다. 이날 군대의 진입을 눈치챘던 김만복은 배추밭 고랑까지 기어나가 거름 구덩이에 짚을 깔고 엎드려서 발각되지 않았지만, 날이 새고 군대가 물러간 다음에 식구들이 끌려간 사실을 알게 되자 도망을 포기했다. 그는 동관묘의 청군 군영으로 찾아가 자수했다. 운현궁 호종무사 허민과 유영길은 각각 어디로 달아났는지 끝내 잡히지 않았다. 허민은 아마도 그의 주인 이재면이 척족의 반대파에 들었으나 왕의 친형이고 보니 시국이 바뀐 뒤에 흐지부지되었을 터였다. 유영길 역시 이미 그의 형이 잡혔고 군직도 사수에 지나지 않았으니 수년 만에 잊혔을 것이다.

서일수와 이신통은 이튿날 도성 안에 파다하게 퍼진 소문으로 왕십리와 이태원에 대한 청군의 야간 급습작전을 알고 있었다. 일단 배오개에 나가 더욱 정확한 소문을 듣고자 하니 김만복이 청군 진영에 잡혀 있다는 얘기가 들렸다. 두사람은 홍인문을 나서서 동관묘 부근까지 나가보았지만 삼거리의 북편에서 건너다보기만 했을 뿐 경계가 엄중하여 통행할 수가 없었다.

사흘이 지나 홍인문 바깥 소식이 가장 먼저 모이는 배오개에는 체포된 군인들이 효수되었다는 말이 돌았다. 그것은 전 보러 들어온 장꾼들이 방금 구경하고 왔다는 소문이었다. 서일수와 이신통은 홍인문을 나가 동관묘 쪽으로 내려갔고 삼거리에 사람들이 둥글게 모여 서 있는 것을 보았다. 원래가 효수란 산 사람들에게 경고를 하는 처분인지라 동관묘 정문 앞의 공터에 말뚝 박고 새끼줄을 매어놓고 그 앞을 군인 한명이 총검을 옆에 끼고 지켜 서 있었다. 새끼줄 울타리 앞에 군란을 일으킨 자에 대한 처형을 알리는 방문이 붙었고 기다란 장목 위에는 상투를 풀어 묶어놓은 목이 매달려 있었다. 매달린 목 아래 죄목과 이름이 붙은 종이쪽이 바람에 팔락대고 있었으며 장목의 대열 뒤에는 아무렇게나 던져진 목 없는 시신이 나뒹굴고 있었다. 그들 가운데서 김만복의 얼굴을 찾아낸 두사람은 돌아서서 눈물을 훔쳤다. 만복의 얼굴은 이미 거멓게 죽은 흑색이었고 두 눈의 한쪽은 퀭하니 부릅떴으나 다른 한쪽은 반쯤 감겨 있었다. 서일수가 물끄러미 올려다보던 이신통의 손을 잡아 이끌었다.

기승을 부리던 더위도 한풀 꺾여서 저녁 바람이 서늘해지더니 날짜를 약속해놓았던 것처럼 느닷없이 귀뚜라미가 울기 시작했다. 그들은 저녁을 먹고 애오개 주막 마루에 앉아 바람을 쐬고 있었다.

어허, 입추로구나!

서일수가 중얼거리고는 남은 노을이 번진 초저녁 하늘가를 올려다보았다. 귀심(歸心)은 화살과 같다 했던가. 서일수의 마음은 먼 삼남으로 향하고 있었지만 그에게 고향이 따로 있을 리가 없었고 다만 눈에 익은 산천만이 기억 속에 삼삼할 뿐이었다. 서일수가 잠잠히 앉아 있다가 신통에게 말했다.

낼이나 모레나 떠나야겠네.

어디루요?

이신통이 전 같으면 왜 가느냐, 좀더 머물지 그러느냐, 대꾸가 많았을 테지만 그도 겪은 바가 많아서 별로 놀라지 않고 한마디 물었을 뿐이었다.

글쎄…… 박 서방도 만나야겠고 이제 풍수질 다닐 철도 돌아왔으니……

저는 전기수로 밥벌이도 되는 셈이니 좀더 머물다 가렵니다.

서일수는 이틀 뒤에 한양을 떠나 박도희를 만나러 충청도로 내려갔고, 이듬해 그의 안내로 이대 교주인 명월신사(明月神師)를 만나 천지도에 입도하게 된다. 그는 헤어지면서 해마다 추석 전후에 전주에 머물 것이니 향청에 와서 이방에게 자신의 행방을 물으라고 신통에게 일러주었다.

동지 무렵의 초겨울 어느날 신통이 여느 때처럼 오후에 구리개 약방에 책 읽으러 들렀더니 주인이 말했다.

자네 매제인가 하는 사람이 찾아왔더군.

신통은 무슨 말인지 처음에는 알아듣지 못하고 고기 눈이 벙벙해져서 주인 의원을 바라보기만 했다. 매제라면 하나밖에 없는 누이 덕이의 남편이라는 소리인데 집안 소식에 전혀 깜깜하던 신통으로서는 그가 누구인지 알 턱이 없었다. 손님들이 모이고 신통이 최근에 새로 사들인 언패 소설책『박씨전』을 읽는데 시대 배경이 임진왜란 때의 일이라 모두들 재미가 진진하여 숨을 죽이고 들었다. 그는 책을 읽어나가면서도 한 장면이 끝나면 몇호흡을 쉬었다가 청중의 기미를 한번씩 주욱 살피곤 했는데, 방금 누군가 미닫이를 열고 들어와 문가에 살그머니 앉는 걸 보았다. 그는 아버지 이지언 의원의 조수인 송우경이었다. 서당에서 신통과 그의 형 준과 더불어 셋이서 무릎을 맞대고 공부하면서도 늘 송생이라고만 불러서 그의 이름을 막상 생각해보면 가물가물했다. 그는 훈장인 송 초시의 아들로 아버지 이지언은 신통이 대신 그에게 의업을 넘겨줄 생각을 하고 있었다. 신통은 그가 나타난 뒤로 엄벙덤벙 읽어치우고는 불평하는 손님들을 뒤로하고 약방을 나섰다. 그는 우경을 데리고 구리개 부근 주막으로 가서 함께 술과 밥을 먹었다. 신통은 두살 아래인 송생을 늘 막냇동생뻘 대하듯 했다. 그는 먼저 궁금한 점을 물었다.

나 있는 델 어찌 찾아냈니?

보은 집에 들르는 약재상이 한양에 올라갔다가 언니를 보았다구 그럽디다. 구리개 수세보원 약방에서 신통방통이란 별호를 내세워 전기수질을 하구 있다구요.

신통이 잠깐 생각해보니 지난가을엔가 책읽기를 마치고 나서자 손님 중에 누군가가 따라나오며 말을 걸던 일이 떠올랐다. 그가 보은 사람이라고 하여 그러려니 했을 뿐 신통은 기억이 가물가물했다. 그 사람은 읍내에서 신통이 소년 시절에 책을 낭독하던 자리에 몇번이나 참례했었노라며 술까지 사고 헤어진 적이 있었다.

헌데 니가 언제 내 매제가 되었단 말이냐?

헤헤, 그건……

우경은 뒤통수를 득득 긁더니 덧붙였다.

의원님이 명년에는 덕이와 혼인시켜준다구 해서요.

그래? 참 별일이로구나. 지금 그 상투는 분명히 가짜인 셈이구.

신통이 슬슬 건드려 먹는데도 우경은 아무렇지 않은 듯 솔직하게 말했다.

한양 먼 길을 오는데 아무래두 떠꺼머리를 해가지고는 애 재하며 하대나 받기 십상이지요. 미리 외상으루 장가를 들었다 칩시다.

그래, 한양에는 무슨 일로 왔나?

언니를 잡으러 왔지요. 헌데 아무리 집에 정이 없단들 가내 두루 평안하신가, 한마디를 못한단 말요?

신통은 할 말이 없어 술잔을 들었다 놓았다 할 뿐이었고 우경은 농담조를 싹 거두고 정색을 하고 말했다.

어머님이 앓으시구, 형수도 산달이 가까워졌답니다. 이제 해를 넘기기 전에 저하구 같이 내려가십시다.

이신통은 잠시 생각에 잠겼다. 아내는 혼인하고 이내 애가 들어선 모양이지만 지금 와서는 얼굴도 뚜렷하지 않을 만큼 기억이 희미했다. 그가 떠나기 전에 할 말이 없어 생뚱맞게 그녀의 친정집 마당에 섰던 석류나무가 좋아 보였다고 말했던 것과 자신을 배웅해주던 금산댁의 희부연한 자태만 어렴풋이 남아 있었다.

의원님 걱정이 이만저만이 아닙니다. 그러니 언니를 보았다는 소식을 들으시자마자 저더러 당장 한양 가서 끌고 내려오라 하셨지요.

전에는 식구들이 동이 어멈 또는 기껏해야 작은어머니라고 부르더니 이제 어머니라고 마음 놓고 부르니 그 또한 가슴 저리는 노릇이었다.

어머니는 어디가 아프시냐?

옹저증(癰疽症)이 심해져 미음도 간신히 넘기시니 얼마 못 사실 겁니다. 저하고 집에 가십시다. 형수도 곧 출산이 낼모레요.

내가 기왕에 세상의 경난(經難)을 배우려고 집을 떠났으니 어찌 일년도 못되어 돌아가겠느냐?

이신통은 송우경을 데리고 애오개 주막으로 갔다. 그는 아우나 다름없는 우경과 함께 지내는 며칠 동안 자기가 한양에서 보냈던 저간의 일들을 차근차근 얘기해주었다. 송생은 일단 그와 함께 낙향하는 것은 포기하고, 다시 찾으리라 작정하고는 열흘 만에 보은으로 돌아갔다. 이신통은 이듬해 봄이 오기까지 한양에 있었으나 그 이후에 송우경이 다시 찾아왔을 때에는 이미 행방이 묘연했다. 서일수와 헤어진 후 경난처세(經難處世)를 공부한답시고 방랑의 길에 나섰던 그가 나중에 입도하게 되었다는 소식만 풍문으로 전해졌을 뿐이다.

여향(餘響)

무주를 거쳐 신통의 고향인 보은에 다녀온 뒤에 나는 엄마에게 그가 일찌감치 혼인을 하여 딸까지 낳았더라는 말을 입 밖에도 내지 않았다. 그 말까지 했더라면 엄마는 나도 시집갔다가 스스로 소박을 자청하여 파경한 전말은 잊고서 이 서방을 두고두고 원망할 것이기 때문이었다. 그냥 엄마 마음 편하게 해드리려고 그의 누이를 만난 일과 제사 때마다 시집으로 생각하고 오라고 했던 말만 전해드렸다. 엄마는 옷고름으로 눈물을 찍어내면서 중얼거렸다.

이 서방은 못 만났지만 너를 그 집 식구로 받아들인 셈이니 조금 마음이 놓이는구나. 그래, 이제 그 녀석이 제 발로 기어들어올 때까지 기다려두 되겠다.

엄마가 그렇게 말했지만 나는 고개를 저었다.

소식이 있으면 어디로든 찾아가볼 생각이우. 길에서 죽게 내버려두지 않을 거야.

팔월 말에 돌아온 뒤 시월 입동이 금방 찾아와서 어염 장사는 이때가 가장 좋은 시기였고 안 서방은 강경의 상단 사람들과 대를 묶어 행상을 떠났다. 이번에는 남도 쪽으로 향했던 그가 첫눈 내린 날에 전주 거쳐서 돌아왔다. 그는 며칠 동안 입을 닫고 있더니 하루는 내가 앞채 부엌방에서 찬모와 푸성귀를 다듬고 있는데 툇마루에 앉으며 슬쩍 말을 꺼냈다.

이번에 장사 나갔다가 우연히 박돌이란 사람과 부딪치게 되었구먼요.

요즈음도 광대물주로 나다닙디까?

예, 여전하더군요. 잠깐 저 좀 보시지요.

나는 눈치를 채고 그를 따라 마당으로 내려섰다. 그는 마당을 돌아 광 앞에 서더니 목소리를 낮추어 말했다.

박 서방이 사실은 아씨가 마음 상할까 하여 말하지 않고 있었으나 신통이 서방님께 여인이 있었다구 합디다. 그것두 한양에서부터 알던 여인이라는데 지금은 유명짜한 소리꾼이 되었다지요.

나는 별로 놀라지 않았다. 송 의원에게서 그가 애오개 주막에 있을 때에 애오개와 칠패의 놀이패들과 어울렸다는 소리를 들었기 때문이고, 아마도 이신통이 광대들과 어울려 한양을 떠난 것도 무슨 사연이 있으리라 여겨졌기 때문이었다.

그 여인이 지금 어디 사는데요?

이름이 백화(白花)라고 하는데 전라도 부안에 살 거라구 합디다.

아직은 엄동설한도 아니고 동지 전까지는 나들이하기에 좋은 철이라 나는 안 서방의 말을 듣자마자 대번에 길을 떠날 생각으로 안달이 났다.

먼 길을 다녀온 막음이 아부지한테는 미안한 소리지만 한번 다녀오는 게 어떨까요?

저야 아씨께서 가보시겠다면 당장 내일이라두 좋습니다. 다만 주인마님께서 걱정하실까 염려될 뿐입니다.

전주에 아직두 박돌 아저씨가 있을라나?

모르죠. 하두 천지사방으로 싸돌아댕기는 위인인지라.

나는 잠깐 생각해보고 안 서방에게 말했다.

전주 가서 박돌 그 사람을 만나면 어떻게든 앞세워서 부안까지 가볼 참이에요. 그러면 막음이 아부지는 부안까지 가실 필요가 없고.

시월 말 대설(大雪) 지나서 나는 안 서방과 함께 집을 나섰다. 새벽에 세마를 내어 안 서방이 견마 잡고 타고 갔는데 전주까지 하룻길에 당도했다. 어릴 적에 자란 곳이라 성문과 거리 곳곳마다 옛날 생각이 나서 자꾸만 두리번거리며 둘러보았다. 남문 안 주막거리로 들어가니 안 서방이 늘 다니던 길처럼 곧장 토담을 두른 널찍한 주막집으로 들어갔다. 중노미 아이가 우리를 맞았고, 방을 정하기 전에 주인을 불러 박돌의 행방을 묻자 주인이 말했다.

지금 박돌네 패거리가 남원에 나가 있을걸.

며칠이나 되었소?

들락날락하면서 인근 고을을 돌아다니며 놀더니, 엊그제 하룻밤 묵고는 남원에 약계가 되어 있다며 떠났소. 아무튼 다시 돌아오기는 하겠지요.

낭패가 되었지만 그래도 전주서 남원까지는 지척이라 그 주막에서 하루 자고 이튿날 바삐 쫓아가기로 했다. 말을 타고 와서 그리 피곤하지는 않았지만 꿈은 왜 그리 많던지 밤새 잠자리가 뒤숭숭했다. 기중 가장 선명한 꿈이 있었다. 모처럼 이신통이 보여서 이게 꿈이지 싶으면서도 어찌나 반갑던지 잠이 깨고도 한동안 눈을 뜨지 않고 기다렸다. 그가 어둠 저편으로 사라진 지 오랜 후에 딱딱한 목침 위에서 고개를 돌리니 뺨에 번진 눈물이 저고리 깃 속으로 스며들었다.

그는 우리집에 처음 왔던 때의 모습 그대로 패랭이에 검정 덧저고리 걸치고 다리에 행전 치고 등에는 괴나리봇짐 지고 휘적휘적 걸어오고 있었다. 내가 오금이 저려서 오도 가도 못하고 제자리에 서서 바라보노라니 신통은 미끄러지듯이 내 옆을 스윽 지나쳐가며 눈길도 주지 않았다.

서방님, 어디 가시오?

소매라도 잡을 양으로 손을 뻗쳤지만 그는 바람결같이 내 곁을 빠져나갔다. 내가 돌아서서 그를 향하여 걸음을 떼려는데 발이 떨어지지 않는다. 신통은 어느 틈에 저만치 멀어져서 햇빛을 바라고 가는데 이쪽에서는 검은 그림자만 보일 뿐이었다.

서방님!

언덕을 허위허위 넘어가니 내리막길 저 앞에 개천이 보이고 외나무다리가 걸쳐 있다. 그는 성큼성큼 다리를 건너갔고 나는 뒤늦게 언덕을 내려가 다리 앞에 이르렀는데 저 맞은편에서 그가 나를 향하여 돌아섰다.

왜 나를 찾소?

그의 물음에 나는 꿈속에서도 그게 말인가 떡인가 원망하는 마음이 들어서 냅다 소리질렀다.

그걸 왜 나에게 묻는 거야, 몰라서 묻는 거야?

신통은 다리 앞에 서서 잠시 대답이 없더니 처음 내 곁을 떠날 때 그랬던 것처럼 단정한 자세로 두 손을 모으고서 무릎을 꿇고 큰절을 올렸다. 그러고는 등을 돌리는데 곁을 보니 웬 여인이 따르고 있었다. 쪽 찐 머리에 옥비녀 꽂고 남치마에 흰 저고리 입은 여인이었는데 이쪽에서는 등만 보일 뿐이라 어떻게 생겼는지 알 수 없으니 답답하여 숨이 막힐 지경이었다. 나는 시샘에 분이 치올라서 바삐 외나무다리를 건너다가 발을 헛딛고 아래로 떨어지는데 한 키도 못되던 개천이 얼마나 아득한지 한참을 허공중에 떠 있는 듯했다. 드디어 물에 닿아 첨벙하는 순간 잠에서 깨어났다.

창문이 부옇게 날이 샜는데 나는 다시 잠이 들지 않아서 전전반측 돌아누우며 이 생각 저 생각을 해보았다. 아, 시샘하지 않으련다. 신통이 이미 전생이라 할 초년에 장가들어 어엿한 조강지처가 있었고 그에게 자선이라는 딸까지 있건만, 백화는 또 웬 인연이란 말인가. 그들 모두 자신이 그를 만나기 이전의 인연이었으니 그것도 자신의 일부분이 될 수 있으리라. 내게 그들 모두의 기억이 머리카락과 손톱처럼 내 육신과 마음의 한 부분이 되어지이다.

새벽에 주막에서 국밥 먹고 얼른 출발하여 정오 지나 임실에서 다리쉬임 겸하여 메기 어죽으로 요기하고, 다시 부지런히 교룡산성 밤고개를 넘으니 해가 뉘엿뉘엿 저물고 있는 남원부의 성내에 당도했다. 상단을 따라다닌 경험이 많은 안 서방은 우선 남원에서 행객이 많이 모이는 광한루 건너편 주막거리로 말을 이끌었다. 한 주막에 들어가 무어라 묻더니 대번에 광대패가 묵는다는 객점을 찾아냈고 요천이 내다뵈는 길가에 있는 집으로 찾아들었다. 어둑어둑한데 마당에 멍석 깔고 저녁을 먹던 이들이 상을 물리는 참이었다. 제각기 마루에 올라앉아 있거나 방문을 열어젖히고 방문턱에 앉아 있는 사람들로 북적이는 모양이 한눈에 들어왔다. 상을 치우며 오가던 여자가 말을 끌고 문으로 들어서는 우리에게 대뜸 말했다.

방 없어요.

아니, 봉노도 없단 말요?

안 서방이 물으니 뒷전에서 사내가 대신 말한다.

봉노야 있지만 부인 손님을 재울 수야 없지 않겠소?

듣고 보니 딴은 그러했다. 안 서방은 그가 주인인가 싶어서 다시 묻는다.

이 집에 박돌이란 손님이 들었소?

주인이 대답하기도 전에 마루에 앉은 사람들 틈에서 한사람이 일어나 마당을 내다보았다.

아니, 일전에 우리가 전주서 부딪치지 않았나? 왜 자꾸 따라댕기며 안달이여?

그는 껄껄 웃으며 안 서방을 반기고는 뒤에 서 있는 내게 눈길을 주더니 이내 알아보고 내가 온 연유를 눈치챈 듯 말했다.

아이구, 내 주둥이가 오두방정이로다! 연옥이 자네가 여긴 또 무슨 일여?

나는 말없이 고개를 숙여 보였고 안 서방이 말했다.

이 집에 방이 없다니 우린 쫓겨나게 생겼소.

괜찮우, 어서 올라오셔. 우리 방이 있으니 같이 쓰면 되지.

남도 일자집의 부엌 앞방을 광대물주인 박돌이 패거리의 모가비와 함께 쓰고 있던 참이라 낭패는 면하게 되었다. 그를 일행들의 봉놋방으로 보내고 안 서방과 마주 앉으니 주인이 와서 저녁밥을 주문받아 갔다. 남원이 워낙에 산과 들의 진미가 나는 곳이라 저녁 밥상도 칠첩이나 되게 반찬이 많았다. 등잔불 아래 저녁을 먹고 나자 사내들은 곰방대를 내어 피우고 나는 뒤뜰로 나가 세수하고 발 씻고 돌아왔다. 그사이에 안 서방의 말이 있었던지 박돌이 수걱수걱 시키지도 않은 말을 먼저 꺼낸다.

참으로 내가 지난번에는 구례댁과 연옥이 낯을 보아 차마 얘기를 꺼낼 수가 없더구먼. 내야 깊은 사연은 잘 모르지. 내가 천안에서 신통이를 만날 때부터 일행이 있었거든. 단가와 가곡에 능한 소리꾼이 그들 패거리에 있었는데 나중에 그가 남장 여광대 백화라는 걸 알았지. 신통이 애오개 패거리와 헤어지고 우리와 합대할 적에 백화도 그를 따라 한식구가 되었네. 두사람은 우리 패와 일년 넘게 남도를 돌아다니다 헤어졌지. 부부 광대로 알려졌는데 신통이 명고수라면 백화는 참으로 여명창이었다네. 광대들의 스승이고 귀명창인 부안의 손동리 선생이 있잖은가. 그분이 세상 떠나시기 두해 전에 백화의 재간을 보고 소리를 가르쳤다는 소문이 들리더군. 이신통이가 그분께 맡기고 떠났다는 얘기도 있고 백화가 신통이를 버렸다는 말도 들리고, 어느 것이 정말인지 나두 모르지. 내 알기로는 백화가 사대부들의 입에 오르내릴 정도로 명창 노릇을 하며 떠돌다 갑오년 이후로 스승의 위패를 모시련다고 부안에 다시 내려온 모양일세.

그뒤에 우리 서방님이 그 여자를 만난 적이 있나요?

내가 묻자 박돌은 고개를 절레절레 흔들었다.

내야 알 수 없지만 아마 못 만났을 걸세. 그런 난리통에 식구들도 뿔뿔이 흩어진 집이 한둘이 아닌 터에 아무리 신통방통하다 하여도 경황이 없었을 테니까.

안 서방이 기다렸다는 듯이 나에게 말했다.

이 서방이 아씨를 만나기 전의 일이고, 이제 헤어진 지 십년이 넘었거늘 그 여자를 만나본들 뭐하시렵니까?

혹시 서방님이 잘 다니던 곳이나 친한 사람을 알고 있을지도 모르지요. 박돌 아저씨, 저를 부안 그 여자에게 좀 데려다주시지요. 사례는 후하게 드리겠습니다.

그러나 박돌은 펄쩍 뛰었다.

무슨 소리여? 지금 우리 놀이패는 농한기가 대목인데 내가 약계한 곳이 한두군데가 아닐세.

부안에도 갈 작정이겠지요?

그야, 동지 무렵에나 가볼까 하는데…… 정월 대보름 놀이는 물론 갱갱이에서 놀겠지만.

한 사흘만 저를 위해 내주셔요. 하루 닷냥씩 열닷냥 드릴게요.

박돌은 내 제안을 듣고는 눈을 감고 상반신을 좌우로 흔들며 생각해보는 척하다가 무릎을 치면서 말했다.

아따, 어쩔 수가 없구먼. 낼 놀이판이 인월장인데 모가비한테 맡기고 다녀오도록 함세.

남원서 부안까지는 어차피 하루 반이나 넉넉잡고 이틀 길이었다. 내가 안 서방에게 임실에서 강경으로 돌아가라 했건만 그는 끝내 부안 들렀다가 강경에까지 모시고 가련다고 우겨서 동행하게 되었다. 우리는 태인에서 민가의 방 한칸을 빌려 숙식하고는 다음날 점심 무렵에 부안에 당도했다. 소싯적부터 이곳을 드나들어 잘 알고 있는 박돌이 있어서 우리는 느긋하게 현의 읍내로 들어섰다. 상소한 아랫녘 소나무숲 속에 토담이 둘려 있는 일자의 기와집 한채에 초가지붕을 얹은 제법 큰 별채가 앞서거니 뒤서거니 있는 곳이 손동리 선생의 유택이었고 소리꾼 백화는 그 댁을 지키고 있었다. 솟을대문 앞에 이르러 말에서 내리는데 앞장서 찾아간 박돌이 사람을 부르자 하녀가 나와서 대문을 열었다. 박돌이 신분을 밝히니 하녀는 다시 안으로 들어갔다 나와서 우리를 별채로 안내했는데, 집 앞으로 달린 긴 툇마루에 여인이 나와서 내다보고 있었다.

저 박돌이외다. 그간 평안하신지요?

이게 웬일이오? 여기는 어이 알고 찾아오셨소?

두사람이 인사를 나누는 사이에 나는 여인을 살펴보며 속으로 깜짝 놀랐다. 얼굴 모습은 몰라도 입고 있는 옷차림이 꿈에서 본 것처럼 남치마에 흰 저고리였고 쪽 찐 머리의 비녀도 푸른 옥비녀였다. 백화는 박돌 아저씨의 기억에 의하면 이신통보다 두살이 위였다고 하니 머잖아 사십을 바라보는 나이일 텐데 전혀 그렇게 보이지 않았다. 그의 출신이 원래 기녀였다지만 지금의 모습은 어느 양반댁 부인처럼 기품이 있어 보였다. 얼굴은 볼이 통통하고 둥근 형이고 눈꼬리가 가느다랗고 긴 쌍꺼풀눈에 입술은 작고 도톰했다. 그녀도 나를 잠깐 바라보았다.

어서들 올라오시지요.

모두 방에 들어가 앉으니 병풍이 쳐진 방 뒤에 장지문이 보였는데 그 뒤에 연닿는 방이 있는 것 같았다. 방 안에 화로가 있고 작은 탁자와 한쪽에는 거문고와 장구와 북이 놓여 있었다. 백화는 웃음을 머금고 우리를 차분하게 둘러보았다. 박돌이 얘기를 꺼냈다.

이신통이를 기억하지요?

백화는 웃음을 머금은 채 고개만 끄덕여 보였고 박돌이 연이어 말했다.

이 사람은 신통이의 내자입니다.

나는 박돌 아저씨가 소개를 하자마자 앉은 채로 두 팔을 방바닥에 짚고 상반신을 숙여 반절을 올렸다.

박연옥이라 합니다.

그녀는 당황했는지 뒤늦게 자세를 바로 하고 맞절하며 중얼거렸다.

심백화요.

하고는 잠시 나를 정면으로 바라보다가 다시 웃음을 머금은 처음의 얼굴로 돌아갔다.

그 댁 서방님은 별 무고하신지요?

박돌 아저씨가 이제는 서슴지 않고 내지른다.

별 무고가 다 무어요? 그 사람 갑오년 난리 때에 공주 우금치에서 다 죽게 된 것을 살려놓았더니, 어디로 온다 간다 말도 없이 집을 나가서 소식이 끊긴 지 두해가 지났다는구려. 내 하도 사정이 딱하여 이리저리 함께 찾아다닌다오.

저도 그이를 본 것이 십년 전의 일입니다. 다만 그이의 소식을 들은 적은 있지요.

그게 언제죠?

갑오 난리 전해인가 우리집 가장이 그를 잘 안다는 지사를 데려온 적이 있습니다.

나는 가슴이 두근거리기 시작했다.

혹시 그이가 서일수라는 분인가요?

서 풍수라구 그랬으니 맞겠지요. 그분은 천지도의 행수 중 한 분일 거예요.

하고는 백화는 어쩐지 쓸쓸하게 나를 향하여 한마디 덧붙였다.

내버려두고 그냥 사시지…… 그 사람 아마 안 돌아올 거예요.

나는 무어라 할 말이 없어 잠자코 있었다.

우리 일행 모두 말이 없자 그녀가 현재의 자기 신세를 짧게 줄여서 말했다.

내가 이 댁을 떠났다가 서른한살에 되돌아왔습니다. 선생님이 늘 눈에 밟혀서…… 이 집에는 아들 하나 딸 하나 남기고 가셨더니, 가장 노릇을 해야 할 아드님은 갑오 난리 때에 어디서 흉한 일을 당했는지 돌아오지 않았지요. 저는 이 댁 딸을 친동생 삼아 제부도 보고 식구가 되었구요. 다행히 선생님께서 전장을 남기고 돌아가셨으니 얹혀서 밥술깨나 먹으며 살아가고 있답니다.

서 지사님이 지금 어디 계신지 알구 있나요?

내가 참다못해 백화에게 물었고 그녀가 말했다.

수십만명이 죽은 난리를 겪고 살아남은 이들이 모두 숨죽이고 엎드렸는데, 어찌 그걸 물으시오?

그녀의 목소리는 나직했지만 나를 꾸짖는 듯한 어조여서 그만 고개를 숙이고 앉았는데 눈물이 방바닥에 주르륵 떨어져내렸다. 백화가 내 손을 끌더니 두 손으로 잡고는 토닥이며 말했다.

그이들과 연결이 됨직한 이를 내 동생이 알지도 몰라요. 더듬어가노라면 신통이 그 사람을 찾을 수도 있지 않겠소?

백화는 처음에는 말을 아꼈지만 시간이 지나자 한양에서 그가 이신통을 알게 되었던 사연부터 꺼내놓기 시작했다. 저녁참이 되어 박돌 아저씨와 안 서방은 눈치껏 부안 읍내에 사처를 정한다고 나갔고 나는 백화가 끝내 만류하여 그 댁에서 함께 유숙하기로 했다. 그녀와 나는 단둘이 시간을 보내며 이런저런 이야기를 나누다가, 나중에는 의자매가 된 손 선생의 따님이 하녀와 함께 술상을 보아왔기에 여자들 셋이서 좀 취하도록 마셨다. 백화가 흥이 일어나 스스로 곡을 붙여 불러준 기녀 이매창(李梅窓)의 시 몇구절이 오랫동안 가슴 깊은 곳에 고여 있었다.

매창에 눈보라 쳐 몹시도 쓸쓸하니

원한과 수심이 이 밤따라 각별하다
다시 태어난 저승의 밝은 달 아래
바람소리 따라 영롱한 구름 속 임을 뵈올까
독수공방 외로워 병든 이 몸이
굶고 떨며 사십년 길기도 하지
인생을 살아야 얼마나 사는가
가슴 서글퍼 하루도 안 운 적이 없다네

부안에서 선비의 서녀(庶女)로 태어나 나라를 등지고 뜻을 펴지 못한 사내들 몇을 겪고는, 죽어서도 오래도록 시인 묵객들은 물론 소리꾼 광대패들의 문안을 받게 된 매창, 그가 묻혔다 하여 이름붙여진 매창이뜸에서 여전히 탄식이 새어나올 것만 같아 백골의 슬픔이 전해지는 듯했다.

부안 손 선생 댁에서 이틀을 묵고는 이내 안 서방과 함께 강경으로 돌아왔다. 돌아오는 내내 검은 구름이 오락가락하더니 가을걷이가 끝난 쓸쓸한 들판 위로 흰 눈이 간간이 내렸고 오리들은 열을 지어 날아갔다.

*

백화에게서 전해듣기로 서일수가 느닷없이 사라진 뒤에 이신통은 여전히 전기수로 문안을 드나들며 애오개 주막집에서 혼자 기거를 했다. 그가 애오개 놀이패의 모가비 박삼쇠와 만나게 된 것이 군란 나던 이듬해 정월이었다. 박삼쇠는 원래가 방짜 유기공이었는데 어려서부터 제집을 드나들며 방짜 징과 꽹과리를 맞추어가던 놀이패들과 어울렸다. 그는 처음에는 선대로부터의 천직이었던 유기장이를 본업으로 하고 겨울철에만 사계축놀이에 나서더니 흥이 과했던지 아예 놀이패 상쇠로 나섰고 잡가를 배웠다. 이신통이 그를 만났을 때는 이미 나이가 마흔 가까웠으니, 기량이 한양 도성 밖 놀이패들을 모두 묶어서 일컫는 사계축패에서 몇손가락에 드는 소리꾼이었다. 때는 눈보라 치고 매섭게 추운 겨울이라 신통은 저잣거리에서 책을 읽는 일은 작파하고 따뜻한 봄날이 되기를 기다리던 처지였다.

사계란 돈의문 밖 경기 감영 부근의 애오개에서 서소문 일대와 만리재를 거쳐 배다리의 청파에 이르는 지역을 말하는데, 이곳 언저리의 수공업자들이며 장사치들, 그리고 성 밖에서 채마밭을 일구어 문안에 들이는 농민들이 절기마다 패를 모아 놀던 데서 사계축패라는 말이 나오게 되었다. 각 동네마다 재간이 뛰어나고 흥이 과한 자들이 있게 마련이라 서로 이름을 걸고 기량을 다투었다. 특히 청파는 그중에 으뜸이던 것이 용산 삼개와 마포 동막에서 들어오는 삼남의 물산을 거래하여 부자가 된 이들이 많아서 북촌처럼 기와집이 빼곡 들어차 있을 정도였다. 이들은 인왕산 아랫녘의 아전 출신 중인들처럼 시, 서화를 들추며 양반 흉내를 내려 하지 않았고 가곡, 가사, 시조에다 민간에 전해

내려오는 각종 흥겨운 잡가를 즐겨하여 저들의 윗대와 구별하여 아랫대라고 불렀다.

아무튼 이신통은 서소문 근처 칠패가 시작되는 언저리의 어느 선술집에서 박삼쇠를 만나게 되었던 것이다. 박은 만리재 아래에 있던 공청으로 쓰는 파 움막에서 정월 대보름 놀이에 선보일 소리와 마당 판을 연습하고 뒤풀이 겸하여 패거리 몇사람과 술 한잔 걸치려던 참이었다. 이신통이 먼저 와서 혼자 화로 앞에 서서 청어 비웃구이를 안주로 잔술을 사먹고 있었다. 이들이 왁자지껄 떠들면서 신통의 양옆으로 비집고 들어서더니 제각기 술을 시키고 너비아니요 저냐요 하면서 소란을 떨었다. 바로 그의 옆에 들어선 이가 박삼쇠였는데 그래도 나잇값을 한다고 먼저 온 이신통을 밀어내는 양이 되자 미안했는지 일행을 나무랐다.

아, 이 사람들아 먼저 오신 손님도 기신데 이 무슨 소동이여?

선술집이라 하는 것이 길 밖으로 낸 방 안쪽에 화덕을 세우고 바깥에는 좌판을 늘어놓고 즉석에서 안줏거리를 요리하여 잔술과 내는 법이라 화덕 앞에 서서 먹어야 제맛이었다. 그러나 사람이 많아지면 자연히 먼저 온 사람들은 안주와 술을 챙겨서 곁의 툇마루나 평상으로 물러나거나 다시 안주를 시키며 앞자리에서 버티는 것이다. 신통이 안주 없은 접시와 막걸리 담긴 대접을 들고 뒤로 물러서려는데, 박이 그의 소매를 잡으며 말했다.

허, 술잔이야 한 손으로 받아마실 수 있으니 모로 서서 마십시다. 날씨두 춘데 잘됐지 뭐요?

이신통은 그 말이 재미있어서 얼결에 모로 서서 술잔을 들어 마셨고, 박삼쇠가 그를 지켜보다가 고개를 갸우뚱하면서 물었다.

어라 낯이 익은데…… 내가 어디서 봤더라? 여보, 댁은 날 본 적 없수?

신통이 웃는 얼굴로 대답했다.

센둥이가 검둥이요, 검둥이가 센둥이올시다.

상여 메는 놈이 가마 메는 놈이다, 그럼 댁두 놀량패여?

하다가 박은 자기 이마를 손바닥으로 찰싹 때리고는 말했다.

당신 광통교서 얘기책 읽는 이 아녀?

예, 이곳저곳 싸다니며 읽었지요.

그는 반가웠는지 신통의 어깨에 팔을 두르고는 일행을 향하여 떠들었다.

장풍운이 사라진 뒤에 신통방통 나왔다는 말이 운종가에 돌았다네. 그게 이 사람이여!

이름 팔자가 있나 보이. 풍운이는 주독에 풍 맞고 고향으루 내려갔다지.

그 자식이 색향이라는 평양 가서 과하게 오입했던 게지.

애오개 놀량패들은 한마디씩 아는 체를 하는데 박삼쇠가 신통에게 물었다.

나 박삼쇠라구 하는데…… 이녁은 성명이 어찌 되오?

저는 이신통입니다.

주위에서 왁자하는 웃음소리가 일어나며 모두들 한마디씩 거들었다.

거 이름자두 아주 맘먹구 지었네!

합죽이 오물음은 우리 할애비 시절이고……

신통방통 이신통, 장단 좋고!

박삼쇠가 얼른 술 한잔씩 시켜서 신통에게 내밀어주며 말했다.

우리 패에 재담꾼이 없어서 말 대가리 쇠뿔이더니, 이제야 판이 걸쭉하겠구먼. 이 동네 살우?

예, 저어기 쌍버드낭구집이우.

그러자 박삼쇠는 신통이 깜짝 놀랄 정도로 등판을 후려쳤다.

잘되었다! 보아허니 상투는 틀었으되 수염이 검숭드뭇하니 미삼십이 분명한즉, 우리 막내로 쳐줌세.

이제 설 쇠고 스물둘이오.

하아, 좋은 때다.

바로 코밑이 정월 대보름이라 곧 사계축놀이가 열릴 판이라서 애오개패도 만사 제치고 습련에 들어갔다. 단오에는 산대놀이를 하게 마련이라 녹번리산대, 애오개산대, 노량진산대, 퇴계원산대, 송파산대, 사직골 딱딱이패 등 모두가 탈을 쓰고 재담사설에 춤과 잡가로 연행되는 상민들의 놀이였다. 보통 해시 무렵에 시작하여 밤을 꼴딱 새우고 새벽까지 계속되는 큰판이라 단오나 추석 이외에는 감히 열지 못할 판이었다. 사계축놀이는 산대놀이처럼 밤새 노는 판은 아니었지만 주로 굿거리의 재담사설에 잡가소리로 이어지는 식이라서 여러 패거리가 함께 모여

대경연을 벌이기에 적합했던 것이다.

역시 근기지방이라 농투성이든 공장이든 어깨너머로 보고 들은 문물이 많아 제각기 악기를 다룰 줄도 알았고 동네 굿판에서 놀며 거들어본 자들도 많았다. 피리, 젓대, 해금, 장구, 북에 꽹과리를 보통 삼현육각으로 치는데 이와 구분하여 장구, 북, 꽹과리, 징, 새납 또는 날라리로 부르는 태평소를 합하여 풍물이라 부르고 길놀이나 농악이나 탈놀이를 놀 때에 서로 앞뒤로 넘나들며 합세하고 빠지기도 한다. 여기에 거문고, 가야금이 들어가면 그야말로 시나위 향악을 본격적으로 연주하게 되는 판이었다. 풍물이야 시골서 농악깨나 좀 놀아본 사람이면 제법 잡힐 줄 알고 피리, 젓대와 해금은 음률을 익히면 한두해에 맞출 수 있으며 거문고, 가야금은 선생을 모셔두고 몇해는 배워야 하는 법이었다. 사계축놀이의 기본 기량은 가곡, 가사, 시조에 잡가가 기본이며 경쟁에 나서는 패는 열명 이내였다. 선소리꾼이 모가비가 되어 패를 이끌었다. 이들 중 흥이 과한 자들이 본래 하던 일을 때려치우고 재간이 뛰어난 자들을 묶어 이십여명의 패를 이루어 지방공연을 하며 떠돈다.

박삼쇠네 놀이패에 들게 된 이신통은 처음에는 시골서 눈치로 익힌 대로 북이나 장구를 잡고 소리에 간간이 재담과 곁말로 대꾸해주는 재비 노릇으로 시작했다. 재담의 흐름은 박삼쇠가 이끌어갔지만 뒷말은 이신통이 몇번 맞춰보고는 이내 제 흥에 따라 즉석에서 지어내어 대꾸하니 습련 중인 놀이패 사람들이 모두 탄복했다. 박삼쇠가 몇번 맞춰보다가 신통에게 의견을 물었다.

원래 사설은 강담사 재담꾼이 재비와 더불어 허튼소리로 주고받게 되지마는 산대놀이는 얘기 줄거리도 있고 여럿이 춤추고 노래하고 사설을 풀면서 놀지 않나? 창우도 남녀노소가 있어야 하고 악사도 희로애락에 따라 삼현육각은 필요하여 큰 명절에나 놀 수 있다네. 어찌 간단히 줄여서 한둘이 놀게 할 수는 없을까?

그래서 사당패의 꼭두각시가 있지 않소?

그야 인형 괴뢰를 놀리는 짓이라 탈판보다야 쉽겠지만 간단치는 않지.

혼자서 탈만 바꿔 쓰면 어떻겠소?

손발을 다 놀린다?

두사람이 머리를 맞대고 의견을 내기를, 두 발에다 탈을 씌워 놀리고 양팔은 댓가지와 노끈으로 움직여 동작을 해보기로 했다. 박삼쇠와 다른 놀이꾼이 나란히 판자로 엮은 의자에 누워 장막 밖으로 탈 씌운 발을 내밀고 움직이며 댓가지에 연결된 두 팔을 움직이니 놀이꾼이 직접 나가서 혼자 떠들고 동작하는 것보다 훨씬 재미가 있었다. 이신통이 전기수 노릇 하며 이야기 풀어내던 경험을 살려 사설 대본을 썼는데 중간에 잡가와 노래를 넣은 것은 박삼쇠의 의견이었다.

정월 대보름에 사계축의 경연 놀이터는 청파 배다리 부근 덩굴내 모래밭에서 벌어졌고 석양 무렵에 아이들의 불놀이부터 시작하여 마른 볏짚을 장작 위에 더미로 얹어 달집을 태우면서 풍물패의 길놀이가 시작되었다. 마당 주위 곳곳마다 장대 끝에 횃불을 달아 올렸고 구경꾼들은 놀이판 주위에 둥글게 깔아둔 멍석 위에 자리잡고 앉았으며 미처 자리를 못 잡은 이들은 뒷전에 울을 치듯이 빽빽이 둘러서 있었다.

먼저 청파 놀이패의 재담꾼이 나와서 마당 씻는 사설을 풀고 나서 선소리꾼이 몇마디 주고받은 뒤에 '산타령'으로 판을 열었다.

나니나 산아지로구나 어뒤여나에 나나지루 산이로구나
오수산 십일봉은 은자봉이 둘러 있고
도령청대 거자봉은 옥계수가 둘러 있다
수락산 폭포수요 동구재 만리재라
약잠재 누에머리 용산삼개가 둘러 있다
동소문을 내달아 문 넘어 얼른 지나
다락원서 돌쳐보니 도봉망월에 천축사라
동불암 서진관 남삼막 북승가요
우연히 잠두에 올라 한양 성내 굽어보니
인왕삼각은 용반호거세로 북국을 고여 있고
한강종남은 여천지무궁이라

이어서 만리재 놀이꾼이 나와서 '오봉산타령'을 받는다.

오봉산 꼭대기 에루화 돌배나무는
가지가지 꺾어도 에루화 모양만 나누나
에헤요 어허야 영산홍록의 봄바람
도봉산 만경봉에 백학이 춤추고
단풍진 숲속엔 새 울음도 처량타
그윽한 준봉에 한떨기 핀 꽃은
바람에 휘날려 에루화 간들거리네
삼각산 꼭대기 채색구름이 뭉게뭉게
만학의 연무는 에루화 아롱아롱
백운대 암벽에 홀로 섰는 노송나무
광풍을 못 이겨서 에루화 반춤만 춘다
인왕산 마루다 국사당 짓고
임 생겨지라고 노구메 정성을 들이네
삼청동 골짜기 졸졸 흐르는 시냇물
꽃 피고 새 울어 심신이 쇄락해지노라
에헤요 어허야 영산홍록의 봄바람

사설시조에 가곡에 이르기까지 내로라하는 소리꾼들이 나와 기량을 다투었으며 각 패가 준비한 재간들을 한가지씩 선보이는 자리가 되었는데, 애오개패가 처음으로 발탈을 준비하니 모두들 신기하여 바라본다. 먼저 검은 장막을 치고 뒷전에는 발탈 놀이꾼으로 박삼쇠와 조대추가 긴 널판 의자를 비스듬히 놓고 두 발에 탈을 씌워 내밀었고 악사들 앞에는 이신통이 장구를 잡고 맞대거리 재비 노릇을 맡았다.

어흠, 어흠, 여기 사람이 많이 모였군. 여기 누가 주인이오?

내가 주인이오. 당신은 웬 사람이오?

웬 사람이라니, 아니 내가 조그마하니까 토막을 낸 줄 아슈? 웬 사람이냐구 묻게.

당신은 도대체 누구란 말이오?

나는 팔도강산 유람차 다니는 사람이오. 우리 인사나 합시다.

나는 이 마포 강변 사는 어물도가 주인이오. 당신 보자 허니 멋깨나 들었겠구려.

멋도 들었지만 모르는 거 빼곤 다 잘 알지.

모르는 거 빼곤 다 잘 안다? 그럼 강산유람을 다녔으면 시조장이나 알겠군.

시조장이라니, 시조가 무슨 물건인가? 장에 있게. 시조마디지.

하하, 이 사람, 그럼 시조 한마디 해보구려.

하라면 못할 줄 알고? 청산리 벽계수야 수이감을 자랑 마라, 일도창해하면 다시 오기 어려워라, 명월이 만공산허니 쉬어간들 어떠리.

허허, 거 시조하는 걸 보니 춤마디나 추겠는데?

허허, 이것 좀 보게. 춤이 마디가 어디 있어? 가락이지.

오라, 춤은 가락이지. 그럼 춤 한가락 보여주지.

아따, 그 사람 거 골고루 보자네그려. 만장단을 쳐라!

허허, 거 뚝배기보다 장맛이라더니 생긴 꼴보다는 소리도 좋고 춤도 제법일세. 거 이제부터 우리 말을 놓고 하세.

뭐? 말을 놓고 해?

그래. 놓고 하자구.

미친 시러베아들 녀석 좀 보게. 이 녀석아, 언젠 말을 붙들어매고 했니? 놓고 하게.

아니, 그게 아니라 우리가 서로 동무로 지내자 그 말일세.

참, 그래 그것두 좋지. 헌데 여보게, 여기 웬 사람들이 이렇게 많이 모였나?

이 대목이 재비가 탈의 재담을 이끌어내며 좌중에 소개하는 장면이고 탈의 얼굴을 가지고 놀려먹다가, 다시 청중이 가보지 못한 다른 고장의 산천과 인심을 소개한다.

그래, 너는 정말 유람을 다녔냐?

다녔지. 이래 봬두 팔도강산을 무른 메주 밟듯 하고 다닌 사람이다.

건건이발로?

건건이발이라니? 건건이는 느이 애비 밥상에 놓는 게 건건이다.

아니, 그게 아니라 맨발로 말이다.

맨발은 점잖지 못하게 왜 맨발로 다녀? 의관정제하고 다니지.

뭐, 의관정제를 해? 아니, 그럼 너도 욕심쟁이 고리타분 양반 샌님이냐?

네 눈엔 내 이 수염도 안 보이냐?

뭐, 수염? 아, 돼지 꼬리 같은 털 말이지?

이놈아, 그게 느이 할애비 수염이다.

예끼, 이놈아! 그래 어디를 갔다 왔니?

제일 먼저 동대문 밖을 썩 나서 망우재를 넘어 떡수에 가서 떡 사먹고, 국수리에 가서 국수 먹고, 양수리에 가서 물 마시고, 양평서 개평 뛰고.

뭐, 개평? 너는 노름도 좋아하는구나.

예끼, 이 녀석, 노름은커녕 엿방맹이도 못한다.

아니, 그러면서 개평은 떼어?

이 바보 같은 놈아, 양평서 경기 개평으로 갔다 이 말이여.

옳아, 양평에서 가평으로 뛰었다 그 말이지?

아따, 그놈 새김질 한번 잘한다. 거기서 다시 두 내외만 사는 동네를 찾아갔지.

이번엔 양주로 갔다 이 말이지? 그래, 그담엔 또 어디로 갔나?

이번엔 양주 땅에서 가마골을 넘어 파주 고랑포에 가서 나루를 탔는데.

고랑포에서 배를 탔겠지.

맞았다. 배를 탔지. 타고 보니 사공이 여자데그려.

사공이 여자라면 네가 여자 배를 탔단 말이지?

이런 숭헌 놈, 그럼 너는 남자의 배만 타냐? 여자의 배는 싫어하고?

에라, 이 흉측헌 녀석. 한대 맞아라! 그래, 배를 타고 어디로 갔단 말이냐?

그 배를 타고 임진강을 건너 개풍동을 지나 개성으로 들어섰지.

개성. 그래, 개성엔 명승고적두 많다는데 너도 그걸 봤겠구나.

보다 뿐이냐?

그래, 무엇 무엇을 보고 왔는지 어서 냉큼 빨리 얘기해봐라.

아따, 그 녀석 성질도 급하긴. 그러다간 산 놈의 돼지 꼬랑지 붙들고 순댓국 달라겠네.

그래, 뭘 그렇게 많이 봤나?

저 남문 밖 떡전에 들어가서 송기떡, 수리떡, 빈대떡두 보구, 술청거리에 가서 약주, 탁주, 인삼주에, 돼지새끼 삶아놓은 애저에다 곁들여 먹기 좋은 보쌈김치, 갓김치, 나박김치도 보구 왔다.

이런 처먹다 망할 놈을 봤나? 아니 그래, 그게 겨우 명승고적이냐?

이놈아, 금강산도 식후경이라면서?

밤이 이슥하도록 애오개 놀이패의 발탈 마당이 계속되었고, 이어서 다른 패거리들이 잡가의 신곡을 불렀지만 관객들에게 흥취는 별로 주지 못한 것 같았다. 이신통은 대번에 발탈의 사설을 직접 만든 재담꾼으로 한양 일대의 광대들에게 소문이 나게 되었다. 대보름 사계축놀이가 끝나고 일대의 장사꾼 공쟁이들의 계에서 걷어준 놀이 행하를 받아 뒤풀이 겸하여 문안으로 놀러 가기로 했다. 박삼쇠가 수표교 일대의 색주가로 패거리를 데려갔는데, 이번에 발탈을 함께 놀았던 조대추와 재비 역할의 이신통이며 칠패와 애오개 토박이 소리꾼 두사람이었으니 그만하면 교자상 한상 차려놓고 조촐하게 마실 만했던 것이다.

색주가는 원래 무악재 아랫녘 홍제원에 모여 있었으나 운종가에 시전이 번성하고 도성 안팎에 난전이 벌어지면서 문안으로 들어와 종루 뒷길인 피맛골에 자리를 잡았고, 가장 번성한 곳이 좌포청 부근과 태평방 다동 일대와 서린방 부근이었다. 북부에는 주로 아전 군교들이 주요 단골손님이 되고 서린방 일대 역시 아전과 장사치들이 뒤섞이더니 청계천 건너 남부 수표교 일대에 돈냥깨나 모았다는 중인 장사치들의 술집들이 생겨나게 되었다. 예전에는 궁중 연회에 참예하는 기생은 일패(一牌)요, 재예가 출중하건만 궁중에 들지 않은 기녀로 사대부들과 교유하며 음률은 물론 시, 서화를 배웠던 부류는 이패(二牌)라 하고 아무나 상대하지 않는다 하여 은군자(隱君子)라고도 했다. 그다음이 상민이나 천민의 자녀로 팔려오든가 또는 주점의 포주가 어려서부터 양딸로 키워오든가 하면서 기녀로 삼은 경우인데, 술도 팔고 몸도 판다고 하여 가장 낮은 계급의 창기로서 몸값을 대납하지 않으면 풀려날 수가 없었다. 이들을 삼패(三牌)라고 하는데 이들 중에는 간혹 재예가 뛰어나 춤이며 소리를 잘하는 자가 있어 광대물주가 몸값을 물어주고 연행패에 넣기도 했다.

박삼쇠가 요즈음 잘 가는 색주가라 하여 모두들 따라나섰다. 조대추도 그곳에 가끔씩 들렀던지 창기들의 이름을 들추면서, 어느 집 누구는 인물이 어떻고, 또 누구는 소리보다는 몸매가 좋다느니 하면서 개천을 따라 걷는 내내 떠들었다. 그들이 장통교 지나 수표교에 이르러 뒷골목으로 들어서니 고만고만한 기와집들이 처마를 잇대고 있는데 한 두어집 건너 장대 끝에 대나무 용수를 거꾸로 씌우고 그 아래 사초롱(紗燭籠)을 달아놓은 게 보였다. 창기들이 집 앞에 나와 섰다가 사내들이 골목 안으로 들어서자 제각기 나와서 소매도 잡고 옷자락도 당기면서, 서방님 날 두고 어디 가시오, 잠깐 들러서 소리라도 한번 들으시구려, 교태가 낭자했다.

어허, 지금 추월이네 맞추어놓고 가는 길이다.

그래도 홍등의 법도가 있어 약조된 집이 있다 하니 이죽삐죽하면서도 뒤로 순순히 물러났다. 박삼쇠의 단골집이었던지 계집 두엇이 나와 섰다가 얼른 대문을 활짝 열고 먼저 한걸음 내디디며 외쳤다.

한양 제일명창 박 서방 드십니다.

들어서니 중인의 살림집에 마당이 자그마한데 오종종한 장독간이 보이고 맞은편 마루에서 주모가 버선발로 뛰어내려와 반겼다.

아이고, 오늘 우리집 문 닫아야겠네.

하고는 창기들에게 외쳤다.

애들아, 이제 손님 받지 마라!

그 집에서 귀한 손님 방이란 부엌 딸린 안방 건너편의 상하 방이었다. 이러한 놀이 손님이 들면 가운데의 장지문을 열어젖히고 위는 술판이요 아래는 놀이판이 된다.

추월이 오늘 박삼쇠가 물주인 줄을 뻔히 알고 물었다.

술은 무얼로 가져올깝쇼?

말해 뭘하나, 당연히 공덕리 소주지.

그들이 둘러앉자마자 주모 추월이 가운데의 장지문을 열어젖히고 교자상을 들여온다 초벌 안주를 들인다 분주한데, 이신통이 건너다보니 아랫방 윗목에 가야금, 해금, 젓대와 장구가 가지런히 놓여 있다. 술이 다음차로 이어지고 진안주가 본격적으로 나오기 시작하자 창기 둘이 가운데 끼여 앉았다가 스스럼없이 나가 하나는 장구를 잡고 다른 하나는 잡가를 불렀다. 박삼쇠가 대견하다는 듯이 듣고 나서 잘못된 가사와 음정을 지적해주자 추월이 나서며 가야금을 잡더니 한마디했다.

아무리 명창이시지만 아이들 기죽어 어찌 소리 한판을 마음 놓고 하겠소?

그러고는 낭랑하게 '새타령'을 부르는데 제법 높낮이의 청과 음률이 맞아떨어지고 신명이 실려 있다. 좌중이 모두 한가락하는 사람들이라 절로 무릎을 치며 좋지, 잘한다, 얼쑤! 하고 추임새를 넣어주었다. 술이 몇순배 더 돌아간 뒤에 주모 추월이 미닫이 너머로 고개를 쭉 빼며 외쳤다.

그믐아, 와서 놀자!

추월의 말이 떨어진 잠시 후에 방문이 열리며 기녀가 들어와 문가에서 살포시 절을 하고는 아뢴다.

그믐(琴音)이가 손님들께 뵙겠습니다.

하고는 아래로 내려가 한쪽 무릎을 세워 그 위에 두 손을 모으고는 정면을 바라보는데 박삼쇠가 얼른 알고 장구를 끌어다놓고 채를 잡는다. 청아하고 높은 소리로 올랐다가 차츰 평온함을 회복하는 지름조의 시조가 흘러나온다.

산촌에 밤이 드니 먼 데 개 짖어 운다
시비를 열고 보니 하늘이 차고 달이로다
저 개야 공산 잠든 달을 짖어 무삼하리오
구름이 무심하단 말이 이리도 허랑하다
중천에 떠 있어 임의로 다니면서
구태여 광명한 날빛을 가려 무삼하리
이러나저러나 이 초옥 편코 좋다
청풍은 오락가락 명월은 들락날락

이 중에 병 없는 이 몸이 자락 깰락 하여라

그야말로 심신이 한가한 가운데 잔잔한 흥이 일어나는데 연못에 잔바람이 스치는 듯 물결이 수면 위로 번져가는 것 같았다. 연이어 그녀는 가야금을 무릎 위에 얹고 몇번 튕겨보고는 잡가의 정요(情謠) 한대목을 부른다.

갈까보다 임 가신 데로
후살이 갈까보다
미투리 신짝을 타달탈 끌면서
임을 따라 갈까보다
어찌 살거나 정든 임 그리워
임이 괄시하더라도
불원천리 갈까보다
아무래도 임을 위하여
병이 나리외다

앞의 시조창과는 달리 간드러진 가야금과 어울린 소리의 높낮이와 떨림이 가냘프면서도 힘이 있었다. 슬프지만 어떠냐고 항의하는 것처럼 느껴지기도 했다. 이신통이 소리를 많이 듣지 않았으나 목청이 뛰어난 것쯤은 가슴속에 전해오는 느낌으로 짐작할 수가 있었는데, 아니나 다를까 박삼쇠가 한마디했다.

네 어디에서 그 좋은 소리를 배웠는고?

그믐이 그냥 미소 짓고 고개를 숙이는데 조대추도 한마디 거들었다.

경서도 소리에 판소리 청을 곁들였구나. 그러니 슬프고 씩씩하네.

추월이 우쭐하여 나섰다.

그믐이가 우리집에 나온 지 이제 겨우 보름도 못되었소. 은군자로 서방님 모시던 것을 저와 동업하자고 꾀어냈지요.

좌중은 모두 풍류를 아는 놀량패들이라 더이상 지지재재 사연을 묻지 않고 흥이 오른 박삼쇠가 엮음수심가 가락으로 앞서 나갔다. 몇대목씩 부르면서 서로 넘기고 받으면서 나아가는 것이다.

광풍아 불지 마라 송풍낙엽이 다 떨어진다
명사십리 해당화야 잎이 진다 설워 말며
꽃 진다고 설워 마라

하는데 그믐이 받아 차고 나선다.

인생 한번 죽어지면 다시 올 길 만무로구나
황천이라 하는 곳은 사람 사는 인품 범절이
정 좋은가 보더라만

조대추도 얼른 받는다.

악공 불러 노래도 시키며 미동 데려다 다리도 치고
미색 불러 술 부어 마시며 노류장화가 막 많은 곳인지
한번 가면 영결이로구나

한참을 놀고 마른 목도 적시고 이야기도 나눌 겸 하여 술상 앞으로 둘러앉아 술을 마실 제, 갑자기 밖에서 요란하게 대문을 두드리는 소리가 들려왔다.

이리 오너라.

모두 두리번거리며 서로를 바라보는데 다시 대문을 발로 차는지 빗장이 삐걱대는 소리가 들릴 정도였다. 주모 추월이 치맛귀를 싹 돌려잡고는 마당 지나 문간에 달려가 냉랭하게 외쳤다.

오늘 장사 안허우.

무슨 소리냐? 너희들 노랫소리가 저 수표교까지 들리더라.

아무튼 오늘 손님 안 받아요.

하고 돌아서려는데 누군가 걸걸하고 나직한 목소리로 을러댔다.

내가 누군지 아느냐? 친군영의 무예별감이다. 내일도 장사하고 싶거든 어서 문을 열어라!

추월은 돌아서려다가 그 소리에 짐작이 가는지 맥없이 대문 빗장을 열었다. 빼꼼히 내다보니 화려한 홍의 걸치고 초립에 호수(虎鬚) 장식 꽂은 대전별감이 분명했고, 그 옆에는 까치 등거리 더그레에 검은 깔때기 쓴 의금부 나장이 서 있는 것으로 보아 밤의 색주가에서 그들을 괄시했다가는 그야말로 장사를 폐업해야 될 판이었다. 초록은 동색이라고 별감배와 나장들은 서로 경쟁하듯이 색주가며 투전판을 돌아다녔으니 성내 왈짜들도 그들과 손잡지 않고는 구역을 지킬 수가 없었다. 그들도 네댓명 되었고 서슴없이 마루로 올라오더니 술판이 벌어진 건넌방 문을 벌컥 열었다. 이쪽에서도 대강 분위기를 눈치채고 무덤덤하게 올려다보는데 얼른 문을 닫지 않고 쓱 훑어보더니 나장짜리가 한마디했다.

개 대가리에 정자관 쓴다더니…… 요샌 뭐 시정잡배들도 색주가 출입일세.

대놓고 욕을 내뱉은 자는 열었던 문을 닫지도 않고 돌아섰다. 추월이 부엌 딸린 안방으로 그들을 안내하여 들이니 잠시 마루가 조용해졌다. 술상을 들인다, 건넌방에 앉았던 창기들을 불러들인다 하며 부산을 떨다가 저들도 술을 마시기 시작했는지 왁자하는 웃음소리가 들렸다. 박삼쇠 일행은 이미 파흥이 되어 조용히 남은 술을 마시고 있는데 추월이 건너와 방문을 열고는 그들에게는 눈길도 주지 않고 그믐이 곁에 주저앉아 속삭였다.

이걸 어쩌냐? 별감 어른이 널 찾는구나.

나 그 자리에 못 가우.

지난번에야 술이 취해서 그랬던 일이구, 오늘은 제법 점잖게

들 왔으니 잠깐 앉았다가 오자꾸나.

싫우, 형님이나 가요. 저는 돌아가신 영장님 의리로 보더라도 저것들과는 동석 못허우.

추월은 그제야 박삼쇠 일행에게 고개 숙여 죄송하다는 시늉을 해 보이며 황급히 안방으로 건너갔고, 뒤이어 뭐야? 하고 고함을 버럭 지르는 소리가 들리더니 마루를 울리는 발소리와 함께 미닫이문이 벌컥 열리며 홍철릭 입은 별감짜리가 뛰어들었다. 그는 다짜고짜 그믐이의 머리채를 잡더니 끌고 가려는 것처럼 잡아당겼다. 그녀는 한 손으로는 자기 머리를 잡고 다른 손으로는 그자의 팔을 잡은 채로 맥없이 끌려나갈 판이었다.

이신통이 갑자기 달려들어 무엇인가로 별감의 뒤통수를 내리쳤고 그는 앞으로 쭉 뻗어버렸다. 신통이 엉겁결에 소주를 담아온 거위병을 들어 힘껏 내려친 것이었다. 박삼쇠가 대번에 사태를 알아채고 신통과 그믐이의 등을 떠밀었다.

얼른 도망쳐!

신통은 생각해볼 겨를도 없이 그믐이의 손을 잡고 마당에 내려섰다. 안방 문이 열리면서 한 사내가 고개를 내밀었고 박삼쇠와 조대추 등도 마루로 나서는 참이었다. 둘이서 뒤도 돌아보지 않고 뛰는데 수표교 쪽으로 향하는 신통의 손목을 그믐이 홱 잡아당기면서 말했다.

뒷골목으로……

그믐이 시키는 대로 일단 태평방 쪽으로 휘어진 샛길에 들어선 신통은 그제야 수표교에서 좌포청 방향으로 뚫린 훤한 대로로 향했더라면 뒤쫓는 자들에게 영락없이 잡혔을 거라는 생각이 들었다. 인적이 드문 골목을 한참 걸어서 소광교를 건너자 신통이 한걸음 뒤에 따라오던 그믐에게 물었다.

이녁은 사는 곳이 어디요?

지금 거기 못 가요. 추월이 형님이 알고 있으니 저들에게 시달리면 대줄 거예요. 그나저나 서방님 거처는 어디요?

나는 애오개 주막거리에 사오.

아직 인정 전이라 성문이 열려 있을 테니 그리로 갑시다.

두사람이 간신히 해시 무렵에 돈의문을 빠져나가 애오개 주막에 이를 즈음에 문안에서 인경 치는 종소리가 아득하게 들려오기 시작했다. 방마다 불이 꺼져 있어 가지를 늘어뜨린 수양버들은 어둠속에 흉물처럼 서 있었다. 신통은 익숙하게 캄캄한 마당을 돌아 뒤채의 구석방으로 그믐이를 데려갔다. 그는 먼저 들어가 등잔에 불을 붙였다.

누추하지만 들어오시오.

그믐이는 방 안에 들어와 윗목에 쪼그리고 앉아 시렁에 얹힌 이부자리와 고리짝이며 벽에 걸린 옷걸이 횃대며 작은 책상 등속을 둘러보았다.

여기 혼자 사세요?

그믐이의 질문에 대답은 않고 신통이 되물었다.

집이 따루 있다면 어디 살우?

야주개 앞동네인데 세 살다 내주게 생겼어요.

그럼 살림하셨소?

그믐이는 고개를 희미하게 까딱거렸고 더이상 말하려 하지 않았다. 이신통이 먼저 두루마기와 갓을 벗어 횃대에 걸고는 이부자리를 내려 그녀에게는 이불을 내주고 자신은 요를 들고 윗목으로 올라가며 말했다.

나는 여기 누울 테니 이녁은 조 아래서 이불 덮고 눈 좀 붙이슈.

이신통이 문 앞에 눕고 그믐이 문을 머리 쪽에 두고 아랫목에 누우니 그들은 기역자로 엇갈리게 되었다. 그러나 머리는 서로 지척이라 불을 끄고 나서도 잠이 들지 않았던지 그믐이 먼저 이야기를 꺼냈고, 신통은 듣던 중에 다시 묻고 하면서 날을 밝히게 되었다.

저는 강화에서 태어났고요, 부모님은 무당이었습니다. 아버지는 부모가 일찍 죽어 김포에서 유명하던 작두만신의 양아들로 자라나 굿을 할 때에 제상 차리기 같은 잔심부름을 하면서 곁눈으로 무악과 춤을 보고 재비가 되었답니다. 어머니 어린녀(於仁蓮)은 열일곱에 시집을 갔는데 신랑이 너무 징그럽고 무서운데다 어찌 된 노릇인지 온몸이 빼빼 마르고 뼈마디마다 쑤시면서 밥도 못 먹는 중병에 걸렸다지요. 시어머니와 밭에 김을 매러 나가서도 갑자기 팔다리가 땅에 닿지를 않고 허공중에 뜨는 것 같고 가슴이 답답하여 손뼉 치고 춤을 추면 온몸이 날아갈 듯 가뿐해졌답니다. 남이 보면 영락없는 미친년이겠지요. 나무하러 가는 남편을 따라가면 어느 길모퉁이선가 꼭 헛것들을 만나게 되는데 그것들이 서로 소곤대는 소리까지 다 들리고 보이더랍니다. 그러니 불쑥불쑥 혼잣말로 대꾸하게 되겠지요.

집안에서는 미친병이 들었다고 아예 골방에 넣고 상대를 않는데, 어느날 꿈에 머리가 하얀 할아버지가 나타나 지금 이길로 집을 나가 어느 동네 어느 골을 찾아가면 우물이 있는 앞집에 이러저러한 생김새의 만신이 있을 터이니 그게 너의 새어머니라고 알려주더랍니다. 그래서 앓아누워 있던 우리 어머니가 벌떡 일어나 훨훨 춤을 추며 몇십리를 달려가 그 집을 찾았고 만난 이가 바로 작두만신이었답니다. 그런데 신통하게도 작두만신 할머니도 신딸이 될 여자가 찾아오는 꿈을 꾸고는 우물가에 나와 기다리던 참이었답니다. 어머니는 그 집 일을 돌보며 내림굿을 하고 무업을 전수받았고 만신의 양아들로 재비가 된 아버지와 부부가 되었던 것입니다.

우리 부모는 김포에서 제금나 강화 성내로 들어가 무업을 차렸습니다. 제가 거기서 태어나 열두살까지 살았습니다. 새로 온 강화 유수가 정자 수리를 구실로 고을 당나무를 베어버린다는 역을 일으키기 전까지 우리 부모는 강화 일대에서 영험한 무당으로 철철이 동제에서 사삿집 무꾸리에 이르기까지 밥 먹고 살 만했지요. 강화 유수가 당나무를 베어버린다니 동네사람들이야 사또 나리의 엄명이라 속앓이만 할 뿐 별도리가 없었답니다. 아버지는 나무를 베러 나온 일꾼들에게 이제 나무를 베면 모두 동티를 입으리라 엄포하고는 그 자리에서 비나리를 하고 부적을 나무 밑동에 붙여두었습니다. 그리고 이튿날 나졸들에게 끌려가서 격노하신 유수 나리가 지켜보는 가운데 장형 일백도를 받고 돌아와 시름시름 앓던 중에 장독으로 돌아가셨지요. 어머니도 무업을 잃고 고을에서 쫓겨나게 되었구요.

어머니는 근기에서 영험이 있다는 파주 감악산에 기도하러 간다며 길가 주막에다 저를 맡겨두고 떠나서는 돌아오지 않았어요. 저는 주막에서 애 보는 업저지 노릇도 하고 부엌 심부름도 하며 밥 얻어먹고 얹혀 있다가 신병이 들었습니다. 처음에는 밥과 국에서 이상한 노린내가 진동하고 반찬마다 벌레가 가득한 것처럼 보여서 하루에 물 한그릇 외에는 아무것도 먹을 수가 없었지요. 머릿속이 흔들리고 깨어질 것처럼 아파서 수건으로 동여매지 않고는 잠시도 서 있거나 앉아 있을 수도 없었습니다. 툭하면 물동이를 깨먹고 나르던 밥상도 깻박을 쳐버리니 주막에서는 몹쓸 것이 들어와 장사 망하게 생겼다고 저를 내쫓을 판이었어요. 때마침 장사치가 지나다 저를 보고는 엽전 닷푼에 사서 홍제원 삼패 색주가에 열냥 받고 팔아넘겼답니다. 저는 봄가을로 찾아오는 환절기만 되면 시름시름 며칠 앓아눕기는 했어도 홍제원에 간 뒤로는 머리 아픈 것이 거짓말처럼 나아버렸습니다. 무엇보다도 풍악소리만 나면 절로 온몸에 힘이 나는 것이었지요. 저희 집 주모는 원래 송도 관기였던 이로 가무에 일가를 이룬 예기라고 이름이 자자하던 사람이었는데 제가 온몸에 음률을 지니고 태어난 아이라고 하였습니다. 어느 시조나 잡가든 한번 들으면 가사와 곡을 외워버렸고 장구에 해금, 가야금도 귀로 듣고 따라 하면 열흘이 못 가서 모두 익혀버렸습니다. 제 기명인 그믐이는 주모 춘앵(春鶯)이 지어준 이름입니다만. 저희 집에서는 일년에 수차례나 내왕하는 청국 가는 사행의 역관 군관 상단을 맡아놓고 접대하던 터라 저는 한양 성내의 중인 아전붙이들에게도 알려지게 되었지요. 하루는 주모가 저에게 은근히 이르더군요.

작년에 우리집에 들러서 연행에 따라갔던 장교가 이번에 호군(護軍)이 되었다는데 너를 들여앉히고 싶다는구나. 네가 내 딸이 된 지 벌써 다섯해가 되어가는데 이제 너두 기녀로서는 절정이로구나. 스무살이 낼모레라 기예가 아깝지 않으냐? 한양에 들어가 은군자로 풍류남아들을 뒤흔들어볼 때가 되었다구 생각한다.

주모가 말하여 그가 누군지를 생각해보려 애썼지만 도무지 떠오르지 않는 것이었습니다. 구군복을 입은 장교가 부하 군병 두엇과 사인교를 거느리고 왔을 때에야 그의 얼굴을 알아보았습니다. 그는 김춘영이란 무관으로 이전에 홍제원에서 정사 부사의 행차를 기다리며 우리집에서 나흘쯤 묵었습니다. 그이는 사행의 호종무관이었는데 군병들에게는 엄했고 국경까지 따라가는 관노들에게는 자애로운 사람이었지요. 언제나 노비들의 저녁밥을 챙겨준 뒤에야 병졸들과 더불어 식사를 들곤 했습니다. 저희 집에서 두번인가 연회를 열었는데 모두 한양 시전의 상단 사람들이 비용을 댔던 자리였지요. 마지막 날 밤에 상단에서 행하를 내어 제가 그이의 수청을 들게 되었고 그는 뿌리치지 않고 당신 처소에 저를 들였습니다만, 부친의 삼년상이 아직 끝나지 않았다며 저를 손끝 하나 건드리지 않았습니다.

그랬던 이가 새삼 저를 기억하고 첩실로 들이겠다니 조금은 놀랐습니다. 물론 저는 소싯적부터 홍제원 삼패에 들어가 창기 노릇을 했으므로 여염집 아기씨들처럼 처녀는 아니었지요. 머리얹기는 이미 십육세에 치르었구요, 그뒤로도 사행이 있을 때면 서너차례 수청을 들긴 했습니다. 지금은 얼굴도 기억이 나지 않는 역관이나 상인들이었을 겝니다. 어쨌든 저는 김춘영 호군을 따라 한양 성내로 들어갔습니다. 그가 얻어준 집이 구리개 장악원 근방에 있었는데 방 세칸에 문간방까지 딸린 아담한 기와집이었어요. 김 호군은 궁의 수문장직으로 야근하는 날이 많았고 본가는 삼청동에 있어서 제 집에는 사나흘에 한번 들를까 말까 했지요.

무관은 장래의 전정이나 환로를 열고 나아가려면 상급자들과 두루 사귀어야 하고 젊은 선비들이며 우대의 실력 있는 아전들과도 교분이 두터워야 합니다. 저희 집에 그런 이들이 모여들기 시작했고 저도 장악원의 악공 기녀들을 몇사람 초치하여 자리를 마련하곤 했지요. 제 주인께서는 호군을 거쳐 상호군(上護軍)

아홉사람 중에 들었다가 몇년 전에 무위영 영장이 되셨습니다. 본댁에는 한번도 가 뵙지 못하다가 그분이 영장 되신 후에 인사를 올리러 가서 얌전하신 부인과 아들 하나 딸 둘의 자식들도 보았답니다. 그러고 왠지 마음이 쓸쓸하여 하루 온종일 가야금을 뜯으며 혼자서 소주 한병을 홀짝홀짝 비웠지요.

지난번 군란 때에 주인께서 소요의 책임을 지고 의금부 전옥서에 갇혔다가 난리 중에 풀려나 하도감 별기군영과 일본 영사관을 쳐부쉈다는 걸 나중에 알게 되었지요. 그이는 대원위 대감이 끌려가고 정국이 바뀐 뒤에 난의 주동자로 체포되어 민씨 일족들에게 갖은 추국(推鞫)과 악형을 당하고 한달 뒤에 군기시(軍器寺) 앞 천변에서 처형당하셨습니다. 며칠 동안 개천가에 버려져 있던 시신을 제가 일꾼을 사서 수습하여 삼청동 본가에 모셨고 부인과 자녀들을 모시고 장례도 치렀습니다. 반란의 수괴로 처형되었으니 옛날 같으면 처자녀와 삼족 모두가 노비로 떨어질 판이었지만 개화된 세상이라고 혈족은 처벌하지 않는 대신 가산 몰수령이 떨어졌지요. 저는 장악원 부근에 있던 집을 부인께 내드렸고, 야주개에 방 한칸을 세내어 혼자 살면서 홍제원 시절부터 알던 추월의 색주가에 나가 연명하고 있던 참이었습니다.

이신통은 그믐이의 기나긴 신세타령을 들으면서 서일수와 함께 겪었던 군란 당시의 일들이 생각났고, 김만복의 서글서글한 얼굴이 떠올라 새삼 눈물을 글썽였다. 그들은 쪽잠을 잠깐 자고 아침 느지막이 일어났다. 신통이 어젯밤의 일을 대충 주막 주인에게 말하니 그는 대번에 안색이 변했다.

거참, 불길한 일을 저질렀네그려. 난리 이후로 애오개와 칠패 일대에 날마다 기찰이 뜨는 판인데 그놈들이 그냥 넘어갈까 모르지. 아무튼 저녁때쯤에나 소리꾼 동무들이 어찌 되었는지 수소문을 해보게.

신통은 그뭄이와 함께 방 안에 틀어박혀 낮잠을 자거나 이야기를 나누면서 하루를 보냈다. 신통이 고향 이야기를 대충 해주고는 한양에 올라와서 겪은 사연을 말하던 중에 김만복의 이름이 나오자 그믐이 자기도 잘 아는 사람이라고 하여 서로 놀랐다. 그믐이는 주인의 수하 군병들이 동관묘와 이태원에서 효수당했다는 소문만 들었는데 이제 김만복 별장의 죽음에 대해 자세히 알고 나니 그들 사이에 묘한 인연이 얽혀 있다는 생각이 들었다.

저녁을 먹고 신통은 그믐에게 쉬라 이르고는 혼자서 서소문 밖의 칠패 초입으로 슬슬 내려가보았다. 신통이 가끔 들르던 선술집을 슬쩍 훑어보고는 그냥 지나치려니 주인이 손을 흔들며 그를 불렀다.

자네 혹시 박 서방 찾는 거 아닌가?

그래 오늘 안 나왔수?

안 나오는 게 다 뭐야? 아까 오후에 홍철릭 입은 별감짜리가 직접 기찰포교들 데리구 왔다 갔다네. 그치들 박삼쇠 이름만 알더라구.

선술집 주인은 주위를 슬쩍 둘러보고는 신통의 귓가에 얼굴을 들이대며 속삭였다.

만리재 아랫녘 공청으루 가보아. 삼쇠가 거기 있을 테니……

그곳은 그들이 소리 연습하던 장소로 소리패 이외에는 모르는 장소라 신통도 박삼쇠가 그쯤에 숨어 있지 않을까 생각했던 터였다. 과연 천변의 밭두렁 사이에 있는 움막 부근에 다가가니 입구의 거적문 사이로 불빛이 새어나오고 있었다. 이신통이 거적 앞에서 헛기침을 하니 두런대던 목소리들이 대뜸 잠잠해졌다. 그가 거적을 들치고 얼굴을 들이밀자 안에 있던 세 사내가 제각기 눈을 부릅뜨고 두 주먹은 불끈 쥐고서 공격할 태세였고, 박삼쇠도 파 움에서 쓰던 호미까지 번쩍 치켜들고는 당장이라도 내려칠 기세였다.

어어, 같은 편이우!

신통이 두 팔을 올려 막는 시늉을 하며 급히 외치니 모두들 맥이 빠졌는지 한숨을 내쉬고 주저앉아버렸고 박삼쇠도 호미를 내던졌다.

이러니 죄짓고 못 살아. 이 사람아, 자네 때문에 우리는 집에두 못 가게 생겼네.

서로가 어제 있었던 일들을 얘기하던 중에 신통이 그믐이를 애오개 쌍버드나무집에 데려다 놨다는 말을 하자 박삼쇠는 어깨를 늘어뜨리고 긴 한숨을 내쉬었다.

그자들이 이대로 잠자코 얼렁뚱땅 넘어갈 리는 만무한데, 참 걱정일세.

그들은 신통과 그믐이 먼저 달아날 때에 뒤미처 마루로 나오다가 안방 쪽에서 나장 복색을 한 놈과 두루마기 차림의 사내가 뛰쳐나오자 조대추가 앞서 나오는 자의 가슴을 돌려차기로 질러버렸다고 했다. 두 녀석은 서로 붙안고 안방 미닫이를 부수며 나가떨어졌고 그들은 대문을 나와 수표교 쪽으로 냅다 뛰었다. 얘기를 듣고는 신통이 조대추에게 물었다.

아니 그런데 발길질은 또 언제 배웠수?

우리가 그래두 칠패 왈짜들인데 태껸을 모를 리가 있겠나?

뭐라구 을러댑디까?

뭐 나중에 잡아 족치겠다구 그랬던가?

모두들 나중에 보자는 놈치고 변변한 놈이 없다거니 하면서 웃어대는데 삼쇠는 웃지 않았다.

그자들이 누군가? 하나는 대전별감이고 또 한놈은 의금부 나장이라구. 일대가 녀석들의 밥벌이 터나 매한가지 아니던가. 그믐이와 자네를 꼭 잡아 족치려 할 걸세.

조대추가 턱을 치켜들고 다리를 건들거리며 명랑하게 받았다.

까짓것, 잘되었네. 이참에 외방 유람이나 떠났다가 춘삼월 다 보내고 돌아오면 세월에 장사 있다던가.

하여튼 떠나기는 해야겠지만 경조(京兆) 유람은 빼고 막바로 도계를 넘어가야겠네.

의논이 되어 신통과 그믐이 먼저 길을 떠나 과천 어름에서 기다리고 박삼쇠와 조대추가 패거리를 모아 뒤따라오기로 했다.

이튿날 신통은 그믐이와 함께 객점 뒷방에 처박혀 있다가 날이 어두워진 뒤에 얼른 문안으로 들어가 돈의문에서 지척인 야주개 그녀의 셋집으로 갔다. 신통은 골목 어귀의 어둠속에서 잠시 기다렸고 그믐이 초가삼간 집에 들어가 옷가지 등속을 꾸려 작은 고리짝에 멜빵 걸어 짊어지고 나왔다.

두사람은 곧장 쌍버드나무집으로 돌아와 그 밤을 지내고 이튿날 이른 새벽에 길을 떠났다. 애오개에서 곧장 청파 배다리를 지나고 동작나루에 당도하니 동녘에서 해가 떠올랐다. 이른 아침에 한양 도성으로 들어가려는 행객들이 몰려서 배들이 연이어 닿았고 남쪽 나루로 건너는 이들은 많지 않아 그들은 이내 강을 건너 나루터에서 아침 요기를 했다. 남태령을 넘어 과천에 당도하니 늦은 오후였고 그들은 술막거리에서 숙소를 얻어 들었다.

박삼쇠는 애오개와 칠패 그리고 청파 배다리 이외에도 용산 삼개와 마포 동막과 강 건너 사당골 패거리들 가운데 연희 이외에는 별다른 업이 없어 제각기 현지에서 광대놀음으로 생계를 유지하는 자들을 수소문하여 이십여명의 연희단을 모았다. 이들은 소리와 잡가에서부터 풍물과 삼현육각을 연주할 수 있는 기량을 가진 자들로 계절마다 사계축놀이에 참가했던 터여서 서로 어느 동네 누구라고 하면 다들 알 만한 사람들이었다. 농사나 수공업을 하면서 식구를 먹여 살리는 이들은 집과 동네를 벗어날 수 없었지만, 처자식이 없거나 가족에 구애받지 않는 사람들과 머물러 있어봤자 저자의 여리꾼이며 행상으로 연명해야 하는 자들은 제각기 농한기에 지방으로 놀이를 팔러 나다니게 마련이었다. 광대물주들이 그러한 놀이패를 모으러 다녔지만 같은 놀이꾼인 박삼쇠가 기별하자 모두들 제 악기 한두가지씩 집어들고 모여들었다. 약속장소인 동작나루 건너편에 이르니 지역마다 삼삼오오 모여든 것이 스무명이 넘었다. 박삼쇠의 경험으로 미루어볼 때 이 정도의 실력과 인원이면 온갖 잡기를 화려하게 보여주는 남사당패에 견줄 만했다.

이신통과 그믐이는 박삼쇠 연희패와 과천에서 만나 천안에 당도했다. 한양에서 삼남 길을 따라 내려오자면 천안 삼거리가 나오는데, 동쪽으로 목천 지나 충주로 빠져서 문경새재를 넘어가는 영남 길과, 남쪽으로는 공주, 논산 거쳐서 전주로 가는 호남 길로 갈라지며, 서쪽으로 내포평야가 시작되는 아산, 면천과 예산, 덕산, 홍성으로 이어진다. 그들은 해마다 유람을 나와서 천안을 근거지로 하여 충청도 일대를 놀고 다니다가 보리 수확이 시작될 즈음에 한양으로 돌아가거나 찾는 고을이 많아지면 아예 단오놀이 때까지 머물기도 했다.

박삼쇠네 패는 해마다 머무는 삼거리 장터의 단우물 주막에 들었다. 그곳은 바로 남쪽에 공주 길로 넘어가는 도리재(道里峙)가 보이고 아산 쪽에서 흘러들어온 바닷물이 개천을 따라 역류해 들어오는 곳인데도 그 집 우물은 다른 데와 달리 물이 짜지 않고 시원해서 단우물집이라고 이름이 붙은 곳이었다. 삼쇠네 놀이패는 먼저 아산, 면천, 당진, 서산 길을 돌아다니기로 했는데 이 지역의 크고 작은 포구마다 고깃배가 몰려들어 봄철 파시를 이루고 있었기 때문이었다. 아산, 온양, 신창, 면천이 모두 한나절 거리여서 광대물주 노릇을 맡은 박삼쇠가 한바퀴 돌며 어계나 동계의 향임들과 교섭을 하기가 수월했던 것이다. 박삼쇠는 놀이를 나가기 전에 조대추, 이신통을 불러 의논했다.

이번에 그믐이를 우리 놀이패에 데려온 것은 세상 풍속으로 보자면 놀랄 만한 일일세. 예전에 사당패라 하여 여사당들을 데리고 다녔는데 그때에는 재간을 파는 것은 뒷전이고 몸을 팔고 다녔다네. 풍속을 어지럽힌다 하여 나라에서 금한 뒤로는 남자들만 광대로 놀게 하였으니 남사당이 된 게 아닌가. 탈춤이 되었거나 사당놀이가 되었거나 여자 역은 모두 남자나 어린 무동이 놀게 되어 있다네. 계집의 소리나 재간을 보자면 기방을 찾아가야 하지. 헌데 우리 패에 그믐이 같은 여명창이 들어왔으니 아마도 대번에 소문이 날 게여. 서북지방에서는 간혹 놀이패에 기녀들이 동행을 한다 하였으니 남장을 입힐까 하네. 그것도 상민의 복색이 아니라 의관정제한 선비의 차림새가 어떠할지.

조대추가 고개를 끄덕이더니 자기 의견을 말했다.

우리가 장사치나 뱃사람들을 상대한다 해도 고을마다 아전붙이나 돈냥깨나 있다는 고을 토호들이 있는데 저들이 반반한 그믐이를 그냥 내버려둘 리가 있나. 분명히 온갖 트집과 구실을 대어 그믐이에게 집적댈 걸세. 기왕에 이리되었으니 이 서방과 부부가 되면 어떻겠나? 부부 광대라 이 말이지. 지아비가 있다면 내외가 엄정한데 욕심이 생겨도 감히 어쩌지는 못할 게 아닌가.

자넨 어찌 생각하나?

박삼쇠가 당사자인 이신통에게 물었고 신통은 우물쭈물 대답했다.

그야…… 저보다는…… 그믐이에게 물어봐야지요.

아니, 그럼 자네는 그동안 아무 일도 없었다는 게야?

조대추가 말하고는 손가락을 꼽아보았다.

애오개 주막집에서 이틀 잤고, 과천에서 하루 잤고, 여기 천안 와서 봉놋방에서 이틀 잤으니 벌써 만리장성을 다섯번이나 쌓았겠구먼.

봉노에서야 우리하구 다 같이 잤으니……

박삼쇠가 그렇게 말했지만 조대추는 고개를 흔들었다.

아냐, 그건 말이 안되지. 그믐이가 벽 쪽에 붙어 자구 바로 그 옆에서 이 서방이 잤는데, 내 소싯적 같았으면 진작 요절을 냈을 걸세.

박삼쇠가 주먹을 쥐어 조대추의 상투머리를 호되게 쥐어박았다.

이 자식아, 아무리 농담이라지만 요절이 뭐야? 밥식구끼리……

하고 나서 박삼쇠는 이신통에게 진지하게 물었다.

자네 상투 꼴로 보아서는 장가를 든 모양인데, 고향에 마누라가 있는 겐가?

신통이 말없이 고개만 끄덕이니 삼쇠가 말했다.

까짓 떠돌이 신세에 그냥 데리구 살지. 자넨 그믐이가 별로 내키질 않는 모양이군.

어쨌든 그믐에게 남장을 입혀 공연하게 하는 것과 이신통과 부부로 내세우자는 것으로 의논이 끝났고 이를 물주인 박삼쇠가 그믐에게 알려주었다. 그믐이도 반대를 하지는 않았고 나아가서 자기의 이름도 놀이패에 걸맞게 바꾸자는 의견을 내기도 했다. 그믐이는 잠깐 생각해보더니 아무렇게나 스스로 지은 이름을 말했다.

백화가 어떨까요?

꽃이 백송이란 얘기여, 하얗다는 얘기여?

하얀 쪽이 낫겠네요.

박삼쇠는 그믐이 아무렇지도 않게 대꾸하니 좀 섭섭했는지 캐물었다.

어찌 그런 생각이 들었는고?

이 집 담장에 올라간 박꽃이 소담스러워요.

박꽃보단 부평초 백화가 낫겠군.

이렇게 되어 여성 명창 백화가 생겨나게 되었던 것이다.

박삼쇠 연희패는 본래가 소리꾼들이라 사당패처럼 줄타기라든가 땅재주나 꼭두각시놀음 같은 다채로운 재간을 팔지는 못했지만 음률 장단이 한양서 놀던 기량이라 멋이 있었고, 무엇보다도 삼현육각의 어우러진 연주와 광대들의 한량춤은 세련되었다. 거기에 마당 사이를 잇는 재담과 발탈은 놀이판의 흥을 더욱 돋웠다. 맨 끝 순서로 구름 같은 갓을 쓰고 요즈음은 없어진 옛날식의 소매 넓은 도포를 입은 백화가 나와서 가곡과 잡가를 부르니 놀이판의 흥취와 풍류가 절정에 이르렀다. 시골 어촌이나 갯가 마당에서 여창을 듣는 일이 흔치 않거니와 비록 남장은 했을망정 한양 도성의 우대에서 놀던 물색이 맞아떨어지는지라 어쩐지 함부로 할 수 없는 기품이 엿보였다.

백화의 이름과 재간이며 자태에 대한 소문이 한달 사이에 인근으로 퍼져 삼월 초에 내포 지경의 온양, 예산, 덕산, 홍성 등으로 내려가니 일대의 군교 아전들은 물론이요 양반들까지 놀이판에 구경을 나왔다. 양반들은 체면 때문에 상민들의 놀이판에 내놓고 끼어들 수는 없어서 멀찍이 자리잡고 앉아서 귀동냥을 하는 신세였다. 그들은 나중에 하인이나 아전들을 보내어 시회를 열고자 하는데 심백화 여창을 초치하려 한다고 놀이 행하의 액수를 미리 알려주기도 하며 점잖게 청했고, 박삼쇠는 약조된 놀이판이 많아서 일일이 응하지 못한다고 사과의 말을 늘어놓아야 했다. 간혹 어느 양반 서방님은 부친의 환갑잔치에 백화를 비롯한 한양 소리꾼들을 불렀는데 이러한 자리에는 마지못해 참석했다.

삼월 말이 되어 박삼쇠 패거리는 한양으로 돌아갔지만 이신통과 백화는 천안 단우물집에서 당분간 머물러 있었다. 신통이 저녁 먹고 나서 술추렴이나 하고 지내기는 뭣하여 봉노에 나가 강담사도 하고 전기수 노릇도 하더니, 하루는 열명이 채 못되는 소리꾼들과 함께 객점에 들었던 호남 광대 박돌이란 이와 사귀게 되었다. 신통이 언패를 읽고 물러나 막걸리잔을 들고 있는데 그가 슬며시 다가앉으며 말을 걸었던 것이다.

여보쇼, 그 좋은 재간들을 그냥 묵히고 있을 셈이우?

신통이 돌아보니 검은 더그레에 패랭이 쓴 차림새가 편안하여 얼른 대꾸했다.

책이나 읽는 게 무슨 재간이랄 수 있겠소?

내가 홍성 조양문 앞 장거리에서 댁들이 노는 걸 슬쩍 넘겨다 본 적이 있수. 저 거시기 댁네 아낙이라 하든가, 머시기 백화라 하든가? 소리가 썩 좋습디다. 목청은 남도 청인데 아쉽더구먼.

뭐가 아쉬워요?

음률과 가락을 타고 넘어가는 솜씨가 필시 명창인데, 노는 게 우리와 달라서. 경서도 소리는 간드러지고 흥은 있지만 깊이가 없어서 몇번 들으면 심심하지요.

어디서 오셨는지?

우리야 완주에서 왔지요. 호남은 들판이 장대하고 물산이 풍부한데다 인심과 정이 넘치는 고장이우. 뼈 빠지게 일하고 징허게 놀 줄 알지요.

그 깊이란 게 무슨 말이오?

사는 게 기쁘고 슬프고 화나고 즐겁고 날씨 바뀌듯 하지 않습디까? 일테면 기쁨과 즐거움은 새벽이슬처럼 덧없이 스러지고 슬픔은 상여 타고 북망으로 갈 때까지 길게 이어진다오. 인생이 고해라고 하지 않소? 살며 겪은 것들이 녹아들어야 그늘이 생긴다고 하지요. 남도의 소리는 그늘에서 시작되오.

그날밤 이신통은 박돌과 늦도록 술을 마셨고 나중에는 뒷방으로 가서 백화도 어울려 나직하게 단가도 읊조리면서 새벽녘에야 마무리가 되었다. 그들은 금강을 건너 남도 쪽으로 함께 내려가기로 했다.

이신통과 백화가 언제쯤 한몸이 되었는지는 확실하지 않지만 대개 한양 연희패와 헤어져 천안 객점에 머물던 시기였을 것이다. 주변 고을에 살면서 그들의 공연을 구경했던 사람들은 모두 백화가 발탈놀음 재담꾼 신통이의 아내라고 알고 있었다. 박돌의 기억에 의하면 이신통이 그 무렵에 심한 고뿔에 걸려 인사불성이 되었을 적에 백화는 놀이판에도 나오지 않고 읍내 의원에서 약을 지어다 달여 먹이며 정성껏 보살펴주었는데 그뒤부터 정말 부부가 되었다는 얘기도 있었다.

그들은 전주에 거처를 정해놓고 박돌이 모아온 악사 소리꾼들과 함께 남도지방을 돌아다녔다. 박돌이 남도에서는 못 보던 발탈놀음을 놀아보자 하여 이신통이 재비를 하고 박돌과 젊은 광대가 발탈을 놀면서 서로 맞추어보았다. 재담을 주고받는 중에 나오는 고을의 풍속이며 지리는 모두 남도 색으로 바꿨고 중간에 끼어드는 잡가 타령들도 거의 판소리 단가나 남도민요를 끼워넣었다. 백화는 여전히 경서도 소리를 고집했지만 한양에서도 부르던 남도 단가들을 호남 소리꾼들과 함께 연습하며 차츰 판소리에 젖어들게 되었다. 그 무렵에 이신통은 기왕에 전해오던 해서지방의 민담과 놀이를 엮어서 노중 객사한 유랑민의 주검을 둘러싸고 벌어지는 과부의 장례놀이를 소리 대본으로 만들었고, 수원지방에서 전해오는 고집쟁이 부자의 변신 설화를 엮어냈지만 거기에 소리를 붙여내지는 못했다.

박돌네 패거리와 일년여를 호남지역을 떠돌아다니는 중에 신통은 가락과 장단에 귀가 틔었고 백화는 이전에 판소리의 단가를 몇구절씩 부르다가 '춘향가'와 '심청가'를 완창하게 되고 사설을 풀어 전하는 아니리에서 등장인물의 성격에 맞는 몸짓인 발림에 이르기까지 습득할 수 있었다. 박돌은 자기 연희패와 동행했던 수많은 소리꾼과 공연하는 사이에 차츰 그들의 재간을 자기 것으로 새롭게 만들어내는 백화의 자질을 보고 비단에 쪽물 들이는 것과 같았다고 회상했다. 이미 호남지방에서 시작된 판소리는 산과 물을 건너 영남으로 건너가고 호서지방으로 그리고 한양에까지 널리 알려져 있었다. 판소리는 상민에서 양반에 이르기까지 즐기는 이들이 많아서 사대부의 잔치 자리에도 불려갔다. 지방 관아에서 정월 대보름, 단오, 백중, 한가위, 동지 등의 축제나 행사를 기획하는 것은 거의가 아전들이었는데, 이들은 모시고 있는 사또 수령들의 은근한 요청에 따라 명창으로 이름난 이들을 불러다 치르게 마련이었다.

동지 무렵에 전주 관아를 중심으로 열리는 대사습(大私習)놀이는 해마다 소리꾼들이 기량을 뽐내는 자리가 되었는데 이들을 모으는 일은 감영과 부의 아전들이 맡았고 수리인 이방이 총괄했다. 관찰사가 있는 감영이 상급 관아였으나 전주부는 향소의 일을 더욱 자세히 꿰고 있어 역시 부에서 모아온 소리꾼들이 경연에서 높은 평가를 받았다. 백화가 몇차례 아전들 자리에 나가 시연을 하고서 놀이에 참여할 수가 있었고 박돌의 권유로 이신통이 고수를 잡았다. 백화는 여느 때처럼 갓 쓰고 도포 입은 남장 차림으로 마당에 나가 '춘향가' 중의 몇대목을 불렀는데 청중은 처음 대하는 여창에 모두들 놀라고 신기하게 여겼다. 백화가 제아무리 타고난 소리꾼이요 한양에서 갈고닦은 재간이 있다 하나 경연의 본선에 참가한 이들은 수십년 동안 소리를 연마한 중년의 예인들이었다. 그러나 그들 모두가 남자들이었고 예선에서 시연한 여창 백화는 청중들에게 신선하고 묘한 여운을 남겼던 것이다. 이때에 심사를 보았던 선생들 가운데 부안 손동리 귀명창이 있었는데, 그는 나중에 사람을 숙소로 보내어 소리꾼 심백화와 고수 이신통 그리고 패거리의 물주였던 박돌을 저녁 술자리에 초대했다. 이 자리에서 손 선생이 백화의 소리에 대하여 자신의 느낌을 말했다.

경서도 소리를 해왔으면서도 목청이 간드러지지 않고 힘이 있으며 애잔하다. 그렇지만 아직은 소리에 그늘이 없고 께벗어서 지나치게 맑고 아름답구나. 뭔가 꼭 집어낼 수는 없으나 애잔함이 있으니 거기에 깊이를 터득해야 수리성으로 득음(得音)을 하게 된다. 깊은 가슴속, 저 아래 잠긴 물을 길어올리는 것과 같을 게다.

그리고 손 선생은 이제 여명창이 나올 때가 되었으니 그대가 평생을 바쳐서 이루어내면 어떻겠느냐고 했다. 그는 다시 창법의 네가지에 대하여 쉽게 풀어서 말했다.

평조(平調)가 소리의 기본이니라. 한밤중에 달이 중천 하늘에 높이 떠 있는 것처럼, 또는 한들바람이 잔잔한 수면을 스쳐가듯이 맑고도 시원한 소리다. 우조(羽調)는 맑고 격하고 장하고 거세며 엄한 가락이니라. 사납게 들어올리기 때문에 맑고 장하고 격동하여 한말이나 되는 옥이 부딪쳐서 깨어질 때에 옥 부스러기 소리가 요란하게 나는 것과 같도다. 계면조(界面調)는 처절하고 슬픈 소리니 아득하게 멀고 숙연한 가락이다. 다만 계면조는 다시 세 단계로 나눌 수 있으니 평계면은 평조에 가까운 잔잔한 애조로, 단계면은 슬픔이 아직은 밖으로 드러나지 않고 가슴속에 쌓여 있는 울적함으로, 진계면은 슬픔이 북받쳐 통곡으로 터져나온 소리니라. 그리고 여향(餘響)이 있으니, 들보 위의 티끌이 떨리고 흘러가는 흰 구름을 멈추게 하는 가락이다. 새벽의 먼 산사에서 마지막 타종소리가 끊길 때와 같도다. 이는 다만 소리꾼이 인생을 살아가면서 득음과 더불어 터득해야 할 것이요, 누가 누구를 가르쳐서 되는 일이 아니다.

손동리 선생은 백화 일행에게 부안의 자택을 알려주면서 뜻이 있으면 들러보라고 권했다. 이신통과 백화는 떠돌아다닌 지 두해 만에 박돌의 놀이패와 헤어져 부안 상소산 아랫녘으로 손 선생을 찾아갔다. 손 선생은 부안 고을에서 선대로부터 이어온 아전 집안으로 그 자신도 이방을 지냈다. 그는 중인이었지만 어려서부터 독선생을 들여 글을 배웠고 경서를 두루 읽었으며 이재 능력도 있어서 고을의 경주인 노릇으로 한양을 오르내리며 장사도 하여 가산을 늘려놓았다. 이방을 하면서 동제며 절기에 따른 고을 행사를 주관하던 중에 풍류에 눈이 틔었고 스스로 연희패들과 교유하며 소리의 맛을 알게 되었다. 한때 그는 두번이나 상처를 하고 여염 살림에 뜻이 없어 연희패를 따라 삼남 각처를 돌아다니기도 했다. 그는 경사서(經史書)를 읽은 비가비 광대를 자처했던 터였다. 관아에서 직임을 물리고 나와서는 상소산 아래에 터를 잡아 살림집과 함께 소리꾼들이 와서 서로 연습하고 배울 수 있도록 공청을 지어 언제나 몇사람의 광대들이 와서 머물게 하고 있었다. 이신통은 그 집에 가자마자 솜씨를 보였으니, 광대들의 소리와 사설들을 그대로 옮겨적고 잘못된 부분은 고치고 지루한 대목은 바꾸는 작업을 시작했다. 백화는 함께 기거하는 소리꾼 선배들에게서 판소리의 가락과 청조며 기교와 사설을 배웠고 귀명창인 선생의 지적으로 다듬어나갔다.

이신통이 손 선생과 의견이 다른 점이 있었다는데 그것이 떠나게 된 원인이었는지 아니면 백화와 무슨 일이 있었는지는 명확하지 않다.

하루는 신통이 정리한 소리 대본을 살피던 손 선생이 장지에 간필로 까맣게 써서 내밀며 말했다.

내가 갈피에 끼운 대목에 집어넣도록 하게.

신통은 선생이 내준 글을 읽어보고는 말했다.

이것은 전부 중국 사서와 고문에 나오는 글들이 아닙니까?

왜 어디 모르는 게 있나, 자네는 글을 배운 사람이 아니던가?

신통이 머쓱하여 선생을 바라보았다.

저야 알지만 소리꾼들은 물론이요 백성들이 어찌 알아먹겠습니까?

소리꾼들은 가르치고, 백성들이야 모르고 넘어가도 이야기 맥락에 큰 지장은 없을 걸세.

구경꾼의 대부분이 진서는커녕 언문도 모르는 이가 태반이올시다.

귀동냥이라는 말도 있잖은가. 풍류란 물처럼 위에서 아래로 흐르는 것이라네. 양반 사대부들의 인정을 받지 못하면 천대를 받게 될 게야.

신통은 고분고분 대본을 들고 나와 선생이 끼워둔 대목을 다시 정성껏 필기하여 올렸다. 그리고 며칠 후 백화에게 길을 떠나겠노라고 말을 꺼냈다.

뭘 하구 사시려우?

백화가 걱정스럽게 물으니 신통은 편안히 대답했다.

금강산이 좋다 하니 유람이나 가보려고……

무슨 미역 사러 나간 정수동이두 아니구 갑자기 왜 그러우?

이신통은 백화를 물끄러미 바라보다가 웃을 듯 말 듯하면서 말했다.

당신은 꼭 득음을 할 거요.

이신통이 떠나겠다는 작별인사에 손 선생이 물으니 그는 이렇게 대답했다.

선생님께서 알려주신 여향을 찾아볼까 합니다.

이신통이 부안을 떠난 뒤에 금강산 유람을 떠났는지 고향을 찾았는지 백화는 그 소식을 듣지 못했다. 백화는 손 선생의 공청에서 몇해 머물며 기량을 닦았고 어느날 그녀가 연행(演行) 길을 떠난 뒤에 선생은 세상을 떠났다. 선생은 죽기 전에 그녀를 여러번 찾았다고 한다. 백화가 십여년 세월이 지나 부안에 들렀을 때 선생의 자식들인 남매는 아버지의 유언에 따라 그녀를 식구로 받아들였다. 백화는 한양에서도 알려진 최초의 여명창이 되었건만 공연에 나서려 하지 않았다. 그즈음에는 간혹 한두사람의 여명창이 남성 예인들 사이에서 두각을 나타내기도 했지만 백화의 명성을 따르지는 못했다. 백화가 이신통과 손 선생의 사이에서 어떤 심경을 겪었는지 겉으로 드러내고 말하지 않았으니 짐작조차 할 수가 없었다. 다만 그녀는 헤어지는 자리에서 나에게 이렇게 말했다.

만나게 되면 내 말이나 좀 전해주세요. 이제는 여향을 찾았느냐구요.

사람이 하늘이다

또다시 덧없는 한해가 저물어가고 있었다. 강경 저자에서도 뱃길이나 육로를 따라 행상에 나갔던 상단들이 돌아왔고 장터는 인근 지방에서 설빔을 준비하러 나온 장꾼들만 붐비고 있었다. 내가 전주, 남원 거쳐서 부안으로 나들이를 다녀온 사이에 엄마는 시름시름 앓더니 아예 드러눕고 말았다. 갑오년 난리 나던 해에 청나라와 일본 군대가 우리 땅에서 전쟁을 치렀고 이듬해 황후 민씨를 죽이는 변이 있고 나서 호열자가 돌기 시작했다. 지난여름까지 한양으로 번졌다가 여름 무렵 더욱 극성하여 경기도를 넘어 호서지방으로 번지기 시작했는데 벌써 수천명이 사망했다는 것이다. 의원을 데려왔더니 그는 고개를 갸웃거리고는 역병인 듯 보인다며 관아에 알려야 한다고 말했다. 우리집에 우환이 있고서야 강경의 몇집에 환자가 발생한 사실을 알게 되었다. 현에서 사령배가 나와 우리집에 금줄을 치고 손님을 받지 못하게 했으며 의원은 엄마를 뒤채 윗방에 격리시키고 우리는 손님이 묵던 앞채로 모두 쫓겨났다. 찬모와 내가 엄마의 방에 드나들며 구완을 했는데 의원의 지시에 따라 온 식구가 물을 끓여 먹었고 엄마의 옷은 잿물에 삶았으며 식기 등속도 설거지를 할 때마다 펄펄 끓는 물에 데쳐냈다. 다행히 식구들에게는 더이상 전염되지 않았지만 엄마는 회생하지 못했다. 아기를 묻었던 채운산에 엄마를 묻었다.

나는 엄마를 보낸 뒤에야 부안에서 헤어질 때 백화가 내게 내준 책이 생각났다. 겉장에 '천지도경풀이'라고 언문으로 제목이 씌어 있는 필사본이었다. 백화는 그 책을 내게 내밀면서 말했다.

그 사람의 손길이 남아 있는 글씨랍니다. 이제 내가 지니고 있을 필요는 없겠지요.

장지에 붓으로 쓰고 구멍을 뚫어 노끈으로 얽어맨 책은 귀퉁이가 동그랗게 닳았고 누렇게 변색이 되어가고 있었다. 원래는 한자로 되어 있던 경문을 신통이 우리글로 풀어서 옛날이야기처럼 엮은 것으로 보였다. 그가 한양 시절에 서일수 지사와 더불어 『천지도경』과 『천지인가』 두 책을 인쇄했다더니, 이것은 아마도 그 무렵에 접하게 된 다른 방각본 언패 소설책들과 함께 간직하던 것일 게다. 신통이 부안에 머물며 이들을 풀이하여 언문 필사본으로 베껴둔 모양이었다.

엄마를 채운산에다 묻고 돌아와 깊이 잠들었다가 깨어나니 우리 모녀가 함께 살던 세월이 수십년 전의 까마득한 옛날 일처럼 생각되었다. 그제야 나는 하늘 아래 오직 나 혼자뿐이라는 사실을 절실히 깨달았다. 내 아기가 먼저 가지 않고 곁에 있었더라면. 문득 이신통이 전생의 내 아들인 것 같은 생각이 들었다. 그러자 애달프고 속상하던 마음은 겨울 굴뚝의 저녁 짓는 연기가 북풍에 날리듯 가뭇없이 사라져버렸다. 그가 돌아온다면 아무것도 묻지 않고 보듬어 쉬게 해주고 싶었다.

처음에는 그의 손길을 느껴보고 싶어 필사본 책을 들었으나 읽어나가는 중에 점점 빠져들어 자신에 대하여 생각하게 되었고 나는 혼자가 아니라는 자신감이 생겨났다. 내가 바로 하늘님이라니!

이 글은 최성묵(崔性默) 대신사(大神師)께서 직접 쓰시고 말씀하신 것을 최경오(崔敬悟) 신사께서 외우고 받아쓰게 하여 전해진 것이니라.

나는 경주 사람으로 허송세월하면서 누구네 집 후손이라 구구히 말해야만 남들이 겨우 알아듣는 한미한 집안의 가난뱅이 선비였다. 칠대조 할아버지는 임진왜란과 병자호란 때에 의병을 일으켜서 싸우다가 공주 영장으로 경기도 용인 싸움에서 온몸에 화살을 맞고 전사했으며, 이같은 조상의 음덕을 입어 아버지는 학문을 연마하여 영남 일대에 이름을 널리 알린 선비이셨다. 칠대조 할아버지는 충절로 이름을 떨쳤고 아버지는 학문으로 이름을 남겼으니 이 어찌 나의 복이 아니겠는가.

아아, 학자의 삶이란 봄날의 꿈처럼 덧없는 것이런가. 어느덧 나이 사십이 되어 아버지는 과거 공부가 쓸데없는 짓임을 깨닫고 벼슬길을 단념하셨다. 혼탁한 세상을 살며 벼슬을 버리고 은둔생활을 했던 도연명의 「귀거래사」를 빌려와 글을 짓고 읊조리셨다. 막대 하나 짚고 나막신 신고 나들이하실 때면 영락없는 산림처사의 행색이셨다. 군자의 모습은 높은 산과 같고 흐르는 강과 같다고 하더니 아버지의 모습이 꼭 그러하셨도다.

속절없이 흐르는 세월을 뉘라 막을 수 있을 건가. 어느날 문득 아버지 돌아가시고 나 홀로 이 세상에 남았노라. 내 나이 열일곱에 세상 물정도 모르는 어린아해일 뿐이더니, 아버지께서 평생 써오신 글들도 모두 불에 타서 흔적 없이 사라지고 불효를 탄할 뿐 다른 일에 마음을 붙이지 못하였다. 혼인을 하고 살림을 꾸려야 했으나 농사도 지을 줄 몰랐으며 과거를 볼 만큼 공부를 열심히 하지도 못하여 점점 빈궁해져서 어찌 살아야 할지 걱정이었다. 열살에 어머니 돌아가시고 열일곱에 아버지마저 돌아가시더니 삼년상을 마치고 열아홉에 혼인하여 무과나 치를까 하였으니 나는 후실의 자식이라 문과로는 나설 수 없었느니라.

봇짐장수로 십여년을 떠돌며 세상의 온갖 사람과 풍파를 겪고 사십 가까운 나이에 살아온 세월을 돌이켜보니 이룬 것 하나 없어 한숨이 절로 났다. 나는 몸 누일 집 한칸 마련치 못했건만 어느 누가 이 세상이 넓다고 말하는가? 생업은 벌일 때마다 패하여 내 한몸을 감당하기도 어려웠도다. 기미 시월에 처자식을 데리고 내 고향 경주 용담으로 찾아가니 아버지께서 후학을 가르치며 늙어가시던 곳이었노라. 이듬해 사월에 세상은 저리도 어지럽고 인심은 각박한데 나는 세상을 어찌 살아야 할지 갈 길을 찾지 못하고 있었다. 바야흐로 세간에서는 서양사람들은 도가 이루어지고 덕이 세워져 조화를 부리는 경지에 이른지라 못하는 일이 없고 무기를 들고 나오면 당할 사람이 없다더라는 해괴망측한 말들이 떠돌고 있었다. 입술이 없으면 이가 시린 법이거늘 청국이 망하면 이웃나라인 조선이 어찌 위태롭지 않겠는가.

아무리 생각해봐도 서양사람들이 다른 나라를 침략하는 데는 다른 이유가 없겠도다. 서양사람들은 자기네 학문을 서도라 부르고 천주를 섬긴다 말하며 성인의 가르침을 가르치는 것이라 말하지만 이는 하늘의 때를 알고 하늘의 명을 받은 것이 아니다. 다른 나라를 무력으로 침략하면서 말로는 천주를 섬긴다고 하니 행동과 말이 이렇듯 상반되는 경우가 하나둘이 아니다. 지금 세상 사람들은 나라와 백성이 위태롭다는 사실을 알지 못하니 참으로 안타까운 일이다.

어느날 몸에 몸살과 오한이 나면서 밖으로는 신령과 접하는 기운이 일고 마음속에서는 가르침을 전하는 음성이 들려왔도다. 보려 해도 눈으로는 보이지가 않았고 들으려 해도 귀로는 들리지 않아서 괴이한 일이라 여겨 마음을 차분히 가라앉히고 스스로 물었다. 어찌하여 이런 일이 일어나는 것이오니까? 하니 답하여 이르되, 내 마음이 곧 네 마음이니라. 사람들이 그것을 어찌 알겠는가? 사람들은 천지는 알면서도 귀신은 모르는데 그 귀신이 바로 내로다. 네게 모든 일에 통용되는 도를 전해줄 터이니 그 도를 닦아 글을 지어 사람들에게 가르치고 법을 바로 세워 덕을 펼쳐라. 나는 그 말이 참말인지 마귀에게 홀린 것인지 한해 동안 수련하며 생각해보니 모두 자연의 이치를 말한 것이더라. 유학을 하는 선비들은 순수한 마음인 신(神)은 하늘에 있고 몸의 욕망인 귀(鬼)는 땅에 있어 그 마음의 순수함과 욕망이 함께 있으니 군자는 학문과 수도로 순수한 마음을 지킬지언정 어리석은 소인은 좋은 마음을 지닐 수 없다고 하였다. 나는 모든 사람에게는 좋은 마음을 지니려는 작용이 있고 이를 간직할 수 있다고 말하려 한다. 좋은 마음이란 부귀빈천에 상하차별 없이 어느 사람 누구에게나 있을 수 있느니라.

수련 끝에 나는,

> 지기금지 원위대강(至氣今至 願爲大降)
> 시천주 조화정(侍天主 造化定)
> 영세불망 만사지(永世不忘 萬事知)
> 하늘의 지극한 기운이 내게 이르렀으니,

하늘님을 모신 나는 스스로 조화를 정하여

평생 잊지 아니하고 하늘의 도에 맞도록 행하리라

하는 마음과 글귀를 얻었다.

사방의 어진 선비들이 나에게 와서 물었다. 하늘의 신령한 기운이 선생에게 내렸다고 하는데 무엇을 말함인가. 흥망성쇠를 되풀이하는 자연의 섭리를 깨달은 것이다. 그것을 무엇이라 부르면 좋은가. 천도(天道)라고 부른다.

하늘의 마음이 곧 사람의 마음이라면 누구나 좋은 마음을 지니고 있다는 것인데 어찌하여 선한 사람도 있고 악한 사람도 있는가. 사람은 제각각 다른 환경에서 태어나게 마련이니라. 그래서 자신의 의도와 상관없이 귀천과 고락이 운명으로 주어진다. 누구나 높은 신분으로 태어나고 누구나 즐거움을 누리며 살아갈 수는 없도다. 그러나 군자는 기가 바르고 마음이 한결같아서 주어진 환경에 휘둘리지 않고 천명에 따를 수 있지만 소인은 기가 바르지 않고 마음이 때때로 흔들려서 천지의 명을 거스르고 자연의 이치에서 벗어나게 되는 것이다. 이처럼 주어진 환경에 휘둘리기 때문에 악한 사람이 생겨나는 것이요, 양심이 없어서 그러한 게 아니니라.

평생의 근심은 임금이 임금답지 못하고, 신하가 신하답지 못하며, 아비가 아비답지 못하고, 자식이 자식답지 못한 각박한 세상이 되었음이다. 울울한 그 회포는 가슴에 가득한데 물어도 아는 사람 전혀 없어 처자식과 산업을 다 버리고 팔도강산을 떠돌며 인심 풍속을 살피니, 도덕이 없고 사나워진 인심을 달리 치유할 길이 없는 세상이 되었더라.

그 말 저 말 다하자니 말도 많고 글도 많아, 다함없는 그 이치를 불연기연(不然其然) 살펴내니 다함없는 우주 속에 다함없는 내가 있다. 마음이여! 본래 모양 없고 보이지도 않는 것이라 비어 있음 같도다. 만물에 응하여도 자취가 나타남이 없는 것이로다. 하지마는 이 마음을 닦아야만 하늘 덕을 깨달을 수 있는 것이요, 하늘 덕이 밝아지면 이가 곧 도이니라. 우리가 도를 깨닫고 이루는 것이 하늘님 덕에 있는 것이지 결코 다른 사람에 의하여 되는 것이 아니다. 또한 그 도를 이루는 것은 하늘님의 가르침을 믿는 것에 있으며 결코 한갓 공부하는 데에 있는 것도 아니다. 나아가 이 도는 가까이 있는 것이요 멀리 있는 것이 아니며, 정성에 있는 것이지 구하는 데에 있는 것이 아니다. 만물이 생기기 이전이나 만물이 생긴 이후나 그 이치에 있어서는 서로 같은 것이로다. 그러므로 모든 만물을 아우르는 근본 이치를 밝힌 도란 멀리 있는 것 같지만 결코 멀리 있지 아니하고 우리 살림 속에 있는 것이니라.

사람이 식견으로 판단하여 알 수 있는 것이 기연(期然)이라면 사람이 일반적인 식견으로 이해할 수 없는 것이 불연(不然)이라, 기연이 없이 어찌 불연에 도달할 수 있으며 불연이 없다면 어찌 기연이 있을 수 있는가. 불연기연이 하나임과 같이 하늘과 사람은 하나이니 시천주(侍天主)가 가하도다. 모심(侍)은 안으로는 신령함이 있고 밖으로는 기화가 있어(內有神靈 外有氣化) 온 세상 사람들이 각기 깨달아 옮기지 않아야 한다.

태초에 허허 창창한 어둠 가운데 하늘과 땅이 비로소 열림으로 우주가 형성되었으니 모든 물(物)의 시작이더라. 하늘과 땅이 처음 열린 것을 선천개벽이라 하나니 물질 우주의 개벽이라. 이제 그 가운데 사람이 생겨나 세상과 스스로를 바꿀지니 후천개벽을 열어야 함이로다. 모름지기 천도를 닦는 이는 정성을 다하여 자신과 세상을 후천개벽으로 이끌어야 하느니라.

철종 십사년 계해(癸亥) 겨울 십이월에 대신사께서는 경주에서 체포되었고 한양으로 압송당했다가, 임금의 승하로 대구 감영으로 내려와 갖은 고문을 당한 끝에 이듬해인 갑자(甲子) 봄 삼월에 남문 밖 관덕정 앞뜰에서 효수형을 받았으니 죄목은 혹세무민과 모역죄였다.

대신사께서 형을 받기 하루 전에 마지막 심문으로 주뢰형을 받아 정강이뼈가 부러지는 고초 속에서도 담뱃대에 서신을 말아넣어 밖으로 전했으니 신사께서 이를 받아 기록했다.

등명수상무혐극(燈明水上無嫌隙)
주사고형역유여(柱似枯形力有餘)
등불이 물 위에 빛나니 온 세상을 밝힐 것이요

기둥이 제법 말랐으니 떠받치는 힘 넉넉하리

불이 물 위에 있으니 이는 주역 육십사괘(卦)의 마지막 끝자리인 화수미제(火水未濟) 형상이다. 주역은 순환과 변화의 것이라서 불이 위에 물이 아래, 하늘이 위에 땅이 아래면 자연에서처럼 정위치가 아니라 통하지 않고 움직이지 않으며 막히고 멈춰 있는 것이다. 그리하여 하늘과 땅도 천지부(天地否)가 아니라 지천태(地天泰)로 소통되어야 한다. 바로 앞의 육십삼괘인 수화기제(水火旣濟)가 이미 이루어진 완성을 뜻하듯이 화수미제는 아직 이루어지지 않았음을 의미한다. 그러나 옛 성인이 이 괘를 모든 것의 마지막 자리에 놓은 것은 우주의 무궁한 순환을 가르치려는 것이며 이는 미완으로 아직 끝나지 않았다는 뜻이다. 이제부터 새로운 시작이니 온 세상이 밝아질 것이라는 가르침이다. 대신사께서 천도를 세상에 밝히는 일은 나의 죽음으로 완성되는 것이요, 이제부터 새로운 시작으로 세상을 열어가는 일은 그대들의 몫이다 하는 유언이니라.

나는 단숨에 읽어내린 뒤에 다시 천천히 글귀마다 마음속에 새기며 몇번이나 되풀이하여 읽었다. 휘갈기지 않고 단정하고 반듯하게 써 내려간 이신통의 언문 글씨는 이해하기 쉽고 앞뒤가 정연했다. 그가 어떤 마음으로 풀이를 써 내려갔는지 내게도 전해지는 것 같았다.

나는 겨울이 지나고 봄이 올 때까지 뒷방에 틀어박혀 꼼짝도 않고 지냈다. 스물한자의 주문을 저절로 외우게 되어 중얼중얼 하다가 소스라치게 놀라 주위를 돌아보기도 했다.

하루는 바깥 툇마루에 인기척이 있더니 어흠, 하는 헛기침 소리가 들려왔다.

누구 왔소?

예, 저 안 서방입니다.

문을 밀치니 그가 빙긋 웃으며 서 있었다.

이제 날두 풀렸는데 나들이 안 가시렵니까?

안 서방이 내 속을 잘 알고 그러는 것이다.

좀 들어오세요.

안 서방이 문가에 들어와 앉더니 한마디했다.

어떻게 공부가 좀 되십니까?

네? 아 그게…… 들으셨군요.

예, 저는 그 주문하구 칼노래는 압니다만.

칼노래는 또 뭔가요?

안 서방이 얼른 정색을 하고 대답했다.

그건 아무 데서나 부르면 안됩니다. 지난번 난리 때에 농민군이 행군하여 쌈하러 가면서 부르던 노래라서.

한번 불러보우.

방 안에서 숨죽이고 부를 노래가 아니라니까요. 관군이나 순검들 들으면 경칩니다.

나는 자꾸만 졸랐고 그는 못 이긴 것처럼 목소리를 낮추어 조그맣게 읊조렸다.

시호시호(時乎時乎) 이내시호 부재래지(不再來之) 시호로다

만세일지장부(萬世一之丈夫)로서 오만년지시호(五萬年之時乎)로다

용천검 드는 칼을 아니 쓰고 무엇하리

무수장삼 떨쳐입고 이 칼 저 칼 넌짓 들어

호호망망 넓은 천지 일신으로 빗겨 서서

칼노래 한곡조를 시호시호 불러내니

용천검 드는 칼은 일월을 희롱하고

게으른 무주장삼 우주에 덮여 있네

만고명장(萬古名將) 어디 있나 장부당전(丈夫當前) 무장사(無壯士)라

좋을시고 좋을시고 이내 신명(身命) 좋을시고

용천검 드는 칼이 해와 달을 희롱한다는 대목에서 안 서방은 흥을 못 참았던지 허리춤에 질렀던 곰방대를 빼어 허공을 휘두르며 앉은자리에서 일어설 듯이 어깨춤을 들썩였다. 나는 숨을 죽이고 지켜보았으니 대신사의 숙연한 흥취를 짐작하겠기 때문이었다. 내가 한번 더 해보라고 조르자 안 서방은 제풀에 사그라진 것처럼 고개를 흔들었다.

에이 고만할랍니다. 이 노래만 부르면 자꾸 우금치서 죽은 사람들 생각나서. 그리고 그전부터 행수님들은 칼노래 부르지 말라구 그랬지요.

예? 그게 무슨 말씀이지요?

큰스승님께서 이 노래를 지은 뜻은 후천개벽이 오는 기쁨을 시늉한 것인데, 세상 사람들은 이 노래로 역적죄를 씌웠다구요.

칼춤이야 기녀나 무녀들도 흥겹게 춥니다. 삿됨과 슬픔을 베어 뿌리치는 춤사위니 까마득하게 오래된 춤이지요.

이 서방은 농악 장단에 대나무 작대기 들고 곧잘 칼노래를 부르면서 한바탕 춤을 추었습니다.

나는 백지를 꺼내어 안 서방이 불러주는 대로 이 노래를 적어두었다. 음과 장단은 귀로 들어 아는 바라 혼자 흥얼거려보기로 했던 것이다.

*

아무래도 상단의 출발 무렵에 떠나는 것이 좋을 것 같았다. 상단은 오랜 경험으로 농번기의 틈새에 장터를 찾아 각처로 흩어지기 때문이었다. 이월 중순이라 봄빛은 완연했지만 아직도 바람은 싸늘했고 꽃샘추위로 꽃망울도 움츠려 있을 무렵이었다. 안 서방이 여정을 어림짐작하여 우선 갱갱이에서 금강 뱃길을 따라 공주까지 올랐다가 거기서부터 육로를 따라 예산으로 갈 작정이었다. 안 서방은 이번에 장쇠를 데리고 가기로 했는데 곁꾼도 한사람 붙여서 나 외에 남정네가 셋이나 되어 든든했다. 우리집에서 객주 부쳤던 어염 짐을 싣고 부여와 공주에 가서 풀어먹일 생각이었다. 이신통만 아니라면 엄마 먼저 가신 뒤에도 이렇듯 집안에 좋은 식구들이 남아 있었으니 이게 무슨 복인가 싶었다.

내가 찾아가는 이는 이전에 들은 바 있던 예산, 덕산의 박인희, 박도희 형제였다. 박도희는 한양에서 군란이 일어났을 적에서 지사와 이신통의 도움으로 파옥이 되어 낙향했던 내포지역 천지도의 행수였다. 우리가 백화를 만나러 갔을 적에 얼핏 들은 말이 있어서 나는 하루라도 빨리 두 형제를 만나보고 싶어 겨우내 조급증이 일었다. 백화가 의탁하고 있던 손동리 선생의 맏아들은 천지도 난리가 일어나기 전해에 서일수가 도인 몇사람과 와서 묵어갔으며 그에게서 이신통이 이미 오래전에 천지도에 입도했다는 이야기를 들었다고 했다. 백화는 이신통과 헤어진 뒤에 그때 처음으로 집에 온 서일수와 도인들을 통하여 신통의 소식을 들었던 것이다. 손 선생은 입도한 도인은 아니었지만 살아생전에 전주 이방의 소개로 서일수와 친밀하게 지냈으며 그에게 선산을 보여주기까지 했다고 한다. 내가 애가 달아 자꾸만 물었더니 백화는 기억을 더듬어 이신통과 자기가 사계축의 박삼쇠 패거리와 내포지방을 연행 다닐 적에 예산 읍내에서 박도희를 만났고 그의 형 집에 묵었으며 놀이패들과 헤어진 뒤에도 다시 찾아가 열흘이나 묵은 적이 있다고 말했다. 백화도 나처럼 한양에서의 이신통의 행적을 자세히 듣고 기억하고 있어서 아마도 예산, 덕산의 박씨 형제를 만나면 같은 도인들이니 서일수와 이신통의 행방을 알게 될 거라는 이야기였다. 나는 천지도의 난리가 폭풍처럼 휩쓸고 간 뒤라 지금쯤 그전의 도인들 삶이 어떻게 변했는지 짐작할 수는 없었지만 근처에 가보면 소문이라도 들을 수 있으리라는 막연한 기대를 품고 길을 나섰다.

집 떠난 지 나흘 만에 우리는 예산에 도착했다. 뱃길로 부여, 공주를 거쳐서 어염 짐을 풀어놓고 쉬엄쉬엄 가던 길이어서 장쇠와 곁꾼은 공주에 남겨두고 안 서방과 나만 팔십리 길을 이틀에 걸쳐서 보행길로 갔던 것이다. 예산읍에서 가까운 원마을에 이르니 아직도 해가 중천인 낮것 무렵이었다. 우선 동네로 들어서기 전에 다리쉬임이라도 할 겸 봇짐에 넣어온 인절미로 요기를 했다. 시절이 그러한지라 망설이며 주위를 둘러보던 안 서방이 길가 논에서 소를 몰아 흙갈이를 하고 있는 농부에게 다가가 물었다.

저기 박 초시댁이 어딥니까?

그 댁은 왜 찾으슈?

농부가 잠시 일을 멈추고 되물었다.

저희하구 일가뻘이 됩니다.

농부는 안 서방과 뒷전에 서 있는 나를 두리번거리며 살피더니 손을 들어 가리켜주었다.

저어기 길을 똑바로 가서 돌담이 보이지요? 그 왼편으루 돌아서 죽 올라가면 맨 안쪽에 기와집이 보일 거유.
하고는 묻지도 않은 말을 덧붙였다.

이것이 시방 그 댁 논이우.

백화에게 듣기로도 박도희 형제네가 일대에 몇백석지기는 하는 집이라더니 밥 먹고 살 만한 모양이었다. 우리는 그가 가르쳐준 대로 돌담을 돌아 양쪽에 몇채의 초가집이 있는 담을 끼고 올라가 맨 안쪽의 일각대문을 발견했다. 사람을 찾으니 하인이 나와서 안에 아뢴 뒤에 우리를 사랑으로 안내했다. 박인희는 긴 저고리와 바지를 걸친 평상복에다 탕건 차림이었다. 방으로 들어서자 안 서방이 먼저 말했다.

뵙겠습니다. 강경 사는 안 서방이라구 합니다.

강경 사는 박씨입니다.

나와 안 서방은 각자 주인에게 큰절을 올렸다. 박인희는 뭐라고 묻지도 못하고 좀 당황한 모양이었다. 두 손을 모으고 반절을 하며 응대하던 그는 어리둥절하여 물었다.

뉘신지…… 저를 아신다고 했던 것 같은데.

서일수 지사와 이신통을 아시지요? 저는 이 서방의 아내 되는 사람입니다.

내가 말하자 주인은 더욱 놀란 얼굴이었다.

무슨 일이 생겼습니까?

나는 난리 이후에 그가 얼마나 걱정이 많아졌는지 지레짐작할 수 있었다. 그래서 안 서방이 빙빙 돌리며 이야기하기 전에 질러서 솔직하게 말을 꺼냈다. 이신통과 우연히 맺게 된 인연이며, 갑오 난리 때에 구사일생으로 살아 돌아와 부부가 되어 함께 살던 나날과 그가 갑자기 집을 떠나던 것이며, 내가 남편을 찾아 이리저리 헤매다닌 일까지 조곤조곤 모두 말했다.

박인희는 고개를 끄덕이기도 하고 눈물을 글썽이기도 하더니 드디어 돌아앉아 소매로 눈을 씻고는 말을 꺼냈다.

서 지사와 이 서방은 저도 잘 알지만 내 아우에게는 더욱 형제 같은 사람들이라오. 아마 만나면 반가워할 텐데……

그러면 아우님께서 덕산에 사시나요?

나도 반가워서 이곳에서 지척인 덕산에 그가 살고 있기를 바라고 물었지만 그는 한숨을 내쉬었다.

갑오년 이후로 내 아우는 세상에 얼굴을 드러내고 살 수 없는 형편이 되어버렸지요. 내가 이나마 집안 제사라도 받들고 살아가는 것도 천만다행 조상님 은덕입니다. 아우는 지금 이 고장에 있지 못하고 강원도 깊은 산골에 솔가하여 살고 있습니다. 그는 분명히 지금도 서 지사나 이 서방과 연이 닿을 것입니다. 갑오년 난리 이후에 삼남은 물론이요 위로 경기도와 황해도에 이르기까지 수많은 도인이 죽고 가산이 적몰했으며 봉기를 했던 남도의 대행수들은 김봉집 대장 이하 모두 한양으로 압송되어 일본인의 문초와 재판을 받고 처형되었습니다. 한때에는 내포지방 백성의 거의 절반이 도인들이었다지만 지금은 내색을 못하고 겨우 목숨만 붙어 살아남은 처지입니다. 저도 거사할 때에 직접 싸움에 나가지 않은 탓으로 나중에 체포되었으나 아우의 행적만 문초당하고는 형장을 받고 겨우 살아났지요. 살아난 일반 도인들은 모두가 다시는 천지도를 믿지 않겠다는 서약을 하고 풀려났으니 이제 평생 부끄러움에 시달리며 마음을 감추고 살아갈밖에요.

주인이 계속하여 낙담과 슬픔의 빛을 보이는데 나는 서 지사에 대해 듣고 싶어서 말머리를 돌렸다.

군란이 있던 해에 아우님께서 먼저 옥에서 풀려나 고향에 돌아오셨고, 그 뒤를 따라서 몇달 뒤에 서 지사가 찾아오셨을 겝니다. 제 남편은 이듬해 연희패에 들어 이 지방을 돌아다니다 들르셨을 테구요. 그때에 기억나는 일을 좀 듣고 싶어요.

아우가 뱃길로 예산에 돌아온 것이 군란 나던 해 늦여름이었지요. 그는 당진포에서 세마에 책 짐을 싣고 돌아왔는데 나는 경을 치게 된 아우가 무사하게 풀려난 이야기와 서 지사의 소식을 듣고 더욱 기뻤습니다. 저와 아우는 이미 오래전에 천지도에 입도하였고 이는 아우를 첫번째 곤경에 빠뜨린 임효 때문이었습니다. 임 서방은 저희뿐 아니라 신사님을 비롯한 천지도 전체를 위험하게 했고 관군의 추적을 받게 만들었지요. 서 지사는 진천의 산사에 스님으로 머물 적부터 아우와 친분이 있었습니다. 그이가 두번이나 아우를 구명해준 셈이올시다. 아마 약조가 미리 있었던지 한달쯤 지나서 서 지사가 저희 집에 찾아왔습니다.

이듬해 봄에 우리는 책의 일부를 내포지역과 전라도를 위하여 남겨두고 단양의 한 대두에게 한양에서의 방각 형편도 알리고 책과 자금의 결산도 알릴 겸 길을 떠나기로 했습니다. 저희 계에서는 우리 형제와 서 지사와 대두 두엇이 동행하였지요. 서 지사가 따라나섰던 것은 만약 이번 길에 신사를 만날 수 있다면 자기도 입도하겠다고 하여 아우가 적극 끌어들였기 때문이었지요. 당시는 군란이 휩쓸고 간 뒤에 한양에 청군과 일군이 진을 쳤고 나라는 그야말로 풍전등화와 같다는 소문이 전국에 돌아서 말깨나 하고 글깨나 읽었다는 지방 서생들 사이에는 뭔가 세상이 바뀌지 않고는 안되겠다는 결기가 번져가고 있던 때였습니다. 우리가 단양의 여 아무개를 찾아가니 세해 전에 경전을 백부 찍어서 각 지역 행수에게 돌리고 이를 다시 현지에서 필사하여 대두들에게 나누어주어 도인들이 기도할 때에 읽도록 했다더군요. 그렇지 않아도 바야흐로 교세가 늘어나고 있어서 경전이 매우 필요할 때였습니다. 단양 행수는 우리를 인솔하여 강원도 인제 원막골의 깊은 산중으로 데려갔습니다. 그는 탑거리에 우리를 남겨두고 산으로 올랐다가 다시 나타나서 우리를 산등성이 너머 뒤편 골짜기로 안내했습니다. 원막골은 오래전부터 화전민이나 약초꾼들이 살던 너와집이 대여섯채 있는 궁벽한 곳이었습니다. 아마도 관에서 탐지했다 할지라도 기찰할 수 없을 정도로 숲과 계곡이 깊은 곳이었지요. 집들도 숲속에 멀찍하게 떨어져 있었습니다.

우리가 사랑으로 쓰는 집에 이르니 신사를 모시고 다니는 측근 도인 세사람과 집주인이 나왔고 먼저 방으로 안내되어 서로 인사를 주고받았지요. 단양에서 우리를 데려간 도인이 일행을 한사람씩 소개하고 어느 고장의 누구이며 아무 지역의 행수 또는 대두임을 알려주었습니다. 측근 도인 한사람이 나가서 신사를 모시고 오는데 반백의 머리와 수염에 중키의 마른 몸매였고 눈빛이 형형하여 사람의 마음을 꿰뚫는 것 같았지요. 당시에 신사의 연세는 쉰일곱이셨습니다. 그이는 길에서 만나면 그냥 약초꾼이나 마을 농투성이로 보일 정도로 너무 평범해 보였습니다. 거의 삼십대부터 평생을 관군에 쫓기며 한 고장이나 마을에 한달 이상을 머무르지 못하고 숨어다니며 전도를 다녔다지요. 나중에 서일수 대행수가 스승을 일컬어 '최 보따리'라 별명을 지은 것은 그러한 연유였습니다. 신사께서 좌정하자 우리 일행은 일시에 일어나 큰절을 올렸고 그이는 앉은자리에서 두 팔을 양쪽으로 짚고 맞절로 받았지요. 측근의 손천문이란 도인이 우리들의 출신지와 이름과 직임을 적어 올리니 신사께서 보시고는 말했지요.

먼 길 오시느라 고생이 많았소. 어느 분이 경전을 찍어 왔다더니……

그이가 둘러보자 손 도인이 대답합디다.

예. 충청도 내포지역에서 박 초시 형제가 수고를 하셨습니다.

시절이 어려운 때에 팔도 각처에 도인들이 늘어나고 있으나, 다만 안타까운 것은 교리의 전파가 미흡하더니 참으로 귀한 일을 해주셨소. 이는 돌아가신 대신사는 물론이요 내가 일일이 접하지 못한 교도들에게 기쁜 소식이 될 거요. 그게 언제였던가?

다시 물으니 손 도인이 곁에서 말했지요.

삼년 전입니다. 백여부를 찍었구요, 다시 이듬해에 단양에서 『천지도경』을 찍었습니다.

그랬군요. 저는 글은 한자도 모르는 무식자이지만 어려서부터 종이 만드는 일로 밥 먹고 살아왔고 그때에 어깨너머로 방각술과 목각 조판도 배워서 책 만드는 일을 좀 압니다.

저녁상이 들어와 우리는 다 함께 둘러앉아 먹게 되었지요. 산골의 식사라야 서속에 감자를 썰어 넣은 밥이라 실하지 못하였으나 된장과 각종 산나물 버섯이 있으니 먹을 만했지요. 스승님 이하 모두들 머리 숙여 기도를 올려 하늘에 고하고 식사를 시작했습니다. 처음 따라온 서 지사는 어리둥절하여 주위를 두리번거릴 뿐이었습니다. 신사께서는 일찍이 사람이 하늘이다라는 대신사의 말씀을 전하기도 했지만 스스로 밥이 하늘이다라는 말씀도 하셨습니다. 이천식천(以天食天)이 그 말씀이지요. 물건마다 하늘이요 일마다 하늘이니 만약 이런 이치를 옳다고 한다면 모든 물건이 다 하늘로서 하늘을 먹는 것 아님이 없다는 것입니다. 하늘로서 하늘을 먹는 것은 곧 하늘의 기화를 통하게 하는 것이니, 대신사께서 모실 시(侍) 자의 뜻을 풀어 밝히실 때에 안에 신령이 있다 함은 하늘을 일컬음이요 밖에 기화가 있다 함은 하늘로서 하늘을 먹는 것을 말씀한 것이니 지극한 천지의 묘법이 도무지 기운이 화하는 데 있느니라 하셨지요. 서 지사는 원래가 불승이었던 사람이어서 이심전심으로 깨달았던 것입니다. 저녁을 마치고 나서 신사께서는 서 지사를 데리고 나가 주위를 거닐었습니다. 신사께서도 자신과 가족이 풍비박산되었듯이 서 지사가 임효의 거사에 휘말려 쫓기고 떠돌게 된 연유를 아시고 그가 입도의 뜻을 품고 찾아온 것도 알고 있었던 듯합니다. 나중에 서 지사가 우리들에게 자세한 이야기는 하지 않았으나 대강 어떤 말씀이 오갔는지는 내용만 전달해주었을 뿐입니다. 서 지사가 먼저 질문을 했겠지요.

천지란 무엇입니까?

천지는 한 기운 덩어리입니다.

사람이 하늘이란 무슨 뜻입니까?

하늘 땅 사람은 도무지 한 이치 기운뿐이지요. 사람은 바로 하늘 덩어리요, 하늘은 바로 만물의 정기입니다. 푸르고 푸르게 위에 있어 해와 달이 걸려 있는 곳을 사람이 다 하늘이라고 하지만, 나는 그 홀로 한울이라고 하지 않습니다.

기운이 마음을 부리나요, 마음이 기운을 부리나요? 기운이 마음에서 나왔나요, 아니면 마음이 기운에서 나왔나요?

화생하는 것은 기운이요 작용하는 것은 마음이니, 마음이 화하지 못하면 기운이 그 도수를 잃고 기운이 바르지 못하면 마음이 그 궤도를 이탈하나니, 기운을 바르게 하여 마음을 편안히 하고 마음을 편안히 하여 그 기운을 바르게 해야 합니다. 그러한즉 사람이 바로 하늘이요 하늘이 바로 사람이니, 사람 밖에 하늘이 없고 하늘 밖에 사람이 없습니다. 마음은 어느 곳에 있는가 하늘에 있고, 하늘은 어느 곳에 있는가 마음에 있지요. 그러한즉 마음이 곧 하늘이요 하늘이 곧 마음이니 마음 밖에 하늘이 없고 하늘 밖에 마음이 없습니다. 하늘과 마음은 본래 둘이 아닌 것이니 마음과 하늘이 서로 어기면 사람들이 모두 시천주(侍天主)라고 말할지라도 저는 시천주라고 이르지 않으리다. 천지는 한 기운 울타리입니다. 기운은 혼원이요 마음은 허령하니 조화가 무궁한 것입니다.

서 지사는 신사께서 스스로 문맹의 일자무식꾼이라 자처한 뒤에 이러한 설법을 듣고 처음에는 거짓말하신 것으로 알았다가 다음 순간에 문득 깨쳤답니다. 이는 글을 읽어 얻은 것이 아니라 저절로 알게 된 것이라고, 사대부처럼 사서삼경을 통독한 것이 아니라 시골 농투성이나 나무꾼이 깊이 생각하고 뼈를 깎는 체험 끝에 얻은 것이라고 말입니다.

서 지사는 그날 입도했고 신사께서는 그의 사람됨을 알아보셨던 것입니다. 손천문 도인은 아전 출신으로 학식이 깊은 사람이었는데 도력은 그리 오래되지 않아서 우리가 찾아갔던 한해 전에 입도했다고 합니다. 그이는 그때로부터 죽는 날까지 스승님의 곁을 떠나지 않았고 그 말씀과 행적을 꼼꼼히 기록하였지요. 서일수 지사는 그때부터 손 도인과 막역지우가 되었습니다. 우리가 인제 원막골을 떠난 지 석달 뒤에 관아의 탐지와 기찰이 촉박하여 신사와 측근 도인들은 전라도 익산으로 피신하여 여름을 났는데 이때에 서일수 도인이 주선하여 여름을 함께 났다지요. 신사께서는 이후 상주에 초가삼간을 사서 함께 도피하여 다니느라 피로한 가족을 이사시키고는 측근 몇사람과 공주 산간 암자에서 사십구일 기도를 올리고 다시 보은으로 그리고 청주, 진천을 돌아서 공주 마곡사를 거치고 경상도 영천을 거쳐 상주로 되돌아오셨습니다. 이것이 우리가 지켜본 그 일년 반 동안의 스승님의 숨 막히는 도피행로였지요. 달마다 위기가 아닌 적이 없으며 뒷간에 들었다가 기찰을 면하고 뒷산으로 도망치기도 하고 제자들이 일부러 잡히면서 소란을 피우는 사이에 간신히 빠져나가기도 하셨습니다. 그러니 서일수 도인이 스승의 별명을 최 보따리로 부른 것도 다 이유가 있었던 것입니다.

스승님께서는 일찍이 부모를 여의고 열아홉에 손씨와 혼인하여 종이쟁이로 호구하시다 대신사를 뵙고 그를 따르게 되셨으며 법통을 잇게 되지요. 대신사 순교 후에 식구를 이끌고 숨어다녔으나 임효의 거사가 벌어지고 나서 부인 손씨와 두 딸은 단양 옥에 하옥되어 생이별합니다. 도피하던 신사는 거의 초근목피로 연명하며 삼년여 동안 고난의 가시밭길을 헤매다가 그이를 수발할 사람으로 도인이 중매한 김씨 부인과 혼인하여 안정을 찾게 되지요. 신사와 김씨 사이에서 아들이 태어났는데 그가 최솔봉입니다. 나중에 서일수 대행수와 동서간이 되지요. 아무튼 오년 만에 행방이 묘연하던 첫 부인 손씨가 유랑민 행색이 되어 딸과 함께 스승님을 찾아왔습니다. 이 부인들은 고난의 시기에 차례로 명을 달리했습니다.

서일수 도인은 처음 입도하자마자 포교에 힘썼고 각 지역 대두들과 스승님 사이를 연결하며 돌아다녔습니다. 그가 병술년에 도인이던 청주 음씨의 첫째딸과 혼인했고 나중에 그 둘째딸이 신사의 아드님 솔봉과 혼인했던 것이지요. 이 무렵에 서일수 도인은 손천문 도인과 더불어 스승님을 모시고 강원도 정선에 가서 사십구일 기도를 함께 올렸습니다. 신사께서는 이해에 회갑이셨지요. 스승님께서 일찍이 개벽운수(開闢運數)와 부화부순(夫和婦順)을 말씀하셨습니다.

이 세상 운수는 천지가 개벽하던 처음의 큰 운수를 회복한 것이니 세계 만물이 다시 포태의 수를 정하지 않은 것이 없느니라. 경에 말씀이 있기를 '산하의 큰 운수가 다 이 도에 돌아오니 그 근원이 가장 깊고 그 이치가 심히 멀도다' 하셨으니 이것은 바로 개벽의 운이요 개벽의 이치이기 때문이다. 새 하늘 새 땅에 사람과 만물이 또한 새로워질 것이니라.

이 세상의 운수는 개벽의 운수니 천지도 편안치 못하고, 산천초목도 편안치 못하고, 강물의 고기도 편안치 못하고, 나는 새 기는 짐승도 다 편안치 못하리니, 유독 사람만이 따스하게 입고 배부르게 먹으며 편안하게 도를 구하겠는가. 선천과 후천의 운이 서로 엇갈리어 이치와 기운이 서로 싸우는지라, 만물이 다 싸우니 어찌 사람의 싸움이 없겠는가. 천지일월은 예와 이제의 변함이 없으나 운수는 크게 변하나니, 새것과 낡은 것이 같지 아니한지라. 새것과 낡은 것이 서로 갈리는 때에 낡은 정치는 이미 물러가고 새 정치는 아직 펴지 못하여 이치와 기운이 고르지 못할 즈음에 천하가 혼란하리라. 이때를 당하여 윤리 도덕이 자연히 무너지고 사람은 다 금수의 무리에 가까우리니 어찌 난리가 아니겠는가. 어느 때에 우리 도가 세상에 드러나려나. 산이 다 검푸르게 변하고 모든 길에 비단을 펼 때요 만국과 교역할 때이니라. 때는 다 그때가 있으니 마음을 급히 하지 말라. 기다리지 않아도 자연히 때가 오리니 만국 병마가 우리나라 땅에 왔다가 모두 물러가는 때이니라.

멀리 구하지 말고 나를 닦으라 한 것도 나요, 내 마음을 그 땅에 보내라 한 것도 나요, 내 몸으로 화생한 것을 헤아리라 한 것도 나요, 말하고자 하나 넓어서 말하기 어려우니라 한 것도 나요, 내 마음의 밝고 밝음을 돌아보라 한 것도 나요, 이치가 주고받는 데 묘연하니라 한 것도 나요, 나의 믿음이 한결같은가 헤아리라 한 것도 나요, 내가 나를 위한 것이요 다른 것이 아니니라 한 것도 나니, 나밖에 어찌 다른 한울이 있겠는가. 그러므로 말씀하시기를 사람이 바로 한울이라 한 것이니라.

부화부순은 우리 도의 첫번째 가는 종지(宗旨)이니라. 도를 통하고 통하지 못하는 것이 도무지 내외가 화순하고 화순치 못하는 데 있느니라. 내외가 화순하면 천지가 안락하고 부모도 기뻐하며, 내외가 불화하면 한울이 크게 싫어하고 부모가 노하나니, 부모의 진노는 곧 천지의 진노이니라. 부인은 한 집안의 주인이니라. 하늘을 공경하는 것과 제사를 받드는 것과 손님을 접대하는 것과 옷을 만드는 것과 음식을 만드는 것과 아이를 낳아서 기르는 것과 베를 짜는 것이 다 반드시 부인의 손이 닿지 않는 것이 없느니라. 사람은 천지의 화한 기운이요, 남녀가 화합치 못하면 천지가 막히고, 남녀가 화합하면 천지가 크게 화(和)하리니 부부가 천지란 이를 말함이로다. 여인은 편성이라 혹 성을 내더라도 그 남편 된 이가 마음과 정성을 다하여 절하라. 한번 절하고 두번 절하며 온순한 말로 성내지 않으면 비록 그 어떤 나쁜 정도 반드시 화할 것이니 이렇게 절하고 또 절하라.

당시에 이신통은 아직 입도하지는 않았지만 삼남지방을 떠돌며 광대물주를 하던 중에 서 행수와 가끔씩 만났다고 전해들었지요. 그러다가 전국적으로 민란이 다시 일어나던 기축년에 입도하여 서 행수와 더불어 호서지방의 도인 대(隊)와 접(接)을 조직하던 중에 영동 민란에 터무니없이 연루되어 뒷돈을 주고 풀려났지요. 그러나 관에서는 이미 서 행수의 행적을 포착하여 뒤를 밟다가 청주 근방에서 체포하였습니다. 그는 사문난적의 포교를 했다는 죄목으로 한양으로 압송되었고 당시에 이신통이 은밀하게 한양에 뒤따라 올라가 그를 뒷바라지했다는 후문이 있습니다만, 제 아우는 더 잘 알고 있을 거외다.

박인희는 이어서 갑오 난리 때에 아우가 농민군을 일으켜 내포 일대를 휩쓸고 위로 북대와 남대가 공주를 공격할 적에 바로 이웃인 홍성을 공격하다 참패하고 쫓기게 된 이야기를 했다. 천지도 병란이 꺾인 뒤에 인근 사방에서 학살당한 양민들의 이야기를 하다가 그는 또 울음을 참지 못했다.

우리는 그의 권유로 하룻밤을 유숙하고 예산 원마을을 떠났다. 그는 아우가 강원도 횡성 소구니골에 은거하고 있다는 사실을 은밀히 전해주었고 나는 이제 이신통의 등덜미에 더욱 가까워진 느낌이 들어서 가슴이 콩닥거렸다. 곧 그의 뒤꿈치를 밟을 수 있는 지척의 거리에 다가선 것만 같았다.

*

부여에서 객점 식구들과 만나 집에 돌아와서도 하루이틀 그냥 보내는 것이 못내 안달이 나서 그냥 앉아 있을 수가 없었다. 안 서방의 아낙인 부여댁이며 찬모 어멈과 막음이와 장쇠가 있고 밥 부쳐 먹는 곁꾼들도 네댓명이나 되었지만 아무래도 주인이 자주 오랫동안 집을 비우는 것은 좋지 않을 듯하여 안 서방과 의논을 했다.

어찌 생각하십니까? 이번에는 장쇠만 데리고 갔다 와도 됨직한데요.

그게 무슨 말씀입니까? 장쇠도 이젠 많이 컸고 세상 물정도 제법 알게는 되었지만 어찌 아씨와 이 서방의 심정을 알겠습니까? 그리고 저는 우금치 싸움도 겪은 바가 있어 천지도 측에서도 믿어주지 않겠습니까? 이 일이 나라에서 철천지로 미워하는 천지도 일이 아니라면 저는 누가 뫼시고 가든 염려하지 않습니다.

고맙습니다. 부여댁에게도 잘 말씀드려주세요.

우리 식구가 곧 이 댁 혈족인데 무슨 말하구 말구가 있겠습니까? 저도 월말에 길을 떠날까 작정하고 있었습니다.

안 서방과 나는 세마를 내어 갱갱이에서 서북으로 청주, 충주를 거쳐서 원주까지 나흘 길의 고된 여로를 지났고 원주에서 하루 온종일 쉬고 나서 횡성에는 한낮에 당도했다. 읍치를 지나 동쪽을 향하여 산을 끼고 개천이 흐르는 길을 걸어 소구니골 어귀에 이르렀다. 우뚝우뚝 솟은 바위와 둥글게 닳은 돌 사이로 계곡물이 기운차게 흘러내렸고 골골마다 웅덩이가 있었다. 우리는 다락논에서 일하던 농부에게 물어 소구니골을 찾아 북쪽 골짜기로 들어갔다.

십여리를 올라가 숲이 우거진 골짜기 안쪽에 집이 몇채 보이고 산비탈에 다락논과 밭이 있는 것이 개간지로 보였다. 이런 동네라면 누가 살더라도 바깥에서 나그네가 일부러 찾아오기도 쉽지 않아 보였다. 우리가 소나무 울창한 숲속의 너와집을 기웃거리는데 한 계집아이가 뒷전에서 외쳤다.

누굴 찾으세요?

안 서방이 먼저 아이에게 되묻는다.

여기 어느 집이 박 선비의 집이냐?

어디서 오셨는데요?

아이는 다시 그 물음을 되돌려주었고 이번에는 내가 나섰다.

우리는 예산에서 박 초시를 뵙고 이곳에 아우님이 사신다는 소식을 들었어요. 저는 이 댁 선비님의 동무 되는 사람 아내라우.

안 서방이 다시 아이에게 물었다.

박씨 성에 도자 희자 쓰는 어른 댁이 어디냐?

잠시 기다려보세요.

계집아이가 말하고는 산속으로 뛰어가 나무 사이로 사라졌다. 나와 안 서방은 너와집 방문 앞에 길게 잇댄 툇마루에 잠시 걸터앉아 있었다. 잠시 후에 아이가 사라졌던 방향에서 고의 등거리와 짧은 잠방이 차림의 농부가 흙 묻은 맨발로 나타났다. 뒤에는 치마를 정강이 위로 추켜올려 매고 머릿수건을 쓴 아낙이 뒤를 따랐고 계집아이도 깡충거리며 뛰어왔다. 농부가 먼저 당도하여 예를 차리고 섰는 우리에게 물었다.

어디서 오신 뉘십니까?

예, 저는 이신통의 아낙입니다. 예산에서 박 초시님을 만나뵈었더니 이곳을 알려주셔서……

아, 그러시군요. 저는 박도희라구 합니다. 이 서방과는 호형호

제하는 사입니다.

바쁜 철에 찾아뵙게 되어 죄송합니다.

아니 뭐 이곳은 산간이라 봄 농사가 조금씩 늦습니다. 논과 밭이라고 열마지기에 온 식구가 달라붙어 일해야 겨우 한해 농사로 밥을 먹지요. 그래도 가족이 함께 살아갈 수 있으니 이것도 저의 분복이라고 생각합니다.

우리는 방에 들어가 앉았고 박도희가 들어와 앉자 서로 맞절로써 정식으로 인사했다. 두런두런하는 소리가 들리더니 열대여섯살 돼 보이는 총각 처녀가 모두 일하다 돌아오는지 저희 부모와 같은 차림으로 나타났다. 그들은 흙발이라 안으로 들어서지는 못하고 열린 문 앞에 늘어서서 인사를 했다. 박 선비가 방문을 닫고는 형님의 안부를 묻기에 내가 고향 소식을 전하니 그는 돌아앉아 눈물을 감췄다. 박 선비는 천장을 올려다보며 긴 한숨을 내쉬고는 지난 얘기를 꺼냈다.

입도했던 그해 말에 이 서방은 영동 옥에서 풀려난 뒤 서일수 행수와 더불어 속리산의 암자에서 심신을 추스르고 있었습니다. 서 행수는 호서지방의 도인들과 차례로 만나면서 동짓달까지 함께 있다가 이신통과 하산을 했지요. 신통이 보은에 들러 자기 처남에게서 노잣돈을 받아 호남으로 내려갈 작정이었답니다. 이때에 스승님의 최측근이던 손 도인이 청주에 머물고 있다고 하여 서일수 행수가 청주로 갔지요. 청주의 국사봉 아랫녘에 솔뫼 마을이 있었으니 나중에 우리 도의 큰 은신처가 되었던 곳입니다. 스승님께서는 당시에 기찰을 피하여 괴산에 은거했다가 인제에서도 거처를 세번이나 옮겨다닐 무렵이라 측근 도인들도 매우 조심하고 있었지요. 서일수 행수는 이미 몇해 전에 청주 율봉 역말의 음씨 댁 첫째딸과 혼인하고 스스로 중신하여 둘째딸과 스승님의 아드님을 혼인하게 하였지요. 그러한즉 청주에 가서는 장인 댁인 율봉 역말에 머물렀을 것입니다. 서 행수와 손 행수는 각자 거처하던 곳을 떠나 성안 장터거리로 나와 이신통이 마련한 주막의 내외방에서 하룻밤 유숙하며 이야기를 나누기로 했습니다. 시골 주막의 내외방이란 대개가 곡식이나 메주 등속을 보관하는 골방이기 십상인데 다른 손님들과 부딪칠 일이 없어 안전하기도 합니다. 이신통은 먼저 율봉 역말에서 나와 방을 잡아놓고 솔뫼로 찾아가 손 도인께 알린 다음에 장터 초입에 있는 목로에서 서 행수가 오기를 기다리고 있었답니다. 그때에 이 서방은 자신에게 기찰이 붙었다는 것을 알지 못하였지요. 나중에 서 행수가 잡힌 뒤에야 누가 지목한 것인지 알려졌습니다. 이 서방에게는 일찍이 의절하다시피 하고 집을 나간 이복형이 있었답니다.

네, 이준이라고 청주목에서 비장직을 얻어 한다고 들었습니다.

나는 그이가 이신통 집안의 큰댁 소생으로 이복남매를 종모법에 따라서 외갓집 노비로 추쇄하려 했다는 사실을 신통의 누이 덕이에게서 들었던 것이 생각났다.

네, 그 사람이랍니다. 갑오년 난리 끝난 뒤에 제가 고향을 떠나서 이곳으로 정처 없이 흘러들고 다시 두사람과 만나서 자세한 전말을 들었지요.

박 선비는 그가 기억하고 있던 당시의 이야기를 달과 해가 저물고 떠오르듯 순서대로 말하기 시작했다.

이준은 그날 삼현육각이 울리고 퇴청시각이 된 뒤에 관문을 나와 성안 장터거리로 갔다. 겨울 저녁 해가 재빨리 기울어 벌써 사방은 어둑어둑했고 민가의 창문에는 따뜻한 불빛이 밝혀지고 있었다. 그는 읍내의 유지인 향소 별감과 약조가 있었는데 새해가 오면 신임 목사가 올 것이라 관내 현의 밥술깨나 먹는 부자들에게 신구 목사의 전별비와 부임비 할당을 위한 논의를 하기로 되어 있었다. 외직은 삼년 기한이었으나 요즈음 세상에서는 어찌 된 노릇인지 반년도 못 가기 일쑤고 이번에 일년 반을 머문 청주 목사는 제법 오래 임지에 있었다고 아전들의 입에 오르내렸다. 청주에 그래도 먹을 것이 제법 있었던 모양이라는 거였다.

장터거리는 한산했는데 파장이 훨씬 지난 저녁나절인데다 날씨도 제법 추웠다. 그는 듬성듬성 행인이 오르내리는 장거리를 걷다가 문득 맞은편에서 다가오는 덧저고리 차림의 장돌뱅이 비슷한 자를 보고는 저도 모르게 옆의 전을 향하여 몸을 돌리고 물건을 살피는 척했다. 장돌뱅이가 그의 등 뒤를 지나쳐갈 때에 이준은 슬그머니 고개를 돌려 그를 바라보았다. 아우 이신통이 틀림없었다. 이준은 처음에는 아무 생각도 없이 쫓아가서 그의 어깨를 툭 치며 반가운 말을 던지려 했으나 신통이 두리번거리더니 방향을 돌려 마주 오자 이번에도 알은체하지 못하고 몸을 돌렸다. 신통이 그를 보지 못하고 지나쳐간 뒤에 이준은 자기가 어째서 아우를 순간적으로 피해버렸는지 그 연유를 잠깐 생각해보았다. 부친 이 의원의 격노한 얼굴이 떠올랐고 같은 또래의 외숙에게 이복동생인 신이, 덕이가 외갓집 교전비의 소생임을 말하면서 노비송사를 부추겼던 일이 떠올랐다. 그는 아우가 과거를 본다며 한양에 올라갔다는 소문은 전해들은 적이 있었고 무슨 연고인지 장가를 들고도 고향에 돌아오지 않고 의원도 매제 송생에게 물려주게 하고는 계속 떠돌며 살아간다는 얘기도 들었다.

청주목 관아에서는 그동안 천지도의 번성 때문에 상관의 추달이 자심하여 전에 서학 교도들을 잡아들이던 사람들을 재편성하여 군교로 들이고 전담시키고 있던 시절이었다. 목의 비장인 이준은 잠깐 토박이 관아치로서의 호기심이 생겨났다. 도대체 저 녀석이 무슨 일로 청주에 나타났으며 누구를 만나려는 것인지 궁금했다. 그는 신통의 뒤를 밟아가다가 신통이 장터 초입의 목로에 들러 요기 겸하여 탁주를 들고 있는 것을 보고 분명히 누군가와 만나기로 약조했음을 눈치챘다. 아니라면 그는 숙소를 잡든지 봉노에 들어 여러 행객들과 겸상을 받아먹을 터였다. 이준은 목로가 내다보이는 건너편 전방 앞에 쭈그리고 앉아서 기다려보기로 했다. 전방에는 마른 나물에 버섯, 호두, 잣, 대추, 곶감 같은 견과물에 건어물 등속을 맷방석과 채반에 그득히 쌓여 있었는데, 그도 알 만한 장사치의 가게였다.

주인이 알은체하고는 웬일이냐며 어리둥절해하자 그는 손가락을 입술에 갖다대고 쉿 소리까지 내고는, 지금 기찰 중이라고 속삭였다. 갓을 깊숙이 내려 쓴 키가 훤칠한 자가 목로로 들어서서 아우와 만나는 것을 보자마자 이준은 곧 쪽지를 적어서 점원 아이에게 내주며 관아에 알리라고 전했다. 담배 한죽 태울 시각에 군교가 사령 두사람을 데리고 당도했는데 그는 전부터 천지도인들의 뒤를 밟았던 경험이 많은 자였다. 그는 슬쩍 들어가서 막걸리 한잔 시켜서 마시고는 곧장 나왔다.

두놈 모두 심상치 않아 보입디다. 이 골 사람도 아니고 장사치도 아닌 것 같은데, 아무튼 끌고 가서 문초를 해볼 만합니다.

이준은 군교의 말이 떨어지자마자 자리를 피하여 관아로 돌아갔고, 군교 사령들은 목로에 들어가 두사람의 호패를 조사한 다음 물을 것이 있다며 관아로 가자고 했다. 서일수가 버티면서 언성을 높였다.

여보, 호패를 보았으면 됐지 뭘하러 관가에 간단 말이오?

허어 이 사람이…… 관인이 가자면 순순히 따라올 것이지 화를 내구 그러우. 요즈음 근처 현에서 화적이 들어 경계 중이라오. 곧 끝날 것이니 잠깐 갑시다.

군교가 좋은 말로 구슬리자 서일수는 신통에게 말했다.

자네는 여기 기다리구 있게. 내 얼른 갔다가 올 테니……

그러나 그런 말에 넘어갈 군교가 아니었다.

아니, 두사람 다 갑시다.

이 시각에 손천문은 영문도 모르고 이신통이 잡아놓고 알려준 주막의 내외방에 들어가 곰방대를 태우며 그들을 기다리고 있었다.

서일수와 이신통은 하는 수 없이 군교 사령에게 등 떠밀려 목로주점을 나섰고 장터 길로 걸어갔다. 뒷전에 세 군병이 바짝 붙어서 뒤따르고 있었는데 갈래길이 나오자 이신통이 갑자기 걸음을 멈추더니 옆으로 다가서는 군교의 목덜미를 껴안아 허리치기로 넘기면서 서일수에게 말했다.

달아나우!

서일수는 엉겁결에 앞을 막아서는 사령의 가슴을 주먹으로 지르고 옆길로 냅다 뛰기 시작했다. 군교는 넘어졌다가 얼른 일어나며 부하들에게 다급하게 외쳤다.

그놈 놓치지 마라!

사령들이 서일수의 옷자락을 잡아채며 육모방망이로 뒤통수 어깨 가리지 않고 두들겨패자 그는 땅에 엎어졌고 군교가 그의 팔에 오라를 묶었다. 이신통은 그들이 서일수에게 몰린 틈을 타서 멀찍이 달아날 수 있었다. 그들은 서일수를 질청에 있는 형방의 추청에 끌고 갔고 우선 분풀이 겸하여 형리들과 더불어 서일수에게 몽둥이 타작을 퍼부었다. 잠시 내버려두었다가 기찰꾼이 들어오자 서일수를 일으켜 앉혔다. 기찰꾼이란 이전에 천지도에 들었다가 발각된 뒤로 관에 붙어서 도인들을 잡아내는 일에 협조하게 된 자들이었다. 개중에는 공을 세워 직임 없는 벼슬을 받기도 했고 어떤 자는 부장이나 종사에까지 오르기도 했다. 출세를 노리고 일부러 도인이 되어 대와 접에 접근하는 자들도 있게 마련이었다. 그가 기진맥진한 서일수의 얼굴을 찬찬히 바라보고는 얼른 추청 밖으로 나갔고 군교가 따라나갔다.

틀림없소. 저 사람은 대행수라는 자요. 내가 문의에서 모임에 참례했다가 저 사람이 도리를 가르치는 걸 본 적이 있소.

기찰꾼이 말했고 군교는 얼굴이 벌게졌다. 질청에서 기다리던 이준이 마당에 나와 군교에게 물었다.

뭐라던가?

저자는 천지도의 대행수랍니다.

같이 있던 녀석은 어찌 되었나?

군교는 거기서 잠깐 사이를 두었다가 혀를 가볍게 차고는 말했다.

저놈을 잡는 사이에 놓치고 말았습니다.

이준은 어쩐지 섭섭한 가운데도 마음이 놓이는 것 같았다.

안전께 알리고 형방 비장 불러서 추국을 벌여야겠네.

이신통은 그길로 방을 잡아두었던 주막으로 달려가 손천문 대행수를 불러내어 솔뫼에는 들르지도 않고 밤새 걸어서 청주목 경계를 벗어났다.

서일수는 이튿날 청주 목사가 임석한 가운데 고신(拷訊)을 받았고 스스로 천지도인임을 밝혔으나 교주 최경오의 은신처와 본부 도소에 대하여는 입을 다물었다. 목사는 서일수의 인적사항과 입도 경위며 활동내력 등 기초적인 것들을 조사한 추국문을 첨부하여 장계를 올렸다. 보고는 공주 감영을 거쳐서 한양으로 올라갔고 곧이어 의금부로 압송하라는 명이 하달되었다. 그해 말에 서일수는 청주목에서 역마 편으로 한양까지 압송되었다.

이신통은 이 무렵에 손천문을 따라 강원도 간성에 은거하고 있던 신사를 뵈었고 대책이 논의되었다. 이때에 신사는 한달에 한번씩 거처를 옮겨다니며 지목을 피했다. 신통은 도력이 일천한 신도였지만 서일수와 『천지도경』을 출간하고 각종 언해본을 필사본으로 써서 널리 알린 일로 이미 본부 도소에서도 인정을 받고 있었고 특히 신사의 측근인 손천문의 신임을 받았다고 한다.

이신통이 서일수를 구명할 방도를 찾아 한양에 올라간 것은 그가 체포된 지 한달이 지난 이듬해 정월 말이었다. 신통은 실로 여덟해 만에 애오개 쌍버드나무집 객점을 찾아갔으니 경주인은 처음에는 그가 누군지 알아보지 못했다가 서일수의 행적을 찾아온 연유를 말하고 군란 당시의 일을 얘기해주니 두 손을 덥석 잡으며 반겨주었다. 주인은 벌써 반백의 중늙은이가 되었는데 위로 해서는 물론 서북, 관북지방에까지 천지도가 퍼져나갔고 삼남지방은 탄압이 심해도 일반 도인들의 왕래가 활발하여 애오개와 칠패 시장에 각 지방의 물산을 내어 객점은 그런대로 성업 중이었다. 그는 옆집까지 사들여 객점을 넓혀놓았고 객점에서는 절대로 기도를 한다든가 밥을 먹을 때에도 식고(食告)를 하지 않았다. 그는 서일수의 체포와 심문 내용을 소상히 알고 있어서 신통에게 자세히 알려주었다.

서 행수가 신사의 거처에 대하여 혹독한 조사를 받았다네. 그이가 지목했던 곳을 지방 관아에서 탐문하였으나 이미 산간의 집을 온 식구 솔가하여 비운 뒤여서 종적을 찾지 못했다지.

하더니 주인은 눈물을 감추지 못하고 손가락으로 눈자위를 찍어내면서 말을 이었다.

서 행수는 주뢰형을 받아 두 다리를 못 쓰게 되었다네. 형문을 견디고 지금은 사형수 방에 있으니 한시바삐 그이를 구명할 방도를 찾아야겠네.

전옥서에 연줄은 있습니까?

내가 서일수 도인이 잡혀왔음을 어찌 알았겠나? 하루는 저녁나절에 웬 사람이 나를 찾아왔네. 그가 내게 서일수란 이를 아느냐고 묻더구먼. 내가 그를 모를 리가 있나. 서 도인은 난리 뒤에도 가끔씩 한양에 올라와 우리집에 머물렀거든. 자네 유영길이라구 아는가? 군란 때에 자네들을 알게 되었다던데.

신통은 김만복과 함께 처형당한 유춘길 별장을 기억해냈고 당시에 그의 동생 유영길은 달아나서 처벌을 모면했던 것도 생각이 났다.

예, 알 듯합니다.

주인은 그럴 줄 알았다는 듯이 고개를 끄덕이며 말을 계속했다.

아무튼 그 사람이 지금 서린 전옥서의 옥사장이라네. 그이가 예전의 의리로 서 도인을 보살펴주고 있으나 언제 처형될지 모르니 하루라도 빨리 손을 써야 하네.

신통은 서일수를 구명해내는 일은 신사와 본부 도소의 모든 대행수들의 한결같은 염원이라고 말했고, 이튿날 오전에 객점 주인이 유영길을 찾아가기로 했다. 전갈을 받은 유영길은 다음 날 퇴청시각 이후에 애오개로 이신통을 찾아왔다. 그들은 주인 방에서 함께 술잔을 기울이며 논의했다.

사형 처결이 내려졌으나 대시수(待時囚)인 것이 그나마 다행이오. 이는 바꿔 말하자면 도형수(徒刑囚)로 감형될 수도 있다는 말이지요.

도형수로 감형이 된다면 유배형이 되겠군요?

그렇소. 사형 아래가 극변 위리안치형이니 그렇게 되면 목숨은 건질 수가 있소이다. 유배형만 떨어진다면 그다음엔 미리 손을 써서 도중에 빼낼 수가 있겠지요.

그러면 감형을 시킬 방도가 없을까요?

천지도는 예전 천주학의 사례에 비추어 사문난적으로 다루는 죄인데 적어도 당상관 정도는 되어야 말을 낼 수가 있겠지요.

유영길은 곰곰이 생각해보더니 신통에게 물었다.

혹시 전에 대원위 대감댁의 호종무사였던 허민이란 이를 뵌 적이 있습니까?

아, 직접 뵌 적은 없으나 서 지사님은 군란 때 얘기를 꺼내면 늘 말씀하셨습니다.

그럴 거요. 서 지사와 나와 김만복 별장이 함께 대원위 대감을 뵙고 하소를 올렸으니까. 허민 무장은 지금 운현궁 호종감을 맡고 계시니 무슨 수가 있을지도 모릅니다.

사실 유영길은 형이 처형된 뒤에 강원도로 피신했다가 청국에 억류되었던 대원군이 돌아온 뒤에야 한양으로 돌아올 수가 있었고, 예산으로 내려가 남연군 묘의 참봉을 하며 은거했던 허민도 같은 무렵에 운현궁으로 돌아왔다. 유영길이 가족을 수습하고 이나마 하급 관직을 얻게 된 것은 허민의 도움이 있었던 때문이었다. 이신통과 옥사장 유영길은 서로 의견을 나누었다.

우선 내일은 당장에 전옥서로 찾아가 아저씨 접견을 하고 나서 운현궁에 통자해볼까 합니다.

접견이야 아무 때나 할 수 있지만 운현궁에는 나하구 함께 가야 할 거요.

이튿날 오전에 객점 경주인과 함께 서린 전옥서를 찾은 신통은 이전에 박도희를 만나러 드나들던 기억이 새로웠다. 경주인은 삼층 찬합에 여러가지 밑반찬을 해왔지만 밥을 시킬 겸 옥전거리의 상밥집에서도 한상 주문했다. 그들이 옥리에게 알리자 미리 알고 있었는지 순순히 쪽문을 열어주었다. 이전에 박도희를 원옥에서 불러내어 음식을 먹이던 상방 마루에서 서일수가 나오기를 기다렸다. 마주 보이는 곳은 죄수들의 식사처요 높은 담장이 가로막혔는데 한편에 쪽문이 보였다. 이쪽의 바깥을 가로막은 담에 붙여서 지은 지붕만 있는 칸막이들은 가족들이 죄수들에게 밥을 차입해주는 곳이었다. 불려나오기 시작한 죄수들이 칸막이마다 몰려서자 옥리들이 바깥으로 낸 창문을 막아놓았던 널판자 덧문의 고리를 벗겨내고 활짝 열었다. 서로 가족의 이름을 부르며 찾다가 식구들과 죄수가 만나면 보퉁이에 싸온 떡이며 찬이나 장에 곁들인 주먹밥 등속을 들이밀었고 옥리들은 조용히 하라고 으름장을 놓으며 꾸짖곤 했다. 신통과 경주인이 마루에 앉아 기다리려니 서일수가 옥리의 부축을 받으며 쪽문으로 나왔다. 신통이 달려들어 서일수를 껴안았다.

아저씨, 이게 무슨 고생이우.

서일수가 비칠거리다가 신통의 등을 가볍게 두드려주며 슬그머니 밀어내고는 그의 얼굴을 들여다보며 싱긋 웃었다.

자네 신수가 훤하구먼.

경주인은 며칠에 한번씩 만나던 처지라 그냥 고개를 끄떡했을 뿐이었다. 그들의 뒷전에는 전옥 아래 두번째 책임자인 옥사장 유영길이 따라왔다. 방에 들어가 앉자 신통은 여러 말 하지 않고 짧게 얘기했다.

모두들 걱정이 이만저만이 아닙니다. 스승님께서는 무슨 수를 써서라도 아저씨를 구명해내야 한다고 이르셨지요.

고마운 일일세.

옥사장도 곁에 있는 옥리를 의식한 듯 긴말하지 않고 한마디 거들었다.

조만간 좋은 일이 있지 않겠소?

옥전거리 밥집의 중노미가 채반에 담은 상밥을 머리에 이고 들어와 펼쳐놓았고 서일수는 거위병에 담긴 막걸리로 목을 축이고 밥을 먹었다. 식사를 마치고 나서 그는 경주인을 돌아보며 한마디했다.

우리 칸에 아이들이 굶주리고 있는데 떡이나 사서 좀 들여주고 가우.

허어, 매번 그놈들까지 먹이려는구려.

옥사장이 투덜거리자 서일수가 말했다.

죽을 때 죽더라도 굶주림이야 어찌하겠소. 내가 바라지 받으러 나올 때마다 은근히 기대를 하고 있는데.

염려 마오. 우리가 나가다 떡집에 차입하라고 당부하리다.

접견을 끝내고 경주인은 애오개 객점으로 돌아갔고 이신통은 옥사장이 나오기를 기다렸다가 함께 부근에서 요기를 했다. 두 사람은 종루거리를 올라가 철물교에서 관인방 쪽으로 올라갔고 운현궁에 이르렀다. 가끔 들렀던지 유영길이 익숙하게 대문간에서 하인에게 일렀고 두사람은 허수청으로 안내되었다.

허수청에도 격이 있어 이름난 양반이나 관직이 있는 사람은 집사의 안내를 받아 큰사랑 쪽으로 갔지만 허물없이 드나드는 중인 이하의 아랫것들은 행랑으로 내려갔다. 행랑의 가장 큰 방이 작은사랑인 셈이었는데 대개 식객들 중에 풍채가 있는 자들이 돌아가며 손님맞이를 했다. 유영길이 행랑 사랑채로 이신통을 데려갔다. 때는 대원위 대감의 세가 전보다 떨어져 왕족의 체통만 지키고 있던 무렵이라 방문객이 많지는 않았다. 안쪽에 서랍책상을 놓고 단정히 앉아 있던 사람이 그들을 내다보는데 눈빛이 쏘는 듯했다. 이신통은 그사이 전국 각처로 떠돌아다니며 수많은 사람을 만난 세월이 십년 가까이 되어서 인상을 보는 눈썰미가 생겼다. 신통은 그 사람이 예사롭지 않다고 느꼈다. 볕에 그을린 가무잡잡한 얼굴에 붓끝 수염이었으나 눈빛이 또렷하게 빛났다.

영장님 계십디까?

대감께서 출타하셔서 모시고 나갔소만 저녁 전에는 돌아올게요.

그의 목소리는 외모와 달리 컬컬한 쇳소리였다. 유영길은 신통에게 일렀다.

예서 좀 놀다 가게 생겼군. 내 나가서 마실 거라도 좀 챙겨오리다.

그가 잠깐 자리를 비운 사이에 이신통이 먼저 객으로서 자신의 출신 성명을 밝히며 인사를 청했고 작은사랑을 지키고 있던 사람도 맞받아 예를 차렸다.

정읍 고부에서 온 김봉집이라구 하오. 무슨 일로 오셨는지?

죽게 된 친척 아저씨 일로 청원이나 하고자 와보았습니다.

김 서방은 무덤덤하게 바라보더니 한마디했다.

그러면 지금 처결을 받아 옥에 갇혀 계신 거요?

예, 의금부 고신을 끝내고 대시수 옥에 갇혀 계시지요.

신통의 대답에 그는 고개를 숙이고 한숨을 길게 내쉬었다.

바야흐로 난세인데 무슨 죄를 지었는지는 모르나 정말 죽일 놈들은 모두 벼슬아치들이지요. 청은 물론 양 왜가 함부로 들어와 나라의 이권을 제각기 도적질해 가는 판인데 힘없는 백성들 등이나 치려고 벼슬을 사고파니 망해가고 있는 것이지요.

신통이 김봉집의 말을 듣고 보니 의기가 있는 사람이었고 이쪽이 중죄인의 가족이라는데도 별로 놀라지 않는 것이 기이해 보였다.

이곳엔 어인 일로 와 계십니까?

글을 읽고 배운 지 삼십년이 넘어서 시골 훈장으로 연명하며 과거도 치러보았으나 다 쓸데없는 일입디다. 과장이 난장판이 된 것이 벌써 백년이 넘었다오. 시골에 살면서 부패한 관리와 잘못된 조세에 대하여 감영에 소도 올려보고 끌려가 곤장도 맞으며 살다가 청원하러 이곳을 찾았소. 이 댁 수집사가 몇다리 건너 아는 분이라 들렀더니 집안일을 도와주며 지내다 보면 작은 자리라도 포부를 펼 수 있는 기회가 오지 않겠느냐 그럽디다. 부끄럽지만 모두 부질없는 짓인 줄 속으로 잘 알면서도 하루이틀 하다가 일년이 넘었소그려.

둘이 얘기를 나누는 중에 유영길이 잘 아는 하인에게 소반을 들려 들어왔다. 소반 위에는 마른안주와 술병과 잔이 놓였다. 민어포에 생률이며 대추 등속이 안주고 술은 소주였다. 세사람은 상머리에 둘러앉아 권커니 잣거니 하면서 몇잔을 나누어 마셨다. 저녁참이 되어가는데 바깥에서 술렁이는 인기척이 들리더니 대감의 초헌(軺軒)이 들어오는 모양이었다. 그들은 황급히 술상을 방구석으로 밀어버리고 모두 마루 아래로 내려와 읍하고 섰다. 대감의 행차는 곧바로 중문을 지나 안사랑인 노안당으로 들어갔고 그들은 다시 방으로 들어왔다. 중문 밖 큰사랑, 작은사랑, 행랑채에 밥상이 들어오기 시작했고 그들도 식객과 손님들 틈에 끼여 저녁을 얻어먹었다. 날이 완전히 어두워서야 허민이 안에서 나왔고, 큰사랑에서 그들을 부른다는 전갈이 왔다. 유영길이 신통을 데리고 허민에게 현신했다.

영장님, 기간 평안하셨소이까.

그래, 자네두 지낼 만한가?

덕분에 무고합니다. 실은 근래에 저희 옥에 서일수가 잡혀 들어왔습니다. 이 사람은 그의 조카 되는 사람이지요.

영길이 곁눈질하여 이신통이 절하고 출신 성명을 밝히니 허민은 고개를 끄덕이며 받고는 다시 묻는다.

그런데 서일수가 누구던가?

아니, 그 군란 때 죽은 김만복이와 의형제를 맺었다는 서 지사를 기억하시지요?

음, 그래 자네하구 김 별장과 같이 와서 대감마님을 뵈었지. 헌데 이제 와서 그 사람이 무슨 죄를 지어 옥에 갇혔단 말인가?

유영길이 다시 신통을 돌아보았고 그는 얼른 대답을 했다.

삼촌은 천지도에 입도하여 포교 중에 체포되었습니다.

순간 허민은 미간을 잔뜩 찌푸리고 이신통을 바라보았다.

천지도라…… 자네도 도인인가?

신통은 서슴지 않고 대답했다.

저도 도인입니다. 저희는 서교와는 달리 조선 백성을 위하여 척양척왜하고 만백성이 상생하는 나라를 이루는 것이 오직 소망이올시다. 일세 교주께서 사문난적의 오명을 쓰고 처형된 이후 신원도 이루어지지 않았고 지방 각처에서 도인들은 함부로 살해당하고 임의로 가산몰수를 당하는 등 핍박을 받으며……

허민은 주의 깊게 듣고 있다가 말을 자르며 신통에게 물었다.

그래, 너희 도인이 전국적으로 얼마나 되는가?

북으로 서북, 관북, 해서지방에서 근기지방은 물론이요 남으로 삼남에 이르기까지 백만이 넘을 것입니다.

허민이 픽 웃으며 대꾸했다.

그러니 나라에서 너희를 잡아 죽이려는 것이다. 너희 도가 정말로 척양척왜를 하고 나라의 부국강병을 위한다면 조정이 바뀌어야 할 것이다. 내가 대감마님께 여쭈어보기는 하겠다. 무슨 방도가 있겠지.

유영길이 눈치를 채고 물러서서 나오려는데 허민이 말했다.

자네는 나하구 잠깐 얘기 좀 하세.

신통이 혼자 작은사랑으로 돌아와 우두커니 앉아 있는데 영길이 나와서 말했다.

구명할 길이 생길 것 같소.

이신통이 듣기로 서일수를 대시수에서 도형수로 낮추려면 적어도 형조나 의금부의 재심이 있어야 할 텐데 요즈음 시국이 그러한 중죄인을 아무런 이유 없이 감형할 리는 없다는 것이었다. 그러니 권도(權道)를 쓸 수밖에 없는데 운현궁에서 의금부 판사에게 천지도를 무조건 탄압만 할 게 아니라 이번에 스스로 나라의 통치에 귀순할 수 있도록 기회를 주자고 권유는 할 수 있다고 했다. 유영길은 그러고 나서 속 시원하게 털어놓았다.

그런데 어디 그게 맨입으로 될 일이우? 벼슬 사는 일보다도 사람 목숨 살리는 것이 더욱 어려운 일이라오. 우선 이 댁에 한 오백냥 들이고 전옥에도 이삼백냥은 써야 할 테고 나중에 노상에서 풀리려면 나장 나졸들 행하로 백냥은 써야 할 텐데……

이신통은 돌아다니며 그런 일을 많이 겪어서 대뜸 응수했다.

그러면 천냥이 들겠군요.

사람 목숨값이우. 이게 모두 예전 만복이 형님과의 인연 덕이외다.

이신통은 애오개 주막으로 돌아가 경주인과 상의했고 일단 천냥을 마련해보기로 했다. 떠나올 때에 손천문 대행수와 연결할 집을 정해두었으므로 급주를 날려 사연을 알렸고 보름 만에 팔백냥이 올라왔다. 나머지는 경주인이 이백냥을 메워 간신히 천냥 돈이 마련되었다. 신통은 그동안 운현궁에 가끔씩 들어가 작은사랑에서 판서도 도와주고 장부도 정리하며 수집사와 낯을 익혔고 무엇보다도 선비 김봉집과 친해졌다. 김 선비는 신통을 따라서 종루거리로 나와 목로에서 술도 마시고 애오개 경주인 집에서 묵어가기도 하면서 천지도에 대한 이야기를 제법 깊숙이 듣게 되었다.

돈을 올린 지 다시 한달이 지나서 이월 중순경에 유영길 옥사장에게서 전갈이 왔다. 서일수가 도형수로 감형이 되었고 극변지 위리안치형이 확정되었다는 거였다. 유배지는 나중에 알아보니 전라도 진도 옆의 금갑도(金甲島)라고 했다.

호송날짜가 정해지자 신통은 마지막으로 전옥서로 서일수 접견을 가서 그동안의 일을 대충 귀띔해주었다. 경기 도계를 벗어나 충청도 접경에 이르러 어디서 풀려나는 게 좋은지 은밀히 논의하니 서일수가 생각해보고 진천쯤이 좋을 거라고 결정했다. 신통은 유배자의 조카로 귀양지에 이르기까지 죄인을 뒷바라지하고 그가 달아나면 책임을 진다는 약서를 내고 동행하기로 되었다. 사대부나 벼슬아치가 유배 가면 그의 하인이나 노비가 길양식을 지고 따라가는 일이 흔했던 것이다. 아침 일찍 금부의 나장 한명과 나졸 두사람이 전옥서에서 죄인 인수를 받아 출발했는데 서일수는 주뢰형을 받은 다리가 아직 낫지를 않아서 한쪽다리를 심하게 절었다. 원래가 죄인의 호송에는 각 지방의 역이 책임을 지게 되어 있어서 한강을 건너 양재역에 이르러 간신히 역마를 구했다. 걸음이 늦다고 투덜거리던 나졸들도 한결 편한 눈치였다. 수원 가서 하루 묵었고 이튿날 안성을 넘어가 진천에 당도한 것은 짧은 해가 저물어 사방이 어두워진 저녁이었다. 숙소를 잡기 전에 나장이 슬그머니 뒤로 처지더니 신통과 나란히 걸으면서 말했다.

여기쯤이라고 들었는데, 이제 근기 도계를 넘었으니……

아 예, 여기서……

신통이 짊어지고 있던 행담을 벗어 백냥 꿰미를 내주었고 나장은 아무 말도 없이 건네받고는 앞서 걷던 나졸들에게 일렀다.

짐을 내려라.

나졸들은 대번에 알아듣고 역마에 태웠던 서일수를 부축하여 내려주고는 뒤도 안 보고 어둠속으로 사라졌다. 이미 판결도 떨어졌고 유배지의 죄수 인수서 한장만 첨부되면 끝나는 일이라 금부의 담당 서리가 알아서 처리할 것이었다. 이신통은 서일수의 옆구리를 끼면서 말했다.

자아, 조금만 더 걸읍시다.

잠시 어느쪽으로 가야 할지 두리번거리던 두사람은 관원들이 사라진 곳과 반대 방향으로 절뚝이며 건다가 이내 어둠속으로 사라졌다.

진천에 서 지사님이 수도하던 절이 있다는 얘기를 들은 적이 있습니다.

나는 박 선비의 긴 애기 중에 일부러 끼어들며 말을 돌리고자

했다. 박도희 선비는 문득 말을 끊고 주위를 둘러보더니 벌써 방안이 어두워지기 시작한 것을 깨닫고는 우리에게 말했다.

허허, 벌써 시간이 이렇게 되었나? 두분 시장하시겠소이다.

나는 안 서방에게 슬쩍 눈치를 했다. 그가 밖으로 나가서 세마에 싣고 온 부담에서 길양식을 꺼내어 부엌으로 갖다준 모양이었다. 아들이 방문 앞에 와서 아버지에게 고했다.

안 받겠다는데도 기어이 양식을 주십니다.

돈을 드려야 할 것이나 그러면 너무 야박하다 하실 듯하여 과객들처럼 양식을 드린 것입니다. 앞뒤 경우가 있으니 받아주시고 댁에서 유숙하게 해주세요.

내가 공손하게 말하자 박 선비는 난처한 얼굴이더니 선선히 고개를 끄덕였다.

신통 아우의 아낙이니 저에게는 제수씨가 되십니다. 산간의 궁핍을 보여드린 것 같아 송구스럽군요.

안방으로 건너가 온 식구가 둘러앉아 저녁을 먹은 뒤에 다시 옆방으로 돌아와 끊겼던 이야기가 계속되었다.

그 절이 진천 보적사입니다. 거기서 두사람은 서 대행수의 부상당한 다리가 나을 때까지 두어달 은거했다지요. 서 도인께서 걸을 수 있게 되자 두사람은 신사의 행적을 찾아 간성 왕곡리에 피신하고 계신 스승님을 찾아뵈었습니다. 이듬해 인제로 옮기시고 연이어 한달마다 은신처를 충주, 양구, 간성을 왕래하시다

홍천, 공주, 진천, 그리고 경상도 금능과 충청도 공주를 오락가락하셨지요. 이신통은 그 무렵에 전라도 지방을 돌아다녔다는데 한양 운현궁에서 만났던 김봉집이 고부 고향에 낙향했다는 소식을 듣고 제일 먼저 그를 찾았다지요. 이때부터 서 도인과 이신통은 호남 서부지방을 섭렵하고 다녔습니다. 호남에 퍼지기 시작한 교세는 마치 들불처럼 번져나갔지요. 대신사께서 초기에 신사께 법통을 넘기시며 북대(北隊)를 맡으라 하신 이후 호남지역이 어느 결에 남대(南隊)를 자처하게 되었으며, 세상 사람들은 물론 도인들까지도 남대 하면 즉 호남의 도인 조직을 일컫게 되었습니다.

천지도를 철천지원수로 여기는 유생들은 남대를 서일수가 이루었다 하여 서대(徐隊)라고도 불렀다지요. 갑오년 난리 때에 남대의 대장이 된 김봉집은 일찍이 이신통이 다리를 놓아 서 대행수와 만났고, 자신의 천지도 입도를 용무지지(用武之地)로서의 터전으로 생각했다고 그랬지요. 처음부터 세상을 변혁할 뜻을 품고 기꺼이 도에 입문했던 것이지요. 그는 법무아문 재판소에서 심문받을 적에 천지도는 마음을 닦아 충과 효로써 근본을 삼고 나라를 보위하고 백성을 편안히 하려는 것이었음을 주장했지요. 또한 우리 도는 하늘의 마음을 지키고 받드는 것이어서 심신을 바칠 수 있었다고도 했습니다.

그외에도 전라도에서는 여러 대행수가 나왔는데 이들이 하나로 연결된 것은 임진년 삼례의 교조신원 모임에서였습니다. 물론 저도 당시에 삼례에 갔습니다. 교조신원운동은 처음에 서일수 대행수의 주장으로 시작되었는데 신사께서는 예전에 임효의 과격한 활동으로 십여년 동안 포교의 지장을 받았고 관으로부터 서학보다 더한 탄압을 받았던 전례를 들어 이를 만류했습니다. 사실 남도에서는 죽다 못하여 민란을 일으켜서라도 세상을 바꾸고 싶어 하던 차에 울고 싶은 때에 뺨 때려주는 격이었거든요. 충청도, 전라도의 관아에서는 천지도 도인이라는 이유만으로 잡아 가두고 형장을 가하며 유배형에 가산몰수하는 일을 서슴지 않았던 것입니다. 충청도 한 고을에서만도 형장을 당하여 죽거나 재물을 빼앗긴 자가 만여명에 이른다 하였습니다. 그러니 고향을 떠나 가족이 생이별하고 타관 객지로 떠도는 이가 부지기수였지요. 전라도는 관의 탐학이 더욱 자심하여 각 고을마다 탐관오리들의 화를 당하여 죽어나가는 백성들이 넘쳐났습니다.

서 대행수 등 도인 천여명이 의관정제하고 엄숙하게 열을 지어 충청도 감영인 공주 관아로 들어가 건의문을 올렸고, 충청 감사는 각 고을 수령들에게 천지도인에 대한 횡포와 침탈을 금하고 편히 생업을 영위케 하라는 하명까지 내렸지요. 우리는 다시 닷새 뒤에 각 지역 대두 행수들을 삼례역에 모이라 했는데 이때에도 서 대행수가 앞장을 섰고 고부 행수 김봉집도 나섰지요. 전라 감사에게 건의문을 제출할 때에 김봉집이 자원하여 갔습니다. 전라 감사 역시 각 고을 수령들에게 천지도인들의 가산을 탈취하는 것을 금하라는 하명을 내렸습니다. 교조신원에 대하여는 양 도의 관찰사 모두 언급하지 않았고 지방 고을에서의 교도 침탈도 여전했으므로 해를 넘겨 계사년 정월에 한양에 올라가 복합 상소할 준비를 했지요.

선발대로 서일수와 김봉집과 이신통이며 저도 올라갔고 상소의 전면에 나설 한양의 몇몇 행수와 각 지방의 젊은 도인들이 많이 참가했습니다. 서 대행수와 신통이나 저 같은 사람들은 관의 기찰에 드러난 바 있어서 애오개 경주인 집에 머물며 한양 거사의 봉도소를 운영하기로 했지요. 한편 김봉집은 대원군 댁에 식객을 살았던 적이 있어 은밀하게 그를 찾았던 모양입디다. 그가 말하기를 '나의 뜻은 나라와 백성을 위하여 한번 죽고자 하는 바외다'라고 하였다는데 대원군 측은 그들대로 우리를 이용하여 정국의 변화를 꾀하였으나 서로 때가 맞지 않았던 듯합니다. 이월 열하룻날 아침에 아홉사람이 소장을 받들고 광화문 앞에 자리를 폈고 도인 천여명은 광화문 앞에서 육조거리를 가득 메우고 꿇어앉았습니다. 각자 귀향하여 안업하면 소원을 들어주리라, 하는 임금의 전언이 내려온 것은 오후 늦은 시각이었습니다. 그 전날밤과 상소를 올린 날 이틀에 걸쳐 서일수와 신통과 근기지역의 젊은 도인들이 척양척왜에 관한 방과 괘서를 사대문 부근과 운종가 그리고 피맛골에 이르기까지 수십장이나 붙였습니다.

연이어 삼월에는 보은에서 교조 대신사 순교 기념을 겸하여 시위를 하였는데 전국 각처에서 삼만여명이 모여들었습니다. 각 대의 오색 기(旗)와 치(幟)가 하늘을 뒤덮을 정도로 펄럭였지요. 이십여일을 버티었지만 무장한 관군의 위협으로 충돌을 우려하여 자진해산했습니다. 그러나 이때에 북대와 남대 사람들이 처음으로 의기투합했던 것만은 사실이었지요.

그해 말에 김봉집이 군수의 탐학에 못 견디어 봉기했고 각 지역의 남대 대행수들도 함께 일어나 갑오년 난리로 이어지게 됩니다. 저는 내포지역에서 도인들과 더불어 거병하여 처음에는 면천으로 진출한 일본군을 당진 구룡리에서 크게 이겼고 홍주성을 포위하고 공격에 나섰지요. 남대의 주력은 같은 무렵에 공주 감영을 치기 위해 우금치에 진을 쳤고 서일수는 청주성을 공격하고 있었습니다. 나중에 패잔하여 구사일생이 된 다음에 이신통이 우금치에서 생환하였다는 이야기는 들었습니다. 서부해안 고을과 내포 일대를 휩쓸던 농민군은 홍주성에서 대포와 양총으로 무장한 일본군과 관군에게 저지당했지요. 이틀 낮과 밤을 싸웠으나 이름 있는 행수 대두와 젊고 날랜 민병들 수천이 전사했고 해미와 서산으로 몰려 마지막 전투에 패하고 흩어졌지요. 사정은 충청도 동쪽에서도 마찬가지여서 관군과 일본군의 신식 무기에 패퇴했고 우금치 패전 이후에 남도지방에 대한 대대적인 토벌작전이 이어졌습니다. 실로 젊고 기백 있던 아까운 젊은이들이 일본군과 관군 그리고 마을의 부호와 유생들이 조직한 민보군에게 죽임을 당했고 쟁쟁한 대행수들이 잡혀 죽었습니다. 김봉집 이하 호남의 다섯 대행수가 모두 상금과 벼슬을 노린 친척이나 믿음을 버린 교도와 마을사람들의 배신과 밀고로 잡혀서 일본군과 관헌에 의하여 한양에 잡혀 올라가 교수형을 당했습니다. 일부 신도들은 서일수와 김봉집의 거사가 신사의 뜻이 아니었다고 하지만 일이 벌어지자 신사께서는 '호랑이가 물려고 들어오면 가만히 앉아서 죽을까, 참나무 몽둥이라도 들고 나가 싸우자' 하시면서 거병을 명하셨지요. 어느덧 삼년이 흘렀거늘 이제 상처와 슬픔도 가시고 새살이 돋고 있으니 다시 하늘의 도를 천하에 펼치게 될 것입니다.

박도희는 말하다 스스로 숨을 삼키기도 하고 복받쳐 눈물도 흘렸다가 한숨을 내쉬면서 이야기를 끝냈다. 나는 이야기의 고비마다 가슴을 졸이기도 하고 함께 슬퍼하면서 들었고, 마침내 이신통이 나와 평안한 살림을 펼치지 못하고 떠나게 된 그 심사를 헤아릴 수가 있었다.

그러면 저는……

나는 머뭇거리다가 말을 내뱉고야 말았다.

그이를 포기하고 집으로 돌아가야 하겠습니까?

박도희는 잠깐 고개를 숙이고 침묵하고 있더니 나에게 말했다.

만나면 곧 헤어지게 될 터인즉 만나서 어찌하시렵니까?

박 선비님처럼 이렇게 산간에서 숨어 살아도 좋습니다.

내 말에 박도희는 희미하게 웃음을 지었다.

신통 아우는 저와는 지금 처지가 다릅니다. 그는 신사님 측근에서 그이의 말씀과 행적을 경전으로 쓰는 일을 맡았습니다. 천지도가 신원되고 세상에 널리 알려지기 위해서는 이신통의 일이 얼마나 중요한지 우리 모두가 알고 있지요. 그 일은 조선팔도에서 죽어간 모든 천지도인들의 꿈과 소망을 짊어진 일입니다.

그럼 이번에 한번 만나면…… 그이의 일이 끝나기 전에는 다시는 찾으러 다니지 않으렵니다.

그러시다면 저와 함께 길을 떠나십시다.

예? 정말이오?

나는 자신도 모르게 앞으로 다가앉았고 박도희가 말을 이었다.

다음달 사월 초닷샛날이 저희 천지도의 창도(唱導) 기념일인데 그날 신사께서는 몇몇 사람만 부르셨습니다. 관의 지목이 촉박한 중에 임시 거처에서 이루어지는 만남이라 제가 다른 도인들의 핀잔을 받게 될지도 모르겠습니다만, 어찌하겠습니까? 다만 혼자 따라오셔야 합니다.

곁에서 묵묵히 앉았던 안 서방이 입을 떼었다.

제가 인근 고을까지 따라가서 기다렸다가 모시고 돌아오면 안될까요?

박도희는 안 서방이 우금치에서 이신통을 살려내왔다는 이야기를 들었는지라 잠잠히 있더니 고개를 끄덕였다.

그러면 되겠군.

이미 날짜는 사월에 접어들었고 장소가 어딘지는 몰라도 이

삼일 길은 될 것이라 적어도 낼이나 모레쯤에는 길을 떠날 참이었다.

사월 초이튿날에 안 서방과 나는 박도희를 따라서 횡성을 떠나 원주를 지나게 되었다. 원주 강천면쯤에서 우리를 길가의 민가에서 다리쉬임하도록 이르고 박 선비는 어디론가 갔다가 돌아왔는데 아마도 현재 스승님의 거처를 도인을 통하여 다시 확인한 것 같았다. 문막 어름에서 하루 묵고 여주를 지나 남으로 내려가다가 가남 마을 부근에서 다시 하루를 묵었다. 박도희는 읍내의 주막에 들지 않고 민박을 했는데 기찰에 띄지 않으려는 것으로 보였다. 이튿날 아침에 다시 길을 나서자마자 정봉산 아랫녘 두 갈래길에서 앞서 걷던 박도희가 안 서방을 돌아보며 말했다.

이제 이녁은 이쯤에서 헤어져야겠소.

나는 안 서방이 견마 잡고 왔던 세마에서 내려 그와 잠깐 논의를 했다.

관속들이 많이 사는 이천이나 여주 읍내보다는 장사치들이 묵어가는 장호원이 나을 듯합니다. 이 서방과 만나면 장호원 주막거리로 오십시오. 며칠이 지나든 아씨와 이 서방을 기다리구 있겠습니다.

모임은 내일 하루라고 하니 모레쯤에는 장호원에 갈 수 있겠지요.

안 서방과 헤어진 다음 박 선비는 길에서 노성산이 어디인가를 묻고는 부지런히 남쪽을 향하여 걸었다. 정오도 못되어 우리는 노성산 북편에 당도했고 나무꾼 아이에게 길을 물어 앵두골로 향했는데 양쪽으로 야산이 팔을 벌린 듯한 좁은 들이 끝나자 오르막이 되더니 숲 사이로 오솔길이 나왔고 누군가 길 앞으로 마중을 나왔다. 그는 아마도 우리가 언덕으로 오르는 것을 지켜보고 있었던 모양이었다. 박 선비와 그이는 두 손을 합장하며 서로 인사를 하더니 낮은 목소리로 주고받는 말이 들렸다.

저이는 웬 여자요?

얘기하자면 좀 깁니다만, 이신통 도인의 내자랍니다.

나는 신통의 이름이 그들 속삭임 가운데 들려오자 벌써부터 가슴이 콩닥거리기 시작했다. 숲을 지나자 제법 널찍한 밭과 함께 초가집 몇채가 동쪽을 향하여 엎드려 있는 게 보였다. 그들은 앞서 걸으며 뭔가 의논했는지 나를 일단 맨 앞쪽의 집으로 안내했다. 그 집에는 아기를 업은 아낙뿐이었는데 부엌에서 내다보다가 마당으로 뛰어나왔다.

이분을 여기 좀 계시게 하오.

나는 어쩐지 야속했지만 아낙이 이끄는 대로 건넌방에 들어가 앉아서 새색시처럼 입 닫고 앉아 있었다. 얼마나 되었을까, 인기척이 들리더니 방문이 조금 열렸다가 다시 반쯤 벌어지고 낯익은 이가 상반신을 들이밀었다. 맨두건에 덧저고리 차림 그대로 이신통이 방으로 들어오더니 가만히 방문을 닫고 내 앞에 섰다. 그는 내 손을 잡아주거나 두 팔로 안아주는 대신에 엉거주춤 섰다가 언젠가처럼 두 손을 모으고 큰절을 올렸고 나도 당황해서 얼른 일어나 두 손을 이마에 대고 절을 했다. 우리는 동시에 허리를 폈고 그제야 신통이 내 두 손을 덥석 잡았다. 어느 결에 눈물이 솟아나와 뺨에 번졌고 그의 눈도 젖었다. 그는 소매를 들어 내 뺨을 닦아주었다.

먼 길을 다니느라 얼마나 고생이 많았소?

나는 울음이 터져나와서 아무 말 없이 그에게로 쓰러졌고 그이는 나를 안고 한 손으로 달래듯이 내 등을 토닥였다. 흐느끼지 않으려고 입을 꽉 물고 숨을 여러번 삼키고 나니 간신히 가라앉았다. 한참을 그러고 있다가 나는 몸을 일으켰다.

저아 무슨 고생이겠어요? 도인들 형편이 이러한 줄 제가 몰랐지요.

그는 내게서 떨어져 벽에 기대어 앉아서는 한동안 말없이 바라보기만 했다. 얼굴이 초췌하고 볕에 그을었으나 짓궂게 장난기 어린 그 눈빛은 아직도 맑았다. 신통이 나를 바라보다가 말했다.

당신은 아직도 여전하구려.

여전하다니요……

신통은 나직하게 웃고는 말했다.

어여쁘다고나 할까……

나는 입으로 내어 말하지는 못했지만 에그 철부지야, 하고 말해주고 싶었다. 채운산 기슭에 애장한 이름도 없는 아기에 대해서도 말해주고 싶었지만 어찌 할 말이 그뿐이랴.

그는 내 침묵이 쑥스러웠던지 다시 물었다.

구례댁 우리 장모님은 평안하신지?

돌아가셨어요. 작년에……

나는 엄마가 흉한 역병에 돌아가셨다는 말은 하지 않았다. 그는 한참이나 방바닥을 내려다보고 있다가 혼잣말처럼 중얼거렸다.

그이가 원래 씩씩하신 분인데…… 나를 얼마나 원망하셨을꼬.

원망하진 않았지만 저하구 함께 기다려주셨지요.

나는 그의 유일한 혈육인 자선이를 만난 얘기며 그가 광대로 떠돌 적에 함께 살았던 백화를 만난 얘기도 모두 가슴에 묻어두기로 결심했다. 나는 오래 참고 스스로 수행한 사람처럼 속내를 감추고 아무렇지도 않게 말했다.

팔도의 백성들이 다들 그렇게 죽는대요.

그가 이끄는 대로 집 밖으로 나와 맨 뒤쪽에 있는 초가로 올라가니 그 집 안방에는 사람들이 둘러앉아 있었다. 신통이 방문을 열자 모두들 우리를 돌아다보았다. 나중에 알았지만 그 사람들은 모두가 스승님의 측근이거나 대행수들이었다. 맨 아랫목 중앙에 몸집이 야위고 자그마한 노인이 앉아 있었는데 눈매가 부드럽고 인자했으며 흰 수염이 뺨과 턱을 덮었다. 스승님 외에 여섯사람이 양쪽 벽가에 둥글게 앉아 있었고 신통과 나는 방 가운데로 나아가 나란히 섰다. 이신통이 스승님께 말했다.

저의 내자가 찾아왔습니다.

그래, 원로에 얼마나 고생이 많았겠소?

나는 부끄러움을 무릅쓰고 좌중이 지켜보는 가운데 최경오 명월신사께 문안인사를 올렸다. 노스승은 두 팔을 방바닥에 짚으며 내 절을 받았다.

내일은 우리 교조께서 득도하신 날이라 제례를 올릴 텐데 이는 과연 부인의 인연이 닿았다 하겠소. 내가 여러해 전에 청주를 지나다가 아무개의 집에서 머물게 되었는데 그 며느리의 베 짜는 소리를 듣고 그에게 물었소. 저 누가 베 짜는 소리인가, 하니 아무개가 대답하기를 제 며느리가 짭니다, 하였소. 내가 또 묻기를 그대의 며느리가 베 짜는 것이 참으로 그대의 며느리가 베 짜는 것인가, 하니 아무개가 나의 말을 분간치 못합디다. 하늘님이 베 짜는 것인 줄 어찌 알겠소. 여러분 집에 사람이 오거든 사람이 왔다 이르지 말고 하늘님이 오셨다 이르시오.

나는 그날 하루가 어찌나 빠르게 흘러갔는지 겨우 한 식경에 지나지 않는 것 같았다. 그 댁 아낙과 더불어 부엌일을 도와주었고 저녁을 먹고는 처음 왔던 집으로 내려왔다. 관솔불 돋우고 앉았노라니 이신통이 누군가를 데리고 함께 들어왔다.

여보, 대행수 아저씨께 인사하우.

내가 일어서려 하니 그이가 손을 내저어 만류하고 앉으면서 말했다.

우리 그냥 앉아서 뵙시다. 나는 서일수라고 합니다.

나도 말없이 앉은 채로 상반신을 숙여 인사를 올리고는 말했다.

전에 전주 살 때에 제 집에 오신 적이 있습니다.

그랬군요. 이 사람을 몇년씩이나 찾아다니셨다지요? 박 선비가 저쪽에서 한참이나 이 서방을 꾸짖었습니다. 갑오 난리에 수많은 백성들이 죽어나가고 나라는 망해가는 지경이라 결기 있는 사내들은 집과 고향을 떠나 산하를 헤매다니고 있지요. 언젠가 좋은 날이 오면 지금 고생을 옛말하듯 하면서 오순도순 사십시오.

나는 아무 말도 하지 않았지만 속으로 묻고 있었다. 언제요, 그런 날이 언제 오는데요? 그러나 입 밖으로는 간신히 이렇게 말해버린다.

저에게는 오늘도 좋은 날입니다.

서일수는 고개를 끄덕였다.

암, 오늘도 좋은 날이지요. 그렇구말구요.

그는 다시 말했다.

저희는 스승님의 가르침을 거역한 사람들입니다. 때가 아직 이르지 않았다고 누누이 말씀하셨지만 망해가는 나라와 백성들의 참상을 그냥 두고 볼 수 없었습니다. 참다못한 백성들이 일어나니 패망을 알았어도 저들과 함께하지 않을 수 없었지요. 교조 이래로 저희 도는 우주만물과 통하여 상생하고 화평하는 마음이었으나 이를 깨부수려는 조정 권관들과 외세에 저항하게 되었습니다. 그러니 스승님께서 이르시기를 우리 모두가 죽은 백성들의 뒤를 따르고 난 연후에라야 상생과 화평을 제대로 닦는 도가 후세 사람들에 의하여 실천될 거라고 하십니다. 그러한즉 우리가 어떻게 스승님을 저버리고 혼자 여염 살림으로 돌아갈 수 있으리까. 제가 이 서방의 큰형으로서 말하건대 일년에 한두 번씩이라도 꼭 강경에 들르도록 하고 사정이 여의치 않으면 기별이라도 전하도록 이르겠습니다.

나는 진심으로 그에게 머리를 조아리며 말했다.

정말 고맙습니다.

서일수가 나간 뒤에 신통과 나는 가만히 마주 앉아 있었다. 희미한 관솔불 빛이 춤출 때마다 우리 그림자도 벽 위에서 끊임없이 흔들렸다. 신통은 시렁 위에서 이부자리를 내려 정돈하더니 자기가 먼저 누웠다.

이리 오우, 잡시다.

관솔불을 끄고 곁에 누운 나는 어느 결에 뻗은 남편의 팔베개를 베었고, 까마득하게 잊은 언젠가의 밤처럼 먼 데서 부엉이가 울었다.

이튿날은 제 지내는 날이라는데도 모두 무심한 것처럼 보였다. 동네 아낙이라야 세사람이었는데 그들은 각자 밥을 짓고 물을 긷고 국 끓이고 나물을 무칠 뿐이었다. 나는 윗집에 올라가 아침 상차림을 도와주었다. 장정들이 밥상 셋을 벽 쪽에다 붙여놓고 역시 벽 아래 밥과 국 한그릇씩에 수저를 놓고 앞쪽으로 나물이며 반찬을 늘어놓았다. 신사께서 그들의 행동을 지켜보다가 말했다.

벽에 무엇이 있는가?

측근이었던 손천문이 동작을 멈추고 스승을 돌아보았다. 신사께서는 다시 물었다.

제사를 지낼 때에 벽을 향하여 자리를 베푸는 것이 옳은지, 나를 향하여 자리를 베푸는 것이 옳은지 하는 말이오.

그의 친척이며 나중에 도통을 이어받게 되는 손의암이 말했다.

나를 향하여 자리를 베푸는 것이 옳은가요?

신사께서는 고개를 끄덕였다.

그렇소, 이제부터는 나를 향하여 자리를 베푸는 것이 옳지요. 그러면 제물을 차릴 때에 혹 급하게 집어먹었다면 다시 차려서 제사를 지내는 것이 옳겠소 아니면 그대로 지내도 되겠는가?

다시 좌중의 누군가가 되물었다.

그대로 제사를 지내는 것이 옳은가요?

여러분은 매번 식고할 때에 하늘님 감응하시는 정을 본 때가 있었소?

또 누군가가 못 보았다고 대답하자 신사께서 말했다.

벽에는 아무것도 없소. 사람은 누구나 자기가 모신 하늘님의 영기로 사는 것이니, 사람의 먹고 싶어하는 생각이 곧 하늘님이 감응하시는 마음이요, 먹고 싶은 기운이 곧 하늘님이 감응하시는 기운이요, 사람이 맛나게 먹는 이것이 하늘님이 감응하시는 정이요, 사람이 먹고 싶은 생각이 없는 것이 바로 하늘님이 감응하시지 않는 이치입니다. 사람이 모신 하늘님의 영기가 있으면 산 것이요, 그렇지 아니하면 죽은 것이외다. 죽은 사람 입에 한 숟갈 밥을 드리고 기다려도 능히 한알 밥이라도 먹지 못하는 것이니 이는 하늘님이 이미 사람의 몸 가운데서 떠난 것이오. 그러므로 능히 먹을 생각과 먹을 기운을 내지 못하는 것이니 이것은 하늘님이 감응하시지 않는 이치입니다.

집주인이 다시 물었다.

나를 향하여 자리를 베푸는 이치는 어떤 연고입니까?

저 벽과 나 사이에 큰 틈이 있으니 이는 누가 만든 것이오? 나의 부모는 첫 조상으로부터 몇만대에 이르도록 혈기를 계승하여 나에게 이른 것이요, 또 부모의 심령은 하늘님으로부터 몇만대를 이어 나에게 이른 것이니 부모가 죽은 뒤에도 혈기는 나에게 남아 있는 것이요, 심령과 정신도 나에게 남아 있는 것입니다. 그러므로 제사를 받들고 자리를 베푸는 것은 그 자손을 위하는 것이 본위이니, 평상시에 식사를 하듯이 자리를 베푼 뒤에 지극한 정성을 다하여 심고하고, 부모가 살아 계실 때의 교훈과 남기신 일의 뜻을 생각하면서 다짐하는 것이 옳습니다.

좌중의 누군가가 또한 물었다.

제사 지낼 때에 절하는 예는 어떻게 합니까?

마음으로써 절하는 것이 옳지요.

나는 측근과 대행수들 뒷전에서 그러저러한 신사의 말씀을 들었으나 처음에는 알쏭달쏭하여 무슨 뜻인지 깨닫지 못했다. 저녁에 아랫집으로 물러나와 신통과 함께 있으려니 문득 생각이 나서 그에게 물었다.

아까 제사를 나에게 차리는 것이 옳다고 하신 것은 무슨 뜻일까요?

그랬더니 신통은 웃으면서 내게 말해주었다.

향아설위(向我設位)라고 내가 적어두었지. 벽과 나 사이에 큰 틈이 있다는 말씀이 벼락 치듯 하였소. 그 벽에 귀신이 어른거린다고 밥을 밀어놓고 나는 절하라고 누가 시킨 것일까. 그러한 법식은 무엇 때문에 만들었을까. 그리고 아녀자들은 하루 종일 뒷전에서 일하고 음식 차려서 갖다바치고 제사 참례는 얼씬도 못하게 하는 제도를 누가 만들었을까. 땀 흘려 농사지어 거둔 곡식을 차려놓고 나 아닌 벽에다 바치게 무엇이 만들었을까. 그것을 만든 것들이 세상의 법식과 제도를 짓고 덫을 쳐서 공으로 빼앗아 먹으려고 틈을 벌려놓았다는 우레 같은 말씀이라오.

나는 신통의 말이 그야말로 벼락을 치듯이 내 마음을 흔드는 것 같았다. 천지도의 가르침이 이러하니 나라의 높으신 여러 대신들과 사대부 양반 나리들이며 지방 향청의 선비들이 그들을 잡아 죽이려 하는 까닭을 알 것 같았다.

나는 그이의 곁에 누웠지만 잠이 오질 않았다. 이제 날이 밝으면 나는 그와 헤어져 집으로 쓸쓸히 돌아가야만 한다. 나는 그의 품에 안겨서 수년 동안 잊고 있었던 내 몸이 아직 살아 있고 파묻힌 잿불처럼 뜨겁다는 것도 깨달았다. 이틀 밤을 함께 지내고 나니 그의 곁에 머물고 싶다는 욕심이 생겨나기 시작했다. 그 마음이 어찌나 무섭게 자라는지 어제는 노랗고 조그만 싹이 움튼 것에 지나지 않았으나 오늘밤에는 벌써 두개의 떡잎이 벌어져 있는 것 같았다. 내일밤이면 이미 가지와 잎이 무성한 나무가 되어 있을 것이고 뿌리는 좀처럼 뽑히지 않을 거였다. 나는 그날 초저녁에 윗집 큰방에서 저녁을 먹고 나오다가 박도희 선비를 뵙고 은근히 당부해두었다.

선비님, 내일 일찍 길을 떠나려 합니다. 장호원 주막거리까지 동행하실 수 있으신지요?

그는 고개를 천천히 끄덕이며 되물었다.

그런데…… 정말 그러실 수 있겠습니까?

남편은 스승님을 모시고 또 어디론가 가겠으니 제가 먼저 떠날 생각입니다.

알겠습니다. 날이 밝으면 나오십시오. 동구 밖에서 기다리지요.

나는 기왕에 사방으로 거처를 옮겨다니는 신사의 도소를 따라가지 못할 바에야 신통의 짐이 되어서는 안되겠다는 생각이었다. 불승들처럼 단칼에 마음의 집착을 획 베어낼 수야 없겠지만, 내 몸이 먼저 떠나면 마음은 타래에서 풀린 실처럼 서서히 따라오다가 모르는 결에 어디선가 툭 끊어져나가게 될 것 같았다. 혹시 누가 알까, 그이가 끊어진 실의 끄트머리를 잡고 내가 간 길을 되짚어 돌아오게 될지. 그이에게 부담이 되기보다는 내 빈자리를 그의 곁에 남겨두고 싶었다.

옛날 옛적에

우리집에서는 언제나 계절별로 사람과 물건이 땅길 물길로 들고 나갔으며 변한 거라곤 장쇠와 막음이를 혼인시켜 뒤채의 텃밭으로 쓰던 땅에다 집을 지어 안 서방네 살림집을 마련해준 일이다. 뒤채에는 이전처럼 나와 찬모 어멈이 살았고 남는 방은 내외 손님방으로 썼으며 앞채는 여전히 봉노와 객점으로 운영했다. 이천 노성산 골짜기에서 이틀 밤을 함께 지냈던 이신통은 일년에 한번 들르기는커녕 소식조차 없었다. 그러나 내가 그들의 소식을 전혀 모르고 있었던 건 아니었다.

나는 이듬해인 무술년 가을에 보은 이신통의 고향집에 가게 되었는데 그이의 딸 자선이의 혼례가 있다는 소식을 들었기 때문이었다. 안 서방은 내륙으로 상단 일을 떠났다가 나 몰래 송 의원 댁을 찾았던 모양이었다. 나는 전처럼 애를 태우거나 먼산바라기 하던 버릇도 나아졌고 밥도 장쇠만큼은 아니었지만 그 절반 정도는 잘도 먹었다. 그이를 만나고 돌아와서 태기가 있더니 여름부터 배가 불러오기 시작하여 어김없이 열달 만인 이듬해 이월경에 아이를 낳았다. 이번에는 열달이 되면서부터 아예 부여댁과 찬모가 내 옆에 붙어 있더니 산통이 오기 시작하자마자 산파와 의원을 불러다 애를 낳을 때까지 돌아가지 못하도록 붙잡아두었다. 아들이었고 어찌나 튼실했는지 낳는 중에 나는 엄청난 고통을 겪었다. 다른 여자들에 비하면 나는 나이도 많았으니 한참이나 늦둥이였다.

안 서방은 애비도 없는 자식을 낳은 내가 안쓰러웠는지 추석을 앞둔 대목장을 본다고 내륙을 돌면서 처음부터 보은에 들러보리라 작정했던 모양이었다. 그는 돌아와서 며칠 동안 뜸을 들였다가 지나가는 말처럼 자선이가 시집간다더라는 소리를 흘렸고 나는 금세 애가 달았다. 혹시나 그 애비인 이신통이 집에 다만 하루이틀이라도 들르지나 않을까 해서였다. 내가 추석 지내고 자선이 혼례 날짜에 맞추어 길 떠날 채비를 하자 안 서방은 걱정스럽게 물었다.

노성이를 데리구 가시려오?

암, 내가 업구 가야죠.

보아줄 사람두 많은데 집에 두구 갑시다.

이 서방이 올지두 모르잖아요?

내 말에 그는 아무 대답이 없었다. 차마 뭐라고 더는 할 말이 없었던 모양이다. 우리는 그전처럼 뱃길로 공주 거쳐서 문의까지 올라가 보은으로 향했다. 산에는 벌써 단풍이 노랗고 발갛게 물들어가고 있었는데 노성이는 여정 내내 씩씩하고 건강했다. 처음에 아기를 낳고는 이름을 어떻게 지을까 망설였다. 어차피 그이가 돌아오면 새로 지을 이름이라 아명을 아무렇게나 지어 부를까 하다가, 아기의 태기를 받은 곳이 이천 설성의 노성산 앵두나무골이어서 산 이름을 그대로 붙여주기로 했다. 우리는 배 타고 세마 타고 하면서 나흘 만에 보은에 당도했다.

제생약방에 이르니 역시 혼사 치르는 집이라 사람이 북적거렸지만 덕이는 나와 아기를 제 방에 재웠다. 자선이가 와서 나를 반겼고 노성이가 아우라는 말을 듣고는 아기의 손발을 만지고 뺨에 입술을 맞추며 눈물을 글썽였다. 나는 자선이의 혼숫감으로 강경에서 마련한 한양의 청국 비단을 주었고 그애가 신랑을 따라 집을 떠나기 전에 내가 지녔던 신통의 염주까지 내주고 말았다. 나는 산에서 신사를 만나기 이전부터, 정확하게는 이신통이 백화에게 남겨두고 간 도경풀이 책을 읽던 무렵부터 천지도인이 되었다. 그 염주를 손에 쥐고 '사람이 하늘이다' 하는 소리를 삼세번씩 세차례 아홉번을 다시 삼십바퀴나 헤아리던 나날은 또 몇해던가.

이건 네가 지녀야 하겠구나.

나는 아무런 사연도 말하지 않고 그렇게만 말했는데, 그녀는 이미 고모 덕이에게 들어서 알고 있었는지 다시 눈물바람이었다.

할머니가 아버지에게 주신 염주라구 들었어요. 고모도 똑같은 걸 갖구 계시니까요.

자선이는 할아버지 이 의원이나 가업을 이은 송 의원에 걸맞은 괴산의 신씨 댁에 시집을 갔는데 인삼밭으로 크게 일어난 집이라 했다. 나는 자선이가 시집간 뒤에도 열흘 가까이 머물렀다. 덕이와 그 댁 아이들이 올케며 숙모라 부르는 통에 실로 오랜만에 가족에 둘러싸인 듯하여 날이 가는 줄도 몰랐던 것이다. 덕이와 송 의원은 조심스럽게 몇달 전에 이신통이 집에 왔던 일을 말해주었다.

지난 사월 보름께였나?

아무튼 사월 스무날은 넘지 않았어요. 한밤중에 오라버니가 불쑥 찾아왔어요.

그래, 어디서 뭘 하구 있었대요?

시누이는 말을 끊었고 송 의원이 말했다.

신사께서 관군에 잡혀갔다구 합디다.

두사람은 번갈아서 그 무렵 이신통에게서 들은 최경오 신사가 체포된 전말을 내게 말해주었다.

그해 겨울에 이천 노성산 앵두나무골의 이 아무개와 부근 동네에 사는 권 아무개 두사람이 잡혀갔는데 이때에 신사는 원주 강천면 전거리에 거처를 정하고 있었다. 이들의 자백을 받아낸 이천부에서는 관속과 이십여명의 병졸을 출동시켰고 이천의 두 도인이 잡혀갔다는 소식을 먼저 알게 된 여주의 한 도인이 신사가 있는 도소에 달려가 지목이 급한 사정을 알렸다. 전거리 거처에는 손의암과 손위 조카인 손천문과 이신통, 서일수가 함께 있었는데 주위에서 피신을 권했으나 당시에 신사께서는 몇달째 오한과 설사로 괴질에 시달리던 중이었다.

일이 이미 이에 이르렀으니 천명을 기다릴 따름이다.

신사는 거의 평생을 잠행하고 다니더니 이제는 오히려 마음이 평온해진 것 같았다. 정오가 지나서 관군이 마을에 들이닥쳤고 집집마다 뒤지고 다니다가 도소로 쓰고 있던 집의 마당으로 쏟아져들어왔다. 앞장선 장교가 문을 벌컥 열었다.

최 법헌이 누구냐?

지금 노인이 앓아누워 계시거늘 이 무슨 소란이오? 아무리 관군이라 하나 이리 무도할 수가 있소?

방문을 막아서며 일어나 외친 것은 이신통이었다. 장교는 뒷전에 길잡이로 끌고 왔던 이천 사람 권생을 앞으로 끌어냈다.

이 사람들이 맞는가?

이신통보다 손아래였던 손의암이 툇마루로 나가 목침으로 내리치며 호통을 쳤다.

자아, 자세히 날 봐라. 알거든 안다고 말해보라니까!

권생은 매에 못 이겨 군사를 예까지 끌고는 왔으되 한때 자신의 집에서 함께 기거했던 동료들의 얼굴을 마주 대하고 보니 차마 '저 노인이 최 법헌이고 이들은 천지도인들이오' 하고 고자질을 할 수가 없었다. 그는 고개를 떨어뜨리고 횡설수설하다가 장교가 급히 겁박하니 삿갓봉에 도소가 있다고 말했다. 아무튼 여기까지 추적해왔던 참이라 관군은 집뒤짐을 하던 끝에 의관 정제하고 풍채가 그럴듯한 동네 훈장을 포박하여 끌고 갔다. 가까스로 위기를 모면한 도인들은 취조 끝에 군사들이 다시 돌아올 것을 알고 앓는 스승을 담가에 모시고 산길을 올랐다. 지평 거쳐 홍천 가서 십여일을 보내고 원주 송골에 거처를 정한 것이 정월 말이었다. 이 무렵 여러사람이 한집에 기거하는 것은 남의 눈에 띄기 쉽다고 하여 서일수는 박도희를 찾아 떠났다. 손의암과 손천문은 다른 마을에 있으면서 서로 번갈아 왕래하며 스승을 돌보았고, 이신통이 측근에서 모시고 있었다.

기찰과 지목이 날이 갈수록 조여들게 된 것은 조정에서 천지도의 법통을 이은 최경오를 잡는 자에게 현상금과 높은 벼슬을 내걸었기 때문이었다. 충청도의 송 아무개라는 자는 진작부터 벼슬과 현상금을 탐하여 신사를 체포할 기회를 노리고 있었다. 그는 일부러 지방의 대두에 접근하여 오래된 도인인 척 가장하는 한편 한양에 올라가 포도청에 의도를 밝히고 시찰사(視察使)의 직임을 받았다. 그러니 이제부터 송 아무개의 임무는 오로지 최경오 신사를 체포하는 일이었다.

한편 원주 송골에서 피신하던 신사가 바람을 쐬러 마당에 나가 서성대고 있었다. 밖에서 놀던 아이들이 작대기를 들고 군사

놀음하면서 외치는 소리가 들려왔다.

우리 동네에 병정이 쳐들어온다!

물론 아이들의 장난 소리였지만 신사는 문득 그 소리를 듣고 탄식했다고 한다.

저것은 하늘의 소리다. 가히 심상히 듣지 못할 소리니라.

그날 저녁이 되자 스승을 뵈러 와 있던 손의암, 손천문, 그리고 측근을 지키던 이신통 등에게 신사가 일렀다.

오늘은 각자 거소로 가서 제사를 지내라.

마침 이튿날이 천지도 창도일이라 측근 제자들 이외에도 이 지역의 도인 몇몇이 머물고 있던 참이었다. 손천문이 스승에게 물었다.

내일이 창도일이라 저희 제자들은 먼 곳에 있을지라도 반드시 한곳에 모여 제사를 드림이 옳거늘 어찌 물러가라고 하십니까?

내 생각한 바 있으니 어기지 말라.

최경오 신사는 이미 자신의 명운을 알았음인지 며칠 전에 법통을 손의암에게 물려주었고, 그날 잠을 이루지 못하고 온밤을 기도하며 새웠다고 한다. 시찰사가 된 송 아무개는 오래전부터 접근했던 옥천 지방의 천지도 대두라는 자를 잡아 고문하여 입을 열게 했다. 시찰사는 그에게서 알아낸 원주에 사는 도소의 연락을 맡은 도인을 잡아 앞세우고 천지도 창도일 정오경에 송골에 들이닥쳤다. 경병 오십여명이 송골의 도소를 겹겹이 둘러싸고 조용히 명상에 잠겨 때를 기다리던 신사를 체포해서 한양으로 압송했다.

소식이 알려지자마자 손천문, 손의암, 이신통 등의 측근들은 논의하고 각자 상경했는데 이신통이 먼저 올라갔다. 그들이 한양으로 가기 전에 측근들과 각자 옥바라지 비용을 마련하기로 논의가 되었던 듯싶다. 신통이 보은 본가에 들른 것은 아마도 매제와 누이로부터 비용을 염출하기 위해서였을 것이다. 송 의원은 급하게 이백냥을 마련해주었다고 말했다.

이신통은 애오개 경주인 집으로 가서 일단 유영길을 수소문해보기로 했다. 몇해가 지나는 사이에 관청과 제도가 개화되어 옛 포도청과 의금부 전옥서는 없어지고 경무청과 재판소와 한성감옥으로 바뀌어 있었다. 객점 주인은 유영길이 한성감옥에서 간수장을 지내고 있다고 알려주었다. 이신통은 종루 철물교 부근인 예전 좌포청 자리의 한성감옥으로 찾아가 유영길을 피맛골 주점으로 불러냈다.

최 교주 노인은 경무청에 갇혀 조사를 받다가 여기로 옮겨온 지 며칠 안되었소.

접견은 해볼 수 있겠지요?

이전의 서 지사와는 그 경중이 다르니 장담은 못하겠소. 애를 쓰면 접견 한번쯤 어찌해볼 수는 있겠지.

돈 쓸 일이 있으면 얼마나 될지 말해보구려.

신통이 은근히 말했으나 유영길은 손을 들어 내저었다.

아니, 그게 무슨 소리요? 내가 당신네를 알게 된 게 군란 때였으니……

그는 손가락으로 꼽아보고는 다시 말했다.

벌써 올해로 십칠년이나 되었소그려. 내 형님이 참수되어 죽은 일을 어찌 잊을 수가 있겠으며, 이 서방보다 내가 한두살 위이니 또한 형이나 한가지인데 어찌 아우에게서 돈을 받을 수가 있겠소?

어쨌든 내가 신사께 의복과 사식을 차입해드릴 테니 형은 옥리들에게 술이라두 좀 사주시우.

이신통은 그러면서 삼십냥을 그에게 억지로 건네주었다. 뒤이어 한양에 온 손의암은 수표교 지인의 집에 유숙했고 손천문은 다른 도인 두엇과 더불어 칠패에 머물렀다. 들려오는 소식에 의하면 신사께서는 병환 중에 체포되어 한달 가까이 압송이며 취조를 당하고 쇠약해져서 음식을 제대로 잡숫지 못한다는 것이었다. 게다가 중죄인 방에서는 언제나 무거운 칼을 쓰고 지내어 노인의 몸으로는 견디기가 힘들다고 했다. 제자들은 스승의 면회를 하고자 했으나 간수장 유영길의 권한에는 한계가 있었다. 중대한 국사범이라 친지는커녕 가족이라 할지라도 접견할 수 없다는 것이었고 그나마 스승의 말을 밖으로 전해주기만 해도 큰 다행으로 여겼다. 유영길이 나와서 제자들을 만나자 신사의 말을 전했다.

최 교주께서 이렇게 말씀하십니다. 내게 관한 일은 조금도 염려 말라고, 천명이니 마음 편안하게 최후를 기다린다고. 도의 장래는 탕탕할 것이니 십년 뒤에는 주문 외우는 소리가 장안에 진동할 것이라 하셨지요. 그리고 긴요하게 쓸 곳이 있으니 오십냥을 넣어달라 하십디다.

신사는 병환 중이었으나 그 정신은 매우 맑았다고 한다. 유영길의 전언에 의하면 신사는 차입한 돈으로 떡을 구매하여 굶주리는 일반 죄수들에게 몇차례 나누어주었다. 그의 병세가 악화되자 조정은 재판을 서둘러서 오월 열하룻날부터 개정하여 오월 말일에 사형선고를 내렸다. 죄명은 대역반란죄가 아니라 사도(邪道)를 징치하는 좌도난정률(左道亂正律)에 의한 것이었다. 스승이 감옥에서 재판소까지 큰칼을 쓰고 걸어가다가 기운이 진하여 몇번이나 주저앉는 광경을 먼발치서 따라가며 보았던 이신통은 돌아서서 눈물을 씻었다.

밖에서 논의한 뒤에 제자들이 스승을 탈옥시키고자 했는데, 유 간수장의 말에 의하면 한성감옥으로 바뀐 옛 좌포청의 옥이 허술하여 뒷담을 헐면 바로 옥사의 벽에 이른다고 했다. 벽이라고 해봤자 가지치기로 나무쪽을 얽어 흙과 회를 바른, 옛날 관아로 쓰던 낡은 건물이라 발로 내지르기만 해도 쉽게 무너질 것이었다. 문제는 족쇄와 칼인데 날짜만 정해주면 간수장인 유영길이 미리 열쇠를 열어두겠다는 거였다. 그들은 스승을 빼내기로 의논을 정하고 유영길을 통하여 뜻을 전했으나 신사께서는 자신이 죽어야 하는 까닭을 간단히 전했다. 내가 죽은 뒤에야 갑오 이래의 난이 그칠 것이요 도는 평안하게 될 것이다,라는 것이 스승이 전한 말씀이었다. 선고가 떨어지고 이틀 뒤인 유월 초이튿날 한성감옥에서 신사의 교수형이 집행되었고 광희문 밖 공동묘지에 가매장되었으니 그의 나이 일흔둘이었다. 그날밤 유영길과 이신통이 장대같이 쏟아지는 장맛비를 무릅쓰고 신사의 시신을 다시 파내어 거적에 싸서 짊어지고는 새벽에 동작나루를 건너갔다. 두사람은 일단 송파의 아는 사람 밭두렁에 신사의 주검을 파묻고는 후일을 기약했다.

내가 보은에 다녀오고 세해가 지난 신축년 가을에 장사를 나갔던 안 서방이 돌아와서 말했다.

이번에 무시로 객주의 물건을 모으러 옥천, 금산, 무주에 갔다가 배 서방네 집에 들렀습니다.

배 서방이 누구요?

하다가 나는 옛날에 신통의 첫 입도 시기를 잘 안다는 천지도인 배씨의 집에 들렀던 것이며 그로부터 보은 고향집 제생약방에 대해서 듣게 되었던 일이 기억났다.

아, 생각나요.

배 서방한테 들었는데 작년에 서일수 대행수가 잡혀서 처형되었답니다. 이제 천지도는 아예 끝장이 나고 말았다고 하구, 한양 근기에서는 오히려 교세가 늘어난다는 말도 들리구요.

나는 전처럼 답답하지는 않았지만 지금쯤 남편이 무엇을 생각하며 떠돌아다니고 있을지 알고 싶었다. 그이와 다시는 한식구가 되어서 이승을 마치지 못하리라는 예감이 밀려왔다. 내 곁에 그가 남긴 노성이가 벌써 네살이었다. 나는 며칠 동안 잠을 이루지 못하다가 이제 마지막이라는 생각을 하고는 횡성 소구니골의 박도희를 만나러 가보기로 작정했다. 박도희는 이제 마지막 남은 계미년 입도의 측근 대행수로서 그간의 일을 속속들이 알고 있을 것 같아서였다.

그동안 노성이와 함께 평온한 나날을 보내던 내가 새삼스럽게 남편과 가까웠던 이를 다시 만나러 간다고 생각한 그날부터 가슴이 두근거리고 일이 손에 잡히질 않았다. 식구들도 내가 길을 떠나게 되리라는 눈치를 챘는지 도중에 먹을 마른 찬이며 갈아입을 의복들을 미리 준비하고 있었다. 이번에도 안 서방이 따라나서기로 했다. 우리 식구는 언제 약속한 적도 없건만 모두 천지도의 주문을 외우고 밥 먹을 때면 두 손 합장하여 식고를 올리는 도인이 되어 있었다. 안 서방이 속 깊은 사람이라 말은 안해도 우금치 전투에 따라나섰다가 무수하게 죽어간 사람들을 잊지 못하는 모양이었다. 그이는 해마다 그맘때가 되면 뒤뜰에 간단한 제물을 차려놓고 제사도 드리는 눈치였다. 나는 구월 말경에 안 서방과 함께 강원도 횡성을 향하여 길을 떠났다.

소구니골로 들어가는 계곡 위편의 다락논밭은 모두 추수가 되어 마른 풀만 덮여 있었고 숲은 낙엽이 지는 한편 단풍의 끝자락만 남아 있는 것 같았다. 박도희 식구들은 우리를 알아보았고 반갑게 맞아주었다. 방으로 들어가 앉자 내가 먼저 노성이를 낳은 애기며 강경의 한결같은 살림에 대해 말해주었고 박 선비는 궁금한 점에 대하여 가끔씩 내 말을 끊고 묻고는 했다. 나는 박 선비를 따라 이천에 다녀온 뒤에 남편이 내게는 소식도 없다가 보은 고향집에 잠깐 들렀던 일이며 신사의 체포와 죽음에 대해서도 시댁 식구들에게 들었음을 말했다.

그뒤로는 모든 소식이 끊겼습니다. 한 도인으로부터 작년에서 대행수도 처형되었다는 소문을 들었기에…… 혹시 남편의 소식을 들을까 하여 찾아뵈었지요.

박 선비는 잠시 천장을 올려다보며 망연한 표정이더니 나에게 말했다.

그렇소이다. 갑오년에 시작된 혁명이 이제 다 끝났지요. 그러나 아주 끝나버린 것은 아니외다. 물이 말라 애를 태우던 가뭄이 지나면 어느새 골짜기와 바위틈에 숨었던 작은 물길이 모여들고, 천둥 번개가 치면서 비가 오고 강물은 다시 흐르겠지요. 백성들이 저렇게 버젓이 살아 있는데 어찌 죽은 이들의 노고가 잊히겠습니까? 세상은 반드시 변할 것입니다.
하고 나서 그의 이야기는 신사께서 죽어 묻히던 그때로 돌아갔다.

신사가 죽은 뒤에 한양에 머물고 있던 이신통은 손천문과 더불어 횡성으로 내려왔다. 서일수가 박도희의 거처에 있었기 때문이었는데 두사람은 아직 신사의 체포와 처형 소식을 모르고 있었다. 다만 측근인 이신통 등의 연락이 두절되어 신사께서 어느 다른 곳으로 피신하여 도소를 마련했을 것으로 생각하고 원주에서 기별이 오기만을 기다리고 있던 참이었다. 그들이 와서 스승의 최후를 전해주자 서일수와 박도희는 서로를 붙안고 하염없이 울었다. 소식을 알려준 이신통과 손천문도 새삼스럽게 설움이 북받쳐서 다시 통곡했다. 울음이 그치고 나서 손천문이 소매로 눈을 씻고는 말했다.

도를 다시 일으켜 세워야 하오. 이제 다시 교세를 넓히기 위해서는 누구나 읽을 수 있는 쉬운 경전이 필요합니다. 교조 대신사의 도경을 풀어서 새 방각본을 만들어야 하고, 이대 교주이신 신사의 말씀과 행적을 모두 기록해내야 되겠습니다.

서일수도 자기 생각을 말했다.

지금 남대에는 죽은 이도 많지만 살아남은 이가 더 많습니다. 다시 이 사람들을 모으고 일으켜 세워서 천지도와 두 스승님의 신원을 해내야만 전국팔도의 도인들이 마음 놓고 수도할 수 있을 것입니다.

의논 끝에 이신통과 손천문은 어딘가 안전한 곳에 은신하며 일흔두해를 살다 죽은 스승의 생각과 행적을 기록하기로 했다. 그가 대신사에게서 도통을 물려받은 것이 서른일곱살 때였으니, 삼십오년 동안이나 경상, 전라, 충청, 강원, 경기 다섯 도계를 넘나들며 풍찬노숙과 굶주림과 도인들끼리의 주도권 다툼에 시달리는 한편 끊임없이 관속과 기찰꾼들에게 쫓기면서도 백성들

스스로가 하늘 같은 존재임을 일깨우고 다녔다. 손천문과 이신통은 측근에 있으면서 신사를 며칠 또는 몇달씩 숨겨주고 수발했던 벽지의 백성들이나 연락 도인들을 통하여 스승의 숱한 행적들에 관한 이야기를 들어 기억하고 있었다.

서일수는 우선 전라도로 내려가 흩어지고 망실된 행(行)과 대(隊) 가운데 누가 온전하고 누가 죽었는지, 또는 누가 변하여 도를 버렸고 누가 지금까지 신심을 지키고 있는지 자세히 알아서 남대를 다시 조직하겠다고 했다. 박도희도 충청도 내포 일대와 내륙 산간지방의 도인들을 돌아보고 북대를 다시 추스를 생각이었다.

이신통과 손천문은 단양 근처 소백산 자락에서 한해 동안 최경오 신사의 기록을 해나갔고 서일수는 예정대로 전라도를 잠행하고 있었다. 서일수는 갑오년에 죽어간 남대의 대장 김봉집이 일어났던 고부, 무장, 고창, 부안, 장성, 영광, 함평 등지에서 예전 천지도의 행수와 대두들을 만났다. 이름이 알려지고 세가 컸던 부대의 지도자들은 거의가 죽고 흩어졌으나 젊은 대두들은 시골 마을의 대동계와 두레 중심이어서 들판의 풀처럼 꿋꿋하게 살아 있었다. 이들 거의가 천지도에 입도한 적이 있었고 죽어간 여러 대행수와 함께 전주에서 보은에서 우금치에서 또는 삼남 군현의 크고 작은 전투에서 살아 돌아온 사람들이었다.

신사가 처형된 해의 겨울에 고창에서 군수를 쫓아내는 민요를 일으킨 일이 계기가 되어 고부에서 농민 수백여명이 들고일어나 관아를 점령하고 무기를 탈취하여 이웃 고을 무장까지 점령했다. 고창 읍성을 점령한 농민군은 영암의 민란을 지원하고 광주, 전주 등의 도회지와 전라도의 크고 작은 고을을 돌면서 세를 키워서 한양으로 치고 올라갈 계획이었다.

농민들은 갑오년 그때처럼 보국안민과 척왜양의 기치를 세우고 봉기했다. 이들은 고창에서 일본군과 조우하여 전투를 벌였으나 무기라고 해봤자 관아에서 빼앗은 화승총과 칼이며 몽둥이와 죽창이 고작이어서 신식 양총으로 무장한 일본군을 당할 수가 없었다. 더구나 비가 억수로 쏟아져 물기에 젖은 화약과 화승을 격발시킬 수 없게 되자 패하여 부안 장터로 후퇴했고 일본군이 추격하여 장터를 포위하고 농민군을 몰살했다. 외곽에 있었거나 다른 군현을 점령했던 농민 병력은 예전처럼 다시 뿔뿔이 흩어지고 말았다. 서일수도 어둠속에서 농민 잔여 병력과 함께 산으로 올라갔다. 삼남지방의 곳곳마다 이러한 크고 작은 민요가 일어났고 이들은 관군에 쫓겨 집과 마을을 떠났으며 산으로 들어가 의병이 되거나 활빈당이 되었다.

박도희도 옛날 농민군에 들었던 행수와 대두를 찾으러 다녔더니, 어느 곳에서 죽었다거나 행방불명되었다는 후문과 함께 많은 젊은이가 사오십명씩 무리를 지어 화적이 되어 있었다. 그들은 깊은 산간에 숨어 살거나 행상을 가장하여 장터에 내려왔다가 부잣집이나 관아를 습격했다. 내포 일대와 충청도 내륙지방에서부터 경상도의 서쪽 산간지역에 이런 이들이 수천명이었다. 그들 중의 많은 사람이 천지도의 농민군으로 관군과 일본군에 맞서 싸웠던 경험이 있던 자들이었다. 그들은 경신년 무렵부터 서로 전국적으로 연계하여 스스로를 활빈당이라 부르고 있었고 지역마다 지도자인 사장(師丈)과 유사(有司)를 두고 있었다. 그들은 부잣집이나 큰 사찰과 관아를 습격하여 재물을 빼앗아 빈민들에게 나누어주는 활빈 투쟁을 했다. 이들 거의가 천지도의 지도부가 사라진 뒤에 관군에 쫓긴 잔여 농민군이었고 이들은 또한 을미의병에 가담했다가 살아남은 자들이기도 했다.

이신통과 손천문은 경서 집필의 진전이 있어서 초고를 지니고 일단 단양을 떠나서 청주 산외면 속리산 서북쪽 기슭에 마련한 거처로 옮겨갔다. 신사께서 돌아가시고 두해가 지난 경자년 봄에 신사의 봉도소를 모시고 다니던 제자들은 다시 한양에서 모이기로 했으니 스승의 이장 문제 때문이었다. 한양 도인들이 재촉하여 오기를 이전에 가매장했던 송파의 밭 임자가 관의 지목이 두려우니 제발 묘를 옮겨가달라고 사정한다는 거였다. 그해 삼월 초에 이신통과 손천문 그리고 연락을 받은 서일수와 박도희가 상경했고 한양에 은신하고 있던 손의암과 몇몇 도인이 모였다. 이들은 송파에서 스승의 유골을 수습하여 여주 천덕산에 안장하고 나서 각자 헤어졌으니 삼월 보름께였다.

그해 여름에 전라도 일대를 잠행하던 서일수와 이신통과 함께 책을 쓰고 있던 손천문이 거의 같은 무렵에 체포된 것은 기이한 노릇이었다. 그것도 같은 지역인 청주에서였다. 서일수는 갑오년에 이미 처형된 예전 남대 대행수들의 조직 근거지를 뒤밟아 전라도의 도인들을 만나고 다니다가 칠월 초에 처가가 있는 청주 율봉마을 음씨 댁을 찾아갔다. 주인 음씨는 그래도 땅마지기나 갖고 있던 중농이어서 밥은 먹고 살았는데 두 딸을 차례로 서일수와 신사의 장남에게 시집보낸 탓으로 세상을 피하여 숨어 살다시피 하고 있었다.

한편 신통의 이복형 이준은 청주목에서 비장을 다니더니 위로는 상관인 경무관을 모시고 아래로 백여명의 권임과 순검들을 지휘하는 입장이었다. 관제 개혁 이후에 포졸은 순검(巡檢)이 되었고 포교는 권임(權任)이 되었으며 비장은 총순(總巡)이 되었던 것이다. 이준은 전에 자신이 기찰과 함께 잡아들였던 서일수의 인적사항을 나중에야 자세히 알게 되었다. 서일수가 천지도 교주의 최측근이었으며 갑오 난리 때에는 그가 남대의 김덕영 대행수와 더불어 청주성 공격을 직접 지휘했다는 것도 알아냈다. 서일수가 당시에 유배형을 받고 나서 무슨 수로 풀려났는지 다시 활동 중이라는 소문도 입수했다. 그는 아우 신이가 진작부터 천지도에 입도했고 수년 동안 이들과 함께 활동했다는 것은 알았으나 그들의 수하에 지나지 않는 졸개일 것이라고만 여기고 있었다. 도인 출신 순검의 기찰을 통하여 서 아무개의 처가가 청주 관내에 있으며 그곳이 바로 율봉마을이라는 것까지 알아냈다.

청주의 총순 이준은 관보를 통하여 최경오 교주가 한양에서 교수형을 당한 사실을 알고 나서 가까운 시일 내에 서일수가 처가에 들를지도 모른다는 생각을 하게 되었다. 그는 마을사람 하나를 지목하여 상금을 내걸고 서 아무개가 음씨 댁에 오면 즉시 발고할 것을 다짐해두었다.

칠월 초사흗날에 기찰에게서 급한 연락이 들어왔다. 서일수가 처가에 왔다는 것이었고 이준은 순검 이십여명을 동원하여 율봉마을을 급습했다. 총순의 직접 지휘 아래 순검들은 무기를 들고 음씨의 집을 둘러쌌다. 그들은 대부분 구식 무기인 칼과 화승총이었으나 막상 집 마당으로 쏟아져들어가서는 그런 무기조차 지니고 있는 것이 어쩐지 우스꽝스럽게 되었다. 총순인 이준도 일본군의 신식 장검 사벌을 차고 있었지만 칼을 뽑을 일도 없었다. 그들이 요란하게 마당으로 몰려들자 맞은편 방문이 열리면서 장본인이 얼굴을 내밀었기 때문이다. 그는 맨상투 바람으로 상반신을 내밀고 마당의 순검들을 향하여 외쳤다.

내가 서일수다. 소란 피우지 말고 잠깐 기다리라.
하더니 침착하게 흑립을 쓰고 바지저고리 위에 여름 배자를 걸치고는 마루 아래로 내려섰다. 이준은 뒷전에서 아무 말 없이 그가 포박되는 것을 지켜보았다. 서일수는 사흘 동안 청주옥에 구금되었다가 즉시 한양으로 압송되었다.

그리고 손천문이 어쩌면 청주 관내에 있을지도 모른다는 발고가 들어온 것이 그로부터 십여일 지나서였다. 지목이 들어오기를 장터에서 손천문이 유유히 지나가는 것을 보았다는 것이었다. 기찰을 풀어 알아보았으나 그냥 지나간 것인지 관내에 머물고 있는지 알 길이 없었다. 손천문은 보은 집회와 갑오년 난리 이래로 일대에 널리 알려져 있던 인물이었다. 일찍이 손천문이 차린 봉도소가 국사봉 아래 솔뫼마을에 있었으나 관군과 일본군의 토벌로 온 마을이 불타고 주민들도 죽거나 달아나 폐촌이 되어 있었다. 순검 기찰들이 광범위하게 수소문해보니 그를 청주 근방에서 보았다는 주민이 많이 있었다. 종합해본즉 그가 관내의 외곽에 머물고 있을 것이며 가끔씩 장을 보러 읍내에 들어오는 것 같다는 소문이었다.

다시 보름쯤 지났을 때 드디어 그의 거처가 알려졌는데 보은에 가까운 속리산 자락의 깊은 골짜기였다. 이번에도 이준은 순검 병력을 이끌고 대낮에 산외면의 거처를 급습했다. 손천문은 집 밖에 나와 있다가 먼 데서 순검들이 달려오는 것을 보고도 달아나지 않고 초연한 태도로 포박을 당했다. 손천문은 그 무렵에 아무 곳이나 버젓이 출몰하곤 하여 지역 도인들이 관헌의 지목을 받으면 어쩌겠느냐고 걱정했더니, 그럴 때마다 처연한 낯빛이 되어 대답했다고 한다.

스승님께서 몸소 순교하셨으니 내 어찌 구구히 살기를 도모하여 몸을 피하겠소? 내 반드시 도에 순하여 선사의 뒤를 좇으리다.

손천문 역시 잠깐 구금되어 있다가 한양으로 압송되었다.

마침 이신통은 집에 없었으므로 화를 피할 수 있었다. 두차례나 천지도의 마지막 두령들을 체포한 이준의 관운은 활짝 열리게 된 것이나 마찬가지였다. 주위에서는 총순 이준이 곧 경무관 직임을 받게 될 것이라고 모두들 부러워했다.

서일수와 손천문 두사람은 그해 팔월 중순경에 스승의 뒤를 따라 한성감옥에서 교수형을 당했고, 시신은 이번에도 이신통이 간수장 유영길과 애오개 경주인 등 한양 지인들의 도움을 받아 수습하여 한양 동교(東郊)의 공동묘지에 묻었다.

박도희가 나중에 횡성에 온 신통에게서 들은 바에 의하면 이신통은 시월 초에 다시 청주 근방으로 돌아왔다. 신통은 곧 일대의 천지도 대두들 가운데 활빈당이 되어 있는 젊은 도인 칠팔명을 모아서 모두 행상 차림을 하고 저녁 무렵에 청주 읍내로 들어갔다. 읍내 주막에서 술을 마시다가 자시가 다 되어 그들은 조용히 이준의 집으로 갔다. 주위의 민가마다 모두 불이 꺼졌고 깊은 밤이라 동네 길은 인적이 끊겨서 고요했다.

총순의 집이라지만 시골의 민가여서 낮은 토담에 겨우 초가를 면한 기역자의 기와집이었다. 그들은 물처럼 조용히 마당으로 스며들어 안방, 건넌방, 사랑으로 돌입했다. 아녀자는 모두 한방에 몰아넣고 손발 묶어 이불을 덮어놓았고 하인 둘은 묶어서 광에 처박아두었으며, 잠자고 있던 이준의 상반신에 두루마기를 씌워 그대로 결박하여 장정들이 떠메고 나왔다. 그들은 우암산 기슭으로 올라가 이준을 소나무에 묶어놓고는 덮어씌웠던 두루마기 자락을 헤쳐 얼굴을 내놓게 했다.

네놈들은 누구냐? 내게 뭣 때문에 이러느냐?

이준이 어둠속에서 시커멓게 자기를 둘러싼 장정들을 향하여 물었으나 그들은 아무 대답도 하지 않았다. 누군가 앞으로 나서더니 조용히 말했다.

우리는 서일수, 손천문 대행수의 목숨값을 받으러 왔다.

이준은 그제야 그들이 천지도인의 일당인 것을 알아채고 어찌 되었든 모면할 방도를 재빠르게 생각해보았다.

너희 천지도는 이미 오래전에 나라에서 사문난적으로 판명나지 않았는가? 나는 나라의 녹을 먹고 사는 관리로서 해야 할 일을 했을 뿐이거늘, 어찌 이런 무도한 짓을 자행하는가?

뭘 저런 놈의 구구한 말을 듣고 있소? 어서 쳐죽입시다!

장정 하나가 분김에 이준의 묶인 몸통을 발로 내지르고 외쳤는데 앞에 섰던 사람이 그를 밀어내고는 말했다.

그것이 어떤 나라인가? 일본의 조종을 받는 허깨비 같은 권력자들이 차지한 정부를 백성들은 인정하지 않는다. 너도 조선의 백성으로서 척왜양하려는 우리의 충정을 모르고 있지는 않을 것이다.

이준은 어쩐지 듣던 목소리여서 어둠속에서 그를 살펴보려고 눈을 가늘게 뜨고 노려보았다. 문득 그의 키와 몸짓을 알아본 이준이 나직하게 중얼거렸다.

너 혹시 신이 아니냐?

그의 입에서 자기 이름이 흘러나오자 이신통은 잠깐 대답하지 않고 침묵했다. 사정을 알고 있던 활빈당 장정 몇사람도 묵묵히 지켜볼 뿐이었다. 이윽고 이신통은 자신을 밝혔다.

그대가 내 혈육이라는 것이 욕스러울 뿐이다. 너는 아버지 어머니께서 천추의 한을 품고 돌아가시게 하였고, 이제 다시 의인들을 잡아 죽였으니 그 죗값을 치러야 할 것이다.

신통이 뒤로 몇걸음 물러났고 활빈당 장정 하나가 환도를 빼어 들고 앞으로 나섰다.

신아, 살려다오!

이준이 외쳤지만 장정은 머뭇거리지도 않고 그의 몸에 칼을 꽂았다. 그들은 소나무에 묶인 이준의 시신을 남겨두고 조용히 아무런 흔적도 남기지 않고 우암산을 넘어갔다. 이신통은 그길로 괴산 충주를 거쳐서 강원도 횡성 소구니골 박도희의 집에 당도했다. 신통은 박도희에게 이복형을 죽인 전말을 이야기하고는 참으로 가슴속에 쌓였던 모든 것을 쏟아내려는 듯이 실컷 통곡했다고 한다.

*

횡성으로 박도희 선비를 찾아간 지 다시 두해가 지나갔다.

나는 그동안 매해 시월 말경이면 보은을 시집이라 생각하여 찾아가곤 했다. 시누이 덕이는 그때마다 노성이의 옷가지를 지

어두었다가 내주곤 했고 나를 위해서도 집에 가서 달여 먹으라고 보약재를 꾸려주곤 했다. 지난번 나들이에는 장쇠가 따라나섰는데 이제는 그도 막음이에게서 첫아들을 보아 아비가 되었고 안 서방은 할아버지가 되었다. 하루는 부여댁과 찬모와 마당 안 우물가에서 푸성귀를 다듬고 있었는데 장쇠가 떠꺼머리에 두건 동인 젊은이를 데리고 문 안에 들어섰다.

보은서 방자를 보냈습니다.

젊은이는 손에 서신 한장을 들고 서 있었다.

왜 무슨 일이 났다던가?

저야 모르지요. 이 댁에 급히 전하라 하여 달려왔을 뿐입니다.

젊은이는 내게 서신을 전하고는 이내 핑하니 사라졌다. 나는 젖은 손을 앞치마에 닦고는 마루에 앉아서 봉서를 뜯어 읽어보았다. 덕이가 언문으로 참하게 써 내려간 사연은 먼저 집안의 안부며 노성이에 대하여 묻고, 일간 집에 들르면 좋겠다는 내용이었다. 그러면서 오라버니에 대하여 알고 있는 사람이 지금 집에 머물고 있다는 것이었다.

나는 어쩐지 예전처럼 가슴이 뛰지는 않았고 어쩌다가 꾸는 그이의 꿈이 그렇듯이 쓸쓸한 느낌만이 천천히 밀려올 뿐이었다. 이제 추석을 쇠었으니 강경 대목장은 지나갔지만 연이어 군산서 들어오는 어염 파시가 시작될 무렵이라 나들이 가기에는 그야말로 애매한 철이었다. 파시 지나려면 예년처럼 시월이 지나야 하는데 시댁에 찾아왔다는 손님이 어디 사나흘이면 몰라도 수십일을 묵을 리가 없었고, 오죽하면 시누이가 방자를 사서 급주까지 띄웠을까 하는 생각도 들었다. 나는 안 서방에게 사정을 이야기했고 그이는 펄쩍 뛰며 내일이라도 길 떠날 작정을 하시라고 등을 떠밀었다. 이튿날 장쇠를 데리고 부랴부랴 길을 떠나서 사흘 걸려 보은에 도착했다.

제생약방에 이르니 덕이가 반기며 우리를 맞았다. 나는 언제나처럼 안채 뒷방에 들었는데 헛기침 소리가 나더니 송 의원이 패랭이 쓴 남자 하나를 데리고 들어왔다. 나는 시누이와 함께 있다가 그들을 맞았다. 서로 인사하고 송 의원이 나를 이신통의 부인이라고 소개하자 손님은 다시 머리를 조아려 정중하게 인사했다.

저는 유사 어른을 모시던 김돌몽이라고 합니다.

그이가 지난 몇해 동안 어디서 무엇을 하셨는지요?

내가 물으니 송 의원이 대신 말했다.

처남께서 호서 활빈당의 유사 노릇을 했다는군요.

지금 그분은 어디 계신가요?

내가 송 의원과 김돌몽을 번갈아 살피며 묻자 두사람 다 잠자코 앉아 있더니 김돌몽이 말했다.

저희 부대는 단양 근처에서 관군의 급습을 당하여 뿔뿔이 흩어졌습니다. 평소에 고향이 보은이라 하시고 제생약방 말씀을 하셔서 저는 이곳에 오신 줄 알았지요.

나는 그의 말을 듣고 대번에 맥이 풀려버렸다.

어디 다치거나 총에 맞거나 하신 건 아니지요?

밤중에 경황 중이라 숲속 산비탈을 뒹굴며 내려와서 다른 사람들이 어찌 되었는지 모르지요. 저희 부류는 경상, 전라, 충청 삼도에 널리 퍼져서 서로 연줄을 맺고 있는데 지도자인 행수유사를 맹감역이라 부릅니다. 그분의 성함이 이신이라는 것은 이 댁에 와서야 알았지요.

내가 한숨을 내쉬고는 무릎을 세워 이마를 짚고 앉아 있으니 송 의원이 곁눈질하여 사내를 데리고 나갔고 시누이가 내게 말했다.

저 사람이 두해 동안이나 활빈당을 따라다녔답니다. 이번에는 오라버니의 행적을 뚜렷하게 찾을 수 있을 것 같아요.

나는 이제는 이신통이 내 앞에 직접 나타나 겸상하여 밥이라도 함께 먹지 않는 한 말로만 들어서는 아무런 실감이 느껴지지 않았다. 송 의원이 다시 들어오더니 내게 말했다.

얘기를 들어보니 이 사람들은 화적당처럼 산채를 두고 모여 살지는 않는 것 같습디다. 이들은 소백산 부근에 몇무리씩 마을을 이루어 살았고 유사니 맹감역이니 하는 두령도 민가에 내려가 살았답니다. 처남이 유사요 맹감역을 맡았다니 거처가 어딘가에 있을 게 아니냐, 물었더니 자기도 잘 모르지만 아마도 영월 덕포가 맞을 거라고 합디다.

나는 다시 끊긴 길 위에 망연히 서 있는 듯하여 혼잣말처럼 중얼거렸다.

거긴 또 어딘가요?

남한강의 원천이라고 하는 데요. 이번이 정말 마지막이라 생각하고 처남을 찾아가보려 합니다. 어떻게든 찾아서 데리고 와야겠습니다.

그 먼 길을 어찌 가시렵니까?

단양까지 가서 소금배를 타고 오른다지요. 그러니 아주머니는 여기 계십시오.

활빈당에 들었다던 사내는 내포지방이 고향이라면서 이튿날 노자를 얻어서 떠나갔다. 나는 보은 시댁에 남아 있었고 송 의원이 장쇠와 약방 조수인 젊은이를 데리고 단양으로 출발했다.

열흘 만에 송 의원은 집으로 돌아왔는데 시누이와 내가 물었더니 돌아앉아 곰방대만 퍽퍽 피우던 그가 짧게 한마디했다.

처남은 돌아가셨어요.

나는 멍하니 앉았고 시누이가 다시 그에게 물었다.

아니 밑두 끝두 없이 그게 무슨 소리요?

총에 맞아 간신히 거처에까진 왔다는데 며칠 못 가서 죽었다는 게요. 내가 그 묻힌 자리까지 보고 왔구먼.

신통이 지난 두해 동안 영월 덕포의 뗏사공 집에 방을 빌려 살았는데 사공이 직접 묻었다고 하기에 송 의원은 제물을 장만해 가지고 산소에 따라가서 조촐하게 제도 올리고 왔다는 거였다. 나는 눈물도 나오지 않았고 웬일인지 오히려 마음이 차분하게 가라앉았다.

*

그 이듬해 봄에 나는 남편의 이장을 결심하고 안 서방과 장쇠와 더불어 먼 길 떠날 준비를 단단히 하고는 세마를 내어 단양을 향하여 출발했다. 단양 가서는 세마를 맡겨두고 돛배를 세내어 영월까지 물길로 올랐다. 충주 가서 한양 마포강에서 오는 소금을 받아 싣고 내륙으로 올라가는 소금배였다. 화물은 없고 우리들 세사람에 사공까지 네사람이었으니 배는 가뿐하게 미끄러져 갔다. 물 깊은 데서는 바람을 받고 잘도 거슬러올랐지만 얕은 곳에 이르면 세사람이 내려서 긴 줄에 뱃머리를 매어 끌었다. 도사공은 삿대로 배가 기슭으로 가지 않도록 버팅기며 천천히 올라갔다. 다시 깊고 너른 데로 나오면 배는 다시 잘도 올라갔다. 정선 아우라지 동강과 평창강에서 내려온 산판의 통나무 뗏목들이 영월 덕포에서 모여 남한강으로 흘러내려오는데 끝도 없이 긴 꼬리를 끌고 흘러지나가곤 했다.

덕포 물가의 둔덕에는 산자락을 등지고 서너채의 집이 띄엄띄엄 들어앉았는데 오가는 뱃길의 사공들이며 장사치들을 상대로 하는 주막이나 밥집이었다. 이신통이 빌려 살았다던 뗏사공의 집도 역시 주막을 겸하고 있었다. 방 세칸 있는 너와지붕의 옴팡집인데 울타리도 없이 그냥 마당에 서면 강변이 내다보였다. 한번 다녀갔던 장쇠가 앞장서서 우리를 안내하여 그 집으로 올라가니 마침 사공이 집에 있었다. 그는 장쇠를 알아보았고 우리를 방으로 들였다. 머리와 수염이 회색빛으로 센 늙은 사공이 말했다.

이 서방은 참 말수도 적고 점잖은 분이었소. 그이가 활빈당 유사인지 뭔지 한다는 소린 들었지만 우리네야 무슨 상관이 있겠소. 사람들이 이 서방을 찾아 배를 타고 오기도 하고 말을 타고 오기도 했는데, 가끔씩 나하구 술도 먹었다오. 어찌 여염 살림을 할 생각이 없는가 물으면, 자기는 덤으로 사는 죄 많은 인생이라 그냥 내버려두기로 했다구 알쏭달쏭한 소릴 합디다마는.

하룻밤 자고 나서 우리는 사공의 뒤를 따라 덕포리 동산으로 올라갔다. 윗골 아랫골이 있는데 신통이 묻힌 곳은 윗골이었다. 사공의 집에서 곧장 오르는 오솔길로 한마장쯤 올라가는데 산길이 제법 가팔랐다. 산에는 새잎이 돋아나고 진달래가 등성이마다 흐드러지게 피어나고 있었다.

여기요……

사공이 가리키는 곳을 보니 봉분이랄 것도 없이 땅이 봉긋하게 솟아오른 자리가 보였다. 우리는 거기서 제물을 늘어놓고 간단히 예를 올리고는 안 서방과 장쇠가 잡초 무성한 땅을 괭이로 팠다. 관도 없이 묻었는지 시커멓게 삭은 멍석이 보이고 그 뒤에서 삭은 나무뿌리 같은 그의 유골이 드러났다. 나는 아무 감정도 없이 눈물이 솟아나와 바람에 뺨이 차가워지는 것을 느낄 뿐이었다. 칠성판 대신에 안 서방이 무명천을 꺼내어 펼쳐두었고 구덩이 속에 들어가 흙속의 유골을 일일이 추슬렀다. 나는 그가 올려주는 것들을 받아 천 위에다 차례로 늘어놓았다. 맨 나중에 머리가 올라왔을 때에 나는 그것을 두 손으로 쳐들고 들여다보았다. 얼굴에 씌웠던 베가 들러붙은 채로 삭아서 얼굴 윤곽이 그대로 남아 있었고 유골 위에는 긴 머리카락이 붙어 있었다. 사이사이로 흰 머리카락이 보여서 그가 이제 중년에 이르렀다는 것을 알 수 있었다. 나는 그 머리카락을 몇번 쓸어보았다. 그리고 그이의 유골을 수습하여 행담에 넣었다.

그날 다시 뗏사공 집에서 묵었다. 나는 노인이 평생을 아우라지에서 뗏목을 이끌고 한양까지 부려가던 사람이며 이제는 그의 아들이 뒤를 잇고 있다는 이야기를 들었다. 비슷한 모양으로 늙은 그의 노처는 저렇게 숫기가 없으니 어찌 술이며 밥을 팔까 할 정도로 얼른 밥상을 들이밀고는 문 뒤로 숨곤 했다. 창호지 너머로 안 서방과 술상 받아 대작하는 뗏사공 노인의 젊은 시절을 자랑하는 소리가 들려왔다.

남평다리 건너서 물금 지나고 개구멍소를 지나 다래여울 넘고 여우바우 나오고, 그 바로 밑에 바귀미여울 지나면 또 바로 왕바우 서리, 왕바우 지나 진펄여울로 해서 벽탄 지나면 범여울이 나오고, 옛날에 새끼 범이 물 건너다 빠져 죽었다고 범여울이라 그러는 데요. 범여울 밑에 새범여울 그 아래가 옥바우 있지요. 옥바우 지나면 가진개 그 밑에는 열두절, 물이 쑥 올라갔다가 쑥 내려갔다가 열두절이 인다고요. 남면물 지나서 그 아래가 황새여울이고 황새여울 떨어져선 된꼬까리, 아주 여울이 험하고 급해. 거기서 떨어져나가선 상산암 돌아나가 제남문으로 나갈 적에 바위가 꼭 문처럼 났는데 급물살이 쏠려 흐르지. 임기서 나온 물하고 송천서 나온 물하고는 아우라지에서 합수되고 이 밑으루 내려가면서 자꾸 합수되어 큰물이 되구요. 호호탕탕 가지마는 언제까지 그렇지도 않고 갑작스레 물이 좁아지고 급해지며 또 몇고비가 기다리고 있게 마련이라.

나는 신통이 쓰던 바깥방에 그의 유골이 든 행담을 옆에 두고 누워서 뒤척거렸다. 흥이 났던지 노인이 쉰 목소리로 부르는 소리 한자락이 아득하게 먼 곳에서 들려오는 것 같았다. 눈이 올라나 비가 올라나 억수장마 질라나 만수산 검은 구름이 막 모여든다. 오늘 갈는지 내일 갈는지 맨드라미 줄봉숭아는 왜 심어놨나 서산에 지는 해는 지고 싶어 지나 정들이고 가는 임은 가고 싶어 가나.

까무룩하게 잠이 들었다가 얼마나 잤는지 문득 깨었다. 고요한 가운데 어디선가 속삭이는 듯한 소리가 끊임없이 들려오고 있었다. 눈 감고 있을 때에는 바로 귓가에서 들려오다가 눈을 뜨면 멀찍이 물러가서 아주 작아졌다. 가만히 숨죽이고 그 소리를 들었다. 여울물 소리는 속삭이고 이야기하며 울고 흐느끼다 또는 외치고 깔깔대고 자지러졌다가 다시 어디선가는 나직하게 노래하면서 흐르고 또 흘러갔다.